Como Desvendar seu Próprio Assassinato

KRISTEN PERRIN

Como Desvendar seu Próprio Assassinato

São Paulo
2024

How to Solve Your Own Murder
Copyright © 2024 by Kristen Perrin

© 2024 by Universo dos Livros

Todos os direitos reservados e protegidos pela Lei 9.610 de 19/02/1998.

Nenhuma parte deste livro, sem autorização prévia por escrito da editora, poderá ser reproduzida ou transmitida, sejam quais forem os meios empregados: eletrônicos, mecânicos, fotográficos, gravação ou quaisquer outros.

Diretor editorial
Luis Matos

Gerente editorial
Marcia Batista

Produção editorial
Letícia Nakamura
Raquel F. Abranches

Tradução
Felipe CF Vieira

Preparação
Gabriele Fernandes

Revisão
Nathalia Ferrarezi
Ricardo Franzin

Arte e capa
Renato Klisman

Diagramação
Saavedra Edições

Dados Internacionais de Catalogação na Publicação (CIP)
Angélica Ilacqua CRB-8/7057

P541c

    Perrin, Kristen

    Como desvendar seu próprio assassinato / Kristen Perrin ; tradução de Felipe CF Vieira — São Paulo : Universo dos Livros, 2024.

    368 p.   (Coleção Os arquivos de Castle Knoll, vol. 1)

    ISBN 978-65-5609-687-2

    Título original: How to solve your own murder

    1. Ficção norte-americana I. Título II. Vieira, Felipe CF III. Série

24-2185

CDD 813

Índices para catálogo sistemático:
1. Ficção norte-americana

Universo dos Livros Editora Ltda.
Avenida Ordem e Progresso, 157 — 8º andar — Conj. 803
CEP 01141-030 — Barra Funda — São Paulo/SP
Telefone: (11) 3392-3336
www.universodoslivros.com.br
e-mail: editor@universodoslivros.com.br

Para Tom

FEIRA RURAL EM CASTLE KNOLL, 1965

"SEU FUTURO CONTÉM OSSOS SECOS." MADAME PEONY LANE, com uma expressão sóbria, começa a leitura da sorte que vai ditar o restante da vida de Frances Adams.

Frances está quieta, os olhos fixos na mulher à frente, enquanto suas duas amigas riem discretamente de toda aquela encenação. Desde as cortinas berrantes cheias de miçangas adornando a tenda até o turbante cafona de Peony Lane, a coisa toda exala uma aparência kitsch hollywoodiana. A própria Peony Lane não parece ter mais de vinte anos, mesmo acrescentando uma rouquidão à voz para tentar esconder a idade. E não está dando certo. Tudo parece tão bobo que nenhuma delas deveria levá-la a sério, e quase ninguém leva. Exceto Frances.

Ela ouve cada palavra como se fosse o Evangelho. E, a cada nova frase sobre sua sorte, sua expressão fica um pouco mais tensa. Como água quente perto do ponto de ebulição, soltando vapor, mas ainda sem entrar em erupção.

Quando as garotas deixam a escuridão da tenda para trás, Frances nem pisca debaixo do sol forte de agosto. Seu cabelo, longo e solto, brilha em tons de dourado e vermelho. Um homem que vende maçãs carameladas olha demoradamente para ela, mas Frances não percebe. Não percebe muita coisa depois da previsão sombria que acabou de receber.

Emily toma o braço esquerdo de Frances, Rose se junta a elas pela direita, e as três garotas caminham como uma corrente de margaridas, perambulando pelas tendas de antiguidades e bugigangas. Torcem o nariz para as salsichas vendidas pelo açougueiro, mas param e olham os colares de prata aquecidos pela intensidade do sol. É só um truque para distrair a mente de Frances, porém Emily compra uma correntinha delicada com pingente de pássaro. É um bom presságio, ela diz, porque seu sobrenome é Sparrow.

É Rose quem enfrenta a questão.

— Frances, parece até que a morte já te encontrou — Rose diz, cutucando Frances com o cotovelo para tentar despertá-la, mas a expressão severa de Frances apenas se aprofunda. — Você não vê que é tudo bobagem? Ninguém consegue prever o futuro.

Emily prende o longo cabelo loiro com uma fita, depois pendura a correntinha ao redor do pescoço. A prata brilha sob o sol — um pequeno reflexo das adagas cintilando na tenda de caça atrás delas. Emily percebe que Frances olha a correntinha com horror.

— O que foi? — Emily pergunta. Sua voz é inocente, mas não sua expressão.

— Um pássaro — Frances responde, cerrando os olhos. — A cartomante disse: "O pássaro vai te trair".

— Então tenho a solução perfeita — Emily diz. Ela dispara no meio da multidão e retorna alguns minutos depois. Mais dois pássaros prateados brilham em sua palma. — Um para você e outro para Rose — fala com um sorriso no canto da boca. — Assim você nunca saberá qual pássaro vai te trair. Você pode até trair a si mesma. — E ri, de um jeito aberto e espalhafatoso, típico dela.

Frances olha com desespero para Rose em busca de apoio, mas Rose também está rindo.

— Bom, para falar a verdade, acho isso uma boa ideia. Ter o destino nas próprias mãos! — Rose prende sua correntinha, quase como em uma demonstração.

Frances hesita, até que finalmente guarda a correntinha no bolso da saia.

— Vou considerar.

— Ah, relaxa, Frances — Emily diz. — Se você continuar emburrada assim, eu mesma serei obrigada a te matar.

O canto de seus olhos está enrugado, como se outra risada estivesse prestes a explodir, e ela volta a enlaçar o braço das amigas.

— Vocês duas podem parar de ignorar o quanto aquilo foi esquisito? — Frances se solta e para de repente. Limpa o suor das mãos em sua saia de algodão, depois cruza os braços. Seu caderninho retangular escapa um pouco do bolso da saia, e Frances tem manchas de tinta nos dedos, de tanto anotar cada palavra da cartomante.

Rose cobre a distância entre elas com dois passos largos e envolve os ombros da amiga com um braço. Está perto o bastante para que seu cabelo preto curto toque o rosto de Frances.

— Acho que aquela mulher estava só brincando com você.

— Mas ela falou em *assassinato*, Rose! Não posso ignorar isso!

Emily revira os olhos.

— Ah, francamente, Frances! Deixa. Isso. Pra. Lá. — Ela morde cada palavra como se fosse um pedaço fresco de maçã e, graças à aparência de Branca de Neve de Rose e ao brilho dourado de Emily, Frances de repente sente como se todas elas fossem personagens de um conto de fadas. E, nos contos de fadas, quando uma bruxa revela seu destino, você presta atenção.

Emily e Rose tomam cada uma um braço de Frances novamente e continuam passeando pela feira, mas agora tudo está mais quieto, como se o dia estivesse forrado de algodão. O sol segue brilhando forte, e cerveja ainda flui dos barris nas tendas provisórias. O ar está carregado com cheiro de caramelo queimado e um leve odor de fumaça, e os passos de Frances se tornaram pesados e determinados. Sussurrando para si mesma, ela repete sua sorte de novo e de novo, até ficar marcada na memória.

Seu futuro contém ossos secos. Sua lenta queda começa quando você segura a rainha na palma da mão direita. Cuidado com um pássaro, pois vai traí-la aos quatro ventos. E, dessa traição, não há volta. Mas as filhas são a chave para mudar a direção da justiça. Encontre a certa e a mantenha por perto. Todos os sinais apontam para seu assassinato.

É uma previsão tão improvável que ela deveria rir. Aquelas palavras, contudo, plantaram uma semente na cabeça de Frances, e raízes pequenas, mas tóxicas, já estão se espalhando dentro dela.

As três garotas tentam aproveitar ao máximo aquela tarde, e logo as risadas já não são mais tão forçadas. As piadas, as fofocas e as pequenas coisas que decoram sua amizade reaparecem. Aos dezesseis anos, altos e baixos são tão naturais quanto respirar, e aquelas três jovens respiraram mais fundo que a maioria das pessoas.

Mas se existe algo que traz má sorte para essas garotas é o número três. Pois, em um ano, elas não serão mais três amigas. Uma delas vai desaparecer, e não será Frances Adams.

O detetive local abrirá uma investigação. A única evidência dentro de um pequeno saco plástico — muito menor que o de costume — grampeado em um relatório de desaparecimento: uma correntinha com pingente de pássaro.

1

É UMA DAQUELAS NOITES ABAFADAS DE VERÃO EM QUE O AR parece tão carregado que alguém poderia nadar nele. Quando emergi de minha jornada na linha Piccadilly do metrô, até o ar estagnado da estação Earl's Court pareceu uma lufada de ar puro. Depois de subir os três lances de escada até a rua, estou sem fôlego e procurando minha garrafa de água na mochila. Só encontro uma garrafa térmica cheia de café velho da manhã de hoje.

Homens esbeltos de terno passam por mim como gazelas urbanas enquanto tomo o restinho do café frio. Está tão nojento quanto achei que estaria, mas preciso de cafeína. Meu telefone toca e o tiro do bolso, resistindo à vontade de verificar meus e-mails e apenas respondendo à chamada piscando na tela.

— Jenny. — Deixo toda a exaustão finalmente extravasar em minha voz. — Por favor, diga que está vindo. Não posso encarar o porão de mamãe sem reforços. Quando eu o estava limpando na semana passada, encontrei aranhas. Das grandes.

— Já estou aqui — ela diz. — Mas, Annie, vou esperar na porta, porque não estou a fim de ser arrastada por toda a casa por sua mãe enquanto ela mostra qual parede vai derrubar.

— Faz sentido. Além disso, acho que ela não pode derrubar nenhuma parede da casa, afinal, o imóvel nem é nosso.

— Então isso já é razão suficiente. E imagino que ela esteja em um de seus ataques de criatividade, com a exposição dela no Tate tão próxima.

Estremeci. Mamãe é pintora — aliás, muito famosa e bem-sucedida. Ou pelo menos era, até o interesse por sua obra diminuir. Infelizmente, esse declínio na carreira coincidiu com a perda da fortuna que ela havia acumulado com seu trabalho anterior, então, pela maior parte de minha vida, equilibramo-nos entre viver de favor e ter uma vida frugal porque isso faz parte de ser uma pessoa boêmia e artística.

— Quer dizer, os ataques de criatividade da mamãe me impedem de ficar sempre consultando minha caixa de entrada vazia, então até gosto quando ela me pede para fazer algo. Tenho uma mochila cheia de amostras de tinta e muita frustração acumulada. Estou pronta para lidar com esse porão. Exceto pelas aranhas; essa tarefa deixo para você.

— Ah, que lindo, meu próprio exército de aranhas — Jenny brinca.

— É o que eu sempre quis. — Ela para um segundo, como se considerasse as próximas palavras cuidadosamente. — Por que uma caixa de entrada vazia a incomodaria? Você enviou mais textos?

Jenny é minha melhor amiga desde que tínhamos nove anos. No mês passado, fui demitida do escritório onde ganhava pouco, e ela se apresentou como a mistura perfeita de ombro amigo e coach motivacional. Jenny me convencera de que isso era uma oportunidade para eu seguir meus sonhos e buscar uma carreira escrevendo romances de mistérios e assassinatos, porque nem toda escritora iniciante tem uma mãe com uma casa de oito quartos no centro de Londres em que você pode morar sem pagar aluguel em troca de ajuda com um trabalho aqui e outro ali.

Não é a condição típica de uma garota de vinte e cinco anos que precisou se mudar de volta para a casa onde cresceu, embora isso venha com o inconveniente de ter que lidar com os humores de mamãe. Como a prioridade ao me mudar tinha sido exatamente escapar disso, minha situação atual parece, sim, um retrocesso. Mas tenho meu próprio andar na casa em Chelsea, e o lugar está caindo aos pedaços — de um jeito romântico, é claro. Meu quarto da infância tem seu próprio candelabro, coberto de poeira e faltando vários cristais, que lança uma luz fantasmagórica sobre a máquina de escrever antiga que encontrei em um dos armários. Não a uso para escrever — só aperto as teclas de vez em quando para criar uma atmosfera. Ela tem uma capa plástica com estampa xadrez e uma aura dos anos 1960 que eu adoro.

— Mandei o meu último manuscrito para alguns agentes literários — digo, mordendo o lábio quando Jenny não responde. — Faz só uma semana desde que enviei os primeiros e-mails. — Tirei o suor da parte de trás do pescoço. Estou andando pela Earl's Court Road, atravessando a rua no meio do trânsito sempre que possível. Minha mochila pesa uma tonelada, mas havia uma promoção na livraria e não consegui resistir. E posso justificar ter comprado várias edições em capa dura de Agatha Christie como sendo para *pesquisa*. — Mas já estou com aquele sentimento de que meu livro é péssimo.

— Não é péssimo.

— Não, sério. É, sim. Só fui perceber depois de *enviar* para as pessoas *lerem*.

— Mas você estava tão confiante! — Jenny diz. Posso ouvir o entusiasmo em sua voz; ela está prestes a entrar no modo animadora de torcida.

Eu a interrompo antes de ela realmente entrar.

— Estava, mas agora enxergo melhor. Sabe quando uma criança chega em você e a mãe dela está toda orgulhosa pensando que você também vai achar a criança a coisa mais linda do mundo, mas o nariz dela está escorrendo, e a roupa, cheia de mancha de comida?

— Eca, sim.

— Eu sou a mãe da criança e acabei de enviar meu filho para o mundo com o nariz escorrendo, achando que as pessoas vão vê-lo como eu.

— Então limpe o nariz de seu filho. Dê um banho nele e depois o apresente para as pessoas.

— Pois é, revisão serve para isso.

Ouvi Jenny ficar chocada do outro lado da linha.

— Annie, você mandou um livro para agentes literários sem nem mesmo *revisar*? — Jenny solta uma longa risada contagiante. Não consigo me segurar e dou um sorriso largo quando dobro a esquina na Tregunter Road.

— Eu estava animada demais! — Fico sem fôlego de tanto rir. — Eu tinha feito algo, entende? Escrevi um monte de palavras, e elas culminaram em um FIM.

— Sim, e estou orgulhosa de você. Mas acho que você deveria ao menos *me* deixar ler antes de enviar para qualquer outro agente.

— Como é? Não!

— Se nem eu posso ler, *então por que você está enviando para estranhos*?

— Vou desligar agora, estou quase chegando. — Ando até o fim da rua, onde Jenny espera por mim sentada nos degraus da porta da frente.

A casa toda descuidada de minha mãe fica no fim de uma rua cheia de sobrados requintados, como se fosse o Halloween no meio de uma festa sofisticada em um jardim. Aceno para Jenny enquanto ela limpa sua saia chique e arruma o longo cabelo preto. Seu senso de moda é impecável. Passo a mão em meu volumoso vestido de verão, reconsiderando a decisão de comprar esta monstruosidade. Por alguma razão, eu me sinto atraída por vestidos que me fazem parecer um fantasma da era vitoriana. Minha pele pálida e meus cachos loiros apenas contribuem para essa impressão, então acho melhor não lutar mais contra isso.

Assim como mamãe, Jenny e eu estudamos Artes na Central Saint Martins. Os pais dela se mudaram para Londres vindos de Hong Kong quando Jenny era um bebê, e eles são as pessoas mais amáveis do mundo. Nunca diria para minha mãe, mas às vezes, quando eu ficava com vontade de sentir uma atmosfera estável e agradável que incluía um pai e irmãos, seguia para a casa de Jenny depois da escola em vez de voltar para casa, mesmo se Jenny estivesse na aula de tênis ou em qualquer outro lugar. Seus pais me deixavam sentar para fazer o dever e eu conversava com a família toda enquanto o cheiro de comida caseira enchia minhas narinas.

Quando Jenny se formou, ela se deu tão bem que logo entrou no mundo dos empregos dos sonhos. Rejeitou um convite para trabalhar na cenografia do Royal Albert Hall e optou por fazer parte da equipe que cuida das vitrines da Harrods. Ela adora aquilo e cria verdadeiras obras-primas, sobretudo no Natal.

— Bom — ela diz, enlaçando o braço com o meu —, vamos ver então o que o porão de sua mãe nos reservou?

Nós duas paramos um momento para olhar a casa. Duas janelas salientes encardidas emolduram os grandes degraus de pedra que levam até a porta da frente. Muito tempo atrás, a porta devia ter um tom verde, mas a tinta vinha descascando ao longo dos anos e a madeira já empenava um pouco. Eu, porém, adorava aquela casa mesmo assim. Quatro andares de uma grandeza decadente se agigantavam acima, e a maior parte das velhas cortinas de veludo ainda obscurecia as janelas.

— Obrigada por fazer isso comigo — digo.

Nem sei direito qual o motivo de minha gratidão, afinal esta é a casa em que cresci. E, ainda que fôssemos apenas minha mãe e eu, sempre foi um lugar feliz. Acho que estou grata por Jenny aparecer quando preciso dela, mesmo no momento em que ligo dizendo algo como: *Ei, quer limpar um porão velho comigo?*

— Sem problema — Jenny responde. — E você já fez o trabalho duro na semana passada, certo?

— Aff, nem me fale. Havia tantas caixas e baús. E os transportadores que contratei eram perfeitos trogloditas: simplesmente jogaram tudo de qualquer jeito na van. Acho que ouvi vidro quebrando algumas vezes. Mas assinei meu nome e enviei tudo para a mansão esquisita da tia-avó Frances, em Dorset. Espero que ela não fique muito brava quando um monte de coisa velha que era dela aparecer sem aviso, mas mamãe se convenceu de que vai transformar o porão em um estúdio.

— Frances é a tia que tecnicamente é a dona desta casa, certo?

— Essa mesma.

— Por que você nunca fala muito dela? Por que eu nunca a conheci? — A voz de Jenny é sincera, mas detectei uma leve farpa em seu tom, como se suspeitasse de que eu a deixava de fora de algo importante.

— Não leve para o lado pessoal — digo. — Também não a conheço. Aparentemente, ela não gosta de Londres ou de viajar. E é tão rica que nem se dá ao trabalho de averiguar como está a casa. Acho que ela até envia algum dinheiro para minha mãe toda semana. É meio bobo e antiquado, como uma mesada semanal de um parente, mas minha mãe não se importa de aceitar. Uma vez perguntei por que tia-avó Frances faz isso, e mamãe simplesmente deu de ombros.

— Hum — Jenny fala, e posso vê-la digerindo toda essa nova informação, sem estar pronta para deixar pra lá. — Isso pode soar macabro, mas o que vai acontecer quando ela morrer? Ela tem filhos que vão chutar vocês duas para fora?

— Não, mamãe vai herdar tudo.

Eu me preparo para a reação de Jenny, pois esse é o tipo de situação de que sua melhor amiga em dezesseis anos provavelmente devesse saber. E eu não estava escondendo isso dela; para ser sincera, era só um assunto que nunca veio à tona. Tia-avó Frances é tão distante que em minha mente a casa de fato é nossa. Eu esqueço que ela existe até precisar fazer algo como revirar suas coisas velhas no porão.

Mas Jenny apenas assobia para si mesma.

— Dinheiro herdado da família — ela diz, revirando os olhos. — Eu achava que esse conceito fosse balela, algo que só acontece no cinema.

Abrimos a porta pesada — destrancada, é claro. Mamãe nunca a tranca; ela diz que se alguém for escolher uma casa para roubar na Tregunter Road, não será a nossa. Meus olhos passam pelos tijolos expostos da entrada, metade do reboco ainda resiste aqui e ali. Mamãe está certa — qualquer ladrão que olhasse as camadas de papel de parede descascando logo determinaria que não havia nada de valor para roubar. Mas ele estaria errado, porque a maior parte das obras de arte de mamãe vale uma grande fortuna. Ela, no entanto, nunca venderia as primeiras obras que ainda guarda na casa; é sentimental demais para isso.

— Estou aqui! — A voz de mamãe ecoa da cozinha, situada nos fundos da casa.

Andamos cuidadosamente por dois cômodos amplos que pessoas normais usariam como salas de estar, mas que mamãe utiliza como estúdio. Enormes telas apoiam-se na parede e o chão está coberto de manchas de tinta. Mamãe desistiu de usar proteção no chão há décadas. A luz que entra pelas duas janelas salientes é amarelada e minguada, abrindo caminho entre ao menos vinte e cinco anos de poeira. Não me lembro de nenhuma vez que minha mãe tivesse mandado alguém limpar a janela, mas estou tão acostumada com essa luminosidade que acho que, se as janelas fossem limpas, a luz ficaria forte e brilhante demais — seria como tirar os óculos escuros no meio de um dia de sol forte.

Mamãe prende o cabelo loiro-acinzentado com uma bandana verde e segura uma taça quase vazia de vinho tinto, e duas taças cheias esperam na mesa. Ela está na frente do enorme balcão, preparando cebolas *sauté*, sua única receita culinária. Há algo no forno, mas suspeito que seja comida pronta que daqui a pouco estará nadando em cebolas salteadas.

— Há uma carta para você na mesa — mamãe diz sem se virar.

— Oi para você também, Laura — Jenny fala para minha mãe. Seu tom é implicante, mas mamãe parece pouco ofendida quando se vira e dá um beijo rápido no rosto de Jenny.

Ela vem em minha direção para dizer oi, mas, em vez disso, entrega-me a taça quase vazia e apanha uma cheia na mesa.

Sinto cheiro de gás, mas mamãe é mais rápida que eu.

— O forno apagou, espera um pouco.

Ela acende um longo palito de fósforo usando o fundo da frigideira, depois gira o botão do forno para a posição *desligado* e abre a porta. O fogão é tão velho que é preciso entrar quase por completo lá dentro para acender uma chama de verdade, pondo-se a vida em risco nessa operação. Sei que nem posso mencionar a troca do fogão, porque é uma discussão que minha mãe e eu temos há anos. Mamãe acha que o atual é retrô e charmoso. Eu, em contrapartida, esforço-me para não pensar em Sylvia Plath sempre que o vejo.

Eu me acomodo na cadeira de madeira dura ao lado de minha mochila e apanho o envelope grosso com meu nome. Meu coração acelera por um segundo, porque recentemente me inscrevi em vários concursos de ficção. Todavia, ninguém responde a esse tipo de coisa pelo correio; é tudo on-line. Fico fora de mim com a expectativa de que alguém poderia me notar por causa de algo que escrevi. Tomo o último gole daquilo que provavelmente é vinho barato de supermercado — tem gosto de dor de cabeça.

Abro a aba do envelope e retiro uma carta impressa em papel timbrado:

Srta. Annabelle Adams,
Sua presença é requisitada no escritório da Gordon, Owens e Martlock
LTDA. para uma reunião com sua tia-avó, sra. Frances Adams. A sra.
Adams gostaria de discutir as responsabilidades que você terá ao ser
nomeada única beneficiária de seu patrimônio e seus bens.

Paro ali mesmo.

— Espera, isso é do procurador de tia-avó Frances — digo. — Parece que ele errou o nome da carta, era para ser Laura. É sobre a herança.

Jenny olha sobre meu ombro e passa a vista na carta.

— Diz aí *tia-avó* — ela reforça, apontando para as palavras no papel. — Não parece um erro.

— Ah, ela *não fez isso* — mamãe diz. Aproxima-se da mesa e arranca a carta de minha mão. Olha para o papel por tempo suficiente para as cebolas começarem a cheirar a caramelo queimado, depois joga a carta na mesa e volta para o fogão. Mamãe tira a frigideira de ferro fundido do fogo antes que a coisa toda se incendeie.

Jenny balbucia o restante do conteúdo da carta enquanto seus olhos repassam o texto.

— *Por favor, apresente-se no escritório da* blá-blá-blá... São apenas as instruções para a reunião. É daqui a alguns dias, em algum lugar de Dorset chamado Castle Knoll. Oh, meu Deus — ela sussurra —, uma tia distante em um vilarejo rural enfadonho? Uma herança misteriosa? Esse é um caso legítimo da vida imitando a arte.

— Tenho certeza de que isso é para minha mãe. Aparentemente, tia-avó Frances é supersticiosa ao extremo, então duvido que de repente fosse mudar de ideia e acabar deserdando mamãe. Apesar de que, na verdade — acrescento lentamente —, considerando as histórias que ouvi sobre tia-avó Frances, isso até pode ser algo que ela faria. — Olho para a expressão confusa de Jenny e penso que lhe devo um mergulho mais fundo na história de tia-avó Frances. — São causos familiares — digo.

— Nunca contei a você? — Jenny nega com a cabeça e toma um gole da taça restante na mesa. Observo mamãe. — Você quer contar a história de tia-avó Frances ou eu conto?

Mamãe volta para o fogão e abre o forno de novo, retirando uma bandeja de alumínio contendo algo não identificável. Apanha a frigideira de ferro fundido e raspa as cebolas chamuscadas em cima da bandeja. Pega três garfos da cesta onde guarda talheres soltos e coloca tudo entre nós, cada garfo apontando para um lado. Então, afunda em uma cadeira e toma outro gole de vinho, balançando levemente a cabeça para mim.

— Então tá — digo, tentando usar minha melhor voz de contadora de histórias. Jenny pega a garrafa de vinho e enche minha taça. — Tudo começou em 1965, quando tia-avó Frances tinha dezesseis anos. Ela e suas duas melhores amigas foram passear em uma feira rural e uma cartomante leu a sorte delas. A sorte de tia-avó Frances saiu mais ou menos assim: *Você será assassinada e vai acabar como uma pilha de ossos secos.*

— Uau, tão exagerado, adorei — Jenny comenta. — Mas, se você vai escrever romances de mistério, Annie, e falo isso do fundo do coração, você precisa melhorar a narrativa.

Mamãe apanha a carta de novo, estudando o papel como se fosse a evidência de um crime.

— Não foi essa a predição — ela diz discretamente. — A cartomante disse: *Seu futuro contém ossos secos. Sua lenta queda começa quando você segura a rainha na palma da mão direita. Cuidado com um pássaro, pois vai traí-la aos quatro ventos. E, dessa traição, não há volta. Mas as filhas são a chave para mudar a direção da justiça. Encontre a certa e a mantenha por perto. Todos os sinais apontam para seu assassinato.*

Espeto o garfo no creme grosso daquilo que suspeito serem batatas gratinadas da seção de congelados da Tesco.

— Certo. Enfim, tia-avó Frances passou a vida inteira convencida de que isso vai se tornar realidade.

— Isso é... não sei se trágico ou muito esperto da parte dela — Jenny declara. Vira-se para mamãe. — Então Annie realmente não conhece essa mulher?

Mamãe suspira e espeta as cebolas.

— Deixamos Frances viver em seu casarão e seguimos nossa vida.

— Espera, então vocês têm uma tia com uma propriedade rural e simplesmente a ignoram?

Mamãe balança a mão para dispensar o comentário de Jenny.

— Todos ignoram Frances. Ela é doidinha. Tanto é que já virou uma lenda local: a mulher esquisita com uma enorme casa de campo e montanhas de dinheiro, vasculhando a vida de qualquer um que cruze seu caminho só para o caso de acabar sendo seu assassino.

— Então você vai ligar para o procurador e dizer que foi um erro? — pergunto.

Mamãe aperta os olhos com os dedos e me entrega a carta.

— *Não* acho que tenha sido um erro. Eu iria com você até Dorset, mas essa data é proposital.

Olho de novo para a carta.

— Sua exposição no Tate — digo lentamente. — Ela quer ter certeza de que você não vai aparecer?

— Frances pode ser doidinha, mas é muito calculista. E gosta de tornar tudo um jogo.

— Certo — declaro.

Meus ombros murcham diante da ideia de perder a exposição de mamãe no Tate, mas parece que aquela reunião é crucial para nosso sustento. Só posso torcer para que seja um sucesso, para que haja outras.

— Mas, então, por que eu?

Mamãe solta um longo suspiro antes de falar.

— Ela leva a vida conforme aquela predição, e por anos fui sua única beneficiária por causa da frase: *Mas as filhas são a chave para mudar a direção da justiça.* Sou a única filha na família dela; meu pai era o irmão mais velho de Frances.

— A segunda parte da frase — sussurro. — *Encontre a certa e a mantenha por perto.*

Mamãe confirma:

— Parece que Frances decidiu que não sou mais a filha certa.

OS ARQUIVOS DE CASTLE KNOLL, 10 DE SETEMBRO DE 1966

ESTOU ESCREVENDO TUDO ISTO PORQUE SEI QUE CERTAS COISAS *vistas por mim poderão ser importantes no futuro. Alguns detalhes que parecem pequenos agora irão se revelar extremamente importantes, ou o contrário. Então estou guardando tudo e anotando com cuidado.*

Rose ainda acha que estou maluca por ficar obcecada com essa leitura da sorte. Mas ela não sabe a razão para eu acreditar tanto nessa previsão.

A questão é que alguém está me fazendo ameaças, e isso começou antes de visitarmos a cartomante.

Encontrei um pedaço de papel no bolso de minha saia que dizia: "Vou colocar seus ossos em uma caixa". Esse bilhete ameaçador me causa arrepios, mas preciso mantê-lo por perto para o caso de eu descobrir algo com ele. Alguma pista que possa me ajudar a impedir qualquer desastre que já esteja em andamento.

Então veio a leitura de minha sorte: "Seu futuro contém ossos secos". Duas menções a ossos — não pode ser coincidência. E depois o desaparecimento de Emily algumas semanas atrás, quase exatamente um ano depois da leitura da cartomante.

Quando a polícia me entrevistou, senti que eles não acreditaram total-mente em mim. Até me perguntaram se eu estava querendo chamar atenção, agora que todo o foco estava em encontrar Emily.

Desse modo, nem me dei ao trabalho de contar o restante. Naquele momento decidi que tomaria as rédeas da situação. Afinal, a última coisa que quero é que a polícia saiba dos acontecimentos do último ano.

FORAM NECESSÁRIAS APENAS TRÊS PARADAS PARA O VAGÃO do trem esvaziar completamente — todos os trabalhadores voltando para casa somem antes de a cidade desaparecer. Em duas horas, o verde das colinas de Dorset entra no campo de visão e sinto uma animação contagiar meu corpo. Apanho um dos cadernos vazios que trouxe comigo e tento descrever o cenário. Este trem não vai até Castle Knoll, então preciso descer em uma cidade chamada Sandview e pegar um ônibus que sai apenas de hora em hora.

Enfim o trem chega ao final da linha e vejo que minha conexão é um clássico ônibus de dois andares sem teto — o tipo de veículo feito para turistas que se dirigem ao litoral. Como uma criança, eu me sento na primeira fila do andar de cima, e o ônibus segue sacudindo por uma constelação de vilas obscuras antes de finalmente chegar a Castle Knoll. A essa altura, já inalei por quarenta minutos o pesado aroma de esterco misturado com a maresia distante, mas os raios de sol entre as folhas das árvores nas estradas rurais fazem o cheiro parecer charmoso em vez de algo ofensivo.

A vila de Castle Knoll é como a cidade na foto de uma lata de biscoitos — ruas estreitas e muros de pedra, com uma alta colina no fim, que sustenta as ruínas de um castelo normando em seus ombros cansados. Há até ovelhas pastando nas encostas, e posso ouvir seus berros enquanto seguimos pela estrada ao redor do castelo.

Chego alguns minutos adiantada para a reunião com o sr. Gordon, então sigo para a rua principal de paralelepípedos para dar uma olhada geral. Enquanto arrumo minha mochila no ombro, penso se deveria ter trazido mais livros. Ou talvez um quarto caderno — aquele encadernado com couro vermelho-sangue.

É uma vila tão pequena que posso ver tudo simplesmente girando em círculo. As ruínas do castelo pairam de um lado, com um pub de aparência antiga chamado Dead Witch ao pé da colina. Parece devidamente assombrado. Seu telhado inclinado pende como se um dos lados estivesse cansado demais, e a brancura das paredes grossas foi causada por muito sol e camadas de tinta descascando. O restante da vila parece imaculado — a ponto de lembrar um set de filmagens. Uma antiquada loja de doces já está cheia de turistas às dez da manhã, e uma estação de trem da era vitoriana toma uma grande porção da rua adjacente ao pub. Vapor sobe das locomotivas paradas ali, e famílias fazem fila para comprar passagens para o único destino dos trens: a cidade litorânea vizinha.

Do outro lado da rua principal fica uma pequena construção charmosa voltada na direção do Dead Witch. As palavras CRUMBWELL'S DELI estão pintadas sobre uma placa vermelho-vivo com letras douradas, e o lugar emoldura a rua principal como uma alegre antítese para o Dead Witch. Perto da delicatéssen fica o Castle House Hotel. Parece um daqueles hotéis-boutique, imaculado e fino, e provavelmente a diária custa uma fortuna.

Então abro a porta do escritório da Gordon, Owens e Martlock, que na verdade é só o térreo de um dos sobrados que se alinham pela rua principal. Trata-se de uma sala aberta e arejada, e, para minha surpresa, alegre, considerando que conseguiram enfiar quatro escrivaninhas naquilo que um dia fora uma pequena sala de estar. O brilho de abajures verdes de banqueiros compete com a luz que entra pelo vidro da porta da frente.

Há um homem de rosto arredondado em uma grande escrivaninha em um canto, e as outras escrivaninhas estão vazias.

— Com licença — digo. — Estou procurando pelo sr. Gordon.

O homem ergue os olhos e me observa por alguns segundos. Consulta seu relógio e depois levanta o olhar outra vez.

— Sou Walter Gordon. Você é Annabelle Adams?

— Sim, sou eu, mas pode me chamar de Annie.

— É um prazer conhecê-la — ele declara. Levanta-se para apertar minha mão, mas não sai de trás da escrivaninha. — Sabe, você é muito parecida com Laura.

Dou uma risada fraca, porque ouço tanto esse comentário que já nem me importo. Mas isso me lembra de que mamãe cresceu perto daqui e existem pessoas em Castle Knoll que a conheceram mais jovem. Queria que tivesse me trazido aqui quando eu era pequena, mas ela não se dava bem com os pais e sempre dizia que Londres era o único lugar de que precisávamos.

— Acabei de falar com Frances ao telefone — o sr. Gordon diz. — Temo que precisemos transferir essa reunião para Gravesdown Hall. Ela teve algum problema com o carro. Vamos apenas esperar os outros chegarem, então podemos seguir todos juntos para lá.

Eu me acomodo na cadeira em frente à sua mesa e ele nota, tarde demais, que foi rude por não me convidar a sentar-me. Não sou antiquada assim, mas o sr. Gordon claramente é — veste um terno amarrotado, porém teve o cuidado de incluir um lenço no bolso. Ele olha para a mesa ao lado e resmunga algo sobre uma secretária e chá.

— O senhor disse "todos juntos". Posso perguntar por quem estamos esperando? Tinha a impressão de que seria uma reunião apenas com nós dois e a tia-avó Frances.

— Ah. — Ele parece um pouco constrangido e começa a mexer em alguns papéis na mesa. Está tentando disfarçar, mas percebo que ficou nervoso. — Frances fez algumas mudanças, hum, *criativas* para os planos futuros de seu patrimônio. Então vamos nos reunir com Saxon e Elva

Gravesdown, que chegarão atrasados... Eles sempre fazem questão de chegar depois.

Não sei se pergunto quem são Saxon e Elva Gravesdown ou se fico de boca calada para não revelar o quanto sou distante da tia-avó que repentinamente decidiu que serei a herdeira de toda a sua fortuna. Se Gravesdown Hall é a casa de Frances, imagino que essas pessoas sejam parentes de seu falecido marido.

— E meu neto, Oliver, deve estar de volta a qualquer momento — o sr. Gordon continuou. — Ele também foi incluído na reunião. Ah, e por falar nele...

Viro minha cadeira quando um vulto aparece através do vidro da porta. A pessoa do outro lado tenta girar com dificuldade a maçaneta porque está equilibrando uma bandeja cheia de copos descartáveis de café. O sr. Gordon se apressa para ajudar e uma explosão de luz matinal lança uma faixa dourada sobre mim quando a porta se abre. Oliver Gordon finalmente passa pela porta, e é lindo como um modelo de revista. Diria até que ele estava um pouco *arrumado* demais, do tipo "vista-se para o trabalho que deseja". Sua camisa tem um tom azul-claro, com certeza escolhida para combinar com seus olhos, e há um botão aberto no colarinho em vez de uma gravata. Ele veste calça cinza e carrega uma bolsa para notebook, feita de couro e pendurada no ombro.

Em uma das mãos, segura uma bandeja de papelão com vários copos de café e, na outra, uma elaborada caixa de bolinhos. As palavras *Castle House Hotel* refletem um brilho dourado no topo.

— Annie, este é meu neto, Oliver — o sr. Gordon diz, sua voz carregando o tom orgulhoso de todos os avôs. — Oliver, esta é a filha de Laura, Annie Adams.

— Annie Adams — Oliver repete devagar, e um lado de sua boca se curva levemente para cima. Ele inclina a cabeça quando diz meu nome, deixando os cabelos cor de caramelo deslizarem só um pouco sobre sua testa. Parece um movimento bem treinado, o que me convence imediatamente a me proteger dele. — É um ótimo nome — ele fala. — É um nome de história em quadrinhos.

— Perdão?

— Você sabe, como Lois Lane ou Pepper Potts. — Ele ergue suas mãos muito ocupadas como se estivesse tirando o chapéu para mim, mas com a bandeja de café.

— Prazer em conhecê-lo — digo, sentindo meu rosto abrir um sorriso. Gostei de saber que existe um nerd secreto por trás de sua fachada atraente. Oliver volta a se concentrar, e vejo uma máscara de seriedade retornando para seu lugar.

— Nada de Frances ainda? — ele pergunta ao sr. Gordon. — Queria impressioná-la entrando com café e bolinhos. Achei que ela fosse gostar do gesto.

O sr. Gordon ergue uma sobrancelha.

— Você achou? Ou Rose achou?

Um sorriso mais natural aparece no rosto de Oliver.

— Certo, Rose achou. Ela me emparedou na frente do Castle House Hotel e me passou tudo isso. Acho que foi sua maneira de lembrar a Frances que ela queria ser incluída.

— Por que ela daria bolinhos de graça se estava irritada por ter sido deixada de fora? — pergunto. — Isso parece o oposto do que alguém faria.

O sr. Gordon abre um meio sorriso.

— É verdade, mas Rose é o tipo de pessoa que exige atenção sendo extremamente gentil. — Ele passa a mão sobre o lenço no bolso, mas o gesto só deixa o tecido ainda mais amassado. — Bom, Frances que converse com Rose depois. Acho que vamos comer esses bolinhos no caminho, porque Frances não pode descer até a cidade. O motor de seu velho Rolls-Royce está com problemas.

Nesse ponto, uma mulher elegante entra pela porta.

— Oh, Deus — Oliver murmura. — Não sabia que teríamos de lidar com Elva hoje.

A mulher anda com displicência pela sala nos olhando como se não fôssemos quem ela estava ali para encontrar. Seu cabelo prateado está preso em um perfeito rabo de cavalo. Diria que ela tem seus cinquenta anos, mas Elva possui aquele tipo de rosto sem idade que me faz pensar se existe algum lugar em Castle Knoll que aplica botox. Ela veste um blazer creme que combina com sua calça. Se Jenny estivesse aqui, saberia dizer se era um Chanel ou Dior.

— Walter. — Ela faz do nome do sr. Gordon uma afirmação, uma saudação rígida que dá a sensação imediata de que ela está no comando.

Ele se levanta e mexe constrangido nos papéis novamente, como se tivesse sido flagrado fazendo algo que não deveria.

— Elva, olá. Sinta-se à vontade para se sentar na cadeira ao lado de Laura — ele diz.

— Annie — eu o corrijo, e a mulher rapidamente vira o queixo em minha direção, com a curiosidade de uma ave.

— Sim, é claro, perdoe-me — ele declara.

— Bom. — Elva cruza os braços e dá um passo até mim, os lábios apertados em uma estranha expressão de satisfação. — Você é a filha de Laura? Típico. Ela a mandou para cá para lidar com as más notícias em vez de aparecer pessoalmente.

— Más notícias? — indago. Sinto que estou entrando em uma armadilha, mas quero saber do que Elva fala. — Tudo o que sei é que tia-avó Frances queria ter comigo.

As palavras soam antiquadas ao saírem de minha boca, como se eu fosse uma personagem de um romance de Jane Austen em que "ter com alguém" significava conversar com alguém.

Ela se vira para voltar a falar com o sr. Gordon e meus ombros relaxam um pouco. É como se o ar gélido de um ar-condicionado tivesse saído de cima de mim e agora apontasse para o outro lado da sala.

— Sim. Frances mudou o testamento. E o fez para excluir Laura. Ela me contou isso pessoalmente alguns dias atrás. — Elva diz isso de um jeito tão direto que quase soa clínico. Como a narração de um programa sobre a vida selvagem descrevendo a horrível carnificina de um banquete de leões com uma voz monótona. — Ela já está vindo para explicar a todos nós? Tenho um importante almoço ao meio-dia e meia em Southampton, então não posso ficar aqui o dia inteiro. E a filha de Laura não precisa estar presente, se Laura foi excluída.

Uma bufada de surpresa me escapa enquanto o sr. Gordon gagueja:

— Elva, francamente! Frances nem está aqui ainda, então, por favor, pare de especular. Ela vai explicar tudo em breve, quando nos encontrarmos com ela. Onde está Saxon?

— Saxon está fazendo uma autópsia no Hospital Sandview. Quando terminar, terá uma hora de carro pela frente, e isso presumindo que chegue à balsa a tempo. Então me disse para continuarmos sem ele e depois eu lhe conto os detalhes.

— Frances pode não gostar disso — o sr. Gordon diz, afundando em sua cadeira.

Há um momento de tensão enquanto esperamos Elva reagir, sua expressão se acomodando em uma máscara de desdém arrogante. Por alguma razão, as Elvas do mundo nunca se intimidam comigo, o que é uma vantagem em situações como essa.

Abro um sorriso brilhante e questiono:

— Desculpe, qual é mesmo seu parentesco com tia-avó Frances? Você é prima de algum grau?

— Meu marido, Saxon, é sobrinho de Frances — ela responde presunçosamente.

Mamãe nunca mencionou que tia-avó Frances tinha qualquer outro parente. Imagino que tenha sido porque ela sempre fora a única no testamento. Abro a boca para perguntar sobre isso, mas o sr. Gordon chega perto de mim.

— Saxon era sobrinho do marido de Frances — ele me diz. — Lorde Gravesdown acolheu Saxon quando os pais dele morreram, e Saxon foi enviado para o internato logo depois de Frances e o Lorde Gravesdown se casarem. Ela cuidou dele financeiramente ao longo dos anos, assim como fez com Laura... — O sr. Gordon lança um olhar de soslaio para Elva, que examina a parede ao lado da cabeça dele como se o barulho que está fazendo fosse apenas um zumbido sem sentido e ela tentasse descobrir o motivo desse barulho. — Mas eles nunca foram muito próximos.

— E quanto a Laura — Elva continua, como se mais ninguém estivesse falando —, Frances felizmente tomou juízo sobre isso. A casa em Chelsea esteve na família dos Gravesdown por anos e deveria permanecer assim. E, quando visitei a propriedade de Frances na semana passada, vi que Laura tinha enviado alguns dos velhos baús de sua tia sem motivo algum. Isso foi a gota d'água para Frances. Ela pretende despejar vocês duas.

Uma inquietude embrulha meu estômago.

— Fui eu que fiz isso — digo lentamente. — Eu mandei os baús para Gravesdown Hall, e meu nome estava na documentação de envio que Frances teria assinado. Espera... é por isso que ela de repente ficou tão interessada em mim? Por que isso a convenceria de me nomear a única beneficiária de seu patrimônio? — Meu cérebro vacila um pouco porque não entendo a situação.

Mas, além disso, e se Elva estiver certa? E se receber aqueles baús tivesse convencido tia-avó Frances de que estava na hora de despejar suas inquilinas de tantos anos?

Elva parece prestes a explodir, o que confirma que blefava sobre saber que Saxon seria o herdeiro. Claramente havia presumido algumas coisas assim que soube que mamãe fora excluída do testamento de tia-avó Frances.

— Tudo isso será conversado quando nos encontrarmos com Frances — o sr. Gordon responde. Outra camada de cansaço recai sobre ele, e percebo que ele é mais velho do que eu pensava. Ele devia ter seus setenta anos, e continuava trabalhando mesmo depois da aposentadoria.

— Estou confusa de novo — digo. — Essa é uma reunião para tia-avó Frances apenas contar pessoalmente a todos aquilo que ela escreveu no novo testamento? Isso é... normal?

— Frances só faz o que quer — o sr. Gordon afirma, suspirando pesadamente.

— Você quer dizer que ela vive de acordo com aquela maldita leitura da sorte de 1965! — Elva diz irritada. — Aquela velha morcega! — Meus olhos se arregalam, mas estou fascinada. Elva está tendo um ataque, e ver uma pessoa tão cuidadosamente contida surtando de repente é um espetáculo e tanto. — Vocês sabiam que Frances se recusou a pagar por nosso casamento se não mudássemos o local? Tínhamos decidido que seria no Queen Victoria Country Club, mas Frances não aceitou de jeito nenhum! Ficou insistindo sobre o logotipo do lugar ter um desenho da rainha Vitória e como todos os desenhos nos guardanapos e nas taças de vinho significariam que ela seguraria *a rainha na palma da mão direita* a noite inteira. Foi ridículo! Ela tinha uma reação *visceral* para qualquer potencial rainha que coubesse em sua mão! — A maneira como Elva diz a palavra *visceral* me faz estremecer um pouco, como se estivéssemos prestes a receber chicotadas.

Elva se vira de repente e olha para Oliver, como se tivesse notado sua presença só agora.

— Por que seu neto está aqui, Walter? Isso é assunto da família Gravesdown.

O sr. Gordon tira o lenço do bolso e limpa o suor da testa.

— Não esqueça, Elva, que Frances pediu a Saxon, Annie e Oliver que participassem da reunião. Ela não pediu a você que participasse.

— Oliver? — Elva não tenta esconder o choque no rosto. — Por que não pedir para *você*, se ela quer deixar algo para a família Gordon? A casa em Chelsea e a propriedade de Gravesdown para mim e Saxon, e algumas bugigangas sentimentais para você, Walter. Isso faz sentido.

O sr. Gordon aperta o meio dos olhos.

— Elva, por favor, pare de tentar *adivinhar* a natureza do testamento de Frances. Quantas *vezes* preciso dizer que...

Segurando as chaves do carro, Oliver acena em minha direção.

— Posso lhe dar uma carona. Vamos na frente, o que acha? Pode deixar sua mala aqui — Oliver diz quando olha para a mala de couro que eu havia acomodado em um canto. — Depois da reunião, você volta e pega.

Fugimos do escritório como se ele estivesse pegando fogo, sem nem nos darmos ao trabalho de dizer um *até logo* aos outros.

OS ARQUIVOS DE CASTLE KNOLL, 15 DE SETEMBRO DE 1966

ELES ESTÃO DRAGANDO O RIO DIMBER, QUE CORRE DO CONDADO vizinho até aqui, passando pela propriedade dos Gravesdown, seguindo para a vila.

Concentram-se apenas nas partes mais fundas, porque, quando o rio chega à vila, fica tão raso que é possível enxergar o fundo. As partes mais fundas estão na propriedade dos Gravesdown, e não consigo parar de pensar nisso.

Afinal, foi realmente lá que tudo começou. E foi ideia de Emily que invadíssemos a propriedade à noite — ela é imprudente assim.

Tive que esconder este caderno porque Peter está aqui e numa discussão com mamãe. Ninguém aguenta Tansy, aquela mulher com quem ele se casou, mas, agora que conseguiram um bebê, acho que não dá para voltar atrás. Eles queriam muito um bebê. Talvez Tansy se torne uma pessoa melhor agora que não precisa mais se preocupar com isso.

É estranho ser tia aos dezessete anos, mas acho que é isso que acontece quando se tem um irmão quase dez anos mais velho. Embora eu tenha que admitir que a pequena Laura é uma gracinha. Só tem um mês de idade e já dá a risada mais gostosa quando me vê. Mas ela se parece muito com sua mãe, o que é uma pena.

5

É DIFÍCIL DECIFRAR O ROSTO DE OLIVER ENQUANTO ANDAMOS até seu carro. Meu cérebro parece um quarto bagunçado depois de conhecer Elva, então me permito focar o queixo quadrado de Oliver à medida que penso em algo para dizer que possa trazer de volta as referências a quadrinhos.

Ele aciona a chave que leva nas mãos e os faróis de sua BMW imaculada piscam. Oliver estacionou o carro na rua principal de um jeito que bloqueia completamente a calçada. Recebemos vários olhares de desaprovação das pessoas que desviavam do carro, mas ele não nota ou não se importa.

Surge um silêncio constrangedor quando Oliver liga o motor e começa a dirigir. Ele baixa um pouco a janela e o ar de verão sopra em nosso rosto, então qualquer tensão que eu vinha sentindo evapora. Entramos em uma das exuberantes estradas rurais e sinto vontade de colocar a cabeça para fora e respirar o verde dos túneis de folhas acima de nós. Mas resisto à tentação, porque não sou uma golden retriever.

— Então, o que você faz em Londres? — Oliver pergunta.

A maneira como dirige nas curvas deveria me deixar nervosa, mas ele tem um ar de confiança, como se conhecesse muito bem aquelas estradas.

Faço uma pausa, porque esse é o momento em que deveria responder: *Ah, sou escritora.* Jenny diz que eu deveria dizer às pessoas que perguntam que esse é meu trabalho, porque tecnicamente é o que faço no momento. Só não estou sendo paga. Ou notada. Mordo o lábio quando penso em minha caixa de entrada vazia.

— Estou entre trabalhos — respondo, o que não é mentira, no fim das contas. — E usando o tempo livre para explorar vários projetos criativos. — Sou recebida com silêncio novamente, então me apresso a jogar conversa fora para não nos aprofundarmos na natureza de meus "projetos criativos". — E você? Mora em Castle Knoll? Quer dizer, você dirige por estas estradas como se morasse aqui. — Sorrio, mas meu comentário faz Oliver cerrar um pouco os olhos.

— Ah, não. Também moro em Londres e trabalho para a Jessop Fields.

Ele faz uma pausa como se eu devesse conhecer aquele nome, mas nunca ouvi falar. Tento pensar em empresas de nome semelhante para deduzir em que tipo de indústria ele trabalha. Jessop Fields soa como Goldman Sachs ou PricewaterhouseCoopers...

— Finanças? — arrisco.

Ele ri, e agora sei que perdi o jogo. A doçura do comentário dos quadrinhos deve ter sido uma exceção. Oliver pode ser atraente, mas já estou com a sensação de que é um cretino.

— Incorporadora imobiliária — ele acaba dizendo, habilmente trocando de marcha para subir uma colina que, juro, não tinha espaço para mais de um carro. — A Jessop Fields é a *maior* empresa de desenvolvimento imobiliário de Londres. Mas temos projetos por todo o país. Por todo o mundo, na verdade.

O vento desarruma seu cabelo, e as ondas loiras voam em ângulos estranhos antes de se reacomodarem. Seguro a vontade de rir.

Ele parece bravo por eu ter pensado que ele morava em Castle Knoll, e entendo a razão, então decido fazer mais algumas perguntas.

— Mas o sr. Gordon é seu avô, certo? Então, você cresceu aqui? Ou passou alguns verões agradáveis visitando-o?

Oliver foge de minha suposição, disfarçando qualquer conexão entre ele e Castle Knoll com detalhes de sua criação privilegiada.

— Cresci, mas passei a maior parte do tempo no internato. Estudei em Harrow, o mesmo internato de Saxon Gravesdown — declarou com orgulho. — Depois fui para Cambridge, em seguida me mudei para Londres e comecei a trabalhar na Jessop Fields. Então, é difícil dizer que de fato cresci aqui, já que passei tanto tempo em outros lugares.

Penso em minha infância, que foi completamente londrina. Mamãe e eu ricocheteando aos fins de semana entre estações de metrô como bolas prateadas de uma máquina de fliperama. Sempre achei que as pessoas que cresceram na área rural tivessem algum tipo de *raiz*, mas ouvir Oliver falando sobre sua falta de conexão com Castle Knoll mostra que quem tem raízes na verdade sou eu. Algo em relação a isso faz com que eu me sinta mais calma por um momento. A infância precária com minha mãe pode ter sido pouco convencional, contudo foi feliz. Mas pensar sobre nossa vida na casa em Chelsea me deixa preocupada novamente: *E se Elva souber de algo que eu não sei?* Engulo em seco, minha garganta se contraindo diante dessa ideia.

— Então você não sente uma conexão com Castle Knoll? — pergunto, sem me dar ao trabalho de esconder a incredulidade. — Você não corria no meio das ruínas do castelo na infância nem levava lanches na mochila quando pegava o trem? — Oliver apenas dá de ombros. — Acho isso meio triste — digo.

— É porque você não cresceu em uma cidade pequena. Castle Knoll pode parecer um lugar pitoresco para você, mas viver aqui é uma chatice. Prefiro estar em qualquer outro lugar.

— Apenas pessoas entediantes ficam entediadas — respondo com uma das frases preferidas de mamãe. — Mas, não se preocupe, se teve uma infância chata, posso inventar uma melhor para você. — Faço uma pausa e observo o cenário para inspiração, determinada a realmente provocá-lo. — Aquela colina ali — afirmo — é onde você quebrou o pulso quando caiu de bicicleta aos oito anos. E aquela escola lá... — Aponto para uma edificação ao longe. — É onde você deu o primeiro beijo depois de um baile do sexto ano, enquanto esperava sua mãe vir buscá-lo.

— Aquela não foi minha escola — Oliver diz secamente. — Acabei de dizer que estudei no internato. — Está irritado, mas prefiro-o assim, porque pelo menos sua irritação é autêntica.

— E *ali*. — Aponto para um campo cheio de tendas, onde famílias acampam. — É onde você perdeu a virgindade no verão em que voltou para casa para uma visita depois do primeiro ano em Cambridge. Um pouco tarde, mas tudo bem. Culparia os quadrinhos, mas acho que você só precisou de alguns anos para ficar menos tímido.

— Já terminou? — Oliver pergunta, um pouco irritado.

Meu sorriso se alarga, e confirmo com um movimento da cabeça.

— Por enquanto — respondo. Fecho os olhos e observo a luz entre a copa das árvores passando através do vermelho-dourado de minhas pálpebras.

Depois de uns quinze minutos, o carro de Oliver sai da estrada e atravessa a mandíbula de um portão imponente. O caminho de cascalho branco é uma passarela brilhante que corta o gramado pela metade, tão longo que ainda não consigo ver a casa de tia-avó Frances.

Dobramos uma curva gentil e finalmente a casa — Gravesdown Hall — aparece atrás de um véu verde-escuro de ciprestes e arbustos ornamentais bem cuidados. É uma construção de pedra arenosa suntuosa e um tanto sombria, mesmo sob a forte luz de agosto. Três andares de janelas cintilam sob o sol, elegantes e com grades em forma de losango. Dá para ver que a casa se estende bastante até a parte dos fundos — ela passa uma sensação ao mesmo tempo de profundidade e de grandeza na fachada. Apenas um jardineiro trabalha de um lado do caminho de cascalho, aparando as cercas-vivas em formatos ondulantes. Elas são chiques, mas também um pouco assustadoras. Estacionamos na frente da grande entrada circular, onde o único outro carro que vejo é um antigo

Rolls-Royce com o motor exposto, como se alguém estivesse trabalhando nele e tivesse saído de repente.

Oliver e eu ficamos de pé por um segundo diante das grandes portas de carvalho e passo a mão sobre os entalhes ornamentais na madeira. Vinhas, ramos e desenhos intrincados se juntam de um jeito que fazem minha mente sentir como se entrasse em um labirinto. Estou nervosa por finalmente conhecer essa elusiva tia-avó que me chamou de repente, depois de vinte e cinco anos. Mas é um nervosismo bom, como esperar pelo resultado de uma entrevista de emprego na qual você sabe que foi bem.

Quando aperto a campainha de bronze, um complexo padrão de sons ressoa nas profundezas da casa. Um silêncio se estende e parece longo demais, então Oliver tenta usar a pesada aldrava de ferro fundido. Três batidas ecoam em um volume tão alto que quase poderiam ser confundidas com tiros. O tempo que se passa faz parecer improvável que alguém vá aparecer, então Oliver tenta girar a maçaneta das duas portas. Estão trancadas.

— Será que devemos perguntar ao jardineiro? — Minha voz sai mais trêmula do que eu esperava, porque a casa está me deixando inquieta. — Quer dizer, você acha que ele tem a chave?

Oliver ergue uma sobrancelha para mim, e é insano como aquela expressão fica bonita nele.

— Ei, Archie! — ele chama, sem tirar os olhos de mim. Os cantos de sua boca se curvam em um leve sorriso malandro. É claro que conhece o jardineiro, *ele cresceu aqui*. Quero revirar os olhos, mas não consigo desviá-los do olhar direto de Oliver. — É melhor eu ajudar Archie a descer da escada — ele sussurra, agora com um sorriso completo. — Ele tem um joelho ruim, sabe. Deslocou dezoito anos atrás, quando me tirou do rio Dimber, depois de eu ter caído lá me balançando em uma corda.

Não sei se era mentira, mas sei que é o jeito de Oliver continuar nossa amigável disputa de antes.

Atrás de nós, o jardineiro ainda apara a cerca; o ruído seco de sua tesoura é o único som de fundo de nosso contato visual. Sou eu quem desvia o olhar primeiro.

É verdade, o jardineiro parece velho demais para subir em uma frágil escada de madeira e meu maxilar se contrai só de olhar. O homem se vira e protege os olhos do sol, piscando algumas vezes antes de reconhecer Oliver.

— Oliver Gordon — ele diz lentamente. — De volta tão cedo?

Eu me viro para Oliver.

— De volta?

— Ah, estive aqui mais cedo — declara casualmente.

— Por quê? — pergunto com firmeza.

Oliver me encara.

— Por que quer saber? Pelo que sei, você não conhece Frances. De repente virou a secretária dela?

Dou um passo para trás e, de imediato, fico brava comigo mesma por dar abertura.

— Estou aqui porque estou interessada. Porque quero conhecê-la. Só perguntei por que você esteve aqui mais cedo por...

— Você está sendo enxerida — ele me interrompe.

Estremeço.

— Eu estava sendo curiosa.

Archie, o jardineiro, volta a aparar alguns ramos da cerca-viva e cada batida da tesoura soa mais alto enquanto Oliver me analisa. Finalmente, ele diz:

— Frances tinha algumas dúvidas sobre a propriedade e me convidou para tomar café da manhã e revisar algumas plantas antigas.

Não tenho tempo para perguntar mais nada sobre aquilo, porque Archie começa a descer da escada, tentando se equilibrar enquanto segura sua longa tesoura de jardinagem. Oliver está com as mãos no bolso, e apenas quando pigarreio é que ele, relutante, recua e vai ajudar Archie. Não acho que o jardineiro de fato tenha o tal joelho deslocado.

— E quem seria essa senhorita?

Os pés de Archie tocam o chão, e ele começa a limpar a testa com um lenço. É o típico jardineiro velho, desde o macacão e as botas até as rugas no rosto marcado por uma vida de trabalho ao ar livre. Mechas de cabelo branco escapam de seu boné e suor escorre pelo pescoço.

— Sou Annie Adams — respondo, e seu aperto de mão é seco como a terra rachada.

— Archie Foyle — ele diz. — Prazer em conhecê-la.

— Você é o único jardineiro aqui? — pergunto, olhando para os jardins e os arbustos ao redor. — Parece um trabalho e tanto.

Archie sorri e seus olhos enrugam mais um pouco.

— Sou o único jardineiro *de verdade*. Acontece que Frances me deixa cuidar daquilo que gosto. Ela tem uma equipe profissional de jardinagem que aparece uma vez por semana com cortadores de grama e sopradores de folhas. Faço o trabalho delicado porque gosto e ela me deixa fazer. Mas hoje a fazenda toma mais do meu tempo, então basicamente cuido só da cerca-viva quando estou com tempo livre.

Meu olhar passa sobre a cerca ondulante, duas vezes mais alta que eu e que segue por ao menos cem metros ao longo do caminho de cascalho antes de acabar nos ciprestes.

— É impressionante — digo com sinceridade.

Olhando mais de perto, agora não me parece tão assustadora. O desenho dá o efeito de um verde ondulante, e, como alguém que viu muita arte, eu me sinto qualificada para dizer que aquela cerca é uma das melhores que já vi. Aquele jardineiro é um escultor de plantas.

— Obrigado. Isso é meu orgulho e minha alegria. Ninguém toca na cerca-viva além de mim, não até eu morrer. E, mesmo assim, pedi a Frances para ser enterrado embaixo dela, para que meu fantasma possa assombrar qualquer pessoa que tente mudar o desenho. — Ele ri um pouco de sua piada fraca, mas, quando seus olhos encontram Oliver, Archie para abruptamente.

Meu cérebro recua um pouco, porque sinto que algo está acontecendo. Oliver, incorporador de imóveis, café da manhã com tia-avó Frances, plantas da propriedade.

— Você disse "fazenda"? — pergunto, tentando aliviar a súbita tensão.

— Isso mesmo, a Fazenda Foyle. — Archie aponta para um jardim separado por uma parede de tijolos ao lado da casa. — Depois dos jardins formais, a cerca de meio quilômetro ali adiante, ficam meus campos, minha casa e minhas coisas. Quer dizer, era a Fazenda Foyle, mas a propriedade dos Gravesdown acabou engolindo tudo. Minha neta, porém, diz que é bom para os negócios ter o nome da propriedade na etiqueta de todos os queijos, geleias e produtos que ela vende. Ela administra a Crumbwell's, a delicatéssen na cidade.

Nossa conversa é interrompida pelo som de pneus deslizando pelo cascalho, quando Elva Gravesdown faz a curva rápido demais. Ela nos ignora e estaciona o carro o mais perto possível da casa, enquanto o modesto Renault do sr. Gordon segue devagar atrás dela. Ele dirige no meio da nuvem de poeira erguida pelo carro de Elva e, se fosse possível um automóvel tossir, sinto que aquele pobre Renault teria um ataque de tosse.

— Archie — Oliver diz lentamente —, acha que pode abrir a porta para nós?

— Não posso — ele reponde decidido. — Não tenho as chaves.

Observamos quando Elva e o sr. Gordon repetem o processo pelo qual passamos antes — tocam a campainha, batem à porta, tocam de novo. Os minutos passam e ninguém aparece.

— Será que devemos nos preocupar? — pergunto. — Frances é o tipo de mulher que marca uma reunião e depois esquece que marcou?

— Talvez ela esteja ao telefone — Oliver sugere.

— Ou no banheiro — aposto. Oliver me lança um olhar irritado, mas dou de ombros. — É uma razão legítima para não atender à porta.

Outros cinco minutos se passam e Elva começa a ficar impaciente. Olho para Archie, que observa tudo com uma expressão preocupada.

— Mas parece que Walt tem as chaves — Archie declara com um tom de curiosidade na voz.

Nós nos viramos e vemos o sr. Gordon abrindo a porta, então Oliver e eu nos apressamos para alcançar os demais. Aceno para Archie enquanto caminhamos de volta para a porta e entramos na escuridão do saguão de entrada, e ele nos observa atentamente durante todo o trajeto. Apenas o fechar das portas pesadas interrompe o persistente olhar de Archie.

A casa parece escura depois do caminho de cascalho branco, e nossos passos ecoam pelo piso da entrada. Tudo cheira a lustra-móveis e panos velhos.

— Frances? — o sr. Gordon chama, mas sua voz cansada não vai muito longe.

— Frances, sou eu, Elva. — A voz melodiosa de Elva tem uma estridência cujo alcance é muito maior. Reverbera pelo corredor e me causa arrepios.

Sigo o sr. Gordon por uma porta e entro em uma enorme sala retangular. É antiga — tão antiga que há duas grandes lareiras, uma de cada lado, e o chão é forrado com lajotas gastas em vez de madeira ou azulejos. Com pé-direito alto e vigas escuras, além da longa mesa brilhante com cadeiras de encostos elevados, passa a sensação de uma velha sala de banquetes. Imagino bardos cantando enquanto pessoas elegantes jantam faisão e tortas, mas também há uma atmosfera cinzenta que me dá calafrios. Parece que tia-avó Frances também sentia isso — cortinas floridas decoram as altas janelas, e conjuntos de poltronas com estofado combinando estão posicionados ao redor de cada lareira, para tornar o lugar um pouco mais receptivo. Um candelabro enorme está pendurado no teto, cintilando com centenas de cristais que apontam para baixo como adagas.

Arranjos de flores adornam a sala por toda parte, com cerca de sete deles alinhados. Parece um pouco estranho, até que noto uma etiqueta: *A ser entregue na igreja*. Há um arranjo maravilhoso no centro da mesa que deve ter mais de um metro.

— São lindas — declaro. — Tia-avó Frances aluga a casa para casamentos ou algo assim?

— Não — o sr. Gordon responde casualmente. — O principal hobby de Frances é montar arranjos de flores. Ela é uma florista amadora tão produtiva que pede ao Archie para trazer flores colhidas nos jardins toda manhã. Esses arranjos provavelmente *são* para um casamento, já que Frances só faz arranjos para a igreja.

— Uau — digo, porque são incríveis.

Passamos por uma porta no fim da sala e entramos em uma biblioteca que é mais aconchegante do que eu esperava, com as paredes forradas de livros encadernados em couro. As grandes janelas quadradas deixam entrar uma luz tingida de verde pelas folhas das trepadeiras que sobem lá fora.

Há uma tensão esquisita no ar enquanto sigo os outros. Percebo o sr. Gordon franzir o cenho ao notar um arranjo de rosas desarrumado sobre uma grande escrivaninha de madeira no centro do cômodo. As flores parecem deslocadas em comparação com os outros arranjos elaborados que encontramos. Sem perceber, estamos todos pisando com cuidado, sem que nossos pés causem qualquer barulho no carpete verde.

— Frances? — o sr. Gordon chama novamente. O silêncio na sala é opressor.

E então avistamos, todos os nossos olhos caindo no mesmo lugar ao mesmo tempo: uma mão no chão, saída de trás da escrivaninha. Está pálida, exceto pela linha de sangue cruzando a palma e pingando no carpete.

6

```
OS ARQUIVOS DE CASTLE KNOLL, 21 DE SETEMBRO DE 1966
```

A **PRIMEIRA NOITE EM QUE FOMOS ATÉ LÁ FOI EM MARÇO, QUANDO** ainda escurecia cedo e passamos meses tão entediadas que achávamos que fôssemos morrer. Mas Emily já tinha feito o reconhecimento e encontrado um lugar perfeito com uma falha no jardim onde podíamos beber, fumar e nos divertir. Então, é claro que ela estava muito convencida ao nos conduzir através dos ramos e do buraco na cerca-viva.

A mão de John estava quente na minha, e ele me olhava sob a luz do luar. Seus cabelos loiros e suas sardas estavam imersos no brilho azulado que acentuava seu lindo perfil. Walt Gordon estava logo adiante, uma cerveja na mão enquanto a outra ocasionalmente envolvia a cintura de Emily. Ele tinha dois cigarros de maconha atrás de uma orelha e caminhava com aquele seu charme de sempre. Aqui e ali, Emily chegava mais perto para sussurrar algo no ouvido dele, a voz baixa e urgente. Conhecendo Emily, provavelmente era algo escandaloso.

Rose vinha logo atrás e estava mais quieta que o normal naquela primeira noite. Tivera uma sequência de namorados durante o inverno, mas sempre os dispensava por qualquer razão. Archie Foyle tinha bafo e era bastante assanhado. Além disso, vivia em um lar adotivo e era um pouco perigoso, embora

Walt gostasse dele porque era seu principal fornecedor de erva. E então havia Teddy Crane, mas Rose dissera que ele tinha acne demais.

— Você sabe como Lady Gravesdown morreu? — Emily perguntou, fazendo drama como sempre. — Nossa, que nome. — Ela soltou sua risada melodiosa. — Essa família sempre foi amaldiçoada. — A voz de Emi se tornou grave e rouca: ela estava prestes a contar uma história horripilante ou uma piada suja.

Seus cabelos longos estavam soltos, com um único pente de madrepérola separando uma seção sobre a testa. Aquilo me irritou um pouco, porque não apenas era meu pente, mas também meu estilo particular. Desde janeiro — não, antes disso — ela vinha fazendo coisas pequenas e deliberadas para me imitar. A princípio, as imitações vinham com elogios: "Adoro suas saias de algodão! Posso pegar uma emprestada?" ou "Estou usando o creme para mãos de lavanda porque me lembra de você", tudo isso com um sorriso charmoso. Mas conheço Emily como a palma da mão, e seu sorriso nunca é ingênuo. Tudo o que ela faz tem um sentido por trás.

— Qual Lady Gravesdown exatamente? — Rose perguntou. — A maior parte da família não morreu em um acidente de carro anos atrás?

— Apenas alguns deles. — Emily fez um gesto com a mão, como se três vidas não fossem nada.

Havia três anos, o filho mais velho de Lorde Gravesdown dirigia seu carro esportivo, com o pai e a esposa como passageiros. Então, ele entrou em uma das curvas perto da propriedade rápido demais, capotando o veículo e matando a todos instantaneamente. Muitos rumores corriam sobre a razão de ele estar dirigindo naquela velocidade em uma curva, e as teorias iam desde álcool até discussões acaloradas.

A explicação mais popular era a mais trágica: o primogênito dos irmãos Gravesdown capotara o carro de propósito, por causa de um caso amoroso entre seu pai e sua esposa.

Provavelmente, ninguém jamais conheceria a verdade, porém o mais novo dos irmãos Gravesdown, Rutherford, de repente não só se tornara o herdeiro do título e das terras dos Gravesdown com apenas vinte anos como também se transformara no guardião de seu sobrinho Saxon, então com sete anos. Desse modo, Rutherford fez aquilo que pensou que deveria fazer. Casou-se rapidamente. Mas esse casamento não durou.

— Se você está falando da Lady Gravesdown mais recente — Rose disse —, ela não morreu. — No ar frio, a respiração de Rose saía como nuvens. — Ela foi embora. Acontece cada vez mais hoje em dia. É aquela velha história: conheceu outro cara, passou a gostar mais dele e pronto.

— Ah, tem muito mais coisa que isso — Emily declarou. — E, quando eu estava aqui antes, encontrei a prova. Vocês querem ver?

— Eu quero — John respondeu.

Sua mão pulsou envolvendo a minha em um aperto brincalhão, e me aproximei dele enquanto andávamos. Ele cheirava a loção pós-barba e hortelã — aromas que significavam que planejava ficar mais perto de mim naquela noite. Apertei sua mão de volta e sorri no escuro. John me ajudou a cruzar uma árvore caída, e mais adiante Walt segurava alguns ramos para que Emily pudesse passar. Ele soltou os ramos em sincronia perfeita para baterem na cara de Rose.

— Walt! — gritei, mas eles já tinham seguido em frente. Parei e ajudei Rose a tirar agulhas de pinheiro do colarinho, e John foi segurar os ramos para nós duas.

— Que cretino — ela murmurou, arrumando o cabelo.

Normalmente, Rose teria gritado com Walt, mas parecia cansada naquela noite. Eu me senti mal por ela; acho que Emi e eu tínhamos pegado os únicos garotos interessantes em Castle Knoll. John chegou mais perto e beijou o espaço logo abaixo de minha orelha, e fiquei aliviada por não conseguir ver o rosto de Rose nas sombras. Podia sentir os olhos dela sobre nós, mesmo no escuro.

Alcançamos Emily e Walt de novo, e decidi que mostrar interesse na história de fantasmas de Emily poderia impedi-los de atazanar Rose.

— A cidade inteira sabe que a Lady Gravesdown mais recente, a esposa de Rutherford, deixou o marido — eu disse. — Que prova você tem de que ela não fez isso?

John ficou animado com a ideia de bancar o detetive.

— A cidade inteira sabe, sim — ele declarou —, mas não é que as pessoas tenham ouvido diretamente de Rutherford. Ele nunca socializa com ninguém em Castle Knoll; é uma daquelas pessoas ricas que moram em uma casa de campo, porém só participam de festas em Londres.

— Você está certo — Rose falou discretamente. — Ele até mantém uma casa chique em uma rua charmosa em Chelsea.

Emily se virou para Rose.

— Como você sabe disso?

— Archie Foyle me contou — Rose respondeu e endireitou os ombros, desafiando Emily a questioná-la. Era fascinante observar aquilo, parecia uma partida de tênis. — Ele morava nas terras de Gravesdown, em uma casa de fazenda.

— Ah, eu tinha esquecido. — Emily sorriu com malícia. — O garoto malvado de Rose, Archie, sabe de todas as fofocas. Então, ele contou a você o que aconteceu com a esposa?

— Só falou que ela foi embora — Rose devolveu secamente.

— Ah, sim, foi embora... — Emily fez uma pausa dramática. — Foi embora deste mundo.

Walt riu daquela piada fraca e aproveitou o momento para envolvê-la em seus braços. Ela soltou um leve gemido quando ele beijou seu pescoço, depois apanhou a cerveja e tomou dois longos goles. Atrás de nós, Rose pegou um cigarro, causando um momentâneo lampejo alaranjado quando o isqueiro acendeu.

— Ela foi esfaqueada. — Emily disse, com um tom de voz sério que fez todos pararem e prestarem atenção. — Morta por uma adaga antiga com um rubi no cabo. Eu já vi. A adaga está escondida na propriedade. E depois ele jogou o corpo no rio Dimber.

— Quanto drama, Emi — declarei, sacudindo a cabeça. Um galho se partiu no mato à nossa esquerda e soltei uma risada nervosa.

John apanhou um cigarro com Rose, e, quando o isqueiro se acendeu de novo, gritei.

O brilho momentâneo do isqueiro iluminou um rosto na escuridão. Era o rosto de uma criança, um garoto de mirada atenta, olhando para nós. Assim que John acionou o isqueiro outra vez, mantendo a chama acesa, o rosto desapareceu.

Walt se virou, preocupado, procurando pelo garoto. Rose chegou mais perto e agarrou meu braço, também alarmada. A reação de Emily, no entanto, foi estranha, assim como a de John. Foi então que eu deveria ter entendido, mas havia adrenalina demais correndo nas minhas veias e só juntei as pistas mais tarde, quando comecei a repassar os acontecimentos. Quando eu já tinha descoberto.

A expressão de Emily não foi de surpresa. E o rosto de John parecia irritado.

— Cadê você, seu moleque? — Emily gritou. — Apareça de onde estiver!

John soltou minha mão e foi na direção de onde vimos o rosto alguns momentos antes. Seguiu para o meio das árvores, e o som de mais galhos se partindo permeou a escuridão.

— Ai, me solta! — uma voz bradou.

John saiu do meio das árvores arrastando um garoto que não deveria ter mais de dez anos. John o segurava com força pelo braço, o que foi estranho, porque agora me ocorria que eu sabia exatamente quem era o garoto. Todos sabíamos. E ninguém arrastava Saxon Gravesdown pelo braço como se ele fosse um gato de rua. Na cidade, pouco se sabia sobre seu tio, exceto que a família era rica e nobre. E essas coisas importam muito, você conhecendo a pessoa ou não.

— John — eu disse —, o que você está fazendo? Solte o garoto.

Saxon me notou e lançou um olhar calculista sobre mim. Seus olhos voaram entre John e Emily várias vezes, e seu rosto pálido se contorceu com algo que poderia ser descrito como expectativa. John o soltou e voltou para mim, colocando um braço protetor ao redor de meu ombro.

Saxon passou a mão sobre o braço que John agarrara, como se quisesse remover uma mancha ruim.

— Ele é um bisbilhoteiro terrível — Emily declarou com irritação, certificando-se de que Saxon podia ouvir.

Saxon bufou, mas seu rosto se abriu em um sorriso arteiro.

— Moro aqui e faço o que quiser. Vocês é que estão invadindo a propriedade. Será que devo contar ao meu tio? — Ele se aproximou de mim e John. — Acho que eu deveria. Eu sei seu nome. — E olhou para Emily, depois para o restante de nós. — Sei o nome de todos vocês.

— Não sabe, não — Rose rebateu.

Saxon passou na frente de John até ficar ao meu lado. Queria decifrar sua atitude, mas não conseguia. Seus maneirismos eram estranhos. Ele parecia uma pessoa mais velha presa no corpo de um garoto de dez anos.

— Não tenho medo de você, Saxon — eu disse calmamente. — E não me importo se você contar ao seu tio que estamos aqui. Isso foi escolha nossa e não tem nada a ver com você.

— Isso — falou uma suave voz grave de barítono — é tranquilizador de se ouvir. — E, do meio do mato, como se fosse um ator esperando por sua deixa, saiu Rutherford Gravesdown.

7

O SR. GORDON CORRE FRENETICAMENTE AO REDOR DA ESCRIvaninha, mas ficamos parados enquanto ele se ajoelha diante de tia-avó Frances. Ela está caída como uma marionete cujas cordas foram cortadas, e seus olhos estão abertos e vidrados. Respiro devagar, tentando afastar o pânico que cresce em mim. Posso sentir uma movimentação das outras pessoas, mas minha visão periférica está borrada. É como se tudo naquela sala estivesse fora de foco, menos a forma sem vida diante de mim.

Exceto pelo sangue em sua mão — nas duas mãos, noto —, ela não parece ferida. Mas as mãos estão em péssimo estado. Não foram cortadas, e sim *perfuradas*. Pequenos buracos cheios de sangue salpicam as palmas como constelações sinistras.

Minha respiração está cada vez mais agitada, então tento me controlar. Desvio os olhos para longe do corpo de Frances e me concentro na bagunça no chão ao seu lado. Perto de suas mãos, há várias rosas brancas de hastes longas. Ela provavelmente segurava as rosas quando caiu. Imagino que tipo de espasmo terrível possa ter levado alguém a apertar tanto as hastes cheios de espinhos para que perfurassem as mãos daquela forma e sinto minha garganta se fechando.

Não sou boa com sangue. E, por *não sou boa*, quero dizer que tenho tendência a me sentir zonza perto de sangue, agulhas ou qualquer tipo de ferimento, e até a atmosfera de hospitais e centros cirúrgicos é suficiente para eu me sentir mal.

E o que temos aqui definitivamente não são ferimentos simples. Começo a recuar na direção do assento da janela, a náusea e a tontura me dominando.

— Oh, meu Deus — Elva sussurra. — Alguém fez isso. Alguém assassinou Frances. Depois de todos esses anos, ela estava certa sobre seu destino. — Deixa uma risada escapar e cobre a boca com a mão, horrorizada. Noto que seus olhos estão lacrimejando e suas mãos tremem um pouco.

O sr. Gordon se abaixa, cuidadosamente tenta medir o pulso de Frances e a sacode pelos ombros, mas são frágeis tentativas de ação diante de algo irremediável. Porque está claro que não há nada que alguém possa fazer para ajudar minha tia-avó agora.

Sinto um suor quente escorrer pelo pescoço e me acomodo no assento da janela, puxando o trinco para abrir o vidro atrás de mim. Ar. Preciso de ar.

Elva se recompõe e começa a discar friamente um número em seu telefone. Oliver se afastou e apoia as mãos no quadril enquanto anda de um lado para o outro. Respira fundo e está tão mergulhado em seus pensamentos que duvido que me ouviria se eu o chamasse.

É para mim que o sr. Gordon olha, os olhos tão arregalados quanto os de uma criança.

— Eu... — ele diz, e então para.

— Ela está morta, não está? — pergunto, minha voz saindo apenas como um sussurro rouco.

Elva aparece em minha frente, e aproveito a chance para fechar os olhos e respirar fundo algumas vezes. Ela fala com o sr. Gordon como se ele fosse a única pessoa na sala.

— Chamei uma ambulância. Vão chegar em quinze minutos.

— Você chamou a polícia? — indago, ainda tentando controlar a respiração.

Sinto minhas mãos começando a suar, então penso nos pontos sangrentos nas mãos de tia-avó Frances e... o que devo fazer quando entro em pânico assim? Contar coisas azuis ao redor? Ou cinco aromas que posso sentir? Não quero fazer nada disso, porque só consigo pensar no cheiro de cobre do sangue. O que é absurdo, pois, no momento, posso sentir o odor das rosas misturado com o aroma floral dos outros arranjos na sala. Eu me concentro neles para não ter que olhar o corpo caído no chão.

— Não, só chamei os paramédicos — Elva responde. O tremor em sua voz desapareceu, mas há uma tensão em seu tom que não consigo decifrar.

— Por quê? — pergunto com um nó na garganta. Ainda olho para as flores, tentando me acalmar, e isso está ajudando. Vejo ranúnculos em amarelo e laranja misturados com rosas brancas e cor de pêssego. Respiro fundo e me volto para Elva. — Não foi você quem acabou de dizer que ela foi assassinada?

Elva lança um olhar com pena de mim, como se eu fosse uma criança.

— Foi uma reação exagerada. Eu estava em choque. Mas, pensando bem agora, ela claramente teve um ataque do coração ou algum tipo de isquemia. Só está sangrando porque deve ter tido um espasmo e apertou as rosas com muita força antes de cair no chão.

— Com certeza isso é algo que a polícia deve estabelecer — digo, cerrando os olhos.

Se eu estivesse escrevendo um romance sobre isso, a decisão de Elva de não chamar a polícia seria considerada um comportamento suspeito.

— Não sei quanto a vocês — ela declara, como se eu não tivesse falado nada —, mas não estou a fim de passar meu tempo perto de um cadáver. — E olha diretamente para o sr. Gordon. — Se precisar de mim, estarei na sala ao lado.

Elva se dirige a uma pequena porta no canto da biblioteca, situada tão perfeitamente atrás de uma escada de ferro para o andar superior que eu nem tinha notado sua existência.

Oliver ergue os olhos, depois a segue até a porta sem dizer nada. Olho de novo para o sr. Gordon, sem saber o que fazer.

— Será que devemos... ficar aqui com ela? — pergunto. Ainda estou zonza, e isso deixa minha voz levemente trêmula.

O sr. Gordon se levanta, as mãos apoiadas nos joelhos, porque erguer-se demanda um grande esforço depois de ficar agachado por tanto tempo. Balança a cabeça com tristeza.

— Acho que não há necessidade. Não podemos ajudar Frances. E gostaria de ficar de olho em Elva, se possível.

Abro a boca para perguntar o que isso significa, mas ele segue para a porta antes que eu possa emitir as palavras. Não consigo evitar — encaro de novo tia-avó Frances caída no chão, as rosas espalhadas ao lado. Metade do arranjo ainda está posicionado de qualquer jeito sobre a mesa, a outra metade dentro do vaso no centro.

Finalmente, dou as costas para ela, porque Elva até tem razão. Também não gosto de ficar aqui parada com um cadáver na sala. Eu me levanto e corro para a porta discreta no canto da biblioteca. Uma porta que, afinal de contas, leva para uma sala devotada à obsessão de tia-avó Frances: a previsão de sua própria morte.

O ar na pequena sala é tão pesado que parece sinistro, como se tivesse dobrado sobre si mesmo e agora contivesse cada teoria e paranoia que Frances coletou durante anos. Não há janelas, mas alguém acendeu as luzes para afastar a escuridão. As fracas lâmpadas fluorescentes piscam e emitem um zumbido, então, quando noto algumas velas e uma caixa de longos palitos de fósforo, risco um e acendo os pavios. Mas acender as velas apenas piora o ambiente — o lugar inteiro parece saturado de tristeza.

Quando finalmente dou uma boa olhada na parede oposta, essa sensação aumenta.

Solto um assobio baixo, porque tia-avó Frances tem até o próprio quadro de assassinos em potencial, que se estende do chão ao teto, com seu nome e sua foto no centro. Linhas coloridas se conectam com velhas fotografias pregadas por toda a parede, e post-its, folhas de caderno e recortes de jornal preenchem quase todos os espaços entre elas.

— Bom, isso foi um pouco longe demais — Elva murmura, olhando para o quadro de suspeitos. Seu rosto que antes parecia imaculado repentinamente se enche de menosprezo, e ela apanha um post-it da parede. Lê o conteúdo, depois acha graça enquanto amassa o papel.

Odeio isso, de verdade. Pressiono a palma das mãos contra meus olhos até a pressão formar estrelas em minha visão.

Adoro histórias de assassinatos misteriosos. Mas, aqui nesta sala, encarando a obsessão de minha tia-avó com o próprio assassinato após acabar de encontrar o cadáver dela... sinto com todas as forças que isso não é uma história e que um assassinato não é um simples quebra-cabeça. É um ato egoísta, definitivo e complexo.

— Annie, você está bem? — Oliver puxa meu cotovelo e me tira da espiral de pensamentos. O sr. Gordon me olha de relance, depois volta a examinar o quadro.

— Sim — respondo, mas minha voz treme de novo. — Realmente não quero ficar nesta sala agora. Mas também não quero ir lá para fora. Não há nenhum lugar para onde possamos ir?

— É melhor ficarmos todos juntos — o sr. Gordon diz. — Podemos ir para a cozinha, pode ser melhor para...

— Vou ficar — Elva declara, arrancando outro post-it da parede. — Há um monte de mentiras escritas aqui, e vou arrumar tudo isso.

— Não toque em nada! — exclamo, e minhas palavras soam enérgicas. Minha cabeça melhorou um pouco e estou frustrada com Elva por mexer no quadro. Observo o chão para ver se ela jogou os post-its amassados ali, mas não há sinal deles. Pigarreio e cerro os olhos para Elva. — E se ela realmente foi assassinada? E se as coisas na parede forem evidências? — pergunto.

Elva hesita, depois, mesmo assim, arranca outro pedaço de papel da parede.

— Veja bem, Elva — Oliver diz calmamente —, mexer nas anotações de Frances faz com que você pareça muito suspeita.

Elva cruza os braços e nos lança um olhar desafiador.

— Que seja, mas não vou a lugar algum. Há coisas aqui sobre você também — ela afirma, disparando um longo olhar para o sr. Gordon.

O sr. Gordon parece intrigado em vez de preocupado e começa a observar o quadro mais de perto. Oliver aponta para a outra parede, onde mais fotos e linhas estão dispostas em um arranjo menor.

— É você adolescente — ele declara para o sr. Gordon. — Eu reconheceria essas fotos em qualquer lugar.

Tomo um momento para contemplar o restante da sala enquanto caminho até Oliver. Há livros enfiados em cada estante, e parece que fazem parte da coleção particular de histórias de assassinatos misteriosos de tia-avó Frances. Enciclopédias de plantas estão ao lado de livros de Química, e há inúmeros volumes de romances policiais. Obras sobre Psicologia, quebra-cabeças, venenos e armas estão arranjados sem uma ordem aparente que eu consiga distinguir.

Há uma poltrona de couro gasta sob um abajur alto estilo Tiffany, mas não está de frente para os livros — a poltrona fica diante de uma colagem menor de linhas coloridas, fotografias, recortes de jornal, anotações e relatórios policiais. Uma velha foto desbotada de uma garota com cabelos cor de palha está no meio de todo esse caos organizado, com seu nome rasurado cuidadosamente em um pedaço de papel embaixo.

Emily Sparrow, vista pela última vez em 21 de agosto de 1966.

É mais um quadro de suspeitos de assassinato.

Oliver arranca da parede a foto que mencionou e a entrega para mim. Atrás está escrito *Walt Gordon, outubro de 1965*. O sr. Gordon aparece mais magro e sorridente, com cabelos castanhos mais longos que o fazem parecer um pouco com um dos Beatles, e veste uma questionável blusa apertada de gola alta. Um sorriso escapa em seu rosto.

O sr. Gordon se aproxima de nós e olha de relance para a foto. Verifica seu relógio como se pudesse rastrear a ambulância, mas fica claro que ele quer olhar para qualquer lugar, menos para as paredes da sala.

Elva agora puxa as gavetas dos gabinetes de arquivos, encontrando todas trancadas. Uma fagulha de satisfação se acende em mim: gostei do fato de Elva não poder acessar os segredos mais profundos de tia- -avó Frances.

— Quem é Emily Sparrow? — pergunto ao sr. Gordon.

Ele fica em silêncio por um momento, enquanto Elva olha ao redor com uma expressão de desgosto. Oliver tenta parecer interessado, mas olha toda hora o celular.

— Era uma amiga de Frances. — O sr. Gordon tosse levemente e depois continua. — E minha amiga também. Desapareceu quando tinha dezessete anos.

Logo abaixo da foto de Emily há outra imagem, com os cantos mais gastos. Três garotas de pé com braços enlaçados, e reconheço a garota loira, Emily, à esquerda. O corpo esguio de Emily e seus cabelos loiros contrastam com uma jovem Frances ao lado. Ela é linda, com cabelos soltos da cor das folhas de outono ondulando até a cintura, as mechas presas por um cintilante pente dourado. Leves sardas salpicam sua face, e as altas maçãs do rosto dão a ela a aparência de um membro da realeza. Muitos adolescentes têm espinhas e são desajeitados, mas aquelas três foram favorecidas pelo destino. Por aquela foto posso dizer que eram as rainhas de sua escola, notadas em qualquer lugar por onde passassem.

Alguém que não reconheço tem o braço enlaçado com Frances do outro lado, uma garota com feições angulares e cabelo preto. Está perfeitamente vestida, de um jeito que me lembra uma secretária dos anos 1960 em vez de uma adolescente, embora ela pareça ter a mesma idade das outras duas. A inscrição diz: *Emily Sparrow, Frances Adams, Rose Forrester, 1965.*

Abaixo, a mesma caligrafia que cobre toda a parede.

Seu futuro contém ossos secos. Sua lenta queda começa quando você segura a rainha na palma da mão direita. Cuidado com um pássaro, pois vai traí-la aos quatro ventos. E, dessa traição, não há volta. Mas as filhas são a chave para mudar a direção da justiça. Encontre a certa e a mantenha por perto. Todos os sinais apontam para seu assassinato.

— A famosa predição — digo. — Por que será que ela estava tão convencida de que era verdade?

Levanto um dedo para tracejar as palavras escritas na parede e noto as marcas feitas à mão em algumas das frases.

— Ela estava marcando cada uma — declaro. — Como uma checklist.

Oliver cruza os braços enquanto olha para a parede.

— Talvez sejam as coisas que ela achava que se tornariam realidade.

— Ela riscou *Sua lenta queda começa quando você segura a rainha na palma da mão direita* e *Cuidado com um pássaro, pois vai traí-la aos quatro ventos*. A frase sobre as filhas e o assassinato têm apenas pontos de interrogação. Mas o trecho *Seu futuro contém ossos secos* também foi riscado. E parece que com um traço mais recente; está fresco e é de caneta hidrocor, enquanto os outros já estão um pouco apagados pelo tempo. Como se ela estivesse convencida de que esse fato se tornara realidade apenas recentemente. A que tipo de ossos isso se refere?

No mesmo instante, meu cérebro começa a trabalhar na leitura da sorte. Que espécie de rainha você pode segurar na palma da mão? Meu pensamento imediato é uma moeda — o perfil da rainha está em cada face. Mas isso parece banal demais.

Acho que havia um tabuleiro de xadrez na biblioteca, no entanto por que tia-avó Frances teria um desses, se ela era tão supersticiosa com seu futuro? Se fosse eu, ficaria longe de qualquer rainha que coubesse na palma da mão.

Cuidado com um pássaro, pois vai traí-la aos quatro ventos. Meus olhos recaem sobre a legenda da fotografia. O sobrenome de Emily é Sparrow, que significa pardal em inglês. Imagino que tipo de traição possa ser, mas é impossível descobrir sem perguntar para tia-avó Frances. Olho para o sr. Gordon, que está diante do quadro menor. Hesitante, ele levanta um dedo e toca a foto de Emily.

É verdade que não posso perguntar para tia-avó Frances sobre a traição, porém reflito se o sr. Gordon sabe de algo. Entretanto, esses detalhes podem não importar. De minha perspectiva, tudo o que importa é que ela viu trechos daquela leitura da sorte se tornando realidade, o mais recente deles sendo *Seu futuro contém ossos secos*.

E, então, tia-avó Frances morreu de causas naturais ou foi assassinada.

Meus pensamentos são interrompidos por um leve "Olá?" que ecoa de algum lugar de dentro da casa, ao qual Elva responde com um "Aqui!". Voltamos com um pouco de relutância para a biblioteca no momento em que dois paramédicos passam pela porta. Há uma mulher que aparenta ter seus sessenta anos, com raízes loiras crescendo nas mechas tingidas de roxo, e um homem alto da idade de minha mãe. Mas ele pode ser um pouco mais jovem, talvez chegando aos cinquenta anos? É magro, com cabelos pretos encaracolados sem qualquer sinal de fios brancos, e seu rosto aparenta ser o de alguém que passa muito tempo ao ar livre.

— Magda, Joe, obrigado por virem. Trata-se de Frances — o sr. Gordon diz enquanto conduz os dois até onde ela está caída.

Olhar para o corpo de tia-avó Frances uma segunda vez me deixa zonza de novo, e começo a sentir o chão amolecendo sob meus pés. Tenho a sensação de que, se não for lá para fora, vou desmaiar.

O paramédico chamado Joe verifica o pulso de tia-avó Frances em alguns lugares.

— Sim, temo que tenha falecido — declara gentilmente. — Você chamou a polícia quando ligou para nós?

O sr. Gordon franze o cenho e nega com a cabeça.

— Foi Elva quem ligou, e ninguém se dera conta de que ela apenas tinha chamado os paramédicos até vocês já estarem a caminho. E, no meio do choque provocado pela situação, o argumento dela pareceu razoável: com exceção das mãos de Frances, aparentemente feridas pelos espinhos das rosas, não há sinal de crime. Estávamos errados?

— O sr. Gordon parece abalado. — Você acha que a polícia deveria estar aqui?

— Precisamos chamar a polícia agora que confirmei a morte — Joe responde. — É o protocolo. Mas me parece que ela morreu de causas naturais. É claro, uma autópsia dará a confirmação, e tenho certeza de que Saxon vai trabalhar rapidamente nisso.

Engulo em seco. Saxon? O sobrinho de Frances é o médico-legista? Vagamente me lembro de Elva dizendo algo sobre ele estar ocupado com uma autópsia mais cedo. Minhas mãos começam a ficar dormentes. Preciso tomar um pouco de ar.

Joe nota quando me apoio na janela atrás de mim, segura-me pelo cotovelo e me conduz para fora. Eu me sento nos degraus de pedra em frente às grandes portas e coloco a cabeça entre os joelhos, respirando fundo e devagar. Leva alguns minutos, mas a tontura diminui.

— Posso trazer um pouco de água, se quiser — ele diz. Está sentado ao meu lado com as mãos apoiadas nos joelhos, olhando para o verde luminoso dos jardins. Archie Foyle terminara de aparar as plantas e não estava em lugar algum.

— Vou ficar bem — asseguro. — Mas agradeço.

— É melhor ficar aqui. Vou entrar e ajudar Magda se você já estiver se sentindo melhor.

Confirmo, e ele some.

Uns quinze minutos depois, dois policiais à paisana chegam, mas entram e saem rapidamente enquanto observo a vista nos degraus de Gravesdown Hall. Logo em seguida, Oliver e o sr. Gordon se juntam a mim na escada, porém Elva se demora e só aparece quando a maca coberta com um lençol é levada pela porta da frente. Todos desviamos o olhar, contudo Elva a segue como se a procissão funerária já tivesse começado.

— Tem certeza de que ninguém a matou? — eu me esforço para perguntar assim que os paramédicos passam por mim.

— Não é o que parece — Joe responde. — Alguém de vocês sabe quem é o parente mais próximo para que possamos notificá-lo?

— Bom, seria o Saxon, obviamente — Elva diz.

A paramédica com cabelo roxo, Magda, interrompe Elva antes que o sr. Gordon pudesse falar.

— Sério, Elva? Porque estou certa de que a cidade inteira sabe que Frances escolheu a sobrinha, Laura, como herdeira, e isso foi determinado há anos.

As duas mulheres se encaram friamente, mas o olhar de Magda se vira de repente quando o sr. Gordon pigarreia.

— Magda, em vez de você tentar ligar para Laura, talvez a filha dela, Annie, devesse ser a pessoa a dar a ela a notícia sobre Frances?

— Eu, hum... — Minha voz carrega a rouquidão do desuso, embora eu não tenha ficado em silêncio por muito tempo.

Joe está ao lado da porta aberta da ambulância, e é como se me visse pela primeira vez.

— Você é a filha de Laura? — ele pergunta, e há uma pausa maior do que eu esperava. — É claro que é — ele responde à própria pergunta. — Agora que estou olhando para você, posso enxergar Laura em todo o seu rosto. É o cabelo, esses cachos dizem tudo. — E sorri, mas com um pouco de tristeza.

— Ouço muito isso.

— É um prazer conhecê-la. Sou Joe Leroy — ele diz. Aproxima-se de mim e estende a mão, mas o aperto é um pouco fraco. Cumprimento-o de volta, imaginando se deveria repetir meu nome. — Conheci Laura, anos atrás. — Ele fica em silêncio por um momento, mas depois me lança um olhar solene e declara: — Sinto muito por sua tia-avó. — Sobe no assento do motorista, apanha um rádio e diz algo que não consigo entender.

— Você passou por um choque — Magda diz. — Deveria voltar para a cidade e comer algo. Ou apenas descansar um pouco. O hotel é um ótimo lugar para isso, e a mãe de Joe, Rose, é a dona. Ela vai gostar de conhecê-la. Rose foi uma grande amiga de Frances.

Penso na fotografia das três amigas de braços dados — tia-avó Frances, Emily Sparrow e Rose. Rose agora é a única sobrevivente do trio.

A atenção de Joe retorna para nós, e sua expressão parece um pouco sentida.

— Por favor — ele fala —, se você for até lá, ainda não conte para minha mãe sobre Frances. É melhor eu mesmo contar.

— É claro — digo.

O sr. Gordon mexe em suas chaves no bolso da calça.

— Preciso voltar para o escritório — afirma com um tom baixo. — Annie, você planeja passar um tempo em Castle Knoll?

Respiro fundo, olhando para os extensos jardins à minha frente. Elva já está atrás do volante do carro, dando partida no motor e pronta para estar em qualquer outro lugar que não fosse aqui. Oliver está falando ao telefone e, por incrível que pareça, dá a impressão de estar alegre, considerando a experiência sinistra pela qual acabamos de passar.

— Claro — respondo finalmente e com convicção. Sinto que tenho coisas a fazer aqui, independentemente de qualquer questão sobre a herança. Visualizo o quadro de suspeitos de tia-avó Frances e percebo que quero muito saber quem ela realmente foi e o que causou sua obsessão. — Acho que vou ver se o hotel tem vaga.

— Magda — Joe chama, dando partida na ambulância —, precisamos ir.

— Certo — ela diz. Magda sobe no banco do passageiro e acena para Joe. — Foi um prazer conhecê-la, Annie. E sinto muito por Frances.

As luzes azuis da ambulância piscam silenciosamente quando eles saem pelo caminho de cascalho.

Oliver entra no carro ainda falando ao telefone e nem se dá ao trabalho de conferir se preciso de carona para a cidade. Uma indignação surge em meu estômago e quero saber qual é a dele. Há algo estranho com ele. E, seja lá o que for, está do outro lado da linha. O sr. Gordon e eu observamos o carro de Elva seguir a ambulância, com Oliver acompanhando logo atrás.

— Hum, você se importa de me dar uma carona?

Os olhos do sr. Gordon enrugam nos cantos quando ele sorri.

— É claro que não. Só preciso trancar a casa.

Nós dois fazemos uma pausa, olhando para as portas de madeira entalhada. Ele procura pela chave nos bolsos, mas não a encontra.

— Só um momento, Annie — pede. — Acho que deixei as chaves em algum lugar na casa.

— Eu ajudo a procurar — digo.

Não consigo pensar na razão, mas não gosto da ideia de ficar sozinha lá fora, olhando para a cerca-viva de Archie Foyle. Toda a propriedade parece ameaçadora agora.

Voltamos pela longa entrada, passando pela sala de jantar que ecoa nossos passos, e entramos na biblioteca. As flores ainda estão espalhadas sobre a grande escrivaninha no centro, porém todo o resto está tão arrumado que ninguém diria que apenas alguns minutos atrás uma mulher morta estava caída no chão.

O sr. Gordon se abaixa na pequena antecâmara enquanto dou uma última olhada ao redor. Há um caderninho com capa de couro verde na beira da escrivaninha e, quando o abro, noto a mesma caligrafia arredondada que vira nas paredes da saleta. Meus olhos leem as palavras *Walt Gordon estava logo adiante, uma cerveja na mão enquanto a outra ocasionalmente envolvia a cintura de Emily...*

É um diário. A primeira página data de 10 de setembro de 1966. Reflito por um momento, então decido guardar o caderno em minha mochila. Tecnicamente, não o estou roubando, já que tudo indica que serei a beneficiária de tia-avó Frances. E apenas aquele pequeno vislumbre das palavras do diário me diz que esse caderno pode me dar um contexto que não tenho.

O buquê desarrumado sobre a mesa chama minha atenção outra vez. Tia-avó Frances deve ter extraído metade do conteúdo de uma cerca-viva perto dali. Flores silvestres e cicuta-dos-prados junto com rosas brancas de hastes longas formam uma mistura, francamente, horrível.

Os outros arranjos, perto da janela, parecem saídos de uma revista sobre a vida no campo. Todos combinam, e as cores me lembram as de um pôr do sol no meio de pinheiros, perfeitamente equilibradas.

Distraída, apanho uma das folhas que caem do arranjo na escrivaninha. Alguém havia posto as rosas de hastes longas que estavam no chão de volta na mesa, e agora elas se misturavam às partes desarrumadas das flores silvestres espalhadas ao redor.

O arranjo é estranho e arrebatador, provavelmente porque parece muito *desalinhado*. Esse vaso tem até trevos e papoulas laranja brilhando

COMO DESVENDAR SEU PRÓPRIO ASSASSINATO | 63

como balões de neon. Metade dele está caído para o lado, especialmente os trevos, que não têm estrutura alguma e estão dispostos tão precariamente que puxam tudo o mais para baixo. Tudo, exceto as rosas, que se mantêm erguidas como lanças desafiadoras, os espinhos cintilando sob a luz que entra pela janela.

Olho mais de perto, e os espinhos nas rosas brancas me olham de volta com tanta ferocidade que finalmente enxergo o que está errado. O detalhe que me incomodava desde a primeira vez que vi o arranjo.

Ouço o tilintar de chaves quando o sr. Gordon passa pela pequena porta, mas não olho para ele.

— Tem algo errado com as rosas — digo.

— Como assim? — Ele se aproxima para apanhar uma rosa.

— Pare! — Eu me apresso para agarrar seu pulso antes que ele possa tocar a rosa.

— O que foi?

— As rosas... elas têm... aquilo são agulhas? — indago, minha voz soando como se não fosse minha. — Tem algum tipo de metal saindo de dentro dos espinhos. De todos eles.

A respiração do sr. Gordon sai em um fluxo constante quando ele chega mais perto, praguejando junto com o ar. Encara o arranjo como se fosse a coisa mais estranha do mundo.

— Eu... sim. São. Não sei como é possível, mas são agulhas. — Passa a mão sobre seus poucos fios de cabelo remanescentes.

Apanho uma das longas hastes com cautela. Quando a seguro contra a luz, posso ver o quão cuidadosamente os pedacinhos de metal foram inseridos através de cada espinho para saírem na ponta em perfeito alinhamento. Engulo em seco. Sem dúvida precisamos da polícia agora.

8

O **DETETIVE ROWAN CRANE ESTÁ SENTADO NOS FUNDOS DA** pequena delegacia de Castle Knoll, bebendo café em longos goles e olhando pela janela. O sr. Gordon me deu o nome dele e disse onde eu poderia encontrá-lo antes de voltar correndo para o escritório.

É o começo da tarde, e uma atmosfera de preguiça paira na delegacia. Com exceção de uma recepcionista chata, o detetive é a única pessoa lá. Já que ele ainda não me notou, rapidamente analiso sua postura. Está vestido de modo casual, usa calça jeans escura e uma camiseta com um blazer marrom-claro, que não combinam muito. Aparenta ter seus trinta anos e tem cabelos que pareceriam desarrumados, se não fosse pela barba bem aparada, o que o faz parecer durão de maneira elegante. No geral, contudo, o detetive passa a impressão de ser alguém que faz apenas o suficiente pela manhã antes de sair de casa.

Ele se vira, me nota e, no mesmo instante, recebo seu próprio olhar de avaliação. Sua mirada é do tipo que dura apenas alguns segundos, mas ele parece perceber detalhes que a pessoa observada não desejava revelar. O detetive tem olhos castanhos com cílios bem longos que rapidamente percorrem meu cabelo loiro despenteado, passam pelas manchas de caneta em meus dedos e pelo saco plástico que eles carregam e, por fim, aterrissam nas rosas cheias de agulhas despontando.

Não há qualquer julgamento em seu ato, mas sinto que estou sendo catalogada como evidência antes mesmo de ter a chance de dizer por que estou ali. As minhas mãos começam a coçar, e distraidamente limpo uma delas na calça jeans.

— Posso ajudá-la? — ele pergunta. Sua voz é ressoante e passa um ar de autoridade que naturalmente me agrada.

E então meu instinto de defesa é acionado. Sempre que encontro alguém assim (o que é raro, afinal, quem é que passa por uma situação dessas hoje, fora da literatura clássica?), faço questão de ser cuidadosa. Embora ganhar na loteria genética possa fazer alguém soar tranquilizador, não significa que você deva ficar tranquila em sua presença.

— Detetive Crane? — indago, embora seu nome esteja escrito em uma placa retangular sobre sua mesa.

— Sou eu. — Seus olhos voltam para meus dedos quando passo o saco plástico para a outra mão.

— Meu nome é Annie Adams. Estou aqui porque minha tia-avó acabou de falecer e encontrei algo estranho que acho que você deveria ver.

A cadeira na frente de sua mesa desliza em minha direção aparentemente por vontade própria, e demoro um momento para entender que ele a empurrou com o pé.

— Talvez seja melhor começar do início. Qual é o nome de sua tia-avó? E quando ela morreu?

Tiro a mochila das costas e a penduro no encosto da cadeira, que é uma daquelas de plástico desconfortáveis.

— Nós a encontramos apenas algumas horas atrás? — digo em forma de pergunta, porque o tempo parece correr em círculos estranhos. — Os paramédicos a levaram, mas dois policiais também apareceram.

Ele fica pensativo por um segundo, então apanha uma caneta, mas apenas fica batendo distraidamente com a ponta sobre uma pilha de papéis.

— A delegacia não recebeu nenhuma ligação — responde lentamente. — Mas imagino que os paramédicos possam ter alertado a polícia em

Little Dimber, se estivessem por perto e entre chamadas. — Ele tira a tampa da caneta e anota algo, porém sua expressão não transparece nada.

— Os paramédicos disseram que não viram nada suspeito nas circunstâncias da morte dela e... — Paro e tento tornar minha explicação menos improvisada, mas não adianta muito. — Quer dizer, tia-avó Frances era bem idosa. Frances Adams, essa é minha tia-avó.

A caneta cai de sua mão quando menciono tia-avó Frances.

— Meu Deus — ele diz, recostando-se levemente na cadeira. — Sinto muito. Eu gostava de Frances, apesar de sua tendência de me ligar para qualquer coisinha. Ela era interessante.

— *Interessante* é só um dos termos para descrevê-la — a recepcionista grita de sua mesa perto da porta.

— Já chega, Samantha — o detetive declara com calma. — Frances acabou de falecer e sua sobrinha-neta está aqui. Tenha um pouco de respeito.

Samantha rodopia na cadeira — uma daquelas giratórias — e chega mais perto de nós, mas não se levanta. Ela tem um penteado permanente grisalho imaculado e não parece muito mais jovem que tia-avó Frances.

— Respeito? Igual ao que Frances tinha com a gente? Aquela mulher desperdiçou mais tempo e recursos da polícia que crianças dando trote no Halloween.

— Samantha. — Há um tom de alerta na voz de Crane agora, mas Samantha aparentemente não é do tipo que se importa.

— Lembra quando Frances telefonou para dizer que estava sob a mira de uma arma? Mas, no fim das contas, o jardineiro dela tinha podado uma planta com um formato estranho e a sombra parecia um homem com um rifle? Uma *sombra*, Rowan. Um carro foi roubado no centro da cidade enquanto metade da força policial estava em Gravesdown Hall lidando com uma *sombra*.

— Samantha... — O detetive Crane estremece, mas Samantha continua.

— Não, isso precisa ser dito! Os parentes dela precisam saber o que suas obsessões malucas custaram para a cidade! E você deveria me apoiar, *detetive Crane*, considerando o modo como ela o tratava.

— Tia-avó Frances destratava o detetive? — pergunto com surpresa.
— Por se preocupar tanto com a possibilidade de ser assassinada, achei que ela preferisse manter o detetive do seu lado.

— Ela não gostava de nomes de pássaros — Samantha rebate. — Frances foi horrível com toda a família Crane* por causa disso.

— Ah, é mesmo — murmuro, lembrando-me da leitura da sorte: *Cuidado com um pássaro, pois vai traí-la aos quatro ventos.*

O detetive Crane passa a mão sobre o queixo e faz uma pausa, como se estivesse prestes a falar umas verdades para Samantha. Mas uma expressão séria toma conta de suas feições e ele dá as costas para ela.

Samantha dá de ombros e volta com a cadeira para sua mesa.

— Pode me dizer o que aconteceu e o nome de todos os presentes? Você disse "nós" quando mencionou ter encontrado o corpo de Frances.

Repasso a ele os detalhes exatos de minha manhã e descubro que contar as coisas como se fossem a história de um livro me faz sentir um distanciamento de tudo. É como se eu fosse outra pessoa, olhando por uma janela, observando outra Annie encontrando a tia-avó morta no chão de sua casa chique.

Paro antes de falar sobre o buquê e prefiro entregar toda a bagunça do saco plástico para o detetive, pois não quero rever as agulhas. Ao fazer isso, minhas mãos latejam. Por um instante minha mente vai direto para a leitura da sorte de tia-avó Frances — lembro-me de palavras sobre sua queda estar ligada a segurar coisas na palma de uma mão — antes de meus pensamentos seguirem adiante, e é então que algo me ocorre.

— Ah, *merda* — exclamo. Não me lembro de ter tocado nas rosas. Na verdade, sei que não toquei. Fui muito cuidadosa.

Certo?

Mas, quando olho minha mão, posso ver pequenas bolhas se formando nas palmas e entre alguns dedos. Sem dúvida toquei *algo*. Solto outro palavrão, dessa vez com mais convicção.

O detetive Crane se aproxima, uma preocupação enrugando sua testa.

---

* Em inglês, *crane* quer dizer "grou", uma ave parecida com a garça. (N. T.)

— Isso parece ruim — murmura tão baixo que quase podia ser apenas para si mesmo.

Eu me apresso para terminar de falar.

— Há agulhas nessas rosas! Tia-avó Frances segurava as rosas quando morreu, e suas mãos estavam todas cortadas por causa delas! É por isso que estou aqui!

O detetive Crane permanece calmo de um modo irritante quando abre uma gaveta e tira uma luva cirúrgica, vestindo-a com um estalo, como um médico faria. Eu me sinto como se estivesse meio em uma cena de crime e meio em uma sala de emergência quando ele, de modo gentil, toma meu pulso e o vira em sua direção, examinando minha palma. Com a outra mão, o detetive Crane cuidadosamente tira o buquê do saco, usando mais uma luva cirúrgica presa entre seus dedos nus. Coloca as flores na mesa e volta para minha mão.

— Você ouviu o que eu disse? — Minha voz aumenta, e o som das rodinhas da cadeira de Samantha me faz querer sair correndo da delegacia. Fico com a impressão de que ela está prestes a me acusar de *causar uma cena*, como a tia louca antes de mim. Isso me deixa ainda mais determinada a ser levada muito a sério. — Minha tia-avó Frances está morta — grito — e foi encontrada segurando rosas cheias de agulhas, que eu também acabei tocando! Por que ninguém chamou uma ambulância ainda?

— Porque reconheço uma planta nesse buquê *e* a irritação em sua pele — Crane responde calmamente.

— Sim, acho que todos reconhecem rosas e cicutas-dos-prados — retruco, irritada.

O detetive Crane me olha com cautela, ainda segurando meu pulso levemente entre o polegar e o dedo indicador. Volta a olhar para baixo e posiciona minha mão sob a luz do abajur na mesa.

— Isso não é cicuta-dos-prados — ele diz, apontando para as plantas com a ponta do queixo. — É uma erva daninha que irrita a pele, e Castle Knoll passa por uma epidemia disso todos os verões. Vamos levá-la para o consultório de qualquer maneira, para passar um creme antialérgico que alivie a irritação.

— Então, o que exatamente é isso? — pergunto.

Ainda não estou inteiramente calma, mas ele transmite tanta certeza a respeito da situação que sinto meus ombros começando a relaxar.

O detetive Crane me lança outro olhar de avaliação. Posso ver que está registrando o quanto estou pálida e como, sobre a mesa, minhas mãos tremem um pouco com as palmas voltadas para cima.

— Não importa — ele responde distraidamente.

— Importaria para tia-avó Frances? — indago com frieza.

Sei quando alguém está escondendo informação de mim para que eu não entre em pânico. Estou irritada, mas me apego a essa sensação porque me faz pensar melhor.

Ele não diz nada; apenas desliga o abajur e se levanta da cadeira.

— Tia-avó Frances passou a vida inteira convencida de que alguém iria assassiná-la, e então ela é encontrada morta com *isso* na mesa dela? — As palavras escapam de mim. Sinto-me frustrada por ter entregado a um detetive um buquê repleto de agulhas e algum tipo de erva daninha e ele aparentemente não ver importância nisso. — E aí, você vai investigar o buquê?

O detetive Crane agora está me conduzindo para fora da delegacia e dirige um rápido aceno de cabeça para Samantha quando passamos pela porta.

— Então, vocês são uma família de investigadores amadores? — ele resmunga. — Quando foi a última vez que falou com sua tia-avó? — questiona, sem responder à minha pergunta.

Não quero admitir que nunca falei com ela.

— Vim de Londres para cá para participar de uma reunião com tia-avó Frances. Walter Gordon falou com ela ao telefone pouco antes de seguirmos para a casa dela. Ele provavelmente foi a última pessoa a conversar com ela.

Crane não diz nada, apenas franze as sobrancelhas e faz um aceno com a cabeça. Tento não olhar para minhas palmas, mas não consigo evitar, e sinto um começo de tontura.

Ele me segura pelo cotovelo e me conduz gentilmente pelas ruas estreitas de Castle Knoll. As pedras arenosas das construções estão todas acesas sob o brilho dourado do fim da tarde, porém estou ocupada demais falando para prestar muita atenção.

Embora ele não tenha me dado todas as informações sobre a planta que toquei, Crane não está me fazendo sentir frágil — na verdade, é o oposto. Em silêncio, ouve minhas teorias, bancando o advogado do diabo aqui e ali.

— Vi os arranjos de flores de tia-avó Frances. Eram maravilhosos. Como arranjos de casamento profissionais.

— Bom, ela cuidou das flores de muitos casamentos em Castle Knoll. E dos arranjos semanais para a igreja — Crane diz.

— Sim. O sr. Gordon mencionou isso — confirmo. — Vimos uma porção de arranjos prontos para serem entregues na igreja. Mas o buquê que tinha essas rosas parecia todo errado, como se tivesse sido tirado de uma cerca-viva. Acho que alguém o enviou para tia-avó Frances sabendo que ela iria desfazê-lo.

— A menos que a morte tenha ocorrido enquanto Frances fazia ela mesma o arranjo — ele afirma. — Você está pensando que o buquê era *para* Frances. E se fosse *de* Frances? Para alguma outra pessoa?

Respondo imediatamente:

— Você de fato acha que alguém enviaria algo tão sinistro para o casamento de alguém? Ou para a *igreja?*

— Não sei, talvez alguém a tenha irritado. Frances não perdoava com facilidade — ele acrescenta.

Armazeno essa informação em minha mente para usar mais tarde; parece significativa.

— O que ela tinha contra a igreja? — pergunto.

— Ela certamente tinha um passado com o vigário — Crane responde. E estremece, como se tivesse falado sem pensar e agora não pudesse voltar atrás.

— Um *passado?* Você quer dizer...

— Esqueça o que eu disse, Annie. Estamos quase chegando ao consultório.

— Você acha que esse passado voltou recentemente para assombrá-la?

— Eu disse para esquecer, Annie. Isso foi há uma eternidade. — Sua voz agora carrega uma leve irritação, e o fato de ele ter me dado uma ordem me faz querer ignorá-la ainda mais.

— Há uma eternidade? Como... em 1965? Quando ela recebeu a leitura da sorte? — As engrenagens em minha mente giram furiosamente. — Ou um mês atrás? Alguma discussão sobre as flores saiu de controle, e então...

Tento pensar em como um desentendimento entre tia-avó Frances e o vigário poderia estar relacionado a ossos secos e justificar a marca naquela frase da predição, mas não consigo concluir nada.

— Sim, como em 1965. Um familiar meu conheceu Frances naquela época, então sei do que estou falando quando peço educadamente a você que esqueça isso tudo. — Ele para um segundo, e o olhar que me lança é tão severo que recuo um pouco. — E antes de ter qualquer ideia, pois já percebi que você é do tipo que tem muitas ideias, deixe o pobre vigário em paz. John já passou por muita coisa.

Interessante, penso. E agora tenho um novo nome para considerar, caso tente resolver o mistério dessas flores. *John.*

Desvio os olhos e só então percebo que chegamos a uma porta comum pintada com um alegre tom de verde. Fica em um terraço de casas de pedra que parecem tão antigas que devem ter sido construídas quando o castelo ainda estava inteiro. O detetive Crane bate à porta, e até sua batida parece altamente profissional. Há uma placa ao lado da porta que anuncia o consultório médico, encabeçado por uma tal de dra. Esi Owusu.

Uma mulher de jaleco branco abre a porta.

— Esi — o detetive Crane diz, como se pedisse desculpas —, você tem tempo para atender uma paciente sem hora marcada?

A médica parece levemente irritada, mas me dá o tipo de olhar simpático que profissionais decentes conseguem oferecer mesmo nos piores dias.

— Acho que sim — ela responde, acenando para eu entrar. — Normalmente não atendo pacientes às terças-feiras; é dia de colocar a papelada em dia. Mas hoje tenho sido requisitada repetidamente, com autópsias urgentes de última hora e tudo o mais. — Ela olha de relance para Crane, e uma fagulha de conhecimento interno da cidade passa entre eles. Meus olhos se arregalam. Por que uma médica clínica-geral realizaria autópsias urgentes? Poderia ter relação com tia-avó Frances? Demandaria tanta rapidez?

— Por favor, Esi — Crane diz. — Realmente não gostaria de levá-la até a emergência. É só uma olhada rápida. — Minhas mãos agora pulsam de dor e a irritação aumenta.

— Tudo bem — ela fala. Abre um pouco mais a porta e faz um gesto para entrarmos. — Então, o que aconteceu para você precisar de um médico com tanta urgência? — A voz da dra. Owusu é gentil, mas firme.

Minha boca seca de repente. As luzes fluorescentes da clínica deixam minha cabeça ainda mais confusa e a dor nas mãos ecoa meu pânico crescente.

O farfalhar do saco plástico parece distante quando Crane cuidadosamente extrai o buquê. A dra. Owusu analisa as plantas, depois diz algo para Crane com a voz baixa.

Ouço a voz ressoante do detetive dizer a palavra *cicuta*, mas minha cabeça está girando. Eu me sinto zonza e esquisita, então meus ossos parecem derreter e um braço me puxa para uma cadeira.

O termo *cicuta* ecoa de novo antes de tudo escurecer.

OS ARQUIVOS DE CASTLE KNOLL, 21 DE SETEMBRO DE 1966

— EU PODERIA PERGUNTAR O QUE VOCÊS ESTÃO FAZENDO AQUI — Rutherford disse, os olhos passando por cada um de nós. Ele olhou para Emily, ainda segurando a cerveja de Walt, Rose com o cigarro e eu com o braço de John envolvendo meus ombros; era como se ele enxergasse através de nós. — Mas acho que sei muito bem. — Sua boca se torceu em um sorrisinho, como se se lembrasse de uma piada.

Rutherford era mais jovem do que eu esperava, mas eu deveria saber, pois, de acordo com as fofocas na cidade, ele teria apenas vinte e três anos agora. Tinha ombros largos e era consideravelmente mais alto que todos nós. Eu não conseguia enxergar bem seus olhos, mas seu queixo tinha um formato formidável, e imaginei que, se ele entrasse em uma briga de rua, aguentaria uma boa quantidade de golpes antes de emergir vitorioso. Eu me perguntei por que Rutherford já tinha se casado, muito embora ele fosse lindo e rico, e encontrar alguém disposto a se casar não é difícil quando se é essas duas coisas. E entendo que ele foi obrigado a ficar com o sobrinho e com um título de nobreza quando tinha apenas vinte anos. Também não gostaria de ficar sozinha.

Emily endireitou os ombros, sem se importar em esconder a cerveja, mas percebi que era uma falsa confiança. Seus olhos saltaram para mim, cheios de significado, depois voltaram para Lorde Gravesdown. Ela olhou em seus olhos, e juro que vi a cabeça dela assentindo levemente. Fiquei incomodada, como se houvesse uma piada interna no ar e eu fosse o alvo.

Os olhos de Lorde Gravesdown se demoraram sobre Emily.

— E quem seria você? — perguntou.

Emily soltou um pequeno som de surpresa, o qual encobriu com um passo adiante e um sorriso.

— Senhor, sou Emily, e este é Walt. Aquela é Rose, e John, e a namorada de John. — *Ela apontou para cada um de nós, e fiquei um pouco ofendida por apenas receber o título de "namorada de John".*

— Entendo. E o que vocês estão fazendo em minha propriedade a esta hora da noite?

Emily pigarreou, e então tudo se tornou um perfeito teatro.

— Sentimos muito, mas sabe como é... Ninguém na cidade entende o quanto nossa diversão é inofensiva.

Ela baixou os olhos por um segundo, depois os ergueu novamente e encarou Lorde Gravesdown. Emily deu outros dois passos à frente de Walt e inclinou um pouco a cabeça enquanto andava para deixar os cabelos caírem sobre um ombro, arrumando uma mecha atrás da orelha com um ar todo inocente no rosto. Ela não tem nada de nervosa, mas é ótima em escapar de encrencas fingindo que é. Pelas minhas contas, estávamos possivelmente a meros minutos de falsas lágrimas e promessas de se tornar mais presente na igreja.

Rutherford a interrompeu erguendo uma mão no ar. Emi caprichou ainda mais na cara de coitadinha, porém seu público havia perdido o interesse.

— Fiquem só nas áreas de mata e nas ruínas do templo grego do lado leste da propriedade, e não deixem sujeira para trás — ele disse.

Vi um canto de sua boca se curvar para cima, e pensei que talvez a diferença de idade entre nós não fosse assim tão grande. Será que ele próprio estivera ali com amigos para se divertir em anos recentes, antes de receber tantas responsabilidades? Fora isso, eu não conseguia enxergar uma razão para ele não nos mandar embora imediatamente. Talvez representássemos um passado que ele não teve.

— Fiquem longe dos jardins formais e qualquer espaço perto da casa, e de maneira alguma cheguem perto da fazenda abandonada. A roda d'água está quebrada e é extremamente perigosa. Não quero ter que tirar algum corpo de dentro do rio Dimber. — Ele se virou e me encarou por um longo momento, e senti John endireitar os ombros. — Saxon tem o hábito de perambular por aí. — Olhou feio para o sobrinho. — Então, se vocês o virem de novo, por favor, tragam-no de volta para casa. Você... qual é seu nome?

Precisei pigarrear antes de conseguir dizer um tímido "Frances".

— Frances — Rutherford repetiu.

Ele me ofereceu um sorriso suave e tive a impressão de que ficara agradecido por eu não ter gritado com seu sobrinho por causa das travessuras dele. O sangue correu para o meu rosto quando lembrei que falávamos sobre a esposa de Rutherford apenas alguns segundos antes de ele aparecer no meio do mato, e havia luz da lua suficiente sobre mim para eu saber que ele podia me ver corando.

Sua expressão mudou e seu sorriso se tornou arrogante — o tipo de sorriso que vem de alguém que sabe o poder que tem e como usá-lo. Rutherford usou um dedo para me chamar para perto. Fiquei com vontade de me aninhar ainda mais em John. De repente, tudo parecia uma armadilha, mas acabei me aproximando de Lorde Gravesdown.

— Frances — ele disse, com a voz mais baixa dessa vez —, você gosta de enigmas?

Fiquei tão surpresa com o absurdo daquela pergunta que soltei uma leve bufada de indignação. O que ele era? Algum tipo de esfinge guardando suas ruínas, testando meu valor? Se houvesse ruínas aqui, elas seriam como todos os templos gregos construídos em jardins pela aristocracia: falsas. Toda aquela interação parecia muito estranha.

Meu coração acelerou quando fui tomada por uma súbita ousadia.

— Não — respondi. — Não gosto de enigmas. Com exceção das histórias, eles são apenas uma desculpa para as pessoas transmitirem uma falsa esperteza.

Uma risada explodiu nele, e ele jogou a cabeça para trás. Quando olhou de novo para mim, foi com uma firme aprovação.

— Gostei de você — declarou.

Emily pareceu indignada ao fundo. Talvez estivesse irritada por seu teatrinho não ser tão interessante para Lorde Gravesdown quanto minha ousadia, ou talvez fosse apenas inveja por de repente eu me tornar o foco da atenção dele.

Houve uma longa pausa e percebi que eu deveria dizer algo. Não sabia se ele estava me elogiando ou meramente falando alto, mas afirmei:

— Obrigada, senhor R... hum, senhor. E obrigada por não nos mandar embora ou ter ficado bravo — acrescentei rapidamente.

Seu sorriso se alargou e seus dentes brancos perfeitos brilharam sob o luar.

— Por favor, me chame de Ford.

Ele me olhou tão intensamente que por um momento meio que acreditei nas histórias de Emily sobre a adaga de rubi e o rio Dimber. Foi apenas um olhar, mas me senti acuada.

Emily se posicionou no espaço entre nós, e a atenção dele mudou.

— Não se preocupe, Ford — ela disse seu nome casualmente, como se fossem amigos havia anos. Eu ainda o chamaria de senhor se algum dia o reencontrasse depois daquela noite. — Sei que parecemos um pouco selvagens — Emily continuou, abandonando a máscara de nervosismo tão facilmente quanto a tinha vestido —, mas na verdade somos muito educados.

Ele não respondeu, apenas assentiu pensativo.

— Vamos, Saxon — ele finalmente disse.

Quando Saxon passou por Emily, eu o ouvi dizer algo, suas rápidas palavras cortando o ar noturno.

— Tenha cuidado — Saxon declarou. — Gostamos de coisas selvagens. — Então abriu um sorriso arteiro e seguiu o tio através das árvores.

Por uma eternidade, nenhum de nós se moveu. Finalmente, a risada de Emily explodiu em todas as direções e o gelo que havia se acumulado no momento foi partido.

— Que família esquisita! — ela disse.

Rose andou um pouco adiante, seu queixo se virando aqui e ali, até que voltou por fim, parecendo mais calma.

— Eles foram embora mesmo, certo? — Walt perguntou.

— Sim — Rose respondeu. Ela pareceu voltar a si depois de nosso encontro com os Gravesdown. Foi como se nossa pequena aventura juntos a tivesse despertado um pouco.

Admito que também me senti mais viva. Escapamos por um triz, um mistério e um passe livre, tudo misturado em uma coisa só.

John arrumou uma alça de sua mochila e abriu um sorriso para mim enquanto os outros sussurravam sobre o que acabara de acontecer. Ele tomou minha mão novamente e começamos a andar por um caminho de terra entre as árvores, na direção oposta à que Saxon e seu tio haviam seguido.

— Então, onde fica esse templo grego, Emi? — chamei atrás de nós.

John seguia adiante com passos firmes e me conduzia pela mão no meio da escuridão.

Ouvi Emily soltar uma risada e dizer:

— Siga pelo caminho da direita, John! — Mas John já tinha ido por ali.

Finalmente chegamos a uma clareira, e a luz da lua estava tão forte que logo entendi a razão de alguém construir uma estrutura secreta ali. A floresta crescia de todos os lados, criando uma parede de pinheiros e bétulas, mas, ao olhar para cima, o céu e as estrelas pareciam enormes. Era uma noite clara, e eu conseguia enxergar a constelação Ursa Maior.

— Pare de olhar para o céu, Frances — Walt provocou. — Vamos relaxar um pouco. — Ouvi outra cerveja sendo aberta e vi Emily e Walt se acomodando sobre um pilar grego caído.

Por toda parte havia ruínas de mentirinha — pedras posicionadas cuidadosamente por algum paisagista para que parecessem algo misterioso, mas que, na verdade, era apenas uma área para se sentar disfarçada.

— Então, o que querem fazer? — Walt perguntou quando o cheiro de seu baseado encheu meu nariz.

Emily cerrou os olhos assim que tragou o cigarro.

— A escolha óbvia. Você e eu vamos fumar, Rose vai ficar emburrada, e John e Frances vão sair de fininho para transar.

— Ah, não estrague o clima, Emi! — Walt a cutucou com o cotovelo e começou a rir.

O maxilar de John ficou um pouco tenso, mas ele não respondeu. Era típico de Emily baixar o nível daquele jeito. Ela pega coisas que deveriam ficar nas entrelinhas e as joga sob a luz do sol, acabando com a diversão e fazendo tudo parecer uma piada. Mas eu não deixaria que meu relacionamento se tornasse uma farsa.

Apertei a mão de John outra vez e endireitei os ombros. Vesti minha melhor expressão presunçosa e disse:

— Bom, seja lá o que decidamos fazer, pelo menos não vamos perder tempo com vocês, perdedores. — Não foi a resposta mais ácida, mas foi o melhor em que consegui pensar.

Emily, no entanto, também se endireitou, como se eu tivesse declarado guerra. Um sorriso perverso cruzou seu rosto.

— Não se preocupe, Frances — ela falou suavemente, quase sussurrando. — Sei que deve ser difícil ser a última virgem da turma. Mas o bom e velho John tem experiência, então você está em boas mãos.

— Não dê ouvidos a ela, Frannie — John sussurrou. — Vamos sair daqui, não precisamos aturar esse tipo de coisa.

Dei um longo beijo nele, só para parecer que eu não dava a mínima para o que Emily dissera. E então ele me levou por outro caminho no meio do escuridão.

Andamos em silêncio por um minuto ou dois, John seguindo na frente. Sua mochila estava cheia com o cobertor e a garrafa de vinho tinto que sei que ele havia enfiado lá. Eu não tinha contado a Emily sobre nossos planos e duvidava de que John o tivesse feito, mas acho que estava bem óbvio. Com certeza não podíamos ir para a casa de nossos pais, e nenhum de nós tinha carro. Walt havia nos levado até ali, estacionando na estrada um quilômetro atrás para que pudéssemos caminhar e passar escondidos sob a falha na cerca que Emily encontrara.

Em minha cabeça isso aparentava ser romântico, mas, à medida que andávamos sobre galhos mortos procurando por um lugar no mato que não estivesse cheio de plantas e folhas, começou a parecer apenas um meio para *chegarmos a um fim. Praguejei para mim mesma. Era exatamente isso que Emily tentava me fazer pensar.*

— Estou começando a odiar aquela garota — John disse, como se pudesse ler meus pensamentos.

— Eu também — afirmei. Não falamos mais disso, mas foi legal concordarmos.

Finalmente encontramos um lugar protegido sob um pinheiro enorme, onde o chão estava macio devido às folhas caídas e os ramos da árvore eram suficientemente baixos para nos esconder. Assim que ficamos sob o abrigo do pinheiro, senti a tensão deixar meu corpo. O lugar era escondido e seguro. Perfeito.

John deve ter sentido o mesmo, porque sorriu para mim e me beijou, depois abriu a mochila e colocou o cobertor no chão. Puxou a rolha da garrafa de vinho — já metade vazia e tirada do armário de seus pais, suspeitei — e tomou um longo gole antes de me passar.

Ri com a bebida escorrendo por meu queixo quando tomei um gole grande demais, e John limpou o vinho com um dedo antes de colocar a garrafa de lado. Quando me beijou outra vez, ele estava sério, e nossos movimentos se tornaram mais urgentes. Tentei não pensar nas palavras de Emily quando notei como as mãos de John eram confiantes com os botões de minha camisa ou como abriu seu cinto, tão rapidamente que nem percebi. A desajeitada ali era eu, e odiei Emily de novo quando me senti constrangida por talvez não ser boa o bastante para John ou por meu nervosismo me fazer parecer imatura e, assim, nenhum de nós gostar da experiência.

E a odiei por me fazer pensar na situação de um jeito novo — a experiência se tornou uma linha de chegada, não o lento prazer que eu imaginava. Eu só queria passar por esse marco e seguir em frente.

Os beijos de John desceram por meu pescoço até a caverna desabotoada de minha camisa, e finalmente comecei a relaxar. Olhei para os ramos do pinheiro acima de nós, e o aroma de terra ao redor me fez decidir que Emily não poderia estragar aquele momento. Meus olhos começavam a se fechar, e um suspiro de prazer por fim flutuou de mim, meus dedos mergulhando nos cabelos de John. Mas um lampejo pálido no meio dos ramos me fez reabrir os olhos.

— Merda — eu disse. — John, é aquele garoto de novo.

O rosto de John reemergiu e fechei minha camisa com uma onda de sensações — raiva, vergonha, decepção e desejo.

John ainda pairava sobre mim, o cinto aberto, mas todo o restante ainda no lugar. Eu me apressei para fechar os botões da camisa, mas não havia dúvida quanto ao significado daquela cena. Saxon não se mexia, o que deixava tudo ainda mais esquisito. Por que ele não saiu correndo? Ficou nos encarando através dos ramos, seu rosto impassivo enquanto eu vestia a blusa de lã.

Quando John se virou e fechou o cinto com rápidos movimentos irritados, percebi que algo em seu habitual comportamento calmo começava a ferver. Seus ombros de repente ficaram tensos e ele se levantou com tanta força que fiquei preocupada que acabasse batendo em Saxon.

— Saia daqui, Saxon — gritei, minha voz exasperada e preocupada ao mesmo tempo. Pervertido ou não, ele ainda era um garoto.

Isso pareceu acordá-lo, mas, quando Saxon se virou e correu, John saiu correndo atrás dele. Rapidamente me levantei para segui-los, tropeçando no cobertor e derramando o restante do vinho sobre ele quando caí.

Eu me ergui de novo, os galhos deixando espinhos em minhas palmas, quando ouvi Saxon gritar no meio das árvores adiante.

Menos de três metros de onde John e eu estávamos deitados, a linha de árvores terminava abruptamente e dava lugar aos extensos gramados da propriedade. Eu não tinha entendido o quão perto estávamos de todo aquele espaço aberto e estremeci pensando que minha intimidade com John pudesse ter sido exposta. Odiei tudo sobre a propriedade dos Gravesdown naquele momento. Era um lugar deturpado e sedutor que nunca mais queria ver. Abracei meu próprio corpo e encolhi o pescoço na blusa de lã, tentando desaparecer. Mas agora eu podia ouvir Saxon chorando, então corri para onde ele havia caído na grama, com John se agigantando sobre ele.

— O que você fez? — berrei para John enquanto corria.

John se virou, jogando as mãos no ar.

— Nada, Frannie, eu juro! Queria apenas gritar, mas ele tropeçou!

Olhei para Saxon, que abraçava os joelhos contra o peito, o rosto brilhando com lágrimas sob o luar. Um dos joelhos da calça havia rasgado, e eu podia ver a pele ralada. Estendi a mão para ajudá-lo a se levantar e ele aceitou. Eu não sentia muita compaixão por Saxon — era um garoto tão estranho —, mas vê-lo chorar com o joelho ralado me fez pensar se ele não era apenas uma criança que precisava de coisas melhores para fazer com o tempo livre. Ele deveria ralar o joelho ao subir em árvores com os amigos no verão, não por espreitar no meio do mato na elusiva propriedade do tio.

Pensei em como deveria ter sido horrível perder os pais e o avô tão jovem e em um acidente de carro. Esperava que ele não soubesse de todas as fofocas na cidade.

— Venha — eu disse a ele. — Vamos levá-lo de volta para casa.

Saxon fungou e agarrou meu braço.

— Não vou com ele — Saxon declarou, cerrando os olhos para John. — Ele me empurrou!

— Você sabe que isso é mentira! — John rebateu.

Eu confiava no que John dizia, mas não estava a fim de ser a juíza entre ele e Saxon. Estava cansada, e minhas emoções sobre tudo aquilo — John e eu perdendo nosso momento, Emily e suas palavras maldosas e até mesmo o mistério sobre o que estava incomodando Rose ultimamente — pareciam estar no limite, como se prestes a explodir.

Suspirei.

— Então vamos — falei para Saxon. — John, encontro você e os outros depois de deixar Saxon em casa.

John agarrou meu cotovelo e me puxou para longe de Saxon.

— Não, Frances — ele sussurrou. Aproximou-se e falou em meu ouvido para que ninguém nos ouvisse. — Vi a maneira como Lorde Gravesdown olhou para você. Tudo isso está muito estranho. Não estou gostando.

Sussurrei de volta:

— Só vou levar o garoto até a casa dele. Não vou entrar.

John parecia preocupado, depois irritado de novo.

— Vou seguir atrás de vocês.

Senti como se não reconhecesse John e, por um segundo, eu me perguntei se ele realmente empurrara Saxon.

Minha irritação chegou ao ponto máximo, e a estranheza daquela noite por fim ultrapassou meus limites. Então olhei para John — com bastante atenção — e me ocorreu que os membros da família Gravesdown não eram as únicas pessoas agindo de um jeito estranho naquela noite.

— Você não vai fazer isso — eu disse, mantendo a voz calma.

— Frances, eu...

Interrompi-o com um olhar firme.

— Tem algo errado com você — declarei. — Os comentários de Emily...

— Não deixe que ela a perturbe! Você sabe como ela é.

Ele deu um passo adiante e tomou minha mão com gentileza. Saxon nos olhava de baixo de uma árvore próxima, seus grandes olhos subitamente livres de qualquer lágrima. Ele agora parecia o tipo de garoto que jogaria uma pedra em um grupo de pombos só por diversão.

Fechei os olhos por um segundo e deixei o ar sair devagar dos pulmões. Provavelmente estava sendo muito emotiva; era um problema antigo meu. Sou o tipo de pessoa que acredita em cartomantes, afinal de contas. John estava certo. Emily me afetava fácil demais porque eu deixava.

— Desculpe se estou sendo superprotetor — John falou —, mas a ideia de você ficar sozinha com um deles, o tio ou o sobrinho, me deixa muito preocupado.

Eu o beijei rapidamente e disse:

— Ficarei bem. Só quero que você... mostre que acredita que posso me virar sozinha e vá esperar com os outros. Não sei o que está se passando com Saxon, mas estou cansada e quero ter certeza de que ele está protegido dentro de casa. — John hesitou, esfregando a mão atrás do pescoço. — John — declarei, quando ele se recusou a olhar para mim —, você não é meu pai!

Finalmente, ele concordou.

— Vou esperá-la nas ruínas do templo, junto com os outros.

— Obrigada.

Caminhei na direção de Saxon.

— Vamos fazer isso rápido — eu disse para ele. — Está frio e, para ser honesta, quero ir para casa.

Andamos em silêncio por pelo menos um minuto — Saxon Gravesdown não é o tipo de pessoa com quem se fica confortável em silêncio. Além disso, sentia culpa pelo momento com John e raiva por ter sido observada.

— Você não deveria espionar as pessoas — resolvi dizer, enquanto Saxon e eu atravessávamos o gramado. — E aquilo que viu não é algo que crianças...

— Ah, eu sei tudo sobre a história da cegonha — ele afirmou. — Mas fiz um favor a você. Sei que acha que sou um pervertido, mas seu namorado é pior.

— Como é? — perguntei com indignação.

— Ele provavelmente disse que você não estaria segura por me levar para casa. Mas é que ele não quer que você converse comigo.

— Isso é ridículo — eu disse. Estávamos chegando perto da casa, seguindo para uma porta aos fundos com janelas iluminadas de cada lado.

Saxon deu de ombros.

— Acredite no que quiser. Só estou tentando ajudar. — Ele virou a maçaneta da porta e olhou para trás. — Entre, o tio Ford quer conversar com você.

10

Quando acordo, Crane não está em lugar algum, e a dra. Owusu me entrega um copo de água gelada.

— Tome um gole, você está começando a parecer um pouco melhor — ela diz. Sua voz é acolhedora, com um leve sotaque da África Ocidental. Provavelmente tem seus quarenta anos e, quando olho ao redor, noto que seu consultório é imaculado, com toques de conforto na dose certa, para dar um ar personalizado. As revistas parecem novas e há uma prateleira do tipo LEVE UM, DEIXE UM de livros usados com alguns títulos realmente bons. Uma caixa de brinquedos fica embaixo de um aquário onde um peixe-dourado reflete as luzes acima em lampejos de cobre. Eu me concentro no gotejar do filtro, e isso ajuda a afastar minha súbita exaustão.

— Desculpe — digo com a voz fraca. — Mas ouvi o detetive dizer *cicuta*?

— Você vai ficar bem — a dra. Owusu afirma. — Parece que você tocou mesmo um monte de cicuta. Estava naquele buquê que você levou para Rowan investigar, mas é como ele disse: a cicuta só causa irritação na pele quando é tocada, e é uma reação fácil de tratar.

Respiro aliviada e aceno devagar com a cabeça. Meus membros parecem exaustos. Esse é meu problema com os ataques de pânico: sinto-me exaurida depois. Eu provavelmente deveria procurar um bom analista.

A dra. Owusu segura o tubo de algum tipo de creme e passa o produto nas minhas palmas.

— Creme de hidrocortisona — ela explica quando olho para o tubo e mordo o lábio.

— Achava que a cicuta fosse supervenenosa — digo. — Tem toda aquela história com Sócrates e tal...

— E é mesmo, se a pessoa a ingerir — a dra. Owusu fala. — Ou se suas substâncias entrarem na corrente sanguínea. Mas você vai ficar bem, só tocou a planta. Casos assim são bastante frequentes no verão. A cicuta é uma planta rara, mas cresce nesta região. — A dra. Owusu faz uma pausa e acrescenta: — Sinto muito por sua perda. — E dá um leve tapinha em minha mão.

— Obrigada — agradeço, sentindo-me quase uma fraude, já que não conhecia tia-avó Frances.

Não mereço a expressão preocupada que tomou conta do rosto da dra. Owusu. Mas se há uma coisa que *aprendi* sobre minha tia-avó em meu breve tempo em Castle Knoll é que ela ficaria indignada por ter sido assassinada. E quem não ficaria? Ela, no entanto, era hiperfocada em prevenir exatamente isso, então sinto que estou fazendo justiça por ela quando volto a pensar nesse enigma em particular.

— Cicuta só é mortal se suas substâncias caírem na corrente sanguínea — murmuro. — E se as agulhas em si não fossem venenosas, mas quem as colocou lá esperasse que tia-avó Frances cortasse as mãos e as substâncias da planta entrassem em sua corrente sanguínea? Porém... ela não seria capaz de reconhecer a diferença entre cicuta real e cicuta-dos-prados?

— Na verdade, provavelmente não — a dra. Owusu arrisca. — Ela só fazia os arranjos; não cultivava ou apanhava as flores. Até onde sei, os jardineiros de Frances traziam um suprimento constante de flores recém-colhidas, e duvido que alguém em Gravesdown permitisse que qualquer erva daninha crescesse lá. Fosse cicuta-dos-prados *ou* cicuta real.

Fico em silêncio por um momento, pensando. A dra. Owusu parece saber muito sobre os arranjos de flores de tia-avó Frances. Talvez fosse um daqueles conhecimentos comuns que todos na cidade têm? Mas ela é perceptiva e entende o que estou pensando antes mesmo de eu perguntar.

— Frances fez os arranjos de flores quando meu pai morreu — a médica diz. — Ela era muito compassiva, e nossa conversa sobre os arranjos ajudou a distrair minha mente da tristeza do momento. — A dra. Owusu suspira. — Muitas pessoas na cidade lhe falarão sobre como Frances era bizarra, e... realmente esse lado dela *existia*. Eu tinha todas as razões do mundo para não gostar de Frances, considerando como ela me ligava em pânico por causa de uma ou outra trama de assassinato.

— Entendo que esse era um hábito dela. Na delegacia, uma mulher chamada Samantha tinha muito a dizer sobre isso — acrescentei.

— Aqueles de nós em, digamos, profissões relacionadas a assassinatos recebiam muitas ligações da Frances. Eu mesma, várias pessoas na delegacia, Magda e Joe, que são paramédicos...

— Sim, acabei de conhecê-los, quando... — deixo as palavras morrerem.

A dra. Owusu faz um gesto de compreensão.

— O engraçado é que Frances, na verdade, expandiu muito meu conhecimento sobre venenos locais e caseiros. Não me olhe assim. — Ela dá um sorriso tímido. — Sei o que isso parece, mas, quando Frances me ligava, era porque estava preocupada com a ingestão de algo tóxico que alguém lhe havia dado. Passei muitas horas examinando-a em busca de diferentes sintomas: envenenamento por chumbo, alvejantes, fertilizantes, pesticidas. Uma vez ela achou que houvesse álcool em gel no vinho, mas era apenas uma garrafa antiga com doença da rolha. Enfim, houve um incidente em que Frances pensou que alguém tivesse colocado uma daquelas pequenas baterias de lítio em sua comida, e eu quase perdi a paciência com ela. Mas repassamos todos os sintomas que uma possível ingestão da bateria teria lhe causado, fomos ao hospital, tiramos radiografia e, no fim, descobri que se tratava apenas de uma grande indigestão. Provavelmente causada por estresse.

— Isso parece frustrante — digo.

— E foi, mas nunca deixaria de atender uma paciente só porque ela tem um histórico de comportamento desse tipo. E esse incidente acabou salvando a vida de minha sobrinha. No dia seguinte, eu estava na casa de minha irmã, e sua filha de um ano começou a passar mal de repente. Não havia razão para suspeitar que houvesse engolido uma bateria de lítio, e o problema numa situação dessas é que você precisa agir rápido. Essas baterias podem ser letais muito, muito rapidamente. Talvez tenha sido porque minha mente já estava imersa nas preocupações de Frances ou por algum instinto, mas levamos correndo minha sobrinha ao pronto-socorro e conseguimos salvar sua vida porque insisti para que averiguassem se ela tinha engolido uma daquelas baterias. E tinha. Não sou supersticiosa, porém uma ficha caiu naquele dia. Percebi o quão amedrontada Frances estava e como ela tinha poucos amigos. O mínimo que eu podia fazer era continuar a acreditar nela, enquanto o restante da cidade sussurrava por suas costas.

— Uau — falo. Meu cansaço começava a ir embora. — Sinto muito por sua sobrinha, mas fico contente por ela estar bem.

A dra. Owusu se levanta, como se seus pensamentos flutuassem pela sala e estivesse na hora de controlar o que dizia.

— Vejo que está preocupada com aquelas flores — ela afirma. — Por favor, confie em mim e em Rowan para lidar com isso. Eu tinha um acordo com Frances: quando ela morresse, realizaria sua autópsia, e o faria o mais rápido possível depois da morte declarada.

— Parece um acordo estranho — digo lentamente. — Mas, considerando o que me contou, ela confiava em você, e isso era coisa rara.

— Sei que soa estranho — a médica admite. — Todavia... — ela deixa no ar, sem querer dizer mais.

— Ela estava fazendo mudanças significativas no testamento quando morreu. E acho que um crime foi cometido — falo.

Quero confiar na dra. Owusu e saber que tia-avó Frances confiava nela ajuda um pouco. Embora fosse a própria dra. Owusu *me dizendo* que minha tia-avó confiava nela. Mesmo assim, algo na maneira como a médica fala sobre Frances transparece honestidade.

— Bom, tudo o que sei é que Frances dizia ser crucial que seu corpo não fosse enviado para o legista. Um conflito de interesses, segundo a própria. E acabei concordando com ela sobre isso.

— Saxon é o legista — digo. — Certo?

— Sim. — Sua voz sai baixa e ela não olha para mim.

A dra. Owusu termina com o creme e volta a se sentar em sua cadeira. Apanha gaze e esparadrapo, envolvendo minhas palmas até as bolhas ficarem bem escondidas.

— Quando você terá os resultados da autópsia?

— Geralmente leva alguns dias — ela responde depois de uma longa pausa. — Há coisas que precisam ser processadas no laboratório do hospital; não tenho os equipamentos para fazer certos testes. Mas, se não houver fila no laboratório, é possível que os resultados cheguem amanhã. E, antes que pergunte, não tenho liberdade para discutir minhas descobertas. Não antes de poder entregar meu relatório. Além disso, se houver qualquer sinal de crime — a dra. Owusu me lança um olhar cheio de significado —, esse relatório vai direto para o detetive Crane.

— Será que você poderia me atualizar também? Como a parente mais próxima dela?

— Não sei se você está registrada dessa forma, Annie. Ela pode não ter atualizado os registros. Mas vou confirmar e depois entro em contato. — Ela morde o lábio inferior quando vê meus ombros murchando. — Sei, no entanto, que você vai receber uma ligação de Walter Gordon em breve. Ou talvez sua mãe receba. Não estou familiarizada com a situação de sua família.

A porta se abre antes que eu possa responder, e reconheço a paramédica Magda entrando.

— Oi, dra. Owusu. Eu tinha mais uma pergunta antes de minha chamada hoje de manhã. Você se importa se eu pedir sua opinião?

— Não, pode entrar — a dra. Owusu responde. — Annie, em breve você estará completamente recuperada. Volte se não melhorar em um ou dois dias e continue aplicando o creme segundo as instruções do tubo.

— A dra. Owusu apanha o medicamento e o coloca em uma sacolinha de papel antes de me entregar.

— Obrigada — digo. Magda acena de leve para mim e me volto para a dra. Owusu. — Achei que você não atendesse pacientes às terças-feiras. Quando o detetive Crane bateu à porta, você disse que separava as terças para colocar a papelada em dia.

— Oh. — Ela olha para Magda e depois para mim. — Abro exceções para outros profissionais da saúde — ela fala rapidamente. Seu sorriso se torna tenso ao redor dos olhos.

Não há mais nada que eu possa dizer sem invadir as questões médicas pessoais de alguém, então me dirijo para a porta. A dra. Owusu conduz Magda para uma das salas do consultório aos fundos, e ouço a porta se fechar e vozes conversando discretamente. Ouço uma risada abafada e, então, mais conversa.

Há uma agenda de consultas aberta na pequena mesa da recepção do outro lado da sala de espera e não consigo me segurar.

A agenda da dra. Owusu para o dia está bem ali e não está vazia.

Magda aparece duas vezes nas anotações. Uma vez pela manhã, às nove e meia, depois de novo, às onze e quarenta e cinco. Isso me parece confuso, pois quem marca outra consulta tão cedo? Ainda mais estranho é que, às onze e quarenta e cinco, Magda teria acabado de sair com a ambulância e o corpo de tia-avó Frances. Nossa reunião deveria ter acontecido às dez e meia no escritório do procurador e, relembrando agora, diria que encontramos o corpo por volta das 11h. Para Magda comparecer à consulta, ela teria que vir diretamente ao consultório depois de coletar o corpo.

A menos que tenha sido instruída a levar o corpo de tia-avó Frances à clínica da dra. Owusu. Mas, então, por que colocar o nome de Magda na agenda? Sobretudo se já estava tão vazia?

Mas há outra coisa nas anotações que é um pouco mais preocupante para mim. Às nove e quarenta e cinco, há uma consulta marcada para Frances Adams.

Claro, é possível que tia-avó Frances tenha perdido a consulta por causa do problema com o carro. Mas também é possível que esse problema tenha começado depois de voltar para casa e tentar dirigir até a cidade para a reunião. E onde seu encontro com Oliver se encaixaria em uma manhã tão ocupada? Algo não está certo.

Gostei da dra. Owusu e quero confiar nela. Mas apanho meu celular do bolso e tiro fotos da agenda de consultas. Abro o aplicativo de anotações e registro meus pensamentos a respeito da linha do tempo, incluindo algumas perguntas que tenho depois da conversa com a dra. Owusu.

No fim das contas, sei de quatro pessoas que viram tia-avó Frances pouco antes de ela morrer: Oliver, que estava na casa dela para tratar de algumas questões sobre a propriedade, como foi confirmado por Archie Foyle; Archie, que o sr. Gordon disse que entrega flores recém-colhidas dos jardins para os arranjos de tia-avó Frances todas as manhãs; e agora Magda *e* a dra. Owusu, admitindo-se que tia-avó Frances tenha comparecido à consulta.

Ignorando o fato de que eu não sei o suficiente sobre essas pessoas (ou sobre a própria tia-avó Frances) para determinar se alguma delas tinha razões para cometer o assassinato, algo importante sobre as flores me ocorre.

Não importa se o assassino viu tia-avó Frances no dia de sua morte. Essa é a genialidade do buquê de agulhas e cicuta. Ele poderia ter sido enviado com a pessoa responsável segura, a quilômetros de distância. Poderia ter sido dado a ela a qualquer momento, e talvez minha tia-avó tenha levado horas ou dias para ficar incomodada o bastante com sua feiura para desfazer tudo e rearranjar as flores.

Seria impossível rastrear as flores dessa maneira. A própria Frances talvez nem soubesse quem era o remetente.

Só que...

— Ela não jogou o arranjo fora — digo em voz alta para mim mesma. — Alguém que fazia os próprios arranjos de flores só manteria algo tão feio se a pessoa que o enviara fosse importante para ela.

Ou seja, se tia-avó Frances achasse que havia uma chance de a pessoa aparecer e notar a ausência do buquê.

Então, isso tirava um pouco as coisas do anonimato. Tinha que ser alguém de Castle Knoll e tinha que ser alguém próximo da minha tia--avó. Alguém que a conhecia bem, já que Frances tirou as rosas cheias de agulhas do arranjo. Um plano como esse nunca poderia ser uma certeza, a menos que a pessoa *realmente* conhecesse tia-avó Frances.

Ouço alguém girando a maçaneta da porta do consultório. Diante disso, corro de volta para a porta da frente e tento sincronizar o clique desta porta fechando com a outra porta abrindo. Não sei se consegui, então me jogo no labirinto de ruazinhas de Castel Knoll e ando o mais rápido possível, os sinos da igreja batendo quando finalmente alcanço a rua principal.

11

OS ARQUIVOS DE CASTLE KNOLL, 21 DE SETEMBRO DE 1966

HESITEI NA PORTA, RESPIRANDO FUNDO PARA DIZER UM EDUCADO "boa-noite" para Saxon depois de levá-lo à sua casa em segurança. Mas uma governanta veio nos receber e me conduziu para dentro com tanta eficiência que eu já tinha passado pela porta antes de poder protestar. Sua presença me fez sentir um pouco melhor com o fato de seguir Saxon para o interior da estranha casa sem ser convidada, e tudo lá dentro era muito iluminado e acolhedor, então relaxei um pouco.

A casa era tão grande que meus passos ecoavam pelos corredores, e todas as coisas estavam polidas e imaculadas. Andei mais devagar quando passamos sob o candelabro cintilante na grande sala de jantar, mas Saxon se apressou à minha frente, ignorando o joelho ralado. Senti necessidade de acompanhar seu ritmo porque não queria ser flagrada olhando tudo de queixo caído.

Saxon me conduziu até a biblioteca, onde seu tio estava sentado em uma poltrona de couro com um livro no colo. Ele mantinha um pé sobre um dos joelhos e o queixo se apoiava em um dos punhos, como se o livro fosse entediante, mas ele precisasse lê-lo mesmo assim. Essa pose o fazia parecer ainda mais jovem, e admito que isso me pegou desprevenida.

A expressão de Lorde Gravesdown se iluminou assim que ele me viu, e foi tão diferente dos longos olhares inquietantes que me dera mais cedo que me perguntei se não estava apenas nervosa quando nos vimos pela primeira vez. Provavelmente por culpa das sombras da noite e do choque de ser flagrada invadindo a propriedade — tudo isso motivara preocupações que não eram reais.

— Frances, oi! — ele disse. Levantou-se para me cumprimentar, como se eu fosse uma convidada de honra em uma festa ou algo assim. — Obrigado por trazer Saxon de volta, fico muito agradecido. Você gostaria de se sentar? Posso pedir para trazerem chá.

As palavras sumiram de minha mente e não consegui pensar em uma razão para recusar. Deveria apenas ter dito que precisava voltar para meus amigos, mas ele já tinha acenado para a governanta. Saxon se acomodou em uma pequena mesa no canto e começou a mover peças em um tabuleiro de xadrez, então pelo menos não fiquei sozinha com Lorde Gravesdown. Uma lareira acesa lançava tons de laranja por toda parte, e aquela cena era quase acolhedora.

Sem querer ser rude, eu disse:

— Obrigada, Lorde Gravesdown. Seria ótimo.

Ele estendeu a mão para pegar meu casaco, então o tirei e a governanta rapidamente o levou embora.

— Por favor, me chame de Ford — ele pediu.

Fui levada para uma poltrona posicionada na frente de Saxon em vez de ao lado de seu tio.

— Você joga? — Saxon perguntou sem tirar os olhos das peças.

— Na verdade, não — respondi.

Ford saiu do meu lado por um momento e reapareceu alguns segundos depois com uma pequena cadeira de madeira que devia ter trazido de um corredor ou da cozinha. De repente, parecia mais fácil pensar nele usando seu primeiro nome, pois ele transmitia um ar bem despretensioso. Sentou--se com a cadeira ao contrário, na frente da mesinha entre mim e Saxon. Daquele jeito, parecia apenas mais um rapaz que eu poderia ter conhecido em algum baile. Ele poderia ser Teddy Crane ou Archie Foyle, ou um dos pretendentes casuais de Rose que ainda ficavam por perto. Eu podia ver seu perfil delineado pela luz da lareira, o cabelo escuro penteado para trás de um *jeito antiquado, como se usava dez anos antes. Isso deveria ter me lembrado de meu pai, mas em Ford não lembrava. Ele estava barbeado, e a tensão da linha de seu queixo suavizou um pouco quando Ford o esfregou, pensativo. Seus olhos estavam fixos no tabuleiro.*

Com os três ao redor da mesinha de xadrez, parecia que — e isso é tão estranho de descrever, pois, menos de uma hora antes, eu odiava aquela propriedade esquisita e tinha jurado nunca voltar lá — eu tinha sido retirada de um sonho ruim e agora podia ver o quanto fora tola por ter medo de coisas imaginárias. Além disso, sentada ali com Saxon e Ford, tudo parecia amigável. Eles eram uma pequena família e decidiram me deixar participar dela por um momento.

Ford estendeu a mão e moveu uma peça — acho que era um cavalo, mas não tenho certeza, pois eu não conhecia as regras na época —, depois se recostou e ficou observando Saxon, pensativo. Finalmente, Saxon fez seu movimento e aguardou seu tio com expectativa. Quando Ford falou comigo de novo, ainda observava o tabuleiro, sua voz saindo baixa.

— É só minha opinião — Ford disse —, mas não acho que seus amigos sejam bons o bastante para você.

Abri a boca para responder, porém aquilo foi tão surpreendente vindo dele que fiquei em silêncio por um momento. Eu me lembrei de sua estranha pergunta na floresta, se eu gostava de enigmas, e senti como se ele tentasse me enganar outra vez. Então falei a primeira coisa que me veio à cabeça, em vez de a coisa mais educada que provavelmente se deve dizer ao tomar chá com um lorde.

— E por que acha isso? — perguntei, enquanto tentava manter os olhos no tabuleiro. — Você mal me conhece. Posso ser a pior do grupo. — Arrisquei uma rápida espiada e notei que ele olhava para mim.

Um largo sorriso se abriu no rosto de Ford.

— É verdade — ele disse. Deixou os olhos voltarem para o tabuleiro e moveu outra peça. — Algo, porém, me diz que você é muito diferente dos outros.

Decidi não responder, então Ford se aproximou de mim e sussurrou:

— Esta é a parte em que você me diz que também não os conheço.

Senti uma onda de rebeldia crescendo em meu interior, provocada pela presunção de Ford ao achar que me conhecia tão bem, e gostei dessa sensação.

— Talvez em minha próxima visita você possa me dar o roteiro com antecedência. Assim eu já chego com todas as minhas falas decoradas. — Finalmente olhei em seus olhos e abri um doce sorriso.

Uma risada emergiu de dentro de seu peito, e agora eu não podia mais compará-lo com os garotos da cidade. Quando olhei ao redor da biblioteca, entendi que ele vinha de um mundo completamente diferente. Seu mundo incluía obras de arte caras demais para se comprar por impulso e festas da alta sociedade de Londres. Edições raras de Shakespeare e viagens para lugares que eu apenas conheceria lendo livros. Minha confiança fraquejou um pouco, pois como eu poderia ser interessante para uma pessoa assim?

E então me senti bastante dividida, porque realmente queria que ele me achasse interessante. Queria muito.

Disse a mim mesma para acordar desse devaneio e, quando olhei para Saxon, sua expressão ajudou a clarear minha mente mais um pouco. Seus olhos alternavam entre mim e seu tio com uma frieza em suas feições.

— Não gostamos de seus amigos — Saxon declarou. — Não gostamos em nenhuma das vezes que os encontramos.

— Não estou entendendo. Nenhuma das vezes? Espera um pouco — falei lentamente. — Vocês viram Emily quando ela esteve aqui antes? — A pergunta saiu de minha boca sem que me ocorresse que eu estava admitindo que Emily bisbilhotara a propriedade. Mas não fez diferença; nenhum dos dois reagiu.

Quando Ford por fim olhou para mim, havia uma suavidade em seu rosto. Não transparecia exatamente pena, mas era como se eu tivesse falado algo inocente ou adorável. De repente, eu me senti mais jovem que ele de novo.

— Eles têm vindo aqui há várias semanas.

— Semanas? — indaguei quase cuspindo, e meus olhos procuraram ao redor da biblioteca, como se eu pudesse encontrar alguma resposta nas centenas de livros nas estantes. Notei xícaras de chá soltando vapor em uma bandeja prateada próxima de nós. — Eles se comportavam como se nunca tivessem estado aqui antes. Quer dizer, Emily disse que já tinha vindo, mas os outros... Por que mentir sobre algo bobo assim?

Ford ficou em silêncio, mas seus olhos brilhavam enquanto me observava, pensativo. Eu não queria mais impressioná-lo, porque não gostava de ser manipulada.

— E você... — Repassei a cena na floresta quando nós o encontramos "pela primeira vez". — Por que fingiu que não os conhecia? Por que se concentrou em mim, perguntando se eu gostava de enigmas? Para você, tudo isso é só um jogo? — Eu podia sentir minha irritação aumentando e não fiz esforço para escondê-la.

Ford não reagiu ao meu ataque, mas também não mudou de assunto. Distraidamente, apanhou uma peça do tabuleiro e a ficou rolando entre o polegar e o indicador.

— Gosto de um bom jogo — ele finalmente respondeu. — Vi uma oportunidade de dar uma lição em sua amiga Emily e não deixei passar.

— Dar uma lição a ela? Por quê? Como?

Minha mente corria, enumerando as potenciais vezes que o grupo teria invadido a propriedade, e as desculpas que Emily tinha dado nas últimas semanas emergiram em minha memória. Dias em que Emily disse que precisava tomar conta dos primos pequenos ou quando falou que Rose não estava se sentindo bem. Vezes que Emily, Walt e John alegaram problemas com os pais para não sair à noite. As desculpas sempre vinham por Emily, e eu sempre acreditei nelas. O quanto disso fora mentira? Todavia, para além disso, por quê? Por que me deixar de fora? O que eu tinha feito?

Queria voltar rapidamente para que eles não se preocupassem, mas saber daquela traição me fez decidir ficar pelo tempo que eu quisesse. Geralmente, não sou uma pessoa rebelde, mas meus pensamentos pareciam cada vez mais desse tipo desde que pusera os pés em Gravesdown Hall. De repente, senti vontade de fazer algumas escolhas sem meus amigos. Mesmo se, no fim, fossem más escolhas.

Ford deu de ombros quando Saxon moveu uma peça no tabuleiro.

— Talvez eles tenham mentido porque não queriam que você se sentisse excluída — ele disse, soando desinteressado.

— Você não respondeu à minha pergunta sobre dar uma lição em Emily. Por que Emily, especificamente? — Eu não gostava de ser um peão nos planos contra Emily. Se ela estivera por aqui, eu não tinha dúvidas sobre suas ambições com aquele milionário atraente. A questão não era o que Emily tentaria, mas se ela tinha sido bem-sucedida.

Seu tio podia estar desinteressado, mas Saxon era o oposto. Quase pulava na cadeira e tinha a aparência de alguém louco para contar uma boa fofoca. Era outra estranha imitação de adulto para o garoto de dez anos, e eu começava a me sentir inquieta por ele parecer não ter idade definida.

— Sua amiga Emily já irritou meu tio Ford algumas vezes — Saxon declarou. — Acho que ela esperava que ele estivesse procurando por uma nova esposa. — Ele revirou os olhos e bufou, até que enfim agindo conforme sua idade. Mas parou de repente quando o tio lançou para ele um olhar severo.

Saxon tinha um jeito estranho de falar, e vê-lo com seu tio me fez finalmente entender o motivo. Se esse parente era sua única companhia e ele sofrera uma tragédia tão horrível quando perdeu os pais, não era surpresa que Saxon falasse como um adulto em miniatura.

— Eles não são tão ruins assim — falei por fim. Achei um pouco mais seguro ficar do lado de meus amigos em vez de ao lado de um lorde excêntrico que gostava de jogar com as pessoas. E me excluir parecia um plano típico de Emily, então a confrontaria mais tarde. Também explicava por que Rose parecia tão estranha ultimamente. Ela é bastante leal, e é claro que toda essa situação a deixara desconfortável. — Às vezes Emily e Walt causam um pouco de problemas — continuei. — E não me importo de admitir que estamos nos afastando. Mas Rose e John são pessoas realmente legais. Conheço os dois desde sempre.

— Tenho certeza de que são — Ford disse. Agora ele parecia completamente entediado.

Foi idiota da minha parte, mas eu estava com raiva por ter sido usada para causar ciúmes em Emily, e, quanto mais tempo eu ficava ali, mais podia ver com clareza que era esse o caso. Eles eram muito semelhantes quanto a isso, Emily e Ford. Não sei por quê, mas recentemente Emily passou a me enxergar como uma ameaça — e toda aquela imitação nos últimos meses, *as roupas que pegava emprestado e nunca devolvia, nada disso era elogioso. Era algum tipo de jogo. Nesse caso, ela e Ford se mereciam. Nunca fui boa com jogos.*

Pensei em ir embora, contudo Ford já tinha conseguido passar a mensagem que queria aos meus amigos, mantendo-me ali e tomando meu tempo. E a ideia de voltar e encarar o constrangimento com John e a atmosfera de intriga com os outros... Talvez eu não fosse boa com jogos, mas podia me virar.

— Então, me ensine a jogar xadrez — acabei dizendo sem pensar muito.

Aquilo foi, ao que parece, a coisa certa a dizer. Ford olhou rapidamente nos olhos de Saxon, que sorriu de volta e apanhou as peças, recomeçando o jogo.

— Aqui — Ford declarou, entregando-me uma peça com uma risada amigável nos olhos. — Você segura a rainha. — Sorriu para mim como se tivesse me coroado.

Segurei a peça de xadrez em uma mão e preguiçosamente apanhei uma xícara de chá da bandeja ao lado. O chá ainda estava gostoso e quente, e a delicada xícara era de porcelana chinesa.

Foi só quando olhei para a rainha plantada em minha mão que um arrepio correu por minhas costas. As palavras da cartomante repentinamente me ocorreram: Sua lenta queda começa quando você segura a rainha na palma da mão direita. *Mas eu não podia entrar em pânico, não com Ford me encarando com tanta intensidade nos olhos.*

Minha mente começou a acelerar, e pensei em todos os tipos de rainhas que eu poderia ter segurado na mão recentemente, como se várias pequenas rainhas fossem tão comuns que tirariam o poder das palavras. Moedas: elas estão por toda parte, e eu não tinha jogado cartas com meu irmão na semana passada? Sabia que segurara uma rainha naquele jogo. Era como Emily tinha dito quando comprou as correntinhas com pingente de pássaro: tornar aquilo ordinário fazia parecer mais bobo.

Respirei fundo e me senti melhor. Mas, pensando agora, aquele foi o momento em que meu mundo começou a mudar. Um pedaço da minha sorte presa com firmeza em seu lugar.

— Antes de passarmos pelas regras e pelos movimentos básicos — Ford continuou —, quero que você entenda uma coisa sobre o xadrez: as pessoas adoram encará-lo como uma filosofia, o que não é inteiramente errado. Ele pode ser uma alegoria para a vida e muitas vezes é comparado a uma guerra. Acho que esse fato passa por cima de alguns dos aspectos mais delicados do jogo, mas vamos falar disso em outro momento. Embora existam muitos velhos adágios e frases comparando o xadrez com esse ou aquele elemento da experiência humana, há apenas um que acho que supera todos os demais, e é algo em que sempre penso.

— E o que é, então? — perguntei, sentindo os ombros relaxarem.

Ele estendeu a mão e gentilmente tirou a rainha de meus dedos. Minha leitura da sorte ressoou em minha mente outra vez, mas agora fiquei aliviada. Talvez o fato de Ford pegar a rainha de volta pudesse me salvar. Olhei para ele e senti algo diferente no peito. Ford segurou a rainha entre nós, para que nossos olhares estivessem focados nela enquanto ele falava.

— Meu ditado favorito referente ao xadrez é muito simples: você pode jogar sem ter um plano, mas provavelmente vai perder. — Seu sorriso se abriu e ele colocou a rainha de volta no tabuleiro.

— Você tem um plano, Frances? — Saxon perguntou.

— Eu não sabia que precisava de um — respondi. Tive a impressão de que não estávamos mais falando apenas de xadrez.

— Bom, então... — Ford disse, colocando as mãos no encosto da cadeira e relaxando os ombros. Lançou-me um olhar pensativo e finalmente completou: — É uma sorte que nossos caminhos tenham se cruzado.

— Algo me diz que a sorte não tem nada a ver com isso — declarei.

E Ford ergueu o queixo para mim quase imperceptivelmente, como se eu tivesse anotado um ponto.

12

ESTOU PRESTES A FAZER O CHECK-IN NO CASTLE HOUSE HOTEL quando o sr. Gordon entra apressado. Isso foi bom, porque me fez lembrar de que esquecera a mala em seu escritório.

— Ah, Annie, ainda bem que a encontrei. — Ele tira o lenço amassado do bolso e limpa a testa, o que parece ser um hábito nervoso dele. — O último desejo de Frances era de que você ficasse em Gravesdown Hall antes de o testamento ser lido amanhã de manhã. Chamei um táxi, que está esperando na frente do hotel, se você não se importa.

— Eu... — Pigarreio e acompanho o sr. Gordon até a rua, onde o táxi está esperando com o motor ligado. — Isso pode parecer um pouco infantil, mas a ideia de ficar naquela casa sozinha, logo depois de tia-avó Frances...

— Entendo completamente — o sr. Gordon diz. — Mas o testamento de Frances menciona ainda Saxon e Oliver, então eles também ficarão lá. Imagino que Elva já esteja na casa, pois ela acha que é uma extensão de Saxon e... Bom, você viu como Elva é. Só fique de olho em tudo. — Ele me lança um olhar cheio de significado, e confirmo com um aceno de cabeça.

— Preciso ficar e terminar um trabalho — ele fala quando entro no táxi. — Mas vejo você pela manhã.

Jogo minha mochila no banco de trás e o táxi começa a andar. Gostaria de poder dizer que tinha viajado com pouca coisa, apenas com o essencial na mala, mas a mochila está repleta de cadernos, livros, post-its, cartões, canetas demais, meu notebook cansado e várias obras não lidas sobre como escrever um romance.

Noto que a mala de couro que enchi com o mínimo de roupas e produtos de higiene pessoal já está no carro. Encontrei-a no porão da casa em Chelsea e só agora reparo nas iniciais RLG. Como era mesmo o nome do marido de tia-avó Frances? Mais uma coisa que eu deveria saber, se sou realmente *a filha certa*. Meus ombros murcham quando começa a cair a ficha de minha própria insuficiência. Sinto que não mereço estar onde estou, porque embora seja tecnicamente da família, fui escolhida por tia-avó Frances por razões que não fazem sentido para mim.

Ligo para minha mãe antes de pensar com cuidado, porque quero pisar em território familiar. Ela atende na segunda chamada, bem quando lembro que hoje é a noite da exposição no Tate e eu não deveria importuná-la em um momento tão importante. Para ser honesta, estou surpresa por ela aceitar a ligação, mas o fato de ter atendido provoca uma onda de tranquilidade em mim. Talvez ela também precise ouvir uma voz familiar. E provavelmente não seja o momento para lhe contar sobre a morte de tia-avó Frances.

— Annie, oi — minha mãe diz. Sua voz carrega aquela leveza forçada que ela sempre usa ao pisar em ovos. Mamãe e eu podemos ter nossos altos e baixos, mas nunca me sinto tão em sintonia com ela como quando ouço esse tom de voz.

— Oi, mãe — respondo. — Desculpe importunar, só agora lembrei que hoje é a abertura da mostra. Parabéns! — A leveza forçada invade minha própria voz quando digo isso e me sinto como um eco dela. — Está tudo bem?

Posso ouvir o murmúrio de vozes ao fundo, pontuado pelo ocasional tilintar de taças de champanhe. Imagino a sala da exibição, as paredes iluminadas cuidadosamente para exibirem novas telas com o estilo inconfundível de Laura Adams — obras que parecem confusas a princípio, mas que revelam camadas quanto mais você olha para elas, bem como a própria mamãe. Seu assunto preferido sempre foi a decadência de espaços urbanos, que ela pinta como se fossem retomados pelo mundo natural de um jeito muito vigoroso.

— Muito bem — mamãe responde. — Vieram muitos críticos que reconheço, as pessoas estão dizendo coisas boas sobre os quadros e já vendemos quase tudo.

— Nossa, mãe, isso é fantástico! — exclamo. E minha alegria por ela é genuína. Sei o quanto o reconhecimento significa para ela, sobretudo depois de ter passado por uma seca tão grande desde seu auge, nos anos 1990. E, embora ela soubesse que seria herdeira de tia-avó Frances, o dinheiro sempre foi curto porque a bonança das vendas das primeiras obras desapareceu com meu pai. — Não me deixe ocupar demais seu tempo — acrescento.

— Não, gosto de ouvir sua voz. Como estão as coisas por aí? Tia-avó Frances está maluca como sempre?

— Hum — faço uma pausa, tentando encontrar um jeito de pular a notícia da morte de tia-avó Frances, mas ela percebe o peso por trás de meu silêncio.

— Annie? Está tudo bem?

— Não queria contar isso agora. Para ser sincera, esqueci que hoje era o dia de sua mostra no Tate quando liguei — digo lentamente.

Mamãe suspira, porém não está brava.

— Não se preocupe em me perturbar, Annie. Más notícias são más notícias.

Mordo o lábio e faço um aceno com a cabeça, mesmo ela não podendo me ver.

— Tia-avó Frances faleceu, mãe. Sinto muito.

Há uma pausa.

— Preciso ir a Castle Knoll? — Se mamãe ficou triste, conseguiu esconder bem. Ela sempre foi boa nisso, e sei que vai conseguir terminar a noite mostrando ao mundo o melhor de Laura Adams. Mas me sinto horrível por ter sido a mensageira que levou o fantasma de tia-avó Frances para sua noite de estreia.

— No momento, não — respondo. — Por favor, não se preocupe, estou cuidando de tudo. E, se precisar de algo, aviso. — Estremeço quando digo isso, porque mamãe e eu sabemos que não é verdade. Se preciso de mamãe para qualquer coisa, sempre peço ajuda a outra pessoa ou me viro sozinha. Ela é maravilhosa de um jeito único, mas nunca ajudou muito. A versão honesta dessa frase seria: "Se eu precisar de algo, ligo para Jenny".

— Certo — mamãe diz. Outra pausa, e dessa vez é constrangedora. — Annie, você pode me fazer um favor?

— Hum, claro.

— Tia Frances mantinha arquivos muito detalhados, que ficavam guardados em uma pequena antecâmara na biblioteca. Você pode me trazer um deles? É só que... é importante que ninguém mais ponha as mãos nele.

Meus pensamentos aceleram, então digo sem pensar:

— Eu... sim, claro. Qual arquivo você quer?

Outro suspiro flutua pelo telefone, e esse parece cansado.

— Sam Arlington.

Meu pai.

Passo a mão por meus cabelos, esquecendo que ainda estão presos em uma armação desarrumada, então retiro o elástico e os deixo cair para todos os lados. Deveria sentir algo em relação ao fato de tia-avó Frances ter um arquivo inteiro dedicado a meu pai, mas em primeiro lugar todos os meus sentimentos estão direcionados para mamãe por saber que esse arquivo existe. E ela provavelmente sabe o que há nele. De repente, mamãe já não parece um território assim tão familiar.

— Annie? Você ainda está aí?

— Sim — respondo. — Estou aqui. Vou pegar o arquivo para você.

— Obrigada — ela diz, parecendo aliviada. — Leia ou não leia, você decide.

Eu me irrito com isso, porque seria minha decisão de qualquer maneira. Sou eu quem está aqui em Castle Knoll, vasculhando a vida de tia-avó Frances. E agora também a vida de minha mãe.

— É melhor eu ir.

— Sinto muito por tia-avó Frances. E sobre o momento de tudo isso.

Desligamos, e é então que noto o taxista me olhando pelo retrovisor.

— Rutherford Lawrence Gravesdown — ele diz, quando encontra meus olhos no espelho.

— Perdão?

— As iniciais em sua mala — ele acrescenta. — Imagino que seja esse o nome, já que vou levá-la para a propriedade dos Gravesdown. Herança de família?

— Hum, sim.

Tomo um momento para estudar o taxista, porque estive andando por aí com minha mente de Londres, cidade onde há muitos motoristas e todos eles são anônimos. Mas estou em Castle Knoll e acabei de ter uma conversa bastante particular com mamãe perto de alguém que poderia muito bem fofocar a respeito mais tarde no bar local.

Não consigo enxergar muito dele do banco de trás, mas ele parece ter a idade de mamãe, com cabelos curtos que se tornaram totalmente brancos. O taxista tem ombros largos e cheira bastante a cigarro.

Ele entra no caminho circular e estaciona em frente a Gravesdown Hall. Desço do carro depois de pagar e ando na mesma direção para a qual aponta o olhar do taxista através do vidro abaixado. O homem observa a casa com uma expressão tensa, o que me faz recuar um passo.

Mas, quando me vê, suas feições voltam a formar uma máscara agradável.

— Você é a filha de Laura, não é?

— Sim — respondo. Desconfio dele, porém o reflexo para não ser rude é mais forte.

Ele sorri.

— Tivemos um casinho — ele conta. — Laura e eu, faz muito tempo. Na adolescência. — Volta a olhar feio para a casa. — Frances interferiu e colocou um fim naquilo. Não quero falar mal dos mortos, mas não se preocupe se Laura não ficar muito triste com a morte da tia. Elas não se gostavam muito.

Não consigo evitar ficar de queixo caído. Aquele homem não só escutara toda a minha conversa como também é um ex-namorado de mamãe? E agora acha que pode me dar conselhos? Quem diabos pensa que é?

Ele continua falando, e fico ali parada e incrédula.

— Você se parece muito com ela. — O taxista sorri. — Diga a Laura que Reggie Crane manda lembranças.

— Você disse Crane? Tipo, como em detetive Rowan Crane?

Reggie confirma.

— Esse é o meu filho. Aposto que você já o conheceu.

— Sim — digo secamente. — Conheci.

Não consigo enxergar nenhuma semelhança entre aquele taxista enxerido e o detetive, mas acho que é normal as pessoas serem muito diferentes dos pais, tanto em aparência quanto em comportamento.

Só depois de o táxi voltar pelo caminho de cascalho que me lembro das palavras de Samantha, a recepcionista da delegacia.

Ela foi horrível com toda a família Crane.

Eu me pergunto exatamente quão horrível ela teria sido e se foi horrível o bastante para eles desejarem matá-la.

13

— OLÁ? — DIGO BAIXO QUANDO ABRO A GRANDE PORTA DA frente. — Elva?

Archie Foyle me surpreende esticando a cabeça para fora da porta mais próxima.

— Ela está na cidade — ele responde, quase alegremente.

Olho para ele por um longo momento.

— Achei que você não tivesse as chaves.

— E não tenho. Mas minha neta Beth tem. Ela está na cozinha. Queria que eu trouxesse verduras frescas da fazenda. Às vezes ela cozinha para Frances, mencionei isso? Beth normalmente não aparece nas terças-feiras, mas considerando as circunstâncias... — Ele deixa a frase no ar, pensativo por um segundo. Seus olhos negros estalam de volta para o presente, como se tivesse acabado de me ver ali. — Walt nos disse que a leitura do testamento ocorrerá amanhã cedo, então Beth vai preparar um bom café da manhã para todos. Frances teria gostado disso.

— Entendo. — As palavras saem lentamente e soam com mais desconfiança do que eu gostaria. Preciso aprender a disfarçar minhas expressões faciais. É muito provável que Archie tenha dado aquelas flores para tia-avó Frances, embora meu único motivo para achar isso é o fato de ele ser o jardineiro e trazer flores recém-colhidas todas as manhãs, o que parece muito conveniente.

Algo me ocorre: Archie acabou de sair pela porta que depois leva para a biblioteca. É provável que não apenas nosso grupo, após encontrar o corpo pela manhã, tenha pisoteado todo tipo de fibras e fios de cabelo importantes, como a pessoa responsável pela morte de tia-avó Frances tivesse ainda mais motivos para contaminar a cena. A ideia de a biblioteca não ser examinada e ter ficado aberta para qualquer um entrar me preocupa.

— Archie, a polícia esteve aqui?

— Sim, uma equipe inteira. Até o detetive, o neto de Teddy Crane, esteve aqui com outras pessoas fazendo toda a perícia. A biblioteca está trancada desde que saíram, e Walt tem a única chave de lá. Mas você já viu a biblioteca, posso mostrar o restante da casa se quiser.

— Talvez depois — digo, oferecendo um fraco sorriso. — Gostaria de explorar sozinha e encontrar um quarto. Vou me apresentar para Beth depois de me acomodar.

— Você é quem sabe — Archie declara, e começa a assobiar quando se retira rumo aos fundos da casa, onde imagino que fique a cozinha.

Mantenho a mochila nas costas, mas deixo a mala na entrada e atravesso a grande sala de jantar na direção da porta da biblioteca. Não planejo invadir, mas me deixa inquieta o fato de Archie surgir como se tivesse saído de lá.

Giro a maçaneta, que não está trancada. A porta se abre facilmente, sem sinal de fita policial ou qualquer coisa indicando o isolamento de uma cena de crime. Archie estava equivocado ou havia mentido.

Passo pela porta e noto que tudo parece imaculado lá dentro, com um leve aroma de pinho. Do outro lado da sala, a porta para a pequena antecâmara está entreaberta, e penso novamente em Archie fazendo questão de me explicar que a biblioteca estava trancada. A antecâmara está vazia quando entro, e tudo ali parece igual.

Os gabinetes de arquivos de tia-avó Frances recostam-se em uma parede como um grupo de adolescentes emburrados, e sinto meus braços se arrepiando ao me aproximar. Faço questão de não olhar para a leitura da sorte escrita na parede, mas meus olhos vislumbram as palavras *palma* e *mão* no mesmo momento em que minhas próprias palmas latejam debaixo dos curativos, e a conexão é um pouco assustadora.

No total, são dez gabinetes de metal, que parecem estar ali desde os anos 1980, mas essa impressão talvez seja um pouco maldosa de minha parte. Eles têm aquele verde enjoativo de antigamente, mas estão tão usados que a tinta entre as junções das gavetas, além de parecer gasta, simplesmente sumira, a ponto de expor o prateado por baixo.

Cada gabinete foi numerado com uma daquelas etiquetadoras de letras pretas. A gaveta de cima mais à esquerda está entreaberta, com um molho de chaves pendurado na fechadura. Duas grandes chaves-mestras também estão penduradas ali, e imagino que sejam as chaves da casa e de algumas construções externas. Mas é a coleção de pequenas chaves no chaveiro que me faz inclinar a cabeça quando passo os dedos entre elas. As chaves tilintam como sinos ao vento. São idênticas, e todas numeradas de acordo com os gabinetes de arquivos. Não estavam aqui quando Elva, Oliver, o sr. Gordon e eu esperamos pelos paramédicos. A polícia deve tê-las encontrado depois disso. É interessante eles simplesmente terem deixado as chaves aqui.

Inicio pela primeira gaveta, já que está destrancada e imagino que os arquivos estejam em ordem alfabética, e o nome de meu pai — Sam Arlington — estará ali.

Não está, mas há um monte de nomes de outras pessoas. Não consigo identificar qualquer ordem real e começo a ficar frustrada ao passar rapidamente pelos nomes para verificar se reconheço algum.

Finalmente acabo encontrando o meu próprio.

É um arquivo frágil. Dentro há uma foto minha e de mamãe quando me formei na Central Saint Martins e algumas páginas aleatórias de coisas que não posso acreditar que alguém ache importante. Alguns de meus velhos boletins da escola, um currículo que uma vez postei no LinkedIn e, por fim, uma cópia do recibo da empresa de transporte que usei para enviar os baús de Frances que estavam em nosso porão. Minha assinatura aparece nitidamente embaixo, e me pergunto por que ela guardaria uma cópia de algo tão aleatório.

Ninguém mais de minha família está nos arquivos; não há nada sobre mamãe ou sobre meus avós, Peter e Tansy. Todos os nomes são estranhos para mim. Finalmente, noto o pedaço de cartolina na frente de todos os arquivos, com as palavras *Segredos Não Verificados* no topo.

Rapidamente abro a gaveta seguinte e encontro várias cartolinas separando o conteúdo, com títulos cada vez mais alarmantes. Em inglês, o primeiro é *Arson* (*Incêndio Criminoso*) e, para minha surpresa, há três arquivos. Não reconheço nenhum nome, felizmente. Os títulos seguintes são *Assault* (*Agressão*; com uma quantidade preocupante de nomes) e depois *Bankruptcy* (*Falência*), e assim por diante.

Então o sistema dela é, *sim*, alfabético. Mas é alfabético por segredo.

Meu estômago revira, e me sinto pior a cada gaveta que abro. Não sei se devo ficar brava com tia-avó Frances por reduzir amigos e vizinhos às suas indiscrições ou sentir pena por ela ter passado uma vida inteira nadando em um oceano de desconfiança.

Finalmente chego à letra *I*, e lá está: Sam Arlington, registrado em *Infidelity* (*Infidelidade*). Retiro o arquivo com cuidado e descubro que é espesso como um romance. A categoria *Infidelidade* preenche toda a gaveta, e sinto um gosto amargo na boca ao pensar em todos os corações partidos que devem estar conectados a esses arquivos. Será que tia-avó Frances estava envolvida na revelação de alguns desses segredos? Ou será que ela apenas os desenterrara para tentar descobrir algum inimigo desconhecido? Não sei o que pôs um fim no casamento de meus pais. Aconteceu antes de eu nascer, então nunca me importou muito. E mamãe nunca explicou, então ficou por isso mesmo. Vivemos nossa vida sem meu pai.

Pisco para sair desses pensamentos quando avisto o nome Crane nos fundos da gaveta. Por instinto, retiro esse arquivo também. É espesso — com mais papéis que o arquivo de meu pai. Não abro para saber a qual Crane se refere, mas surpreendo a mim mesma torcendo para que não seja o detetive.

Não notei se ele usava aliança quando o encontrei e acho que, se for culpado de infidelidade, isso é problema dele. A menos que tia-avó Frances tenha feito disso problema dela. Também há um arquivo intitulado *Gravesdown*, mas meus braços já estão cheios. Seria um arquivo para Saxon ou Elva? Ou possivelmente o próprio marido de Frances?

Penso em Elva e sua insistência em arrancar os post-its do quadro de suspeitos de tia-avó Frances, então me ajoelho e coloco os arquivos Crane e Arlington no chão. Retiro o arquivo Gravesdown, abro-o rapidamente e folheio o conteúdo. Há bastante coisa — mas parece que tudo se refere a outros Gravesdowns, os quais não conheço. Não há menção a Saxon, Elva ou Rutherford. Há, contudo, arquivos separados ali dentro. Alguém chamado Harrison Gravesdown, outra chamada Etta Gravesdown e, por fim, uma terceira pessoa chamada Olivia. Parece que fidelidade não era o forte da família Gravesdown.

Guardo o arquivo Gravesdown e fecho a gaveta, decidindo que está na hora de encontrar um quarto a fim de que eu tenha um lugar privado para considerar o quanto quero saber sobre essas infidelidades.

Quando subo as escadas, noto que os outros já escolheram seus quartos — o blazer branco chique de Elva está pendurado em um cabide na grande cama com dossel no primeiro quarto que encontro. Não é de meu feitio, mas entro bem rápido, seguindo diretamente para o blazer. Talvez seja porque tenha acabo de vasculhar os segredos de metade da cidade, mas não sinto culpa revirando os bolsos de Elva.

Meus dedos encontram os post-its que ela tinha arrancado do quadro de suspeitos, junto com outra página dobrada. Enfio tudo nos bolsos e saio rapidamente, fechando a porta sem fazer barulho.

Em seguida, vejo a bolsa vazia do notebook de Oliver sobre a cama de outro quarto espaçoso com vista para o jardim de rosas. Mas acho que cheguei a meu limite de bisbilhotice. E, embora um pouco cretino, Oliver me parece relativamente inofensivo, então deixo as coisas como estão. Perto da família escandalosa dos Gravesdown, ele parece até entediante.

Continuo pelo corredor, meus pés silenciosos sobre o tapete profundamente vermelho que segue pelo meio do chão de madeira polida.

Por fim, encontro um pequeno quarto com uma grande janela e jogo minha mochila na cama de armação de ferro que fica encostada em uma parede. A janela tem uma borda de vitral ao redor, que lança formas alegres e coloridas sobre o chão com a luz do finzinho do dia entrando.

Eu me pergunto quem usava este quarto. É muito menor que os outros, e a cama é simples em comparação com as camas com dossel anteriores. O chão é feito de madeira branca simples, com um pequeno tapete no centro. Um quarto para uma criada, possivelmente, ou algum outro funcionário da casa?

Quando me sento na cama com as pernas cruzadas, os arquivos à minha frente prontos para serem abertos, noto que minha mala foi cuidadosamente colocada perto do pequeno armário do outro lado do quarto.

Por um momento, encaro a mala, surpresa. Provavelmente foi apenas Archie querendo ajudar, mas me sinto um pouco inquieta pelo gesto. Tenho certeza de que há mais quartos, então como ele sabia que eu escolheria este? Ou será que fez de propósito: *Aqui é seu lugar, escondida em um quarto de empregada. Esta casa não é sua.*

Acho que meu cérebro está começando a derreter, e o fato de eu estar morrendo de fome não ajuda em nada. Não comi o dia todo, desde a viagem de trem. Para ser honesta, não sentira fome até agora, mas de repente estou tão faminta que meu estômago parece digerir a si mesmo.

Guardo os arquivos na mochila, bem escondidos entre o diário verde de tia-avó Frances (mais uma coisa em minha lista de leitura sobre os segredos de Castle Knoll) e minha pilha de cadernos. Guardo a mochila embaixo da cama, embora eu tenha certeza de que, se alguém viesse bisbilhotar, esse seria o primeiro lugar que procuraria. Mas não posso simplesmente deixar tudo exposto assim.

Desço as escadas e não demoro para encontrar a cozinha. Posso ouvir Archie assobiando e o murmúrio de uma conversa. Eu me pergunto por que Beth está cozinhando agora, já que é um brunch que ela planeja servir. Sei, no entanto, que, se você vai assar pão, tem de fazer bastante coisa na noite anterior.

A cozinha é enorme e muito iluminada. Tem facilmente o tamanho de apartamentos inteiros do centro de Londres. Há um grande fogão Aga na parede dos fundos e uma enorme ilha no meio com tampo de madeira espessa. No outro lado do cômodo, há uma lareira tão grande que eu poderia entrar lá dentro, com duas poltronas na frente da moldura de pedra. Noto um cardigã púrpura no braço de uma das poltronas quando a mulher na ilha se vira e me avista.

Beth Foyle parece dez anos mais nova do que eu, com cachos escuros e um daqueles rostos que são lindos de uma maneira não convencional. Tem um nariz aquilino e é extremamente alta, e sua escolha de acentuar em vez de esconder essas características fazem dela não apenas bonita, mas deslumbrante. Está vestida da cabeça aos pés com roupas dos anos 1930, e seu batom vermelho e seu vestido azul-marinho parecem as coisas mais normais que alguém poderia escolher para cozinhar. Até seus saltos Oxford não parecem destoantes. Ela tem um avental na cintura que parece ser da década de 1950 ou possivelmente customizado para parecer antigo. Beth prepara com cuidado a massa na ilha coberta de farinha, mas para quando me vê.

— Oh! — Passa uma mão ao lado da cabeça, e até esse gesto parece retrô e perfeitamente sincronizado, como se Beth fosse Ingrid Bergman prestes a dar um beijo de adeus em Humphrey Bogart. — Você é a filha de Laura... Annie, não é mesmo?

— Oi, sim, sou eu. — Lanço um rápido aceno, mas ela dá a volta na ilha limpando as mãos no avental, oferecendo-se para um aperto de mão formal.

— Sou Beth.

Archie não está aqui, embora eu pudesse jurar que tinha ouvido seu assobio. Talvez Beth assobie a mesma canção.

— É um prazer conhecê-la. — Meu estômago ronca alto, e decido ir direto ao ponto. — Archie disse que você está preparando um brunch. Será que tem algo para eu comer agora? — pergunto. — Sei que é um pouco rude de minha parte, mas estou faminta.

— É claro! — Beth responde. — Mas vou fazer melhor que isso. Você gosta de sopa? Fiz um minestrone e pãezinhos para o almoço do vovô, e ele mal comeu. — Ela já está na frente da grande geladeira, de onde puxa uma panela de ferro fundido (uma panela cara da Le Creuset), e então a coloca dentro de um dos compartimentos do fogão AGA. Reparo que o AGA parece novo em folha, e a pintura vermelho-cereja combina perfeitamente com o batom de Beth.

— Obrigada — digo. Eu me aproximo do fogão para admirar as alças cromadas.

— Gostou? — ela pergunta. — Frances me deixou escolher, quando o anterior teve de ser trocado.

O rosto de Beth perde a expressão quando ela menciona tia-avó Frances, mas tudo sobre ela é tão contido que fica difícil interpretar o que sente. Embora seja a encarnação de outro século, não tenho a impressão de que ela seja como Elva, em quem tudo é uma atuação. Honestamente, não sei o que pensar de Beth.

— Sinto muito — digo. — Você deve tê-la conhecido bem. O dia de hoje provavelmente foi muito difícil para você.

Beth abre um sorriso cheio de lágrimas.

— Estou cozinhando para me distrair. Acho que ajuda um pouco — ela fala. — Mas obrigada.

Depois de um tempo ela remove a sopa aquecida do forno, serve uma tigela e a coloca na minha frente. Começo a comer imediatamente, e a sopa é excelente. Quando estou quase terminando a tigela, olho para as poltronas vazias.

Beth segue meu olhar até o cardigã púrpura pendurado no braço de uma delas e suspira.

— É de Frances — ela diz. — Não consegui tirar de lá.

Seus olhos se enchem de lágrimas outra vez e ela desvia o olhar. Tira algo do forno e, quando olha de volta para mim, tem uma expressão no rosto que é um pouco alegre demais.

Penso no que Archie disse sobre a fazenda ficar nas terras dos Gravesdown, e imagino o que a morte de tia-avó Frances significa para o futuro deles. Pondero comigo mesma por um momento, então decido que não seria rude perguntar sobre a fazenda. Beth pode até ficar contente por alguém estar pensando em sua família.

— Beth, eu estava pensando — digo. — O que vai acontecer com a fazenda de sua família, agora que tia-avó Frances faleceu?

Ela limpa as mãos no avental mais uma vez e franze as sobrancelhas.

— Ah, vai ficar com quem for o herdeiro, acho. — Ela usa um tom casual, mas é claramente forçado. — Admito, seria ótimo se Frances tivesse deixado a fazenda para nós, mas o sr. Gordon já nos avisou de que não estamos incluídos no testamento.

— Sinto muito — declaro. E sinto mesmo. Parece injusto que tia-avó Frances não tenha protegido a fazenda nem a mantido com os Foyle. A propriedade já é grande o bastante, por que alguém precisaria da fazenda também? Eu me pergunto se há mais coisas por trás disso.

Beth faz um leve aceno de cabeça e me oferece um sorriso de gratidão.

— Bom, vamos torcer para que tudo dê certo — ela diz. Salpica a ilha com mais farinha e começa a formar outra bola de massa.

A parte desconfiada de minha mente se pergunta se este é o objetivo do café da manhã que ela prepara: ficar por perto e de olho em seu futuro. Eu provavelmente faria isso, se estivesse em seu lugar.

E então percebo que estamos sendo observadas.

Aos fundos da cozinha há uma grande estufa aberta, em um desnível de alguns degraus. *Estufa* não é a palavra exata para algo tão grandioso — posso ver que se estende por uma boa distância, mas a exuberância das plantas esconde sua profundidade. O local pode ser chamado de solário ou talvez de *orangerie*. A luz do entardecer entra através de samambaias e palmeiras, manchando tudo com um brilho dourado. É a primeira parte da casa que me sinto tentada a explorar (com exceção da biblioteca, mas agora não sei o que pensar sobre aquele cômodo). E faria isso, se não houvesse um rosto pressionado contra o vidro da janela mais próxima da cozinha.

— Há uma senhora de aparência frágil nos observando — digo para Beth lentamente. — Devo deixá-la entrar?

Os olhos de Beth se arregalam e então ela avista o rosto. Outro suspiro lhe escapa, mas dessa vez é de frustração em vez de tristeza.

— Rose — ela fala cuidadosamente, erguendo a voz para que seja ouvida do outro lado do vidro. — Você gostaria de uma xícara de chá?

Rose. Meu cérebro volta para aquela foto. Tia-avó Frances, a garota que sumiu, Emily Sparrow, e a terceira amiga, Rose Forrester. Ela é mãe do paramédico Joe, então deve ter se casado em algum momento e assumido o nome Rose Leroy. Rose é a dona do Castle House Hotel.

O rosto sai da janela, e ouço o som de uma porta de vidro se abrindo em algum lugar no meio da selva de plantas. Deve haver uma porta dos fundos na estufa que leva para os jardins. Rose emerge do meio das samambaias, com uma flor cor-de-rosa de hibisco em uma das mãos e um lenço enrolado na outra.

Ela parece exatamente como na foto, só que mais velha. Ainda usa o penteado característico, e até sua blusa e seu blazer aparentam ter sido feitos em poliéster dos anos 1960. Seu cabelo agora é grisalho, mas combina com suas feições marcantes. As maçãs do rosto se tornaram mais pronunciadas, e isso alarga seus olhos castanhos. Observando Rose, eu me lembro de que Emily e tia-avó Frances teriam apenas setenta anos agora, e ter essa idade não torna a pessoa assim tão velha.

No instante em que ela me nota, contudo, as feições de Rose mudam. Uma raiva marca seus olhos, seguida por um sinal de alarme. Ela começa a mexer nervosamente no lenço, e então vejo uma tristeza tomar conta dela quando olha para as poltronas vazias.

— Rose, entre e sente-se — Beth convida gentilmente. Ela conduz Rose a uma das poltronas, depois vai até a pia e pega um copo d'água para ela.

Rose fecha os olhos e respira fundo pelo nariz, inalando o aroma de pão assando que começa a encher o grande cômodo. Por fim, simplesmente diz:

— Você deve ser Annabelle. É um prazer conhecê-la. Perdoe-me, por um momento me surpreendi quando a vi. Mas eu sabia que você estaria aqui. Frances mencionou a sua vinda.

— É um prazer conhecê-la também — afirmo. — Tia-avó Frances falou de mim? Achava que ela não... — Porém, Rose me interrompe, fungando no lenço.

— Desculpe — Rose declara, esfregando os olhos. — Estou um pouco abalada. Como pode ver, a perda de Frances não tem sido... — A voz dela some e uma mão voa de repente para seu rosto, como um passarinho flagrado no esconderijo. Rose funga de novo e depois aperta o meio dos olhos, como se pudesse conter as lágrimas dessa maneira.

— Sinto muito por sua perda — digo. — Sei que era amiga de tia-avó Frances.

— Eu era a *melhor* amiga dela — Rose fala ferozmente.

Eu me assusto com a mudança de tom, mas sei que o luto é uma coisa engraçada, do pouco que já vi. As pessoas podem ir da tristeza para a raiva em um instante. De repente, eu me sinto muito jovem.

— Rose — Beth diz gentilmente —, podemos fazer algo por você?

— Eu só... eu precisava ver... — Rose se engasga em um soluço, depois se recupera um pouco. — Quando Joe me contou que Frances tinha partido, eu me senti tão culpada! Ninguém acreditava nela. — Sua voz está trêmula, raivosa. — E ela estava *certa*! Todos esses anos, e ela estava certa sobre ser assassinada.

— Ninguém tem certeza disso ainda — Beth intervém.

Decido que não é o momento para compartilhar minhas teorias. Aquela pobre mulher tinha acabado de descobrir que sua melhor amiga falecera. Dizer a ela que alguém em sua cidade, alguém que Frances devia conhecer, provavelmente a matara... parece cruel demais.

— Mas eles vão descobrir — Rose diz com a voz baixa. — Tenho fé em Frances. Ela passou sessenta anos se preparando para esse momento. A polícia vai descobrir quem fez isso, certo? — Ela olha para Beth e para mim, depois para Beth de novo. — Frances valorizava a justiça... não podemos deixar seu assassino impune!

— Os detetives estão investigando — afirmo. — Vão fazer justiça, tenho certeza. — Não tenho certeza, mas parece a coisa certa a dizer. Rose se acalma um pouco e assente enquanto assoa o nariz.

— Annie — Beth fala, sobre a cabeça de Rose. — Você se importa de encontrar meu avô e pedir a ele que dê uma carona para Rose de volta para a cidade? Ele está nos jardins, posso vê-lo pela janela.

Rose cerra os olhos.

— Não sou tão velha, dirigi até aqui! — ela diz com irritação.

— Mesmo assim — Beth declara. — Gostaria que vovô fosse junto. Você está abalada, e acidentes podem acontecer nessas circunstâncias.

— Já andei muito de carro com Archie Foyle — Rose resmunga.

Beth me lança um olhar direto, e eu assinto e saio para encontrar Archie.

Ele está podando as rosas — rosas profundamente vermelhas, já caindo das hastes. Quando voltamos para a cozinha, Rose parece um pouco mais recuperada. Ajeita o cabelo com a mão e o lenço desapareceu.

— Oi, Rose — Archie diz. — Você pode me dar uma carona até o pub? Já terminei meu trabalho por hoje.

— Que seja — Rose responde. Quando se levanta, apanha o cardigã púrpura no braço da poltrona e o aperta antes de jogá-lo sobre os próprios ombros.

Archie estende o braço para ela como se fosse conduzi-la para uma pista de dança, e observo os dois desaparecerem no meio das samambaias.

14

ESPERAVA PASSAR A NOITE PESQUISANDO OS ARQUIVOS QUE guardara na mochila, mas, quando chego ao pequeno quarto depois da sopa quente de Beth, a exaustão do dia toma conta de mim e mal consigo manter os olhos abertos. Não acordo até Oliver bater à porta pela manhã, dizendo que eu tinha dez minutos para descer e participar da leitura do testamento de tia-avó Frances.

Eu me apresso para ficar apresentável, mas trouxe apenas um vestido extra, e não parece a roupa certa para esse tipo de coisa. Ainda assim, minha única outra opção é usar a mesma roupa do dia anterior, o que seria decididamente pior. Pelo menos o vestido é sobra de uma das maratonas de compras de Jenny na Harrods, então é de marca. A parte de cima do vestido é justa antes de ele se abrir na saia, o que faz eu me sentir mais exposta do que nos tecidos volumosos que geralmente uso para me esconder. Prendo o cabelo no topo da cabeça e olho para meu reflexo no grande espelho que vai do teto ao chão em uma das paredes.

Fico agradavelmente surpresa. Talvez porque houvesse passado o dia anterior ouvindo o quanto me pareço com mamãe, mas esse vestido parece elegante e sofisticado, e me sinto uma nova pessoa nele. Respiro fundo e aliso a seda azul-marinho antes de sair do quarto e descer as escadas.

Com a leitura do testamento se aproximando, tudo parece solene quando o sr. Gordon nos conduz pela biblioteca. O ar está carregado, mas houve algumas mudanças sutis desde que estive aqui ontem. As flores foram retiradas, incluindo os lindos arranjos nas janelas, e isso deixa o lugar um pouco menos claustrofóbico. A luz da manhã entra pelas janelas e os gramados estão banhados em orvalho, esperando até que o sol evapore tudo. Noto que Beth preparou uma grande mesa de café da manhã e me sinto um pouco mal por ninguém tocar a comida. Alguém reposicionou as cadeiras, e o sr. Gordon se senta atrás da grande escrivaninha de madeira no centro da biblioteca, enquanto o restante de nós — exceto Saxon, que ainda não chegou — acomoda-se diante dele. Tudo é bastante formal, exatamente como eu imaginava que seria a leitura do testamento de uma pessoa muito rica.

Elva Gravesdown se senta na ponta da esquerda, com uma cadeira vazia ao lado para seu marido. Fico do outro lado da cadeira vazia, com Oliver Gordon na ponta oposta. Seu celular vibra no bolso e ele me dá as costas quando verifica a tela. Considerando sua expressão abatida, deduzo que seja seu chefe ou uma namorada muito controladora.

Uma adição interessante ao nosso grupo é o detetive Crane, embora ele não esteja sentado conosco. Eu me surpreendo por ficar contente em vê-lo. Ele faz tudo parecer um pouco mais calmo, mais seguro. O detetive Crane tem um arquivo de aparência importante debaixo de um braço e está encostado contra o parapeito de uma das janelas, silenciosamente observando a todos nós. Faz um leve aceno de cabeça para mim quando eu me sento, mas, fora isso, permanece discreto. Aposto qualquer quantia de dinheiro que aquele arquivo contém os resultados da autópsia da dra. Owusu, e estou mais que curiosa para saber o que há lá dentro.

O sr. Gordon pigarreia e verifica dramaticamente seu relógio antes de lançar um olhar impaciente para Elva.

— Não entendo como Saxon pode se atrasar para uma reunião que acontece na casa onde ele *está atualmente hospedado*. Elva, se ele não chegar em cinco minutos, vou vasculhar todos os quartos e arrastá-lo até aqui.

Elva parece mortalmente ofendida, e é o tipo de reação que aparenta pedir por luzes teatrais e uma orquestra. Nada sobre ela dá impressão de ser natural, Elva é um espetáculo de uma só mulher.

— Não seja ridículo, Walt. Esta é a *própria* casa de Saxon. Ele cresceu aqui. Pelo amor de Deus, tenha um pouco de compaixão. Saxon provavelmente precisa de tempo para lidar com velhos fantasmas.

— Estou ciente disso, Elva — o sr. Gordon diz com a voz baixa. — Mas você se esquece de que tenho experiência em arrastar Saxon para fora de seus esconderijos, e não me surpreenderia se ele ainda continuasse com o seu costume infantil de espionar uma situação antes de revelar sua presença.

Isso aguça minha curiosidade, mas ninguém fala mais nada e sinto que seria estranho perguntar.

Elva apenas escolhe mudar de assunto.

— Por que Oliver está aqui? — ela pergunta.

Eu mesma havia me perguntado isso. Sei que tia-avó Frances o mencionara no testamento, mas a razão para isso permanece um mistério. Fico secretamente contente por Elva estar disposta a fazer as perguntas que me sinto desconfortável demais para fazer.

— Isso será explicado em breve, quando começarmos a leitura do testamento — o sr. Gordon responde.

Posso sentir o olhar pesado do detetive Crane do outro lado da sala. Todos se assustam, menos o detetive, quando a porta da biblioteca se abre com força e, como se seguisse um roteiro, um homem com um espesso cabelo grisalho entra.

— Mil desculpas, pessoal — ele diz, oferecendo um sorriso acolhedor para toda a sala.

— Saxon, finalmente — o sr. Gordon declara.

Saxon usa um terno cinza de corte caro que se acomoda bem em seu corpo esguio. Provavelmente, mede pouco menos de um metro e oitenta e irradia confiança de um jeito que parece mais genuíno do que a atuação incessante de Elva. Saxon tem queixo quadrado e olhos verdes,

COMO DESVENDAR SEU PRÓPRIO ASSASSINATO | 123

e já consigo ouvir Jenny chamando-o de "raposa prateada" em minha mente. Ele me nota e dá um passo para trás.

— Você não é Laura — Saxon diz secamente. Mas o sorriso permanece, e ele não comenta que me pareço com ela.

— Não — afirmo. Eu me endireito na cadeira, buscando aquela sensação de quando me olhei no espelho há alguns minutos. — Não sou.

— Saxon, esta é Annabelle Adams. Annie. A filha de Laura — o sr. Gordon explica. — Ela agora está incluída em toda esta... — olha para os papéis à sua frente e franze tanto as sobrancelhas que seu rosto inteiro murcha — ... confusão. — Ele resmunga a última palavra para si mesmo, mas sua opinião sobre o testamento fica muito clara.

Saxon se aproxima e se senta na cadeira vazia ao meu lado. Chega mais perto de mim e diz:

— É um prazer conhecê-la, Annie. Espero que tudo isso seja resolvido de modo justo e fácil, para que o pobre Walt não desabe de tanto estresse. E entendo que Elva pode não ter feito as coisas parecerem muito acolhedoras para você ontem, mas, por favor, perdoe o comportamento dela. Acho que ela acabou projetando a irritação com Laura em você.

Não sei o que eu esperava ao conhecer Saxon, mas não era isso. Um espelho de Elva, talvez. Ou alguém ocupado e importante demais para reconhecer minha existência, considerando seu atraso. Mas Saxon se senta com calma ao meu lado, exalando uma aura de alguém que tem bastante bom senso e compreende o quanto esta situação pode parecer constrangedora para mim. É uma surpresa muito agradável.

— Obrigada — falo.

Por um momento, imagino o que mamãe possa ter feito para irritar Elva, mas considerando tudo o que vi dessa mulher até agora, elas não poderiam ser mais diferentes. Mamãe provavelmente faria questão de irritá-la, e sinto uma onda de afeição ao pensar nisso.

— Certo, bom, então vou direto ao ponto com todos vocês. — O sr. Gordon coloca um par de óculos de leitura e apanha a pilha de papéis à sua frente. — Frances não dividiu suas posses. Elas devem permanecer intactas. Isso inclui a casa em Chelsea, a fazenda e as terras anexadas a

Gravesdown, assim como a totalidade da propriedade em si e as terras ao redor. Há também a quantia de quarenta milhões de libras.

Elva bate as mãos e prende a respiração, mas rapidamente tenta disfarçar sua reação tossindo. Saxon a cutuca de modo discreto e o sr. Gordon dirige a ela um olhar severo sobre seus óculos de leitura.

Todos permanecem quietos, então o sr. Gordon continua.

— Saxon, Oliver e Annie, recentemente substituindo Laura, são os beneficiários, mas aqui começam as complicações. A melhor maneira de explicar é ler a carta deixada por Frances:

Meus queridos Saxon, Annabelle e Oliver,

Gostaria de ter feito isso do jeito normal, creiam-me. Chegarei a Oliver em um momento, mas primeiro quero falar com Saxon e Annabelle. Há muito tempo sei que minha vida terminaria com um assassinato, portanto, deixo meu espólio — tudo, incluindo os fundos de todas as minhas contas — para a pessoa que conseguir desvendar o crime.

Por anos fui maltratada nesta cidade por algo em que eu acreditava muito. Todos temem a exposição dos segredos que mantêm e minha capacidade de descobri-los, a ponto de terem trabalhado bastante para me desacreditar, tachando-me de louca. Eu sempre soube, todavia, que existe algo errado em Castle Knoll e que os segredos guardados nos buracos de nossas ruas, nas paredes de nossa igreja e até mesmo em minha própria casa estão nos apodrecendo por dentro. Sempre soube que esses segredos se provariam mortais. Afinal de contas, já se provaram antes.

Minha última ação neste mundo é fazer com que vocês dois acreditem nisso, e espero que, nesse processo, toda a cidade venha a acreditar. Que o melhor entre vocês se torne o herdeiro de minha riqueza, em vez de minha sorte...

Fico de queixo caído enquanto tento digerir as palavras de Frances. Sinto mais uma vez a mão do destino, porque, desde que encontramos tia-avó Frances morta, isso é exatamente o que venho tentando fazer.

O que não consigo *evitar* fazer. Sinto que faço parte da sorte de tia-avó Frances, como talvez a filha certa.

Nesse ponto, Elva reclama:

— Como é? Ela pode fazer isso? Pode nos obrigar a todo esse trabalho?

O detetive Crane olha para o arquivo em suas mãos, e não consigo determinar se ele ouviu algo do que Elva dissera.

O sr. Gordon pigarreia mais uma vez.

— Elva, não existe *nós*. A questão envolve Saxon e Annie. Além de Oliver e o detetive aqui, mas chegarei lá se você me permitir terminar.

Há regras, é claro. Não quero que vocês fiquem sem fazer nada enquanto meu cadáver apodrece na terra e a justiça não é feita. Darei a vocês uma semana. Se, ao fim desse tempo, não tiverem solucionado o meu assassinato, então todas as minhas propriedades serão vendidas, peça por peça, sob os cuidados de nosso jovem desenvolvedor imobiliário, Oliver Gordon, e a empresa para a qual trabalha, a Jessop Fields. Não me importo se minha casa se tornar um shopping ou uma pedreira. Se vocês fracassarem, toda a cidade vai sentir o impacto por gerações. O dinheiro das vendas e o restante de minha fortuna serão doados à Coroa...

Não consigo evitar: sou eu quem interrompe agora.

— Mas e o que vai acontecer com a fazenda, com Beth e seu avô, e os negócios deles?

O sr. Gordon olha para mim longamente, e não sei dizer se ficou grato por alguém pensar em outra coisa além do próprio bolso ou se cansado porque o lembrei de que esse testamento lançará ondas de choque por toda a cidade, como uma bomba. Ele não responde, apenas continua lendo.

Mas não quero que se apressem dando falsas respostas para conseguirem o que desejam. Então, suas descobertas devem ser verificadas pelo detetive Crane, e uma prisão ou conclusão positiva devem ser alcançadas. Walt terá a última palavra quanto à prisão ou a conclusão fazerem sentido. Além disso, tem o poder de desqualificar qualquer um de vocês caso sejam presos por alguma razão...

— Então, podemos matar um ao outro, desde que ninguém descubra — Saxon diz secamente. — Muito elegante, Frances. — Aproxima-se de mim outra vez e acrescenta: — Não se preocupe, Annie, não pretendo assassiná-la.

— Eu agradeço por isso, Saxon — respondo. — Igualmente.

E então nós dois sorrimos, porque isso é uma coisa tão estranha para se dizer dez minutos depois de conhecer alguém.

— Na verdade — Walt diz —, é, *sim*, uma adição elegante ao testamento. Isso fará com que fiquem de olho um no outro. Frances não gostaria que seu espólio ficasse com alguém não merecedor. — Ele ergue a carta novamente e continua lendo.

Não vou impor quaisquer condições para o caso de morte por causas naturais, tão grande é minha convicção quanto ao que vai me acontecer. E, creiam-me, se eu tivesse a menor ideia de quem está planejando me matar, já teria feito uma denúncia antecipada junto à polícia. (O detetive Crane pode confirmar essa informação — tentei fazer isso várias vezes.) Tentei por anos descobrir quem será meu assassino, mas é difícil desvendar um crime que ainda não aconteceu, então preciso deixar essa parte com vocês.
Tentei entrar nesse jogo tendo um plano, mas parece que perdi mesmo assim. Então, refiz o plano para que o jogo continuasse sem mim.

Boa sorte,
Frances

Ficamos sentados em um silêncio atordoante por vários minutos, até que decido quebrar o gelo.

— O que acontece se ambos desvendarmos o crime?

— Ou se um de nós for o assassino? — Saxon pergunta.

O detetive Crane se vira para encarar Saxon e o canto de sua boca se ergue um pouco.

— Por quê? Isso é uma confissão?

— Uma indagação puramente advinda de uma perspectiva acadêmica — Saxon responde. — Quero saber até onde Frances pensou em tudo. De fato é um planejamento impressionante. — Saxon parece estar se divertindo mais que qualquer outra coisa, como se tudo fosse um jogo interessante.

Oliver ficou mexendo no celular o tempo inteiro, mas ergue a cabeça de repente e diz:

— Não que eu queira ajudar a desvendar esse assassinato, já que estou aqui apenas por segurança... — A expressão em seu rosto poderia azedar leite, e percebo que ele está furioso. — Mas como a adorável Frances decidiu que minha carreira é apenas um brinquedo com o qual ela poderia brincar no além-túmulo e eu prefiro não ser assassinado enquanto durmo quando vocês começarem a esganar uns aos outros — ele lança um olhar para Elva —, gostaria de lembrar que todos somos inocentes com base na hora da morte de Frances, já que estávamos no mesmo escritório em Castle Knoll quando ela foi assassinada. Bom, todos, menos Saxon.

— Mas na verdade isso não importa — declaro. — Aquelas flores poderiam ter sido entregues a ela a qualquer momento, dando ao assassino bastante tempo para fugir.

O detetive Crane gentilmente se afasta da parede na qual estava encostado.

— As flores não a mataram — ele diz discretamente.

— Elas não... Como é? — Pisco os olhos algumas vezes, tentando entender como a cicuta na corrente sanguínea não mataria uma pessoa.

— Então ela estava errada? Não foi assassinada? — Saxon pergunta.

— Eu não disse isso — é tudo o que Crane responde.

Ele observa Elva e Saxon cuidadosamente, medindo suas reações. Saxon olha de volta para ele, ciente de que está sendo avaliado pelo detetive. Elva parece perdida.

— Bom, estávamos todos juntos no escritório do sr. Gordon quando ela morreu — Elva afirma. — Frances não ligou para você dizendo que precisava mudar o local da reunião? Então ela estava viva quando estávamos lá. E Saxon voltava do hospital, assim ele estaria na balsa.

— Tenho a passagem da balsa, se alguém quiser ver — Saxon diz calmamente.

— Ninguém está falando sobre o elefante branco no meio da sala — Oliver interrompe, seu tom de voz surpreendentemente severo.

— Qual deles? — deixo escapar, porque, de modo genuíno, posso pensar em múltiplos elefantes brancos na sala.

Oliver me ignora e se vira para falar com o detetive.

— Qual foi a causa da morte, detetive Crane? Ou você não pretende nos dizer, embora esteja segurando o relatório da autópsia?

— Ah, esse elefante branco — digo.

O detetive Crane não se move. Apenas observa Oliver e sorri.

— Certo — Oliver declara. — Mas o que acontece se ela realmente apenas caiu morta por si mesma?

— Como assim? Você acha que ela se mataria apenas para nos dar todo esse trabalho? — Elva indaga, como se de fato pudesse considerar a possibilidade. Não gosto de julgar, mas estou começando a achar que Elva Gravesdown não é muito esperta.

— Não, o que quero dizer é: e se ela teve um ataque cardíaco? Ou sofreu um coma diabético ou algo assim? O que acontece, então?

O detetive Crane finalmente dá um passo adiante. Vai até onde o sr. Gordon está sentado e coloca o relatório sobre a mesa.

— Ela teve, sim, um ataque cardíaco — ele diz lentamente. Oliver solta um gemido cansado e apanha o celular no bolso outra vez. — Mas não foi um ataque natural — o detetive Crane explica, abrindo o relatório. — Frances estava certa. Alguém a matou.

15

OS ARQUIVOS DE CASTLE KNOLL, 23 DE SETEMBRO DE 1966

*J*OHN ESTAVA DISTANTE, EVITANDO MINHAS PERGUNTAS SOBRE A *propriedade dos Gravesdown e o que ele e os outros faziam lá quando iam sem mim. O alerta de Saxon ainda pairava sobre mim como um cheiro ruim: "Sei que acha que sou um pervertido, mas seu namorado é pior". A cada pergunta que John evitava, no entanto, seguia-se algum gesto gentil: um perfume trazido de Londres, um exemplar de meu livro favorito. Entalhava nossas iniciais em árvores e dizia que me amava. E, aos poucos, no decorrer da semana seguinte, o gelo entre nós começou a derreter.*

Felizmente, John concordou que a floresta na propriedade dos Gravesdown não era o lugar mais romântico do mundo. Ele teve várias outras ideias para nossa primeira vez, como entrarmos às escondidas nas ruínas do castelo no escuro ou pegarmos o carro de Walt emprestado por uma noite. Mas, desde meu encontro com Ford e Saxon, eu me sentia um pouco inquieta a respeito de meus amigos.

Emily insistia que a propriedade dos Gravesdown era o lugar mais incrível que podíamos frequentar, e isso foi reforçado quando um dia a polícia nos expulsou do parque da cidade às sete da noite por fazermos barulho demais. Como de costume, Walt causara todo o alarde. Ele tinha decidido fazer xixi em uma árvore enquanto cantava "You really got me", dos Kinks, dizendo que conseguia urinar durante toda a canção. Walt está sempre fazendo coisas assim — ele é tão criança.

Rose voltou com Teddy Crane depois que eu a convenci de que sua acne melhoraria, e, quando isso acontecesse, ele ficaria lindo. Eu não estava mentindo; Teddy tem um rosto bonito debaixo de todas as espinhas. Cabelos escuros, feições marcantes e um tipo de presença forte que passa uma sensação de proteção. Só acho que às vezes Rose não enxerga as coisas a longo prazo.

Quando John e Teddy saíram para comprar mais cerveja, pouco antes da cantoria de Walt atrair a polícia, eu finalmente tive a chance de conversar com Rose sobre todos os meus sentimentos conflitantes. Fazia duas semanas desde que tínhamos invadido a propriedade, e eu vinha repensando sem parar toda a experiência em minha cabeça. Parte de mim sabia que eu deveria ficar de olho, porque meus amigos me enganaram e eu não queria bancar a tola. Mas também achava cansativo continuar desconfiada ou com raiva por muito tempo.

Eu me sentei na toalha de piquenique ao lado de Rose e enlacei meu braço com o dela. Usava duas blusas, porque Emily tinha pegado meu casaco de lã emprestado e se recusava a devolver.

A maneira como vestia meu casaco fazia parecer como se sempre tivesse sido dela. Olhei para ela por um momento, rindo e falando com Walt. Ficava melhor nela — as duas fileiras de botões dourados e o corte em forma de sino eram modernos demais para mim, de qualquer modo. Mas eu me sentia um pouco incomodada por causa dos botões, já que foram a razão para eu escolher aquele casaco. Tão diferentes — eles tinham a imagem de cervos saltando, e nunca vi outro casaco com esse detalhe.

— Nossa, você deve estar congelando, Frannie — Rose disse, esfregando meu braço livre para me ajudar a esquentar.

— Não está tão frio assim — falei, mas era início de abril e já anoitecera, então aquilo foi uma mentira deslavada.

— Vou acabar com essa história e pegarei seu casaco de volta — Rose declarou. — Isso já foi longe demais.

— Que história? Emi pegando coisas emprestadas? Esse é o jeito dela, você sabe. Além disso, não empresto nada a ela sem saber que posso perder para sempre.

— Mas você não enxerga? É mais que isso. O modo como ela tenta imitá-la, isso é intenso demais. Você é boazinha, acaba passando pano para tudo, mas isso é... ela é muito calculista.

Por um momento, todos os sentimentos das últimas duas semanas transbordaram dentro de mim. Mas apenas sacudi a cabeça, cansada.

— Você está dando crédito demais para ela — eu disse, mas fiquei pensando nas palavras de Rose. Eram ecos de meu próprio instinto, minhas preocupações mais sombrias de que Emily havia me declarado sua inimiga. Ela era mesmo calculista, todos sabíamos disso. Eu só não entendia por que subitamente me tornara alvo de seus atos frios e calculistas. Normalmente, eles tinham mais a ver com garotos.

— Frances, apenas... — Rose passou a mão entre seus cabelos e mordeu o lábio inferior. Por um instante pareceu que ela estava prestes a me dizer algo, mas então baixou os olhos e não falou mais nada.

Eu podia ver John e Teddy fumando um cigarro na frente da loja de bebidas, então aproveitei o momento.

— Rose, por que ninguém me contou que vocês estavam invadindo a propriedade dos Gravesdown sem mim?

Rose estremeceu, como se eu a tivesse atingido com um espinho, mas continuou olhando para baixo.

— Desculpa, Frannie, mas foi por causa de Emi. Você sabe como ela é. Ela me ameaçou para eu não contar a você que estivemos lá.

— Certo — disse com firmeza. — Então, por que você foi com eles?

Rose olhou para as mãos, depois de volta para mim.

— Só fui na primeira vez, e só depois entendi que Emily tinha mentido para mim. Ela disse que você estava doente em casa. Não voltei mais com eles depois disso, juro.

— Tudo bem — declarei lentamente. — Mas ainda acho que há alguma coisa que você não está me dizendo. Ford disse que já tinha encontrado Emily antes, e ele me alertou quanto a vocês todos. O que exatamente aconteceu naquela primeira visita?

Rose olhou para a loja de bebidas, onde Emily e Walt compravam cerveja.

— John, Walt e eu estávamos fazendo o de sempre. Mas Emi desapareceu por um tempo e só voltou quando era hora de ir embora. Walt ficou um pouco bravo e eles discutiram, porque ficou claro aonde ela estava indo.

— Ela estava indo até a casa — eu disse.

Não sei por que descobrir isso me fez murchar, mesmo já suspeitando. Eu tinha passado apenas uma hora lá conversando e tomando chá. Mas saber oficialmente que Emily esteve lá primeiro deixou um gosto amargo em minha boca. O comentário de Saxon flutuou até o topo de minha mente. "Sua amiga Emily já irritou meu tio Ford algumas vezes. Acho que ela esperava que ele estivesse procurando por uma nova esposa."

O grupo se aproximava de nós do outro lado do gramado, e observei Emily vestindo meu casaco de lã. Ela se agarrava e ria no braço de Walt. Com seu cabelo loiro se destacando no escuro, ele a olhava como se ela fosse uma estrela cadente, um rastro de luz no céu noturno visto apenas algumas vezes na vida.

Walt havia cortado o cabelo e agora espelhava o estilo de John, que estava com um corte bem curto — ele tinha desistido do estilo desgrenhado que tinha usado até algumas semanas antes. Era curioso, porque Walt adorava seu cabelo. Adorava os olhares de aversão das senhoras idosas que resmungavam "rufião" para ele, além de como as garotas na praia o paravam para dizer que ele parecia o George Harrison. Só pensei que a moda estava mudando e que eu estava por fora.

Era uma conclusão fácil de se chegar, porque eu era sempre a última a saber das coisas. O que eu deveria ter me perguntado era por qual motivo Walt de repente tentava se parecer com John.

— Conheço um jogo muito legal — Emily disse ao se aproximar, sorrindo abertamente e se sentando ao meu lado. Colocou a mão dentro de um de seus (meus) bolsos e tirou algo, uma coisa feita de metal fosco e estranhas curvas disfarçadas pelo breu da noite.

Teddy praguejou e Rose agarrou meu braço a fim de me puxar para longe de Emily.

— Mas que diabos, Emi? — gritei. O revólver ficou na palma de sua mão, de um jeito quase inocente, como o adereço de uma peça de teatro. — Onde você conseguiu isso?

— E por quê? — Teddy acrescentou.

Rose permaneceu parada, silenciosamente aterrorizada.

— Encontrei a chave do gabinete de armas de meu pai — Emily respondeu, engolindo uma risada que se transformou em um engasgo indignado. — Não foi difícil. E quanto ao motivo... — Ela cerrou os olhos para Teddy, praticamente gritando em silêncio para ele: estraga-prazeres. — ... por que não? Então. Já brincaram de roleta-russa?

Foi quando Walt começou a cantar Kinks e urinar na árvore, o que felizmente atraiu atenção suficiente dos vizinhos para eles chamarem a polícia.

Emily suspirou de um jeito dramático que achei que ela não merecia. Agir como uma rebelde em Castle Knoll não fazia dela mais madura que qualquer um de nós.

— Outro dia, então — ela bufou, guardando o revólver no bolso. — Vamos entrar no carro antes que comecem a nos perseguir com tochas e foices.

Emily se juntou alegremente a Walt e, quando ficou de costas, Rose pôs a mão dentro do próprio casaco, logo abaixo da gola.

— Ela foi longe demais — Rose disse, e vi a correntinha com pingente de pássaro cintilar, como um débil lamento na noite, antes de Rose levar as mãos para trás do pescoço para abrir o fecho.

Por fim, ela tirou a correntinha e a jogou no gramado.

— Você deveria se livrar da sua também, Frances — recomendou.

De fato, considerei fazer aquilo. Mas a história que Emily, Rose e eu tínhamos juntas... Bem, era a cola que nos mantivera juntas por tanto tempo. Claro, essa cola estava se desgastando, mas senti que precisava lembrar a Rose que ainda não havia desaparecido completamente.

— Conhecemos Emily, Rose. Pense que quando ela age assim...

Rose me interrompeu.

— Ela nunca agiu desse jeito.

— É verdade, mas chegou perto. E, Rose, você sabe o motivo que a levou a isso antes. E agora provavelmente não é diferente.

A mãe de Emily, Fiona Sparrow, sempre havia sido o retrato da mulher perfeita. Era linda e tradicional, e nutria expectativas extremamente elevadas para Emily. Seu pai é vereador, e eles estão entre as pessoas que todos na cidade querem impressionar por serem tão carismáticos.

A irmã mais velha de Emily fugiu para Londres quando tinha apenas quinze anos, e seu nome nunca é mencionado pela família. Emily é tratada como filha única, mas o vazio deixado pela irmã só tornou Fiona ainda mais determinada a ser bem-sucedida com Emily para não fracassar outra vez. Fiona é controladora ao extremo, escolhendo cada item do vestuário de Emily, vestindo-a como uma boneca viva.

Olhei para Emily no meio da escuridão e notei que ela ainda usava os sapatos de salto alto que eram a marca registrada de Fiona Sparrow e meias com costura na parte de trás, difíceis de achar nas lojas hoje.

Eu vestia calças cigarette e me sentia muita ousada porque havia encontrado um tecido de algodão com estampa xadrez — o forro de um casaco de chuva de um brechó — e costurado a calça depois de vê-la em uma revista. Minha mãe tinha me ajudado, e demos muita risada destruindo o casaco para fazer as calças à la Audrey Hepburn.

De repente, Emily olhou em minha direção e foi quase assustador, como se ela pudesse ler minha mente.

Eu me lembrei de quando tínhamos dez anos e apareci em sua casa para dizer oi. Na época, a amizade que Rose, Emily e eu tínhamos era simples e fácil. Fazíamos balanços de corda sobre o rio Dimber no verão e comíamos amora-preta em agosto. Acreditávamos que os coelhos selvagens que saltavam para fora dos arbustos podiam falar com a gente e que éramos capazes de domesticá-los. E Emily sempre inventava os melhores jogos, tinha as ideias mais criativas.

Acho que, de certa forma, eu havia sido a responsável por desmascarar todas as camadas da vida de Emily. E me pergunto se ela me culpa por isso.

Naquele dia, a porta da frente estava entreaberta, para deixar entrar qualquer brisa em meio ao ar parado de verão. Emily equilibrava livros sobre a cabeça, como se estivesse se graduando, e não conseguia colocar xícaras de chá sobre a mesa silenciosamente o bastante para Fiona. Eu podia ouvir as palavras de Fiona preenchendo a sala: "Como você vai conseguir ser amada por alguém se nem consegue fazer as coisas mais simples? Vai ficar presa em

Castle Knoll para sempre! Você é bonita, Emily, quando não estraga tudo abrindo essa sua boca para se queixar de tudo. E ser bonita é a única moeda de troca que você tem, porque fora isso não lhe resta mais nada de excepcional. Você precisa aprender a usar sua aparência para não se tornar uma vergonha para esta família".

A xícara tilintou de novo e acabou trincando, porque a mão de Emily tremia muito.

Fiona jogou para longe da mesa todo o conjunto de chá, que se espatifou na parede antes de salpicar o chão com os cacos. Emily apenas ficou ali parada, observando.

"Você vai passar o resto do dia colando tudo isso, pensando em como é desastrada", Fiona disse. "Homens de boa família não querem esposas que não sejam graciosas. Você não conseguiria conquistar um Foyle, muito menos um Gravesdown, com essa falta de boas maneiras."

Emily se ajoelhou no chão e começou a recolher os cacos. Uma raiva corria em mim e eu apertava meus punhos ao lado do corpo. Fiona estava de costas para mim, mas os olhos de Emily rapidamente se voltaram para onde eu estava na porta. Ela parecia magoada e constrangida, e então uma determinação raivosa tomou conta de seu rosto. Emily sacudiu a cabeça quase imperceptivelmente, como se quisesse dizer: Frances, não ouse se intrometer.

E então não me intrometi.

Depois disso, no entanto, os jogos de Emily se tornaram mais sombrios e intensos. Não de uma vez, mas gradualmente, e de um jeito que foi excitante a princípio. Passamos o início da adolescência com Emily inventando as melhores histórias de terror e nos ensinando a conjurar fantasmas e a mexer com magia maléfica de mentirinha. Espionávamos as pessoas da cidade e fofocávamos quando descobríamos segredos que sabíamos ser meio inventados. Mas nunca prejudicamos ninguém nem magoamos a nós mesmas.

— *Não podemos culpar Fiona por tudo o que Emily faz* — Rose disse. — *Ela não está aqui agora, tomando as decisões por Emily.*

— *Talvez não* — falei. — *Mas às vezes eu me pergunto se Emily fica de sacanagem com a gente apenas para sentir que tem algum controle sobre a própria vida, fora do alcance de Fiona. Ou talvez seja um jeito de nos punir por sabermos demais.*

Teddy estava sentado em silêncio. De modo diplomático, fingia observar as nuvens rolando sobre nossas cabeças. A luz tênue do luar apenas revelava seus contornos carregados de chuva no meio da escuridão. Alguém gritou para que fôssemos embora, então atravessamos o parque, com mais pensamentos sobre Emily pairando entre nós.

Senti ter sido obra do destino quando a ponta de meu sapato enganchou na correntinha de Rose, e eu com cuidado a tirei do gramado.

— Você sabe, um pássaro vai traí-la aos quatro ventos, Frances — Rose disse suavemente quando tentei devolver o colar para ela. Ela recusou, então Teddy estendeu a mão e o apanhou para si.

— Achei que não acreditasse na leitura de minha sorte — declarei.

— Estou começando a acreditar — ela afirmou.

Senti um calafrio percorrer meu corpo. Queria ficar ao lado de Emily durante sua fase complicada, mas minha sorte começava a abalar minha confiança em tudo e todos ao meu redor.

Crane, Sparrow, rainhas em tabuleiros de xadrez, cédulas de dinheiro e cartas de baralho — tive a sensação de que não poderia derrotar esse destino sozinha. Queria que alguém me ajudasse. Eu me senti horrivelmente só naquele momento.

E então pensei: Ford. Ford sabe como planejar. Ele sabe como jogar e vencer. *Depois disso, não conseguia parar de pensar nele.*

16

SAXON SE LEVANTA E VAI ATÉ A MESA PARA APANHAR O ARQUIVO, erguendo as sobrancelhas como se perguntasse "Você se importa?". O detetive assente e Saxon traz o material para onde estamos todos sentados. Diria que temos o direito de saber o que há ali, e Saxon tem a expertise necessária para interpretar o conteúdo.

— Como a autópsia foi feita tão rapidamente? — pergunto a Crane.

— O legista do condado vizinho estava disponível para trabalhar com a dra. Owusu, e não havia uma fila de espera em seus laboratórios como geralmente há em Sandview. Autópsias levam apenas cerca de quatro horas para serem feitas. O que atrasa o relatório formal costuma ser a papelada e o resultado do laboratório. Mas, nesse caso, toda as pessoas certas estavam disponíveis, então foi um processo rápido.

— Ah, certo. Então, o que aconteceu com ela, se não foi a cicuta? Aquele buquê... A dra. Owusu disse que as substâncias da cicuta podem ser mortais se entrarem na corrente sanguínea, e tia-avó Frances estava com as mãos cortadas.

Decido me afastar de Saxon, que murmura para si mesmo enquanto Elva olha sobre seu ombro. Eu me levanto e me aproximo de Crane, que voltou a se apoiar no parapeito da janela. O sr. Gordon fica onde está, deixando claro que já ouviu aquilo antes.

— Não foi a cicuta que a matou. Isso parece ter sido um incidente não relacionado — Crane diz.

— Não relacionado? Mesmo que as flores não a tenham matado, certamente foram uma ameaça, o que as torna relevantes — afirmo.

Crane chega um pouco mais perto e gentilmente toca meu cotovelo. Declara com calma:

— Estou investigando isso, Annie. Deixe-me fazer meu trabalho.

Ele consegue passar um ar de autoridade tão discretamente que acaba me desarmando. Com um sobressalto, percebo que essa é sua tática — e *desarmar* é de fato o que ele está fazendo. Tia-avó Frances criou um vespeiro para ele profissionalmente ao nos colocar uns contra os outros para desvendar seu assassinato. Vamos interferir nas investigações que ele estiver conduzindo, e seja lá o que acontecer... vai ser difícil para Crane sair ileso disso tudo.

O relógio correndo acelerou meu cérebro, e já estou fazendo uma ginástica mental tentando me antecipar. Respiro fundo para me recompor. No papel, tenho uma semana para descobrir o assassino, mas, na realidade, Saxon e eu temos somente o tempo que o outro levar para desvendar o mistério.

Isso significa que, para mim, há vários níveis de motivação agora.

Desvendar o assassinato significa que mamãe poderá ficar com a casa em Chelsea. A casa onde ela sempre se inspirou e foi feliz. Deixar aquele lugar poderia atrapalhar seu processo já fragilizado de pintura, sobretudo porque foi lá que ela criou suas primeiras obras de sucesso. Ver Elva tomando conta do imóvel partiria nosso coração.

E não suporto a ideia de Oliver e a Jessop Fields destruírem tudo na propriedade dos Gravesdown para a abertura de estacionamentos e cinemas. Gravesdown Hall poderia ser poupada caso fosse tombada pelo seu valor histórico, mas certamente seria vendida para alguma rede hoteleira. A mata sem dúvida seria derrubada para servir de terreno para o desenvolvimento imobiliário, e, embora eu entenda que as pessoas precisem de lugares para morar, tenho certeza de que existem locais mais adequados para construí-los.

Acima de tudo, porém, quero resolver esse quebra-cabeça. E fui chamada para fazer exatamente isso, uma tarefa que não posso evitar. *Sou necessária.* Eu. Annie Adams, aspirante a escritora de livros sobre assassinatos misteriosos. E tenho a sensação de que algo *aconteceu* aqui. Não apenas com tia-avó Frances ontem, mas uma história que se estende por décadas.

A fala arrastada de Oliver interrompe meus pensamentos:

— O que acontece se o detetive Crane solucionar o assassinato primeiro?

A cabeça de Saxon se ergue de repente, e todos olham para o sr. Gordon.

— Se o detetive resolver o mistério primeiro, a propriedade será vendida por intermédio de Oliver.

A expressão do sr. Gordon é sombria, como se houvesse uma tempestade surgindo dentro de si e ele se esforçasse para se controlar. Castle Knoll é seu lar e, até onde entendo, seu neto se empenhou para passar o mínimo de tempo aqui. Duvido que o sr. Gordon esteja contente com a ideia de a propriedade dos Gravesdown se tornarem prédios de apartamentos ou uma concessionária de carros.

— Então — Oliver diz lentamente —, posso escolher ficar do lado da equipe do detetive ou...

— Não somos uma equipe — Crane interrompe sem hesitar.

Oliver o ignora.

— Ou eu apenas fico sem fazer nada esperando que esses dois fracassem?

Saxon e eu nos entreolhamos, e quase consigo notar a ficha dele caindo. Ele finalmente entendeu que a competição não está restrita a nós dois — tanto Oliver quanto o detetive Crane têm questões profissionais envolvidas no assunto. Oliver precisa apenas de nosso fracasso e Crane não quer que atrapalhemos a investigação. E vamos fazer exatamente isso. A coisa mais lógica que Saxon e eu podemos fazer é manter qualquer coisa que descubramos longe do conhecimento da polícia. Observo Crane outra vez e o encontro já olhando para mim. Tenho a sensação de que ele está sempre cinco passos à minha frente, o que me deixa inquieta. Crane tem os recursos da polícia, e o acho charmoso demais para o meu gosto. Se eu fosse ele, tentaria trazer um de nós para seu lado, e posso perceber que seu alvo preferencial não é Saxon.

São tantas variáveis que me sinto sobrecarregada. O sr. Gordon também não é inteiramente neutro. O caderno de capa de couro verde que peguei ontem me vem à cabeça, e decido lê-lo assim que tiver um momento de tranquilidade.

Sinto meu maxilar contraído. Preciso de um caderno; eu deveria estar anotando tudo isso. Ainda bem que tenho vários no quarto.

Sinto a mão de Crane em meu cotovelo de novo. O detetive chega mais perto e pergunta:

— Você está bem?

— Ninguém está sangrando. Não vou desmaiar — respondo entredentes.

— Só verificando — ele diz.

Oliver nos observa, com olhar frio e calculista. E, por estar no meio deles, tenho a sensação de que fui identificada como o elo mais fraco. Annie Adams: de dia, uma assistente administrativa recém-demitida; à noite, aspirante a escritora. Propensa a desmaiar nos piores momentos possíveis. Filha de Laura, a artista plástica moderna que perdeu contato com a realidade.

Saxon vem até mim com a autópsia nas mãos e me entrega o arquivo. Assim como eu, avalia todas essas dinâmicas, mas seu rosto permanece cuidadosamente neutro.

— O que ela fez é brilhante. Odeio isso, é claro, mas é um jogo muito apropriado. Tio Ford teria ficado orgulhoso.

De certa perspectiva, se eu não puder desvendar esse assassinato, Saxon provavelmente é a segunda melhor opção. Talvez eu possa fazer algum acordo, caso ele vença, para que deixe a casa com a gente. Ainda estou determinada a dar meu melhor, mas seria inteligente considerar todos os resultados possíveis. A empresa de desenvolvimento imobiliário parece uma maneira horrível de terminar tudo isso. E aí está — outra jogada genial de tia-avó Frances.

As pessoas na cidade vão nos fornecer qualquer informação que tiverem, tão logo descubram o que vai acontecer se fracassarmos. Com exceção do assassino, é claro. Mas se trata de algo extremamente engenhoso. Tia-avó Frances de fato forçou todos que duvidavam dela a levá-la a sério agora.

Olho para o arquivo em minhas mãos.

— Então, o que há aqui dentro? Como ela morreu? — pergunto com a voz baixa.

Crane toma algumas páginas de minhas mãos. Ele me lança um olhar questionador, e minha raiva aumenta outra vez com o tratamento gentil que o detetive me oferece depois de meu desmaio de ontem.

— Consigo aguentar — digo, devolvendo-lhe um olhar firme.

— Ela foi envenenada, mas de um jeito que seria quase impossível de rastrear. Felizmente, a dra. Owusu foi muito cuidadosa e, por Frances ter sido sua paciente, notou algo que muitos médicos não notariam.

— Que tipo de veneno é quase impossível de rastrear?

— O tipo que geralmente não é um veneno. Frances estava se consultando com a dra. Owusu para receber uma série de injeções de vitaminas. Tinha extrema deficiência de vitamina B12, e com níveis tão baixos ela precisava de mais do que apenas comprimidos para chegar à dosagem necessária. Mas algumas vitaminas e minerais podem ser letais em altas doses.

— Como a B12?

— Não, como o ferro. Foi isso que casou o ataque cardíaco em Frances. O nível de ferro encontrado em sua corrente sanguínea era letal, e a dra. Owusu descobriu um local de injeção adicional no corpo de Frances, então parece que alguém lhe aplicou a substância. Mas aqui vai a parte confusa: tal quantidade de ferro não é fácil de conseguir. Nenhuma clínica médica tem injeções de ferro nessa concentração à disposição.

— Então, de onde elas vieram?

Crane devolve os papéis para a pasta, que ainda está aberta em minhas mãos.

— É isso que estamos tentando determinar.

Saxon de repente parece ansioso para ir embora. Olha para Elva e ela está ao seu lado. Antes de irem, Saxon se vira para mim.

— Annie, vou ajudá-la, para nivelar o campo de jogo. — O sorriso de Saxon parece genuíno, mas está um pouco mais contido do que quando ele me cumprimentou.

— Por quê? — pergunto.

Ainda não sei como será a dinâmica entre mim e Saxon. Seremos adversários, brigando pela herança? Ou companheiros de equipe, chegando a um acordo para dividir o espólio e ter a melhor chance de salvar tudo das garras de Oliver e da Jessop Fields?

— Já que você é nova aqui e não conhece a cidade como eu, sinto que seria justo. — Sua voz é tranquila e direta.

Parece que Saxon está levando esse jogo a sério, e sinto o ar entre nós se firmar em território adversarial. Mas pelo menos ele está tomando uma atitude de jogo limpo, o que tenho certeza de que é mais do que Elva faria.

Saxon bate o dedo na pasta que seguro.

— Crane está certo, nenhum médico teria injeções com essa dose de ferro à disposição. Mas há uma pessoa na propriedade dos Gravesdown que teria.

— Como assim? — Pisco os olhos surpresa, sem saber de quem Saxon está falando.

— A esposa de Beth, Miyuki, é médica-veterinária especializada em animais de grande porte e tem uma clínica na fazenda de Archie Foyle. De acordo com o nível anotado na autópsia, Frances recebeu uma injeção cuja dosagem de ferro seria suficiente para um cavalo.

OS ARQUIVOS DE CASTLE KNOLL, 26 DE SETEMBRO DE 1966

Q UANDO FOMOS EXPULSOS DO PARQUE DA CIDADE, NÓS NOS apertamos no carro de Walt e Emily deslizou para trás do volante. Se ela não estivesse dirigindo, talvez tivéssemos acabado em outro lugar, mas Emily nos levou de novo para o mesmo ponto com a abertura na cerca da propriedade dos Gravesdown.

— Se temos permissão para ficar na floresta, por que continuamos entrando por essa joça de buraco na cerca? — perguntei.

— Joça — Emily repetiu, fazendo graça. — Você fala igual à minha vó.

— Para de pegar no pé da Frances, Emi — John disse, parecendo cansado.

Eu estava sentada em seu colo porque o banco de trás do carro de Walt tinha espaço apenas para três pessoas, e Rose e Teddy ainda estavam naquela fase de se conhecer. Sei muito bem que Rose perdera a virgindade com Archie Foyle naquele exato banco de trás e fiquei imaginando se Teddy já ouvira essa fofoca. É o tipo de informação que Emily lançaria no pior momento possível, só para ver os problemas que isso causaria.

Eu percebia que Rose se esforçava para gostar de Teddy; ela sempre falava sobre como encontraríamos os dois garotos mais bonitos de Castle Knoll, nos casaríamos e teríamos filhos ao mesmo tempo. Emily estaria *longe, fazendo algo glamoroso em Londres, e as coisas ficariam mais calmas para aqueles que se contentaram em permanecer em Castle Knoll.*

— Não quero ficar na floresta — Emily declarou. — Já falei, posso provar que Ford matou a esposa. — Seu sorriso era igual ao do Gato de Cheshire e me senti como Alice entrando no País das Maravilhas, cambaleando por um mundo cujas regras todos conheciam, menos eu.

— Você parece ter ficado muito amiguinha dele — eu disse, e Rose me deu um olhar firme de soslaio. — Na verdade, Emi, eu não ficaria surpresa se descobrisse que você já esteve na casa antes.

Esperei para ver se ela negaria e Rose ficou tensa, com uma expressão de preocupação no rosto. Ao jogar essa isca para Emily, eu sabia que estava comprometendo a Rose também, mas tinha sido Ford quem me contara que eles estavam saindo sem mim. Se fosse preciso, eu contaria isso para Emily.

O sorriso dela apenas se abriu ainda mais.

— E como foi sua visita a Ford, Frannie? Ele lhe ofereceu chá e a ensinou a jogar xadrez? Avisou que seus amigos não eram confiáveis?

Senti como se um balde de gelo fosse derramado sobre mim. Não havia contado aos outros qualquer detalhe sobre a hora que tinha passado dentro da casa, apenas que conversara com Ford e Saxon antes de ir embora.

Tentei pensar em algo para dizer, mas minha boca se manteve aberta como se eu tivesse ficado sem ar. John apertou um dos meus pulsos com a mão e me senti como se tivesse sido flagrada fazendo algo errado.

— E que prova é essa que você diz que tem? — indaguei, recusando-me a cair na provocação. — De que Ford matou sua primeira esposa? Você nem sabe o nome dela.

— É claro que sei. Ela se chamava Olivia Gravesdown. Vou lhes mostrar a prova, mas só quando chegarmos à casa da fazenda abandonada. Vocês precisam ver para crer.

Walt soltou um gemido irritado e colocou uma mão no assento atrás da cabeça de Emily.

— Ah, Emi! Não precisamos ir àquela casa caindo aos pedaços. Vamos nos divertir muito mais do lado de fora. E Ford disse para não irmos lá. Ele praticamente chamou aquilo de armadilha mortal.

— Por que você acha que ele quer que fiquemos longe? — ela perguntou. — Vocês não querem ver o que ele está escondendo lá? Tenho certeza de que é a esposa morta....

— Você é tão dramática, Emi — Rose declarou. — Mas quero vê-la quebrando a cara uma vez. Então, vamos a essa casa cheia de nada além de ratos e suas mentiras.

— Uau, Rose, desde quando você é corajosa assim? — Emily retrucou.

Ela, contudo, parecia satisfeita, como se Rose tivesse assumido um papel que Emily esperava que alguém desempenhasse.

Rose não respondeu. Mas, quando Emily estacionou o carro e descemos, houve um pequeno momento em que elas se encararam, um desafio subentendido pairando entre ambas. Foi Rose quem desviou os olhos primeiro e se esgueirou pelo buraco na cerca.

Começou a chover enquanto atravessávamos a mata, e tivemos que correr pelos gramados para chegar ao lado norte da propriedade, onde se iniciava a fazenda. A casa era apenas um ponto negro no meio da noite, prostrada ali como um sapo na beira do rio.

Quando nos aproximamos, eu me surpreendi por ver que a casa não estava caindo aos pedaços, era apenas assustadora e silenciosa. Além disso, era bem grande para uma casa de fazenda e feita com pedras brancas oriundas da pedreira ali perto. Mas estava tão coberta de musgo e hera que quase parecia inteira verde. A porta não estava trancada, e o interior era totalmente diferente do que eu imaginava. Emily apanhou um pequeno isqueiro e todos tiraram e sacudiram seus casacos molhados, menos eu. Tremia em minhas blusas encharcadas, observando Emily, que parecia confortável com meu casaco.

Mas era curioso: não havia janelas quebradas ou tábuas podres no chão. Tudo parecia bem conservado... e nada perigoso. Por que Ford não nos queria ali?

— Alguém mora aqui, Emily — John sussurrou enquanto andávamos cuidadosamente. Ele estava certo: a casa não estava vazia. Tinha bons móveis, abajures, um relógio e até louça em uma cristaleira encostada na *parede. Era como se alguém tivesse saído rapidamente e fosse retornar a qualquer minuto.*

— Não deveríamos estar aqui — Rose disse.

Eu sentia o mesmo. Todos nós mudamos de ideia sobre o lugar no momento em que pisamos dentro dele. Todos nós, exceto Emily.

— É só esperar — declarou.

Ela nos conduziu pelo interior da casa, seu isqueiro refletindo em espelhos e iluminando ângulos estranhos. O cômodo para onde ela nos levou era um escritório, mas pude entender por que esse ambiente havia capturado a imaginação mórbida de Emily. O lugar fora completamente destruído, como se alguém de temperamento violento tivesse declarado guerra contra as próprias paredes.

Havia cacos de vidro de porta-retratos por todo o chão e pilhas de livros, além de cadeiras destruídas. Até o papel de parede havia sido arrancado, e tive visões de uma luta de faca acontecendo ali — cada golpe errado gravado nas paredes para sempre, como violentas impressões digitais.

— Foi aqui — Emily afirmou dramaticamente — que ele a matou.

Rose apanhou uma foto em um porta-retratos quebrado e franziu a testa enquanto tentava reconhecer a imagem.

— Esta era a casa de Archie — ela sussurrou. — E ninguém morreu aqui, Emily. A família foi despejada. Archie me falou sobre isso. Ele nunca me disse que tinha vivido aqui, só que morava na fazenda. E que seu pai foi embora e Archie foi deixado em um orfanato.

— Espera, de quem você está falando? Do Archie Vigarista? — Teddy perguntou.

— Ah, sim, Rose tem história com garotos malvados. Desculpa, Ted — Emily zombou. — Mas eles foram despejados porque o pai de Archie era um bêbado viciado em jogo que tinha um caso com a esposa de Ford. Ford me disse que destruiu alguns dos cômodos. Contou que era um bom lugar para descontar a raiva depois de ter expulsado os dois da propriedade. Mas não acho que ele tenha destruído só os cômodos... — Emily falou.

— Você não sabe de nada — Rose disse. — Está inventando toda uma história sem ter ideia do que aconteceu.

— Eu não sei? — Ela nos lançou sua expressão mais inocente. — Ford gosta de mim. Diz que sente que pode conversar comigo.

A expressão de Walt era tempestuosa.

— Preciso de um pouco de ar — Rose declarou.

— Vou com você — respondi, enlaçando nossos braços quando ela se dirigiu para a porta.

Lá fora, a chuva ainda caía, mas havia diminuído para um chuvisco.

— Rose — eu disse com cuidado —, você gosta um pouco de Archie Foyle?

— Acho que não — ela respondeu lentamente. — Quer dizer, sim, mas daquele jeito de quando alguém teve uma vida triste e você sente pena. Archie passou por coisas difíceis. Mas não faço ideia do que aconteceu aqui.

— Eu tenho. — A voz de Saxon soou no meio da escuridão.

— Saxon! Nossa, você me assustou! — reclamei. — Você gosta mesmo de aparecer do nada, não é?!

— Desculpa — ele falou, e parecia sincero. — Mas vocês não deveriam estar aqui. Não é perigoso, meu tio mentiu sobre isso, no entanto este lugar é meio particular para ele. Enfim, é melhor vocês irem embora antes que ele perceba que estão aqui. Meu tio tem um estranho talento para saber de tudo o que acontece na propriedade.

— Vou arrastar Emily para fora — eu disse. — O restante do pessoal sempre vai para onde ela for. Rose, você espera aqui com Saxon e depois podemos levá-lo de volta para casa.

Saxon olhou pensativamente para nós duas.

— Antes de você entrar, vamos jogar um jogo.

— Sério, Saxon? Não temos tempo para jogos — declarei com um tom severo.

— Você terá tempo para este. É muito simples. — O rosto de Saxon se mantinha cuidadosamente neutro. — Chama-se Um segredo por um segredo. É assim que se joga: eu conto um segredo e você me conta outro de volta.

— Nenhuma de nós guarda segredos — Rose disse.

— Ela está certa, e aposto que, bisbilhoteiro desse jeito, você conhece cinco vezes mais segredos do que nós.

Saxon abriu um sorriso malandro porque, claro, esse era o objetivo. A fofoca que estava queimando dentro dele em minha última visita — ele só queria uma desculpa para contar.

— Certo, Saxon. Vou lhe contar um segredo — falei. — Mas você me conta o seu primeiro.

— Sua amiga Emily tem um segredo bem grande. — Ele enfatizou a sua fala fazendo um gesto circular na frente da barriga. — Um segredo que ela ganhou de seu namorado John aqui mesmo no meio do mato.

18

— Explica tudo isso mais uma vez — Jenny diz. Estou sentada na cama de meu quartinho, de volta à minha calça jeans e à camiseta de ontem. Passei uma camada extra de perfume, mas logo o desespero vai bater e terei de tomar banho e encontrar roupas novas.

A essa altura, estou ficando cansada de explicar a situação bizarra na qual me encontro, então solto um gemido exasperado e apenas afirmo:

— Estou participando dos Jogos Assassinos de tia-avó Frances.

— Certo — Jenny declara. — Essa parte eu entendi. A parte que está me confundindo são os segredos em ordem alfabética e por que você ainda não abriu o arquivo sobre seu pai.

Olho para os dois arquivos que deixei sobre a cama.

— Para ser bem honesta — digo lentamente —, na verdade estou mais interessada no que existe dentro do arquivo Crane. Olhei as primeiras páginas do arquivo de Sam Arlington e ele só me parece uma pessoa desconhecida. Há registros bancários, documentos do imposto de renda, provavelmente coisas que atestam que ele tinha algum caso enquanto mamãe estava grávida de mim, mas tudo aquilo parece a história de minha mãe. Talvez depois eu me sinta mais interessada, porém, no momento, quero me concentrar no assassino de tia-avó Frances.

— Certo, faz sentido — Jenny responde, e então muda de assunto. — Você é fã de histórias de assassinatos misteriosos; assim, por onde vai começar? Suspeitos? Motivos? Eu seria sua dra. Watson se tivesse algum talento para isso, mas acho que o melhor que posso fazer é montar uma cena do crime em miniatura se você precisar de uma.

— Se fosse um cenário do tipo quarto trancado, até aceitaria — digo.

— Bom, se a TV nos ensinou algo é que a taxa de homicídios em cidades pequenas é desproporcionalmente alta. Então, é melhor eu ficar à disposição, porque tenho certeza de que existe um quarto trancado em seu futuro.

— Só preciso avisar que, daqui em diante, vou levar qualquer previsão sobre meu futuro extremamente a sério — declaro. E só estou meio que brincando. A sorte de tia-avó Frances está começando a me afetar. — Mas pensar como um detetive da TV não é um mau lugar para começar. Na maioria das séries de mistérios, há um período, logo depois de a vítima morrer, em que o investigador faz várias perguntas padronizadas. Geralmente são uma variação de *Ela tinha inimigos?* e *Havia algo estranho em seu comportamento antes de ser assassinada?* e *Quem foi a última pessoa a vê-la com vida?*

— Ah, e também *Quem encontrou o corpo?* — Jenny diz, sua voz mostrando animação.

— Sim, bem pensado. Se começarmos por aí, temos Elva, o sr. Gordon, Oliver e eu. Mas agora que sabemos que tia-avó Frances foi morta por uma injeção de ferro em vez de ter sido envenenada por plantas, parece menos provável que eles possam tê-la matado. Todavia, tanto Elva quanto Oliver chegaram depois, e refletindo sobre o horário da morte... é uma viagem de quinze minutos da cidade até a propriedade dos Gravesdown, então seria pouco tempo, mas mesmo assim seria possível. — Faço uma pausa e procuro um caderno e uma caneta na mochila. Retiro um caderno que tem ilustrações bonitinhas de cogumelos selvagens. Só para ser minuciosa, escrevo todos os nomes e risco o do sr. Gordon, esclarecendo meu argumento na margem. Algo sobre o arranjo de flores ainda me incomoda, então na próxima página escrevo *As flores — quem as enviou, e por quê?* sob o título *Perguntas sem respostas*.

— E quanto à própria investigação de Frances sobre seu futuro assassinato? — Jenny pergunta. — De quem *ela* suspeitava?

Penso no quadro de suspeitos de tia-avó Frances, com todas aquelas linhas coloridas se cruzando e as diversas fotos. Ela achava que a cidade inteira tinha razões para matá-la e parecia ignorar completamente o fato de que suas suspeitas e incessante busca por segredos *dava* a eles essas razões.

Agora me ocorre que tenho ainda mais motivos para suspeitar de Oliver, por causa de seu café da manhã com Frances, quando revisaram os planos da Jessop Fields para as terras da propriedade.

— Preciso dar outra olhada no quadro de suspeitos — digo. — Era muito complexo, talvez seja melhor eu tirar uma foto.

— Faça sua própria lista primeiro — Jenny sugere. — Assim você evita que a paranoia dela a influencie.

— Mais fácil falar do que fazer — afirmo. — Se a paranoia de tia-avó Frances acabou levando alguém a assassiná-la, uma das coisas mais úteis que me restam é tentar entender a maneira como a mente dela funciona.

Há um silêncio amigável enquanto anoto mais alguns nomes de potenciais suspeitos. Encontro o sobrenome de Rose lembrando de quando conheci seu filho, Joe, mais cedo, e encontro o de Beth e o de sua esposa Miyuki fazendo uma rápida busca no Google por sua empresa. A primeira metade de minha lista fica assim:

~~Walter Gordon~~
Oliver Gordon
Elva Gravesdown

Li o grupo seguinte de suspeitos para Jenny:

— Saxon Gravesdown, Archie Foyle, Beth Takaga-Foyle, Miyuki Takaga-Foyle, detetive Rowan Crane e Rose Leroy.

— Não querendo dizer o óbvio, mas se Saxon Raposa Prateada disse a você que a esposa de Beth provavelmente forneceu o ferro, logo começo a duvidar de que tenha sido ela — Jenny diz.

— Ele disse que queria ser justo comigo — declaro.

— Sei. Porque faz muito sentido ser *justo* com a parente de Londres que ele nem conhecia, que pode ficar com a casa na qual ele passou a infância — Jenny fala secamente.

— Certo, certo — concordo. — Admito que não deveríamos necessariamente acreditar em Saxon. Mas pelo menos sabemos que ele estava na balsa voltando do trabalho no Hospital Sandview. Ele até mostrou a passagem quando o detetive perguntou sobre seu paradeiro.

Jenny solta um gemido.

— Você não aprendeu nada com a história de Andrew?

E imediatamente entendi sua lógica. Andrew estudava Artes comigo e com Jenny em Saint Martins e me apaixonei por ele no primeiro ano. Só descobri seu esquema para se encontrar com uma garota pelas minhas costas ao perceber que os tíquetes de estacionamento que ele adquiria quando ia para o "trabalho" eram uma farsa. Ele pagava pelos tíquetes, mas não estacionava o carro no local.

— O fato de Saxon ter uma passagem — digo lentamente — não significa que ele a tenha usado.

— Exatamente — Jenny concorda.

Lembrar da infidelidade de Andrew na faculdade leva minha mente de volta para os arquivos diante de mim.

— Falando em trapaceiros — declaro —, você gostaria de saber quem a tia-avó Frances suspeitava de ser infiel entre os membros da família Crane?

— Eu estava mesmo me perguntando por que você colocou o Detetive Sexy na lista de suspeitos — Jenny responde.

— Nunca usei esse adjetivo para descrevê-lo — falo calmamente.

— Eu sei. Só liguei os pontos por você.

— Bom, você pode guardar sua canetinha — digo a ela.

Abro o arquivo e uma pilha de papéis desliza para fora. Tem de tudo, desde recibos de quartos do Castle House Hotel até fotos de vigilância. No mesmo instante reconheço Reggie Crane, o taxista e pai do detetive, em um carro com uma mulher loira indistinguível tarde da noite. Nas fotos eles parecem estar discutindo, mas a emoção no rosto de Reggie é neutra. Essa não é o tipo de intensidade que você tem quando discute com qualquer pessoa.

Continuo folheando e vejo papéis que parecem muito mais antigos. Fico surpresa ao encontrar uma foto de mamãe — tirada de um recorte de jornal de quando ela teve seu primeiro sucesso. Ela está em algum tipo de evento, mas enlaçado em seu braço, naquela moda horrível dos anos 1990 de blazers com três botões, está Reggie Crane.

Não há mais nada sobre mamãe e Reggie Crane, mas me lembro de que ele contou sobre o namoro de ambos na adolescência. Quando a poeira baixar após a nova exposição de minha mãe, vou lhe perguntar sobre isso.

— Alô? Você ainda está aí? — a voz de Jenny ecoa pelo telefone.

— Sim, desculpe. — Volto para o início do arquivo e noto que pulei as primeiras páginas por engano. Ali, as palavras *Cessar e Desistir* praticamente gritam para mim em letras grandes no topo da página. — É só que… encontrei uma carta muito raivosa de alguém ameaçando processar tia-avó Frances se ela não deixar a família Crane em paz.

— Deixe-me adivinhar, o amargurado taxista tentou uma medida protetiva e, como sua tia-avó não respeitou, ele a silenciou com as próprias mãos?

Estremeço.

— Essa carta não é assinada por Reggie, mas pelo detetive Rowan Crane.

— Hum. Mas você disse que o detetive parecia genuinamente triste quando você lhe contou da morte de Frances. Ele falou que gostava dela, certo? — Jenny pergunta.

Sinto pequenas linhas de decepção marcarem minha testa.

— Pelo tom da carta, parece que ele mentiu.

Distraída, sublinho o nome do detetive Crane no caderno, e o título *Perguntas sem respostas* chama minha atenção de novo.

— Aquelas flores — digo. — Não podem ser uma coincidência. Enviá-las foi uma ameaça horrível e específica. — Não consigo parar de pensar na ideia de que as flores devem estar conectadas ao assassinato de alguma maneira. E, se meus instintos estão corretos, outro nome precisa ser acrescentado à minha lista de suspeitos.

— O nome do vigário é John alguma coisa — penso alto. — Vou acrescentá-lo à lista de suspeitos por causa daquilo que o sr. Gordon disse sobre tia-avó Frances fazer arranjos de flores para a igreja toda semana e porque Crane mencionou que ela e John tiveram uma história juntos. — Posso ouvir vozes ao fundo do outro lado da linha, e imagino que a pausa para o café de Jenny tenha acabado. Acrescento rapidamente *John (Vigário)* em minha lista.

— Preciso voltar ao trabalho — Jenny diz. — Mas quero atualizações regulares, ok? Estou levando a sério essa coisa de ser sua dra. Watson.

— Pode deixar — declaro, depois desligo. No entanto, não encerro meus pensamentos, porque assim que Jenny diz a palavra *doutora* me lembro de que minha lista de suspeitos ainda precisa de mais alguns nomes.

Recordo de minha visita à clínica da dra. Owusu e de sua agenda de consultas. Supondo que tia-avó Frances *realmente* tenha comparecido à consulta agendada, a clínica se torna repentinamente suspeita. Não consigo pensar em uma razão para a dra. Owusu querer matar minha tia-avó, mas talvez encontre alguma se continuar vasculhando os arquivos de Frances.

Acrescento:

Dra. Esi Owusu
Magda (paramédica)
Joe Leroy (paramédico)

Quero descobrir o sobrenome do vigário John, então abro o navegador no celular e faço algumas pesquisas. No site da igreja há uma foto ao lado do nome John Oxley. Ele está na frente das portas abertas da paróquia com um sorriso no rosto, como se convidasse as pessoas a entrar.

Parece magro e imaculado, daquele jeito que religiosos geralmente são. Na imagem, segura uma Bíblia e veste sua batina limpa e passada como um médico usa o jaleco branco. Óculos de armação delicada e um cabelo branco bem penteado passam a impressão de John ser o tipo de pessoa que tem uma poltrona favorita.

Considero usar outro caderno para descrever cada pessoa, como se fossem personagens de uma história. Levanto minha pilha de cadernos e deixo os dedos passarem sobre um encapado com cortiça. Noto que o caderno de capa verde que roubei no dia anterior acabou entrando no meio da pilha e o retiro cuidadosamente, tentando reduzir minhas expectativas. Sei que o nome de Walt está ali, mas o resto talvez se resumisse a descrições de flores, previsões do horóscopo, ou algo assim.

Porém, não é o caso. A primeira página traz um título: *Os arquivos de Castle Knoll, 10 de setembro de 1966*. O texto se inicia assim: *Estou escrevendo tudo isto porque sei que certas coisas vistas por mim poderão ser importantes no futuro*. Depois de apenas duas páginas, vejo-me agarrada ao caderno, enfeitiçada pela caligrafia cheia de curvas daquela adolescente e pelo relato ali redigido. Após uma hora, ainda estou lendo. Leio quase um terço — Saxon acabou de revelar que Emily está grávida — quando sou interrompida pelo telefone tocando de novo.

Nesse ponto, já sublinhei várias vezes um dos nomes em minha lista: John Oxley. No momento, ele parece o suspeito com mais motivos para cometer o crime.

Uma pergunta que ainda não fiz: *Por que agora?* Frances provavelmente se tornara uma pessoa um tanto enxerida depois que a predição da sorte tomou conta da sua existência. Pelos últimos *sessenta anos*.

Então, o que aconteceu recentemente para selar um destino que há sessenta anos vinha se desenhando?

OS ARQUIVOS DE CASTLE KNOLL, 26 DE SETEMBRO DE 1966

SAXON GESTICULOU INDICANDO A BARRIGA DE UMA GRÁVIDA MAIS uma vez, só para ter certeza de que nós entendemos.

Meus olhos se arregalaram e meu maxilar tensionou-se, mas mantive a compostura. Tudo isso poderia ser uma completa mentira. Rose, entretanto, parecia horrorizada, embora não surpresa, então me endireitei e disse:

— Que seja, veremos.

Cruzei a passos pesados a porta da casa e voltei para o escritório destruído, onde Emily prendia a atenção do grupo com alguma história ridícula.

— Precisamos ir embora — falei —, e quero meu casaco de volta.

O rosto de Emily endureceu quando ela viu Saxon e Rose atrás de mim. Minha mente acelerou quando pensei em John naquela primeira noite — sua relutância em me deixar sozinha com Saxon e as provocações de Emily sobre a experiência de John com mulheres. Será que estava falando da experiência dele com ela? Eu queria a verdade e queria agora.

Emily olhou diretamente em meus olhos e declarou:

— Não, vou ficar com ele.

— Devolva meu casaco, Emily — repeti. Minha voz estava severa, e minha expressão, furiosa. — Estou com frio.

Emily e eu nos encaramos, e ambas sabíamos que aquela conversa não era sobre o casaco.

— Não, não está.

Adiantei-me e, antes de perceber, estava agarrada à lã do casaco e puxando os botões enquanto Emily gritava. Ela me xingou de todos os palavrões possíveis enquanto arranhava meus braços, e os outros ficaram parados, deixando tudo acontecer. O casaco era estiloso, mas barato, então alguns dos botões se abriram facilmente. Havia algo pesado em um dos bolsos e o objeto bateu em minha perna quando o casaco se abriu de repente. Meus olhos voaram para o abdômen de Emily.

— É verdade? — gritei. — Você está grávida? John é o pai?

Todos recuaram alguns passos para ficarem atrás de mim.

Emily endireitou os ombros e a pequena saliência de sua barriga ficou ainda mais aparente.

— Acho que era mesmo apenas questão de tempo antes de tudo isso se tornar óbvio — ela respondeu. Sua voz ficou tão calma que quase parecia preguiçosa.

— Mas que diabos, Emily? — Walt gritou, saindo de trás de mim e eliminando a distância entre eles. — Toda aquela besteira que você me falou sobre "problemas femininos", todas aquelas desculpas para não chegar mais perto de mim?

— Você vai superar, Walt — ela declarou. Soava quase presunçosa, como se aquilo fosse um bom plano seu com o qual nós simplesmente nos deparamos.

Eu puxava ar pelo nariz, minha respiração ofegante enquanto eu a observava.

— Então, imagino — rosnei —, com base no fato de que Walt parece querer esganá-la, que ele tem certeza de que o bebê não é dele.

Minhas palavras saíram como as batidas de um tambor e minha garganta estava quente por causa da raiva e da traição. Não conseguia olhar para John. Não podia. Ele estava em silêncio atrás de mim, como uma sombra, e o fato de não ter se defendido ou tentado falar comigo dizia muito.

— Faz meses que não nos amamos daquele jeito — Walt disse, seu rosto retorcido em uma mistura de confusão e vergonha. — Como um idiota,

acreditava em Emily quando ela dizia que provavelmente estava com algum tipo de problema de saúde, ganhando peso, se sentindo triste. Fiquei preocupado que estivesse perdendo o interesse por mim, mas achei que tudo voltaria a ser como antes. — Seus olhos ficaram vidrados e sua expressão começou a alternar entre raiva e desespero, como se as duas emoções fossem tão grandes que ele não conseguia senti-las ao mesmo tempo. — E, na verdade, ela estava apenas me traindo. — Os olhos de Walt se voltaram para um ponto acima de meu ombro. — Com meu melhor amigo! — Sua voz se tornou um rugido quando ele se lançou sobre John, mas Teddy Crane o bloqueou, e isso pareceu atenuar um pouco a vontade de brigar de Walt.

— Tome — Emily jogou o casaco sobre mim. — Fique com seu maldito casaco.

Eu o apanhei e, em um impulso bizarro de recuperar algo que me pertencia, imediatamente o vesti. Minha mão encontrou o metal frio no bolso, onde o peso havia me atingido antes. Minha mente não conseguia entender o que eu tocava até eu puxar o revólver para fora.

E então tudo aconteceu muito rápido.

Walt voou para cima de Emily — Walt, tão brincalhão, sempre pronto para uma piada, sempre seguindo Emily por toda parte. Ele a acertou, acertou de verdade, e, antes que me desse conta, eu estava gritando para os dois, o revólver suando em minha mão quando o apertei forte demais.

Um tiro acertou a parede, outra cicatriz de violência para aquela velha casa de fazenda.

O nariz de Emily sangrava por ter sido atingido pelo punho de Walt e as pessoas falavam comigo, mas eu não conseguia ouvi-las. Meus ouvidos tilitavam demais e lágrimas borravam minha visão.

Então corri e nem pensei sobre onde deixei o revólver até muito tempo depois. Eu soluçava, meu rosto estava todo sujo e meu cabelo escorria com a chuva quando Ford atendeu à porta.

— Entre, vamos cuidar de você — ele disse.

Não contei nada daquilo para Ford; meus dentes batiam tanto uns contra os outros que, mesmo se eu quisesse, não teria conseguido. Ele pegou meu casaco e se sentou ao lado da lareira comigo. Então, a governanta trouxe uma toalha para secar meu cabelo molhado.

Ford se acomodou pacientemente comigo e esperou que eu me acalmasse. Quando, por fim, eu me senti melhor, comecei a pedir desculpas sem parar. Tudo aquilo era uma grande confusão! Que diabos eu fazia ali?

Mas Ford não me fez sentir tola. Sem esforço, conseguiu direcionar a conversa para assuntos mais fáceis que não tinham nada a ver com meus amigos. Ele me mostrou um tabuleiro de gamão que comprara em sua viagem ao Afeganistão e mergulhei naqueles padrões intricados. As belas linhas incrustadas de concha de abalone e madrepérola ao lado da ônix profundamente negra eram hipnotizantes sob a luz da lareira.

— Afeganistão — sussurrei enquanto corria um dedo sobre o acabamento em verniz. — Como é lá?

— É um lindo país — ele respondeu. — A comida, as pessoas, a arte de lá também é fantástica. Você gosta de arte, Frances?

— Não tenho muita cultura — admiti —, se é isso o que você está perguntando. Mas adoro aprender coisas novas. — Ofereci um sorriso e acho que consegui que fosse apenas um pouco triste.

De repente Ford ergueu os olhos e a governanta estava de volta. Trazia uma Rose toda desgrenhada ao seu lado, com Emily — os olhos vermelhos e o rosto inchado — logo atrás. Emi soluçava, e sua perturbação parecia genuína. O sangue de seu nariz ainda escorria pelo rosto e ela usava um braço para tentar impedir que pingasse no chão.

Senti a raiva tensionar meus braços e agarrei uma almofada quando cerrei os punhos. Ford se apressou para ajudar, porque viu apenas o que acontecia na superfície — Emily sangrando e chorando, Rose parecendo perdida. Pediu para a governanta trazer algumas toalhas aquecidas para o rosto de Emily e instalou as duas perto da lareira. Ford fez um gesto para eu me sentar no sofá ao seu lado, e foi a primeira vez que nos sentamos tão perto um do outro. Nem era tão perto assim, havia espaço suficiente para nossas mãos ficarem de lado sem nos tocarmos, porém, apesar disso, eu fiquei muito ciente de nossa proximidade. Estava furiosa com John, odiava tanto ele como Emily, e me sentia horrível, mas, por algum motivo, acomodar-me ao lado de

Ford fez com que eu me sentisse amparada. E, devido à maneira como ele nos havia posicionado, tive a estranha sensação de ter sido escolhida. Quando ergui os olhos, Rose e Emily nos observavam, como se assistissem a um filme.

— Onde está o restante do grupo? — Ford perguntou. O tom de sua voz era casual, mas um pouco da ameaça que pensei ter visto na escuridão daquela primeira noite parecia ter voltado. Quando ele olhou para Emily, no entanto, havia quase uma risada em seus olhos. Era inquietante.

De repente, desejei ter usado meu tempo sozinha com Ford para perguntar sobre as visitas anteriores de Emily a Gravesdown Hall, em vez de conversar sobre o Afeganistão.

— Teddy saiu dirigindo o carro de Walt de volta para a cidade, com Walt no banco de trás e John no da frente — Rose respondeu com cautela. — Ele disse que retornaria para nos buscar depois que os deixasse em casa, mas que não era uma boa ideia voltarmos todos juntos, considerando a... briga que aconteceu.

— Entendo — Ford disse. Ele se levantou, e até isso foi muito elegante, como uma samambaia desabrochando. — Vou ver onde o Saxon está. Estou ouvindo suas botas cheias de lama no corredor. Quando eu voltar, podemos decidir se preferem retornar comigo para a cidade ou esperar seu amigo.

Ouvimos os sapatos de Ford pisando no chão de pedra da sala ao lado até desaparecerem.

— Emily, mas que diabos? — finalmente gritei. — É como se você quisesse tomar tudo que eu tenho. — Eu me levantei do sofá e fui até ela, falando com sussurros ríspidos. — John me ama, de verdade — rosnei. Mas uma pequena voz de dúvida percorria minha mente. Será que ama mesmo? Ele não disse nada quando a discussão começou.

— Eu sei que ama — ela declarou discretamente.

— Então, por quê? — rebati. — Por que fazer isso? É tão maluco, quando penso nisso! Meus pentes de cabelo, meu casaco... Meu armário não era suficiente para você? Você também precisava ficar com meu namorado? — Emily ficou em silêncio, mas olhou em meus olhos sem pestanejar. — Bom, você pode ficar com ele — falei, com raiva. — E depois? Quando eu não o quiser mais, você vai me seguir, esperando para ver com quem ficarei depois?

Finalmente ela respondeu, e o doce sorriso em seu rosto fez meu estô-mago se revirar.

— Desta vez, Frannie, é o contrário. — Ela se aproximou e sussurrou. — Desta vez, encontrei o melhor homem primeiro. Espere e verá: eu serei a Lady desta mansão. — Emily sorriu, o que fez todas as minhas emoções sobre Ford virem à tona, e elas pareceram pequenas e tolas.

— Sua vagabunda idiota — disparei. — Quem é o pai do bebê?

Emily não respondeu, mas suas provocações sobre a noite que eu tinha passado com Ford ressoaram em minha mente como sinos de uma igreja. Talvez ela já tivesse me contado.

— Vocês já decidiram como querem voltar para a cidade? — A voz de Ford veio da porta, mas seu olhar ferrenho se direcionava a Emily.

— Gostaria de uma carona, por favor, se não for incômodo, Ford — Emily respondeu.

— Vou esperar por Teddy — Rose disse. Ela tinha permanecido quieta durante toda a conversa, mas, afinal, o que poderia dizer? Aquilo era entre mim e Emily. Parecia que sempre havia sido, mesmo quando só tinha a ver com um pente de cabelo. — Pode ser? Não quero que ele volte para cá e não encontre ninguém. Especialmente porque estava apenas tentando ajudar.

— É claro, Rose — Ford afirmou. — Isso é muito atencioso. Você pode tomar um chá e esperar aqui ao lado da lareira. A governanta avisará quando ele chegar. — Ford olhou para mim. — Frances, você vai ficar com Rose ou aproveitar a carona comigo e Emily?

Foi estranho. Era como se eu tivesse que escolher entre minhas duas melhores amigas. Mas, mesmo antes de todo o drama da noite, sempre esco-lheria Rose. Dentro de mim, porém, algo hesitou e voltei para o jogo que eu não conseguia parar de jogar.

— Vou com você e Emily — respondi —, para o caso de eu ter mais coisas a dizer — murmurei, meio que para Rose. Como explicação, era bem fraca, mas senti que precisava justificar aquele estranho impulso para melar qualquer coisa que Emily planejara.

Ford me entregou meu casaco de lã e Emily me olhou demoradamente quando o coloquei sobre os ombros. O revólver ainda estava no bolso e, se Ford havia notado, escolheu não dizer nada.

Saímos na chuva e andamos até uma Mercedes estacionada na entrada. Emily automaticamente estendeu a mão na direção da porta do passageiro da frente, mas Ford chegou antes dela.

— Frances vai na frente — ele disse casualmente. Pisquei, surpresa, porém a chuva caía tão forte que tenho certeza de que minha expressão ficou bem escondida.

— É claro — Emily falou, passando a mão sobre sua barriga arredondada, um gesto sutil, mas óbvio, arrumando a blusa justa que vestia.

Eu me perguntei se ela tinha planejado vestir aquilo especialmente para aquele dia. Ela vinha esperando para dar a notícia para Ford e mostrar a ele o quão real tudo aquilo era. Nas últimas semanas, só usara vestidos em forma de sino, escondidos sob meu casaco folgado, possivelmente para disfarçar a mudança em seu corpo. Mas, naquele momento, Emily estava vestida como se quisesse que todos vissem.

A saia escolhida por ela tinha cintura elástica, que eu conhecia muito bem. Eu mesma a tinha costurado, acrescentando bolsos fundos usando o exuberante veludo cotelê que comprei com o restante de minha poupança.

Nem me lembrava de ter emprestado a saia para ela. Na verdade, tenho certeza de que não emprestei.

Ford estudou um ponto ao longe enquanto Emily dava a volta na frente do carro, passando pela luz dos faróis para sublinhar a maneira como seu contorno esbelto se alargava em um lugar muito revelador.

Ficamos em silêncio na viagem, mas, quando arrisquei olhar para Emily pelo retrovisor, ela sorria.

20

 NOME DO DETETIVE CRANE APARECE NA TELA DE MEU celular, então, relutantemente, fecho o diário de tia-avó Frances.
— Alô?

— Annabelle, aqui é Rowan Crane.

— Sim. — Abro um leve sorriso diante de seu jeito atrapalhado ao telefone, antes de me lembrar de sua assinatura na carta ameaçando processar tia-avó Frances. — Posso ajudar em alguma coisa? — pergunto, com mais frieza na voz.

— Estou voltando para Gravesdown. Não quero assustá-la, mas estou meio desconfiado da segurança aí na propriedade. Você poderia trancar a porta do quarto que está usando?

— Por quê? Aconteceu algo?

— Averiguei as câmeras de segurança da balsa das onze horas para verificar o álibi de Saxon.

— Deixe-me adivinhar — digo, pensando outra vez na traição de Andrew. — Ele não estava na balsa.

— Não, não estava. Ele pegou a balsa bem mais cedo, e seu carro também aparece em filmagens de segurança na área de Castle Knoll por volta do horário em que Frances foi morta.

— Eu sabia que ele estava mentindo — afirmo.

— Como? — Crane pergunta.

— Sou boa em detectar mentirosos. — Deixo essa sentença pairar no ar, torcendo para que Crane sinta um pouco de culpa. Porque, quanto mais penso sobre isso, mais aquela frase *Sinto muito por Frances, eu gostava dela* não combina com sua ameaça de processá-la.

— Bom, estou a caminho. Vou interrogar Saxon, mas, por favor, não o confronte ainda, não importa o que essa herança possa fazer você pensar que deveria fazer. Ele pode ter alguma outra desculpa, alguma razão diferente para contar a Elva aquela história sobre estar em uma autópsia em Sandview. E então, quando o assassinato aconteceu, viu-se obrigado a manter a mentira.

— Como o quê? Um caso com outra mulher? — Quanta infidelidade pode existir em uma cidade tão pequena? Acho difícil de acreditar, mas talvez eu seja um pouco ingênua.

— Nunca se sabe, apenas não faça nada até eu chegar. Tranque a porta e me espere, ok?

Mesmo sabendo que Saxon agora é um forte suspeito de ser o assassino de tia-avó Frances, não gosto de receber ordens do detetive. E certamente não fiquei com a impressão de que Saxon pudesse me machucar. Isso parece uma maneira conveniente de me intimidar para *não* investigar — quase como se Crane não quisesse que eu vasculhasse a casa em busca de coisas que ele talvez suspeite de que possam estar escondidas aqui.

— Não vou falar com Saxon, não se eu puder evitar — respondo.

Faço questão de usar palavras muito específicas, porque, sob as minhas suspeitas crescentes em relação a absolutamente qualquer pessoa nos arredores, existe uma pequena esperança de que Crane não esteja envolvido em nada mais do que uma carta raivosa para proteger seu pai. Então, quero manter minha consciência limpa e não começar a mentir para ele. Por enquanto.

Quando ele desliga, guardo meu notebook e deslizo o diário para dentro da mochila. Desço as escadas até a cavernosa área principal da casa e vou direto para os arquivos de tia-avó Frances.

Lá, encontro Saxon e Elva trabalhando. Sinto uma pontada de alarme, porque o número de arquivos espalhados pelo chão com papéis para fora me diz que há informações em que não poderei colocar as mãos tão facilmente. Tenho a sensação de que cheguei tarde a um bufê de casamento e só me resta comer salada murcha e batatas secas.

Há uma tensão no ar após minha chegada, mas Saxon me cumprimenta com um oi educado quando me vê. Elva me ignora completamente e continua vasculhando uma das gavetas, tão fundo que parece que vai ser engolida pelo armário.

Decido não tentar forçar meu caminho entre os arquivos ao lado de Elva, então volto minha atenção para o restante da sala. Estou curiosa para saber como a mente de tia-avó Frances funcionava e de quem ela tinha mais medo. Por causa do diário verde, sinto que de fato estou começando a conhecer a Frances adolescente. Mas quem era sua versão idosa? Como uma adolescente com um senso tão aguçado de si mesma havia se tornado uma mulher tão paranoica?

Ser traída por todos aqueles de quem era tão próxima provavelmente foi um começo.

Primeiro, examino as prateleiras de livros, para ter uma ideia de quem Frances era quando morreu. Os livros das pessoas podem ser uma janela para sua mente. Noto volumes sobre astrologia e tarô aparecendo entre livros de ciência, como parentes esquisitos em uma reunião familiar. Estatuazinhas de pássaros estão por toda parte, e uma máquina de escrever absolutamente antiga fica no centro de uma prateleira dedicada a enciclopédias de plantas e identificação de flores. Arranjos de flores podem ter sido o passatempo de tia-avó Frances, mas parece que o assassinato era sua vida.

De volta aos arquivos, ouço Saxon praguejando para si mesmo. É então que reparo em algo que passou despercebido quando apanhei os arquivos de Crane e Arlington. Uma gaveta — e apenas uma — tem um cadeado especial na frente. É um clássico cadeado rotativo, e Saxon está tentando inúmeras combinações e ficando cada vez mais frustrado ao girar o botão.

— Um pé de cabra funcionaria melhor — ele diz.

Eu me aproximo do cadeado e começo a girar o botão despretensiosamente.

— Mas assim é mais divertido.

Ele cerra os olhos para mim, mas um lado de sua boca se curva em um leve sorriso.

— Devo dizer que você achar isso *divertido* não ajuda — ele fala.

Dou um pequeno sorriso, pois tenho a sensação de que ele é o tipo de pessoa que acharia divertido descobrir a senha de um cadeado. Se toda essa situação não envolvesse assassinato e competição, imagino se Saxon e eu não formaríamos uma boa equipe. Ele não se parece em nada com sua versão esquisita de dez anos do diário de Frances, e me pergunto o que aconteceu para ele deixar de ser um garoto inquietante e se tornar aquele homem bem-sucedido e confiante. Também penso nos primeiros comentários de Saxon quando ficou sabendo do desafio de tia-avó Frances. *O que ela fez é brilhante. Tio Ford teria ficado orgulhoso.* Sua reação foi elogiar Frances por preparar um jogo inteligente, então tenho certeza de que ele aprecia uma solução elegante para um quebra-cabeça em vez de usar força bruta.

Desse modo, respondo:

— A frase *assim é mais divertido* geralmente significa *você vai perder algo se quiser cortar caminho*. Nesse caso, a combinação de números que era importante o bastante para Frances usar no cadeado provavelmente era significativa em outros aspectos de sua vida. — Olho para a leitura da sorte escrita na parede. — Ela não me parece o tipo de pessoa que usaria números aleatórios.

Uma ideia passa pelo rosto de Saxon, e ele imediatamente volta a trabalhar no cadeado. Tem a vantagem aqui, já que conhecia Frances havia tanto tempo. Curiosamente, ele me diz o conjunto de números que está tentando e sua importância. Saxon usa a data de nascimento dela, a sua própria, a do marido falecido de Frances e o dia em que ele morreu (mórbido, mas condiz com tia-avó Frances e suas obsessões sombrias).

Além disso, para minha surpresa, Saxon sabe de cor a data de nascimento de minha mãe e a usa no cadeado.

Quando nada disso funciona, pergunto quando Rose nasceu, e também Emily Sparrow.

— Como eu saberia disso? — Saxon retruca secamente.

A voz do sr. Gordon aparece vinda da porta, soando fraca e triste.

— Emily nasceu em 1º de dezembro de 1949. — Um silêncio recai sobre o cômodo enquanto Saxon gira o botão para a direita até o número um, depois para a esquerda até o número doze e, em seguida, volta pela direita até o número quarenta e nove. Quando não funciona, o sr. Gordon suspira e continua seguindo pelo corredor, desaparecendo de vista.

Saxon se volta para as outras gavetas, as quais Elva ainda vasculha. Apanho o pequeno conjunto de chaves para abrir outra gaveta, mas Elva está fazendo barulho demais para eu pensar direito. Ela está agitada e correndo pelos arquivos, o que, para minha mente metódica, é como arranhar uma lousa com pregos.

Saxon parece estar sendo levado pela maneira dela de fazer as coisas, mergulha nas gavetas e murmura para si mesmo, sem se dar ao trabalho de esconder os pensamentos.

— Frances claramente foi morta por alguém na cidade que teve seus segredos descobertos por ela... isso era o que ela fazia, estava sempre bisbilhotando. É a razão de toda essa besteira.

Decido voltar quando eles terminarem, porque há outros lugares na casa que posso explorar. Apanho meu celular e tiro algumas fotos dos quadros de suspeitos antes de deixar Saxon e Elva para sua pilhagem.

Entro na cozinha, mas não há sinal de Beth. Depois de servir o brunch, imagino que ela logo tenha saído para abrir a delicatéssen. Tenho tanta coisa para fazer. Quero ver aquela fazenda — posso praticamente ouvir o tiro de revólver em 1966 reverberando em minha cabeça — e averiguar a clínica veterinária da esposa de Beth, Miyuki, para perguntar a ela sobre o ferro. Quanto mais ando pela casa, no entanto, mais imagino as cenas descritas no diário de tia-avó Frances.

Dou uma volta dentro da biblioteca e fantasio a lareira acesa e a chuva caindo lá fora em uma noite escura de abril. Atrás da grande escrivaninha há um conjunto de prateleiras, mas um tabuleiro de xadrez chama minha atenção. Há um intrincado tabuleiro de gamão ao lado, dobrado e fechado. Eu o retiro da prateleira e o coloco sobre a mesa.

Pego a foto que encontro atrás dele para olhar melhor — Ford, Frances e Saxon, de pé em um jardim ensolarado. Há uma descrição feita à mão: *Jardins de Paghman, Cabul. Lua de mel, 1968.* É a primeira foto de Ford que vejo. Ele é bonito, mas quem se destaca é Frances. Ela está um pouco diferente da foto no quadro de suspeitos, aquela com Emily e Rose. Minha tia-avó era bonita antes, porém está mais glamorosa aqui, mais autoconfiante. No verão em que Emily desapareceu, todas elas tinham dezessete anos, então nesta foto ela teria por volta de vinte anos.

Meus pés me levam sem rumo definido, mas é bom andar e pensar ao mesmo tempo. Acabo na entrada principal e, em vez de virar à esquerda e voltar pela sala de jantar, eu me dirijo para a cozinha a fim de rever aquele impressionante solário.

Há outra sala de estar no caminho para a cozinha, uma que eu não tinha notado antes, provavelmente porque para chegar a ela é necessário pegar um longo corredor. Ela fica em frente aos jardins e tem grandes portas francesas que se abrem para um terraço. Os fundos da casa se projetam sobre gramados íngremes, e a vista dos jardins é perfeita daqui. Observo através das portas de vidro e meus olhos vasculham as instalações.

Vejo tudo por meio das lentes do diário, então mal reparo na topiaria esculpida e nas roseiras subindo pelas seções muradas dos jardins. Estou apenas vagamente ciente das grandes fontes borrifando água e de um labirinto de cercas-vivas ao longe. Logo meus olhos encontram aquilo que procuravam.

De onde estou, posso distinguir os pontos de referência citados por Frances. Há uma densa faixa de árvores ao longo do perímetro do lado sul da propriedade. Em alguma parte daquela faixa ficava o buraco na cerca.

Imagino se tia-avó Frances alguma vez tenha ficado aqui pensando sobre como aquela cerca quebrada mudou sua vida.

Estudo a faixa de árvores e posso ver um pequeno círculo onde não há folhas. Fantasio Emily e Walt fumando baseado, sentados nas ruínas gregas, enquanto Emily provoca Frances sobre sua virgindade.

Eu me pergunto se o bebê de Emily era, na verdade, de Ford, mas, em contrapartida... Frances é quem tinha se casado com ele. E, com exceção de seu sobrinho, Ford não tinha filhos. Nenhum outro filho que ele reconhecesse, até onde sei. Mamãe e eu fomos incluídas no testamento de Frances porque o pai de minha mãe era irmão de tia-avó Frances. Não temos relação sanguínea com a família Gravesdown, todo o parentesco decorre do casamento de Frances. Fico tentada a me sentar nesta sala ensolarada e ler mais do diário, mas ouço vozes vindo da biblioteca. O detetive Crane deve ter chegado para interrogar Saxon.

Meus olhos encontram a casa da fazenda ao longe. Situa-se em um vale, depois de uma pequena ponte de pedra que cruza o rio Dimber. Lembra a foto de algum cartão-postal ou algo saído de um sonho. A roda d'água está funcionando e o rio se desvia em um lado para alimentar um grande lago que quase envolve totalmente a casa, fazendo-a parecer uma ilha. Tento imaginar o local naquela noite, quando Walt — o sr. Gordon — acertou Emily no rosto e Frances entrou em pânico, disparando o revólver que encontrara no bolso de seu casaco.

Será que o desaparecimento de Emily tem algo a ver com o que aconteceu com tia-avó Frances ou será que é um mistério à parte, cuja atração não consigo evitar? Um mistério que vai desperdiçar um tempo que não tenho e custar minha herança? Faz apenas dois dias desde que tia-avó Frances foi assassinada, mas já sinto que a tarefa diante de mim é grande demais para caber nos poucos dias restantes.

Volto para o solário conectado com a grande cozinha. Jasmim sobe por uma parede de vidro, com laranjeiras em vasos acrescentando seu aroma ao ar. Parece que toda erva imaginária está aqui, todas bem regadas e cuidadosamente tratadas.

Eu me pergunto quem está regando essas plantas desde a morte de Frances. Beth e Archie têm acesso à casa, e decido conversar com Archie de novo para ver o que ele pode me dizer. Tento uma pequena porta em uma parede de pedras brancas na lateral do solário, pensando que pode me levar para fora.

Em vez disso, há uma área de serviço escura e malcheirosa; no entanto, como tudo mais na casa, é grande para seu propósito. Há casacos e galochas pendurados em uma parede e, na parede oposta, recosta-se uma pilha oscilante de malas e baús, embora seja difícil distinguir no escuro. Não há janela, mas o vidro fosco de outra porta deixa entrar um pouco de luz. Imagino aquela entrada pelos olhos de Frances — deve ser a porta lateral por onde Saxon a deixou entrar, na primeira noite em que visitou Gravesdown Hall.

Demoro um pouco, mas reconheço um dos baús que enviei do porão em Chelsea. Reconheço-o por causa do desenho de canetinha na lateral — duas palmeiras se cruzando contra o rascunho de um céu azul, suas folhas verdes quase totalmente apagadas no couro preto do velho baú. É algo que desenhei quando eu tinha uns sete anos.

O baú está bem mais estragado do que na época em que saiu de Chelsea. Talvez tenha sido a empresa de transportes que contratei, mas está praticamente achatado e uma lã preta desponta de onde a lateral se rompeu. O recibo do transporte está pregado sobre a tampa quebrada. Frances deve ter tirado uma cópia e colocado em meu parco arquivo. Olho para meu nome e minha assinatura na parte inferior e para a caligrafia cheia de curvas de tia-avó Frances abaixo da minha própria.

Algo emerge do fundo de meu cérebro e meu coração acelera.

Mas as filhas são a chave para mudar a direção da justiça. Encontre a certa e a mantenha por perto.

Alguns dias depois de enviar esses baús para tia-avó Frances, ela decidiu que mamãe não era a filha certa. Será que foi por causa de meu nome nesse recibo?

Um brilho dourado chama minha atenção. Está no meio da lã preta saindo do baú, e não tenho tempo para registrar a onda de choque que me atinge quando vejo a imagem de um cervo saltando no botão.

De repente preciso saber o que há lá dentro.

Volto minha atenção para a tampa, e minhas mãos tremem assim que abro as travas e a levanto.

Vejo o restante dos botões primeiro, os cervos saltitantes enviando sinais de alarme pelo meu corpo à medida que marcham ao longo do casaco de lã preta, antes de meus olhos aterrissarem na mão esquelética pousada sobre as dobras do tecido.

Finalmente o ar volta a meus pulmões e um grito emerge do meu peito.

21

AINDA ESTOU GRITANDO QUANDO BRAÇOS ME ENVOLVEM POR trás e quase luto contra eles porque tenho certeza de que são de alguém querendo me atacar. Mas são do detetive Crane, e ele fala em meu ouvido com uma voz baixa e reconfortante. Mergulho meu rosto em seu peito e tento não pensar no que acabei de ver.

Não consigo ouvir exatamente o que ele diz, mas é algo como *Está tudo bem* e *Você está segura, ok?* Ele passa a mão em minhas costas e estou soluçando, sentindo-me sobrecarregada e enojada. Finalmente, eu me afasto e me viro até o baú entrar em minha visão periférica. Saxon bloqueia minha visão, todavia posso ver que ele segura uma caneta e cutuca o interior do baú.

— Mulher, ferimento a bala na cabeça — ele diz para ninguém em particular. — Dado o avançado estado de decomposição, esse corpo já está aí dentro há um bom tempo.

— É claro que está! — grito. — É a maldita Emily Sparrow!

— Acalme-se, Annie — Saxon diz, lançando-me um olhar neutro e clínico. É uma expressão aterrorizante. Recuo um passo e esbarro no detetive Crane. De repente, o garoto que Frances havia descrito está de volta. Aquele que espreitava e coletava informações sobre as pessoas para usar contra elas. Tudo aos meros dez anos de idade.

Saxon tira uma luva de látex do bolso e a veste. Estende a mão até o baú, mas Crane o impede.

— Saxon, agora esse é um trabalho da polícia.

— Vocês sempre carregam luvas de látex no bolso? — pergunto, minha voz ainda estridente. É um comentário nervoso e irrelevante, e sinto que vou soltar mais mil desse tipo ou vomitar.

— Cedo ou tarde eu acabarei lidando com esse corpo, de qualquer maneira — Saxon fala, e de repente a sala fica mais fria. Esfrego as mãos sobre meus braços para não tremer, mas não funciona muito.

O detetive Crane olha para mim, uma preocupação enrugando sua testa. Na última vez que me viu nesse estado, desmaiei. Sinto a hiperventilação sugando meus sentidos — audição, visão... Meu estômago se revira.

Respiro fundo, encostando o rosto no ombro de Crane. Não é o momento para pensar em como estou próxima dele, a ponto de sentir o cheiro de sua loção pós-barba, ou em como Crane parece não se importar por eu ter me encolhido sobre ele. Por conveniência, bloqueio minha inquietação com a sua carta ameaçando processar tia-avó Frances. Esse é um problema para a Annie do Futuro.

Saxon lança um olhar desafiador e enfia a mão dentro do baú. O casaco de lã que retira de lá corresponde perfeitamente às descrições de tia-avó Frances. É como se o diário ganhasse vida, porque todos os detalhes estão ali — desde os botões meio arrancados do casaco até o revólver que Saxon tira do bolso.

— Vocês dois, para fora, agora — Crane diz rapidamente. Saxon dá de ombros e preguiçosamente deixa o revólver cair de volta no baú, depois se dirige para a saída do vestiário. Levo um momento até soltar a manga da camisa do detetive, mas ele me lança um olhar tranquilizador.

— Volto a falar com você assim que puder, mas no momento preciso fazer meu trabalho.

Concordo e ando na direção da porta. Quando olho para trás, ele está ao telefone falando com urgência.

No caminho de cascalho, tento colocar o máximo de espaço entre mim e a casa. Caminho em círculos por um tempo e finalmente me acomodo no gramado em frente à entrada. Vejo diversos carros da polícia chegando, assim como uma ambulância. Viaturas policiais não são adequadas para o transporte de cadáveres, então Magda e Joe foram chamados pela segunda vez em dois dias para lidar com um corpo na propriedade dos Gravesdown.

Decido dar a volta pelo jardim de rosas que fica ao lado da casa, apenas para espairecer. Quando estou quase lá, paro de repente logo depois de passar pelo muro do jardim porque ouço vozes alteradas. Vindos do outro lado, por trás de uma pérgola explodindo com rosas amarelas, identifico os gritos tensos de Archie Foyle. A voz seca de Oliver responde alguma coisa e avanço alguns passos para ouvir melhor.

— Não vai de jeito nenhum! — Archie grita. — Você não tem o direito de perambular pela cidade com seus clientes finos de Londres e sua conversinha de vendedor. *Campo de golfe uma ova!* Aquela casa de fazenda tem centenas de anos, é tombada! Nem em sonho eles permitiriam que você a derrube!

Meu coração afunda até o estômago, mas também fico levemente contente por deixar minha mente se concentrar em um problema que não seja o cadáver de Emily Sparrow.

— Na verdade, pode acontecer, sim — Oliver retruca. — Já temos permissão para derrubá-la, por causa dos riscos da velha construção. — Ouço o farfalhar de papéis e Oliver continua: — Está vendo? Permissão concedida pelo escritório de planejamento.

Há um momento de silêncio enquanto Archie considera tudo aquilo.

— Você subornou alguém, tudo isso é falso — ele rebate. — As vigas não estão apodrecendo e a fundação está ótima! E ninguém veio olhar para saber. Isso é uma mentira deslavada! Vou processar você e sua empresa por fraude!

— Ah, vai? — A voz de Oliver soa confiante e cortante. Olho através da pérgola e o vejo dando um passo na direção de Archie. — Você pode tentar, mas, antes de a tinta em seu processo secar, a polícia baterá em sua porta com evidências muito comprometedoras sobre suas atividades recentes.

Archie recua, parecendo preocupado. Engole em seco e baixa um pouco a voz.

— Você não faria isso.

— Com certeza faria. Outras pessoas na cidade podem fazer vista grossa para seus crimes, mas sei o que você anda fazendo. — Oliver lança um olhar de puro desgosto para Archie.

Inicio o processo de me aproximar, porque Archie baixou o tom de voz e está quase implorando. Mas alguém me surpreende por trás e me empurra para fora do caminho para me ultrapassar.

Sou descoberta, porém já não importa. Archie e Oliver parecem chocados quando Joe Leroy corre até eles e agarra Oliver pelo colarinho. O rádio preso no uniforme de Joe emite um bipe, que o paramédico ignora.

— Se eu não fosse o responsável pelos primeiros socorros aqui, quebraria seu maldito nariz — ele rosna.

Oliver parece não saber o que dizer, mas isso não dura muito.

— Que problema você poderia ter comigo? Mal falei com você desde que cheguei aqui!

— Não consegue ver o mal que está causando? — Joe está tão próximo do rosto de Oliver que praticamente cospe nele quando grita. — Como *ousa* tentar comprar o hotel? Minha mãe dedicou seu coração e sua alma àquele lugar! Sem Frances, aquele hotel é *vital* para a saúde mental dela! E você colocou na cabeça de minha mãe o absurdo de que ela está velha demais para administrar as coisas, por isso, deveria vender o negócio e seguir com a vida.

— É lógico, Joe — Oliver diz calmamente. — Por que você não quer que ela obtenha o dinheiro da venda? Não teria mais preocupações pelo resto da vida!

— Minha mãe tem quem cuide dela, e você sabe que o dinheiro não é importante. Ou você passou tanto tempo longe de Castle Knoll que pensa que ele é tudo com que as pessoas se importam?

O rádio de Joe solta outro bipe, e desta vez a voz de Magda soa com clareza.

— Você já o encontrou e lhe disse o que queria? Porque precisamos ir.

Joe exala fortemente e se afasta de Oliver. Quase não noto Archie Foyle saindo discretamente pela porta dos jardins murados, mas ele sem dúvida chegara à conclusão de que já tinha ouvido o bastante.

— Isso ainda não acabou — Joe fala rispidamente. Então, apanha o rádio e aperta um botão. — Sim, encontrei esse rato. Obrigado por me cobrir, Mags, estarei aí em um minuto.

Joe faz um educado aceno de cabeça em minha direção quando passa por mim, saindo do jardim. Fico de queixo caído olhando para Oliver, tentando entender a cadeia de ameaças que acabei de testemunhar.

— Você parece ter muitos inimigos — digo lentamente.

Oliver dá de ombros e ajeita a camisa onde Joe havia agarrado.

— Faz parte do trabalho — ele afirma. — Para ser honesto, Joe não é a primeira pessoa que me diz esse tipo de coisa. E Rose não é a primeira dona de hotel próxima da aposentadoria que tentei convencer a vender seu negócio. Uma hora dessas ela vai ceder, e então a Jessop Fields terá um escritório principal para nossa filial na costa sul. Com o campo de golfe e o clube de campo sendo inaugurados perto daqui, poderemos administrá-los diretamente e assegurar que serão os primeiros de muitos na área.

Cerro meus olhos.

— Que bom para você — declaro com um tom de voz enojado. — Manipular uma mulher enlutada a fim de fazê-la desistir da única coisa que pode ajudá-la a superar a perda de sua melhor amiga, só para que sua empresa possa transformar um bom hotel em um espaço corporativo. Devo dizer que estou do lado de Joe.

— Bom — Oliver afirma com desdém —, ainda bem que não passo meus dias tentando impressionar Annie Adams. — E então passa por mim, suas longas pernas atravessando rapidamente o caminho de cascalho.

Percebo tarde demais que não deveria ter falado o que penso, e sim fingido que tinha ficado estarrecida com o comportamento de Joe e me compadecido de Oliver.

Afinal, Oliver certamente não vai mais me contar que informações ele tinha para chantagear Archie Foyle.

22

DOU A VOLTA ATÉ A FRENTE DA CASA DE NOVO. OS CARROS DE polícia e a ambulância ainda estão estacionados, e o horror de encontrar o corpo de Emily me inunda outra vez. Eu me sento no cascalho e puxo meus joelhos até o peito. Pouso o queixo ali e me concentro na estranha ondulação da cerca-viva.

Posso ouvir passos determinados no cascalho atrás de mim, mas não me viro. Meu impulso é continuar de costas para a casa, mesmo assim avisto a maca saindo pela porta da frente com minha visão periférica. Colocaram o baú sobre a maca e o cobriram com plástico, provavelmente para preservar qualquer evidência forense que ainda tenha restado.

Uma frase surge em minha mente: *Seu futuro contém ossos secos.*

— Oh, Deus — murmuro para mim mesma.

Eu enviei para Frances aquele corpo. Felizmente, não digo essa segunda parte em voz alta, pois o detetive Crane acaba de se sentar ao meu lado.

— Como está se sentindo, Annie? — ele pergunta com a voz baixa.

— Bom… já estive melhor? — respondo. Há uma cadência em minha voz que ameaça se tornar um riso histérico, lágrimas ou uma combinação das duas coisas.

O detetive me encara por um longo momento.

— Você sabia que havia um corpo naquele baú?

Minha cabeça encontra minhas mãos.

— Por que está me perguntando isso?

— Seu nome está no recibo pregado na tampa.

Olho de volta para o detetive Crane.

— Não, eu não sabia. Sei que parece loucura, mas mamãe me pediu para ajudar a limpar o porão de nossa casa em Chelsea e fizemos tudo meio correndo, então não olhei todos os baús. Havia baús demais e, depois de descobrir que os primeiros estavam cheios de papéis velhos e outras porcarias, pedi para os homens da transportadora levarem todos embora. — Engoli em seco e tentei não pensar em como havia passado todos aqueles anos de minha infância brincando naquele porão a poucos metros de um cadáver.

— E você acha que sua mãe sabia que havia um corpo naquele baú? Ninguém nunca notou nenhum odor estranho?

— É claro que não! Aquele baú estava no porão havia anos, e nos mudamos para aquela casa depois que eu nasci. Emily Sparrow desapareceu em 1966, certo? Então, deve ter ficado lá por décadas antes de chegarmos!

Agora eu respirava com dificuldade, uma descrença correndo por minhas veias. Havia tentado escrever livros sobre assassinatos misteriosos enquanto havia um cadáver de verdade em meu porão.

— Certo, certo. Acredito em você.

Crane não está me encarando; deixou seu olhar seguir o meu pelo restante do caminho de cascalho, saindo pelo portão e chegando à colcha de retalhos de gramados e cercas-vivas que costuravam a paisagem. À nossa direita, posso distinguir as estufas de Archie Foyle.

A linguagem corporal de Crane se torna distante, e observo sua boca se abrir e depois se fechar de novo, enquanto reconsidera as palavras que pretendia dizer. Quando finalmente fala, ele me surpreende.

— Sei que você está com o arquivo de Frances sobre a família Crane — ele diz, a voz presa na garganta.

Confirmo lentamente com a cabeça, tentando pensar na melhor maneira de chegar ao fundo dos problemas de tia-avó Frances com a família Crane. Mas minha maior questão não é o detetive ter ficado bravo com minha tia-avó por causa do assédio cometido contra o pai dele, e sim sua reação ao saber da morte de Frances não combinar com as palavras raivosas na carta.

— Você mentiu? — por fim pergunto. — Quando disse que sentia muito por ouvir que tia-avó Frances havia morrido?

— Não. — A resposta sai sem hesitação. Ele, porém, solta um longo suspiro, pensativo. — Mas entendo o que isso pode parecer. Que seria conveniente para minha família se ela morresse. Não vou negar que ela nos causava muitos problemas.

Aperto os lábios e finalmente solto meus joelhos, agora me sentando com as pernas cruzadas.

— Ela acabou com o casamento de seus pais — digo com cuidado. — Não é mesmo?

O seu rosto se contorce um pouco, e é como se ele estivesse prestes a sorrir, o que é confuso. Mas Crane não se explica.

— Não estou tentando bisbilhotar — afirmo.

— Sim. Está, sim — ele declara de forma direta. Não parece estar bravo, então continuo.

— Mas as datas naquelas fotos e a carta ameaçando processar... Uma das coisas que estou tentando entender é: por que agora? Por que, depois de uma vida inteira desenterrando os segredos das pessoas, alguém de repente decide matar tia-avó Frances?

— E você soube que o casamento de meus pais acabou recentemente e deduziu que Frances tenha sido o motivo. Além do mais, acha que isso seria suficiente para fazer um membro da força policial cometer um assassinato? — Ele ergue as sobrancelhas e começo a sentir uma dúvida remoendo meu estômago. Todavia, continuo minha linha de raciocínio.

— Para ser honesta, acho que alguém que investiga assassinatos como parte de seu trabalho é a melhor pessoa para saber como cometer um e escapar impune.

O detetive sorri de verdade desta vez, e é um sorriso aberto que me surpreende.

— Certo, mas, por decisão de Frances, isso faz de você e Saxon esse tipo de pessoa também.

— Sim, mas nós nunca investigamos um assassinato. Não estou dizendo que Saxon não seja um suspeito, porém, até o momento, não consigo pensar em um motivo para ele ter feito isso. Há anos Saxon sabe que tia-avó Frances não o escolheu como herdeiro. Então, era melhor para ele que ela continuasse viva, porque assim talvez conseguisse fazê--la mudar de ideia.

— A não ser que ele soubesse das suas condições de saúde e a tenha matado para que pudesse colocar a culpa em outra pessoa e, desse modo, solucionar seu próprio crime para ficar com a herança — Crane diz. Ele sorri outra vez, e percebo que essa é uma teoria em que realmente não acredita.

— Esse, sim, seria um ótimo enredo para um livro — declaro. — Talvez eu o use em meu próximo rascunho.

Uma pausa paira entre nós, e volto meus pensamentos para Rowan Crane e o que ele poderia ter feito para proteger o pai.

— Você é esperta, Annie — ele fala lentamente, olhando para mim. — Mas há uma coisa que precisa saber sobre os arquivos de Frances. É algo para você ter em mente quando alguma testemunha estiver lhe dando informações e as apresentando como fatos.

Ergo uma sobrancelha.

— Essa é uma lição informal de investigação ou você está tentando me convencer a não tratá-lo como suspeito? — Assim que as palavras saem de minha boca, percebo que não acho realmente que ele tenha matado tia-avó Frances. Também sei, no entanto, que preciso separar meus instintos de minha lógica. Se Jenny estivesse aqui, ela me diria que não se pode solucionar um assassinato apenas com "vibes".

— Digamos que se trate de ambas as coisas — Crane responde. — Já que esses arquivos serão uma fonte primária em sua investigação, é importante que você saiba que às vezes Frances estava errada.

Sinto minha testa enrugar.

— Mas Frances não tirava conclusão alguma com base nesses arquivos. São apenas uma coleção de evidências. Registros telefônicos, fotos de vigilância. Você está me dizendo que as imagens de seu pai com minha mãe são... Quer dizer, o que exatamente está dizendo?

— Aquelas fotos não acabaram com o casamento de meus pais. Frances *não* é responsável pelo fim do casamento deles. Além disso, sou um homem de trinta e três anos, Annie, então entendo que as pessoas mudam e alguns relacionamentos não duram para sempre. — Ele passa a mão por seu queixo, algo que aprendi a interpretar como um gesto pensativo. Sorri para si mesmo e depois continua. — Meus pais se divorciaram porque meu pai é gay. Na verdade, ele e minha mãe ainda se dão bem. Os dois são pessoas mais felizes agora que não estão juntos.

— Mas... aquelas fotos com minha mãe e... por que a ameaça de processo? — Tento entender como tudo está relacionado, porém não consigo fazer as peças se encaixarem.

— Durante décadas sua mãe foi a única pessoa que sabia sobre a sexualidade de meu pai. Eles namoraram na adolescência, mas eram, antes de tudo, grandes amigos. Ainda são, até onde sei.

— Então por que minha mãe não me contou sobre ele? — pergunto sem pensar.

Eu me sinto um pouco triste, mas também indignada por mamãe ter compartimentos de sua vida que desconheço. Por que esconder suas amizades? Acrescento isso à longa lista de assuntos para tratar com ela na próxima vez que conversarmos.

Crane apenas dá de ombros.

— Quanto à ameaça de processo, tomei essa atitude porque estava preocupado com a possibilidade de Frances também conhecer a verdade sobre meu pai, o que poderia expô-lo antes que estivesse pronto. Quando descobri, no entanto, que ela realmente achava que ele tinha um caso com Laura, eu lhe contei a verdade e ela parou com tudo. Meu pai podia então se revelar quando quisesse, em seu próprio tempo.

— Você acha que tia-avó Frances teria feito isso? Revelado para todos? Algo assim parece tão cruel.

O detetive Crane me lança um olhar pensativo. Finalmente, responde:

— Não, ela não teria feito isso. Mas eu estava com medo e queria protegê-lo. Aquela geração pode ser um pouco intransigente quando se trata dessas coisas. Meu próprio avô é um exemplo. Frances e Teddy ainda eram amigos, então fiquei com medo do que ela pudesse dizer e como ele reagiria.

Estremeço.

— Sinto muito — digo.

— Obrigado — ele declara. — Enfim, meu pai pode contar com meu apoio, e seus amigos na cidade têm sido muito bondosos. John Oxley, o vigário, o ajudou a superar tempos bastante difíceis. Assim como minha mãe e Laura.

Fico em silêncio por um tempo, pensativa. O detetive me deu uma nova perspectiva para enxergar os arquivos de tia-avó Frances. Uma que eu deveria ter usado desde o início: às vezes, até as melhores evidências podem levar a conclusões erradas.

Quantas outras teorias minhas não seriam como essa, frágeis demais para sobreviver a questionamentos? Como posso descobrir quem assassinou tia-avó Frances se Saxon conhece todos na cidade (e a história de suas vidas) e o detetive está sempre cinco passos à minha frente com seu profissionalismo frio?

— Ei — Crane cutuca meu ombro com o dele —, você está com aquela expressão no rosto.

— Que expressão? — Saio de meus pensamentos por um segundo, para cerrar os olhos em sua direção.

— Como se estivesse se colocando para baixo e duvidando de seus métodos. Não faça isso. Você estava certa ao suspeitar de mim. Também teria suspeitado, considerando o conteúdo daquele arquivo.

— Isso é outra coisa: como você sabe o que há naqueles arquivos? Você já viu todos eles?

— Depois de eu enviar a carta com a ameaça de processo, Frances levou o seu arquivo até a delegacia e me mostrou. Nós nos entendemos. Se quiser confirmar, nossa recepcionista, Samantha, teria ouvido toda a conversa e pode atestar.

Levanto as mãos como se estivesse desistindo, mas posso sentir um leve sorriso em meu rosto.

— Você não me disse se viu todos os arquivos.

— Eu não vi.

Sinto um crescente mau pressentimento.

— Você vai, tipo, lacrar os arquivos e levá-los como evidência?

— Caso seja necessário — ele responde. — Agora, temos um corpo conectado a um antigo caso não solucionado pelo qual Frances era particularmente obcecada. — Ele faz uma pausa, depois se corrige. — Extraoficialmente. Não posso dizer com certeza que aquela é a amiga desaparecida de Frances.

— Mas o corpo estava na casa em Chelsea — digo.

— Cuja proprietária era Frances — Crane rebate.

Minha mente acelera de repente. Será que Frances matou Emily?

Seu futuro contém ossos secos. Tia-avó Frances alterou o testamento para me incluir depois que enviei aqueles baús. Ela deve ter descoberto o corpo, já que o baú estava quebrado daquele jeito. O conteúdo estava praticamente se derramando para fora. *Mas as filhas são a chave para mudar a direção da justiça. Encontre a certa e a mantenha por perto.*

— Frances não matou Emily — afirmo. — Quando encontrou o corpo de Emily, ela escolheu mudar seu testamento para me incluir, porque eu inadvertidamente havia trazido justiça à porta de sua casa. E aposto que, depois disso, peças de um mistério de sessenta anos se encaixaram, e ela descobriu quem tinha matado Emily. — Rapidamente fecho a boca quando me ocorre que pensar alto perto de Crane pode não ser uma boa ideia. Então digo: — Tia-avó Frances lhe perguntou alguma vez sobre Emily Sparrow? Quer dizer, recentemente? Porque tenho quase certeza de que ela encontrou aquele corpo pouco antes de ser assassinada.

— Ela nunca mencionou Emily — ele responde. — Você acha que Frances confrontou o assassino de Emily e, então, foi morta para ser silenciada?

Tento manter meu rosto neutro, mas percebo pelo leve gesto de cabeça de Crane que não sou muito boa nisso. Por fim, decido tentar usar suas conexões, em vez de esconder meus pensamentos. Só preciso confiar que posso desvendar isso mais rápido que ele ou que Crane pode ir mais devagar para ajudar a salvar a própria cidade. Espero que ele seja o tipo de pessoa que penso que é. Ou o tipo de pessoa que quero que seja.

— Para descobrir quem matou tia-avó Frances, preciso descobrir quem matou Emily Sparrow. — Eu me viro para encará-lo, mordendo o lábio. — Será que você pode me dar qualquer informação que a delegacia tenha sobre o desaparecimento de Emily?

Crane solta uma risada.

— E por que eu faria isso?

Respiro fundo, pronta para fazer algumas provocações e ver se debaixo daquele exterior do tipo apenas-me-deixe-fazer-meu-trabalho Rowan Crane está disposto a quebrar algumas regras.

Abro minha mochila e retiro o diário de tia-avó Frances.

— Porque tenho uma prova que envolve certo revólver. E ela mostra que, em uma das vezes que o gatilho foi acionado, *Teddy Crane* estava presente.

Se o detetive fosse Oliver, ele tentaria usar seu charme para tirar o diário de mim. Se fosse Saxon, agiria com indiferença e depois talvez encontrasse um jeito de Elva roubar o diário. Isso era tudo o que eu tinha visto Elva fazer: simplesmente pegar qualquer coisa que ela queria que fosse dela.

Mas o detetive Crane não era nenhum desses dois homens. Ele me analisa e, então, abre um sorriso.

— Estou impressionado. Mas imagino que você não vá me mostrar essa prova.

— E imagino que você conheça o incidente em questão. — Eu me sinto tão esperta que quase não consigo me conter. A esperteza pulsando por meu corpo é tão forte que nem fico constrangida por causa da minha súbita tentativa forçada de soar como uma advogada.

Minha aposta é de que o incidente com o revólver do diário de Frances também apareça no arquivo do desaparecimento de Emily. Eles teriam entrevistado todos os seus amigos depois que ela desapareceu e, embora Rose, Walt e Frances pudessem ter concordado em ficar em silêncio, aposto que o honesto Teddy Crane teria confessado assim que ouviu a pergunta "você sabe se Emily tinha inimigos?". E uma boa tática para fazer as pessoas entregarem informações é dar a elas a versão de uma teoria, e geralmente elas não conseguem evitar corrigi-la ou corroborá-la.

— Está no arquivo de Emily — Crane responde.

— Vitória — sussurro. — Então, você já viu esse arquivo, e eu o induzi a me dar uma pista sobre o seu conteúdo...

O canto dos olhos de Crane enruga quando ele sorri de novo.

— Você não me induziu a nada. Decidi compartilhar a informação. — Ele passa a mão sobre seu cabelo escuro, fazendo uma mecha grudar um pouco na lateral. — Por causa de quem estava perguntando — ele acrescenta, lançando um olhar direto sobre mim.

Deixo isso de lado, porque, para ser honesta, não tenho espaço em meu cérebro no momento para decidir se o detetive Crane está flertando comigo. Ele não faz meu tipo, mas é bonito. Tem aquele rosto que você sabe que não vai mudar muito com a idade, porque as feições são pesadas.

Demoro um segundo para notar que Crane ainda está falando.

— Pedi para um dos administradores na delegacia encontrar o arquivo com urgência, e ele foi trazido para cá. Teddy, meu avô, foi entrevistado depois que Emily desapareceu. Ele descreveu um incidente na casa da fazenda abandonada, onde Emily foi atingida no rosto por Walter Gordon após uma discussão e um tiro foi disparado, atingindo uma parede.

— Ele contou para a polícia quem deu o tiro?

— Frances Adams. Ela se tornou suspeita depois disso, mas Rutherford Gravesdown contratou advogados muito bons para defender Frances, e ela não permaneceu muito tempo nessa posição.

— E Teddy contou para a polícia que Emily estava grávida?

Uma surpresa passa rapidamente pelas feições de Crane, mas some em um piscar de olhos.

— Não, essa informação não está em nenhuma parte do arquivo. Você tem certeza?

— Frances parecia ter certeza — respondo, olhando para o diário em minhas mãos. — Não li tudo, mas Frances suspeitava de que Emily estivesse usando a gravidez para tentar encurralar Rutherford Gravesdown.

— Sim, havia menções no arquivo sobre uma relação sexual entre Rutherford Gravesdown e Emily Sparrow, mas isso foi fortemente negado por ele. E, na época, Rutherford era a pessoa mais poderosa de Castle Knoll, então, apesar de ter sido entrevistado para falar sobre o desaparecimento, a entrevista foi bastante... — ele tosse, e senti que fez isso para esconder seus sentimentos sobre algo — ... superficial.

— Quem contou para a polícia sobre uma relação sexual entre Lorde Gravesdown e Emily?

— Walter Gordon. Mas ele tinha as próprias razões para arrastar a família Gravesdown para a investigação, porque era o suspeito número um do desaparecimento de Emily.

— O sr. Gordon mencionou qualquer outro homem com quem Emily estivesse envolvida?

Crane estranhou minha pergunta.

— Não. Existe outra pessoa que Frances tenha mencionado?

As engrenagens em minha mente começam a girar tão rápido que ela até dói.

— Walt estava protegendo Frances — murmuro. — Porque o outro homem com quem Emily estava envolvida era John Oxley, o namorado de Frances. Se Walt contasse para a polícia sobre Emily e John, Frances pareceria muito culpada.

— E se ela fosse mesmo? — Crane pergunta discretamente.

— Fosse o quê? Culpada? Não, realmente não acho que Frances tenha matado Emily. Ela tem um quadro de suspeitos menor naquela sala de pesquisa, um quadro com Emily no centro. Acho que ela estava tentando solucionar o desaparecimento de Emily em seu tempo livre. — Minha crença na inocência de Frances balança um pouco quando penso no fato de que não cheguei a conhecer minha tia-avó. Então olho para o detetive e questiono: — Você acha que ela era o tipo de pessoa que parecia torturada pelo sentimento de culpa?

— Para ser honesto, ela era torturada por algo — ele responde.

Enrolo o colar que estou usando ao redor de um dedo, preocupada. Aquele diário está me fazendo pender para o lado de Frances. Gosto dela, para dizer a verdade. No entanto, estou muito ciente de que não a conheci.

Mesmo assim, faço mais uma tentativa de defendê-la.

— Mas será que ela de fato poderia ter matado sua amiga? Aos dezessete anos? — Seguro o diário verde entre nós. — Li estas páginas, e a Frances que vejo nelas não me parece uma assassina. Ela é sensível, inteligente e...

— Pelo jeito a família tem duas escritoras, pois ela parece tê-la convencido muito bem.

— Tinha — digo tristemente. — A família *tinha* duas escritoras.

Crane acena lentamente com a cabeça, e acho que ele entende. Pousa a mão sobre meu ombro e o segura por um segundo antes de soltar. Percebe que estou triste por ter perdido uma parente que não conheci. A mulher que registrou suas desventuras da adolescência de tal maneira que me faz desejar mais que tudo poder entrar em sua casa e conversar com ela sobre cada acontecimento. A Frances naquelas páginas é alguém que eu gostaria que fosse minha amiga. E quero saber como termina sua história.

Não apenas a história que ela escreveu nas páginas que seguro, mas *toda* a sua história.

— Ainda bem que um de nós é um detetive — declaro, e sinto um sorrisinho puxar o canto de minha boca. — Alguém precisa ser neutro em tudo isso.

— Eu nunca disse que era neutro — ele diz. Levanta-se e limpa sua calça jeans. — Enfim, já acabei de bancar o advogado do diabo. Continuo achando que alguém matou Frances por causa dos segredos que ela descobriu. — Ele oferece a mão para me ajudar a levantar, e aceito. — Frances nos colocou em uma situação delicada — ele continua. — Minha maior preocupação é que alguém estava disposto a cometer um assassinato, provavelmente para impedir que Frances compartilhasse informações que ela descobriu. E, com você e Saxon incumbidos dessa investigação, ambos se veem precisamente no ponto onde Frances se encontrava.

— O ponto onde ela foi assassinada.

— Exato.

— Então, o que faremos?

— Vou monitorar a casa enquanto tudo isso se desenrola. Uma presença policial é necessária de qualquer maneira porque um crime foi cometido, assim como porque houve a reabertura de um caso arquivado.

— Você vai ficar aqui?

— Posso pedir para meus colegas cobrirem alguns turnos, mas ficarei o máximo que puder.

Faço um gesto de cabeça, assentindo.

— Isso é tranquilizador e intimidador ao mesmo tempo.

Ele ri, e a casualidade disso me pega de surpresa. Então, seu rosto se fecha novamente, e percebo que Crane está prestes a dizer algo de que não vou gostar.

— Annie, preciso que me entregue esse diário.

Sinto o ar apertando meus pulmões, e por instinto minha mão se fecha sobre o diário.

— P-por quê? — gaguejo. — São só as divagações de uma adolescente, duvido que... — Seu olhar severo me faz parar imediatamente.

— Vou tirar cópias — ele responde — e o devolvo para você assim que possível.

Diante de minha expressão despedaçada, o detetive acrescenta:

— Pense desta maneira: tirar uma cópia do diário é mais fácil do que lacrar todos os arquivos. Se eu começar pelo diário, ele pode me mostrar de quais arquivos preciso e não terei de levar todos embora.

— Mas não terminei de ler! Você pode me dar... uma hora? Meia hora? — Estou me esforçando para encontrar um jeito de não obstruir a justiça, mas, no fim das contas, não há muito que eu possa fazer.

— Desculpe, Annie, preciso dele agora.

— Eu não precisava ter lhe contado sobre ele! — grito. Isso não é um jogo justo.

Ele mantém a mão aberta esperando o diário, e fico fervendo de raiva e me sentindo como uma criança obrigada a entregar doces roubados.

— O assassinato de Emily Sparrow — digo, me agarrando a um plano desesperado. — E se trabalharmos juntos, e você pode ficar com todo o crédito pela solução do caso? Só preciso do crédito por solucionar o assassinato de Frances.

Ele recolhe a mão e cruza os braços.

— Você quer dizer que posso fechar o caso de Emily para distrair meus chefes do assassinato recente que eu deveria estar investigando? Isso parece uma ótima maneira de você ganhar tempo, apanhar um assassino e receber uma herança.

— Fantástico, ainda bem que você enxerga assim.

— Absolutamente, não.

— Você quer dizer que não enxerga assim ou que não quer trabalhar comigo?

Ele solta um suspiro frustrado enquanto me encara por um bom tempo.

— As duas coisas. Veja, estou sendo razoável. Vou fazer uma cópia do diário e lhe devolver o original, algo que não é minha obrigação. — Ele me olha diretamente. — Ou você prefere que eu faça as coisas do jeito oficial?

— Certo — respondo. Não me dou ao trabalho de tirar o tom irritado de minha voz e posso sentir a raiva alterando minha postura quando entrego o diário.

— Obrigado — ele diz.

Começo a andar na direção da casa.

— Enquanto isso, tenho outros segredos nos quais mergulhar — lembro a ele.

Crane estremece.

— Terei de resgatá-la de todo tipo de encrenca, não é mesmo?

Rio com desdém para ele.

— Resgatarei a mim mesma, como Frances fazia.

Mas então é minha vez de estremecer, porque, é claro, minha tia-avó não escapou da encrenca. Não quando era importante.

23

ALGUÉM ESTEVE EM MEU QUARTO. E NEM SE DEU AO TRABALHO de ser sutil. Deixei as cobertas desarrumadas e o travesseiro amarrotado, mas, ao entrar, meu estômago se revira. A cama está perfeitamente arrumada.

Estou começando a entender a paranoia de tia-avó Frances, porque, uma vez que você começa a pensar em assassinatos, enxerga potenciais assassinos em toda parte. Cada detalhe parece uma ameaça. Solto um longo suspiro, pois provavelmente foi apenas a camareira, que ainda não conheci. Eu me pergunto, no entanto, se a camareira também é Beth. Ou outra pessoa cujo futuro depende da solução do assassinato de tia-avó Frances.

Ando até a cama e cuidadosamente passo a mão sobre a fronha branca imaculada. Em seguida, levanto tudo gentilmente e lá está — um pedacinho de papel, com texto batido à máquina e amarelado pelo tempo.

> Sua cadela, acha que pode se intrometer em meu caminho? Você está muito acostumada a conseguir aquilo que quer graças a esse seu rosto bonitinho. Se você

não parar, juro que vou arruiná-lo. Vou colocar seus
ossos em uma caixa e enviar para seus entes queridos.
Roubarei tudo o que você sempre quis antes de destruí-la.

Uma onda de terror me atinge e verifico os arredores. Sob a cama vejo apenas a mochila e a mala, e o pequeno armário está vazio com exceção de minhas roupas. Verifico o trinco da janela, mas seria uma longa queda daqui de cima, e ela está trancada de qualquer maneira.

Minha mão treme quando apanho o bilhete ameaçador de novo. A parte sobre enviar ossos no mesmo instante soa verdadeira. Mas o pedaço de papel é claramente antigo e me lembro do diário de Frances mencionando este exato trecho. *A questão é que alguém está me fazendo ameaças, e isso começou antes de visitarmos a cartomante. Encontrei um pedaço de papel no bolso de minha saia que dizia: "Vou colocar seus ossos em uma caixa".*

E então penso na última linha da ameaça: *Roubarei tudo o que você sempre quis antes de destruí-la.*

Emily. Isso lembra Emily e a maneira como ela tratava Frances. Minhas mãos coçam pelo diário. Mas me lembro com clareza do que Frances escreveu sobre a noite em que descobriu que Emily havia dormido com John. As coisas que ela gritou para Emily na biblioteca de Ford: *É como se você quisesse tomar tudo o que eu tenho... Meus pentes de cabelo, meu casaco... Meu armário não era suficiente para você? Você também precisava ficar com meu namorado?*

Por um minuto acredito no poder de cartomantes, porque, ao encontrar esse bilhete ameaçador, parece que estou herdando a sorte de tia-avó Frances. O detetive Crane ainda está no andar de baixo e considero a ideia de lhe pedir ajuda. Mas o tom competitivo de nossa última conversa me faz hesitar. Nos livros, se a pessoa que investiga um assassinato começa a receber ameaças, é um sinal de que está chegando perto de solucionar o crime. Ou, no mínimo, de que está no caminho certo.

Sinto um pouco de minha inquietude sumir, dando lugar a uma imensa curiosidade. Isso tem que ser uma evidência do mistério do desaparecimento de Emily. Se alguém estivesse me ameaçando mesmo, com certeza faria de um jeito mais direto e a ameaça seria mais específica a mim: talvez dissesse algo sobre eu não pertencer a este lugar e que a herança não deveria ser minha.

Esse pedaço de papel tem que ser de 1965 ou 1966, isto é, de quando Emily desapareceu. E se alguém estiver tentando me ajudar e o deixou aqui? Quanto mais penso, mais me parece possível. Mas quem poderia ser?

Tiro uma foto do bilhete com meu celular, só para o caso de algo acontecer com o papel ou Crane levar embora outra evidência que descobri. Eu me preocupo um pouco com a possibilidade de uma acusação de "esconder evidências" me prejudicar. Também sei, no entanto, que esta investigação exige mais flexibilização das regras e ousadia do que estou acostumada, então vou fazer o reconhecimento do terreno desde já.

Releio o bilhete ameaçador e começo a ficar confusa. Se era uma ameaça para Frances, então por que alguém teria matado Emily em vez dela?

Enfio o papel naquilo que agora considero meu "diário de investigação" e guardo tudo de volta na mala. A luz assume os tons de dourado e verde das noites de verão e, embora eu tenha encontrado um corpo recentemente, começo a ficar com fome. Minhas costas doem de tanto carregar coisas o tempo todo, mas este quarto, óbvio, não é seguro, então penduro minha mochila nos ombros e desço as escadas.

Ainda não vou para a cozinha, porque quero ver quais arquivos tia-avó Frances mantinha sobre a família Foyle. Sem qualquer surpresa, quando chego à saleta, Saxon está lá de novo, dessa vez olhando para o quadro de suspeitos de Emily. Elva e Oliver não estão presentes, e o detetive Crane saiu para conversar com alguns membros da delegacia de Castle Knoll.

— Você a conheceu? — pergunto discretamente. — Emily Sparrow?

Saxon me lança um olhar demorado e sua expressão é de tristeza. Isso é estranho, considerando como ele se manteve indiferente quando encontramos o corpo.

— Conheci — ele responde. — Ela era... muito fascinante. Todos eram, incluindo Frances. É triste pensar que, das três, apenas Rose restou. Elas eram inseparáveis antes de Emily desaparecer.

Saxon não sabe que estou ciente de todo o drama que aconteceu antes do sumiço de Emily. Antes da morte dela. Decido testar a teoria do detetive Crane com ele. A ideia não dará qualquer vantagem a Saxon e pode incentivá-lo a compartilhar alguma informação comigo.

— Crane acha que Frances matou Emily.

Saxon não mostra muita reação, mas franze as sobrancelhas sem tirar os olhos do quadro de suspeitos.

— E por que o bom detetive pensa assim?

— Aquele baú estava no porão da casa em Chelsea — respondo. — E ficou lá por uns vinte e cinco anos, provavelmente mais do que isso. Estava lá quando nos mudamos.

— Fico surpreso por Crane acusar logo Frances. Por que não meu tio? Emily desapareceu anos antes de ele morrer, e aquela casa em Chelsea era dele naquela época.

De fato, também me pergunto se Ford poderia ter matado Emily. Saxon tem uma óbvia vantagem sobre mim: não sei quase nada sobre Rutherford Gravesdown, enquanto Saxon foi criado por ele. Decido que vou importunar o detetive Crane até ele me devolver o diário o mais rápido possível, porque imagino que haja revelações de Frances sobre o homem com quem um dia se casaria.

Rutherford Gravesdown estava morto há anos. Se Ford matou Emily, não consigo ver que relação isso teria com o assassinato de Frances. Eu me pergunto se deveria questionar Saxon a respeito do que ele sabe sobre a gravidez de Emily, mas ainda tenho metade do diário verde para ler e quero ter todas as informações antes de mostrar minhas cartas.

Seu futuro contém ossos secos.

A questão é que alguém está me fazendo ameaças.

Vou colocar seus ossos em uma caixa e enviar para seus entes queridos.

Uma inquietude toma conta de minha mente e, ao observar o quadro de suspeitos, um novo pensamento me ocorre: talvez a ameaça fosse para Emily.

Meus olhos recaem sobre uma velha máquina de escrever em uma das prateleiras.

Uma conclusão terrível me atinge. Frances não disse de onde recebeu as ameaças, apenas que as tinha. E se ela as tivesse porque foi *ela* quem as escreveu? *Roubarei tudo o que você sempre quis antes de destruí-la.* E foi Frances quem se casou com Ford.

Noto que Saxon me observa, intrigado.

— Frances e Emily realmente tiveram uma pequena disputa por meu tio — ele diz.

Enquanto olho para a fotografia de Emily no centro do quadro, todas as linhas vermelhas se embaralham e enxergo as conexões de um jeito novo. Quem era mais próximo de Emily, quem era mais distante, quem foi prejudicado por ela. Walt, John e Rose estão mais longe. Mais perto vejo Archie Foyle, Saxon e, curiosamente, meus avós, Peter e Tansy. Fico surpresa por ver o nome de Peter e de Tansy, mas talvez exista algo a respeito deles que ainda não li.

Ford nem aparece no quadro, mas logicamente poderia ter matado Emily. Com base no diário, ele talvez tivesse suas razões. E se Emily o tivesse chantageado com a gravidez ou pretendesse prendê-lo em um casamento? Tia-avó Frances deve ter tido algum motivo para descartá-lo como suspeito. Ou então ela se apaixonou, e isso a deixara cega para a culpa dele.

— Está faltando uma variável — afirmo, sem me dar conta de que estou pensando alto.

— E qual seria? — Saxon pergunta, com uma expressão de quem sabe do que estou falando.

Saio correndo da saleta e atravesso a biblioteca. Quando passo pela porta da frente, o detetive Crane ainda está falando com os policiais.

— Podemos conversar um pouco? — indago, um pouco sem ar. Uma expressão de surpresa passa por seu rosto, mas apenas por um segundo. — É importante — acrescento.

— Certo — ele responde. Murmura algo para o policial, depois me segue até um local em que ninguém possa nos ouvir. Tiro minha mochila dos ombros e abro o zíper. Apanho o caderno fino com os cogumelos na capa, onde o bilhete ameaçador está seguro.

— Preciso ver o diário de novo — digo.

Crane não se dá ao trabalho de esconder sua irritação e revira os olhos para mim.

— Annie, ainda nem fui para a delegacia. Mas estou com ele, então agora virou evidência. Não posso simplesmente entregá-lo a você.

— Posso apenas folheá-lo e verificar uma coisa, enquanto você está aqui? — Minha voz está quase implorando, porém ele não parece convencido. — Eu lhe dou outra evidência em troca.

Crane bufa com desdém.

— Ah, isso não funciona assim. Você sabe disso, Annie. Se encontrou algo relacionado com a morte de Frances ou de Emily Sparrow... Não que o corpo seja mesmo de Emily, mas, hipoteticamente...

É a minha vez de revirar os olhos.

— Não vou ficar com o diário. Só quero reler uma página. Você pode ficar com o bilhete ameaçador. Já tirei uma foto dele.

— Bilhete ameaçador? — Sua postura muda e sua voz agora tem um tom rígido. Explico, da maneira mais casual que consigo, como encontrei o papel. — Annie, eu não tinha acabado de lhe falar sobre sua segurança nesta casa? Você deveria ter me procurado imediatamente depois de encontrar esse papel.

Ele parece bravo. Suas mãos encontram os quadris e erguem as laterais do blazer em uma postura que grita "preocupação indignada". Se eu não estivesse irritada com a questão do diário, quase ficaria comovida.

Compartilho com o detetive a minha teoria de que alguém está tentando me ajudar a solucionar o assassinato de tia-avó Frances e ele se acalma um pouco. Por fim, retiro o pedaço de papel de dentro do caderno.

— Aqui — declaro, entregando-o para ele. — É todo seu. Mas, por favor, posso ver o diário agora?

Ele olha de volta para onde o policial estava, e o homem agora está dentro da casa ou patrulhando algum lugar aos fundos.

— Que seja — responde lentamente. Crane leva a mão ao blazer e retira o diário de um bolso interno. — Mas examine-o aqui mesmo, enquanto penso sobre a situação desse "bilhete ameaçador".

Uma lufada agradecida de ar escapa de meus pulmões quando ele me entrega o diário. Eu me concentro em encontrar a passagem que preciso e me esforço para ignorar o fato de que Crane está parado bem ali, analisando tudo o que faço.

Meus pensamentos saltam para a questão de Saxon ter sussurrado de memória a data do aniversário de minha mãe enquanto tentava abrir a gaveta dos arquivos. Por que Saxon teria memorizado essa informação? Mamãe sempre disse que seus pais a mantiveram longe da propriedade dos Gravesdown e Saxon passou a maior parte da juventude em um internatoTendo em mente, contudo, o Saxon das páginas do diário de Frances — o espião que reúne informações e as usa com astúcia —, consigo pensar em uma boa razão para ele saber.

Folheio as páginas até chegar quase ao início, confirmando as datas. Finalmente, encontro o que estava procurando.

15 de setembro de 1966

Peter está aqui e numa discussão com mamãe. Ninguém aguenta Tansy, aquela mulher com quem ele se casou, mas, agora que eles conseguiram um bebê, acho que não dá para voltar atrás...
Embora eu tenha que admitir que a pequena Laura é uma gracinha. Só tem um mês de idade e já dá a risada mais gostosa quando me vê.

Frances não escreveu "Agora que eles *tiveram* um bebê", mas, sim, "Agora que eles *conseguiram* um bebê". E, quando leio uma segunda vez, a frase *Mas ela se parece muito com sua mãe, o que é uma pena* ganha um sentido completamente diferente.

— Preciso voltar para a casa. Tenho muita coisa para fazer — digo sem pensar. Minha expressão deve transmitir um caleidoscópio de emoções, porque a irritação de Crane some quase no mesmo instante.

— Vamos fazer o seguinte — ele fala, com aquele tom calmo de sempre. — Vou pegar o carro e vamos até o Dead Witch. Levarei alguns arquivos comigo, podemos comer alguma coisa e você pode se sentar e ler o restante do diário, fazendo as anotações que quiser. Prometo que vou trabalhar em silêncio enquanto você faz a leitura, nenhum de nós vai incomodar o outro e, após a refeição, eu levo o diário para a delegacia.

Preciso pensar apenas por um segundo antes de aceitar. É uma solução melhor do que eu esperava, não só porque estou extremamente faminta.

Crane sai para fazer um telefonema, mas não tira o diário de mim enquanto anda pelo gramado por alguns minutos. Finalmente, quando saímos de carro pelo caminho de cascalho, algo me ocorre.

— Você não está apenas tentando me tirar da casa por um tempo, não é?

Ele suspira.

— O oficial Brady vai interrogar todos lá dentro sobre o bilhete ameaçador que foi deixado debaixo de seu travesseiro. Então, sim, essa é uma parte de meu motivo. Mas, para ser honesto, e vou lhe dizer isso não oficialmente... — Ele se vira para mim por uma fração de segundo antes de seus olhos voltarem para a estrada: — Quero muito ver o que acontecerá quando você tiver todas as ferramentas certas à disposição.

Abro um sorriso maroto. Acho que isso é o mais perto que Crane vai chegar de admitir que está jogando no meu time.

24

OS ARQUIVOS DE CASTLE KNOLL, 30 DE SETEMBRO DE 1966

*E*MILY BATEU NA JANELA DE MEU QUARTO, E JÁ PASSAVA DA MEIA-
*-noite. A chuva havia parado, mas ainda estava frio, e Emily vestia
uma blusa grande demais para ela. Agora, estava ali, toda encolhida
e meiga como a protagonista de* A menina dos fósforos.

— Posso entrar?

Fechei o rosto e a encarei.

*— Vamos lá, Frannie, precisamos conversar. Você não quer que eu faça
uma cena e acorde a casa toda, quer?*

*E ela faria isso. Sei que faria. Então, abri a janela e Emily pulou
para dentro.*

— O que você quer? — exigi saber.

*Meus pensamentos estavam inquietos e queria que ela enxergasse isso
em meu rosto. Emily havia escalado a árvore na frente de casa para subir
no parapeito de minha janela, e senti uma vontade urgente de empurrá-la
lá para baixo. Foi apenas um impulso momentâneo, mas fiquei chocada
comigo mesma. Eu me forcei a me acalmar e engolir a fúria de emoções
girando dentro de mim.*

*— Eu sou horrível — ela admite rapidamente. — Sei disso, Frannie.
Lá na casa, todas aquelas coisas que eu disse... Eu só queria ser cruel, nada*

daquilo era verdade. Ford não quer me conhecer. Acho que ele consegue ver minhas intenções. E, antes que você fique brava por causa dele, tudo o que insinuei é mentira. Quer dizer, a coisa com John é verdade, este bebê... — Ela perdeu as palavras por um segundo, quando viu que mencionar aquilo não me faria sentir nenhuma compaixão por ela.

No entanto, aproveitei a oportunidade, porque não queria que ela direcionasse a conversa do jeito dela. Ela sempre faz isso e acaba me deixando tonta.

— Por quê? — perguntei rispidamente. — Só preciso saber por que você tinha que ficar com John!

Por um momento, seu rosto desabou. Então, ela se defendeu, ao verdadeiro estilo Emily de ser.

— John também tem sua parte nisso, sabe, não fui só eu! Ele começou, ele ficava me olhando e dava em cima de mim!

Eu estava pronta para essa desculpa.

— Não estou perguntando sobre John agora. Terei uma boa conversa com ele depois. Estou questionando agora por que você tinha que fazer essa escolha. — Minha voz saiu afiada como um chicote, e Emily estremeceu como se eu a tivesse cortado. O efeito foi muito satisfatório.

Ela abriu e fechou a boca algumas vezes, e fiquei observando sua máscara caindo. Havia mais alguma coisa ali, algo que ela não estava me dizendo. Eu sabia que John não teria dado em cima dela — ela teria me dito isso imediatamente. E, embora eu sentisse muita raiva de John por me trair, sabia que ele não faria isso.

— A verdade, Emi — insisti.

Finalmente, ela suspirou, e foi como se todo o ar escapasse do seu peito. Emily apanhou uma mecha de cabelo e a colocou na boca, algo que há muitos anos eu não a via fazer. Lembro de uma vez que sua mãe havia lhe dado um tapa por causa desse hábito, quando achou que ninguém estivesse olhando.

— Eu sei que podia parecer que Walt estava completamente apaixonado por mim — ela disse devagar —, mas, na verdade, fazia semanas que estávamos distantes. Acho que minha mãe descobriu que estávamos namorando e passou a ameaçá-lo. Talvez, porém, eu esteja tentando negar a realidade... — Ela olhou para o teto e fiquei surpresa por vê-la tentando segurar o choro. — *Ele não me ama, Frances. Acho que Walt está esperando eu terminar com ele. Já tentei de tudo para termos as nossas aventuras e passarmos algum tempo sozinhos, mas ele fica entediado comigo. Não me quer mais, Frances. Eu! Você pode acreditar?* — *Ela fez um gesto na direção de seu próprio rosto de um jeito que me lembrou de Fiona Sparrow.*

— *Você está mentindo* — *falei calmamente.* — *Walt ficou muito bravo. Nunca o vi daquele jeito, Emily. Nunca o vi agir de maneira violenta. Você já se esqueceu de que ele esmurrou o seu rosto?*

— *Walt não gostou de saber que, quando ele parou de dormir comigo, encontrei alguém que dormiria.* — *Ela disse isso como se não fosse nada, como se mencionar John e ela juntos fosse normal agora. Estávamos sentadas em minha cama e senti meus punhos agarrarem as cobertas embaixo de mim.*

— *S-só queria alguém que me amasse, Frances* — *ela gaguejou, e então deixou que as lágrimas caíssem livremente pelo seu rosto.* — *Via como John a amava, ainda ama, você, e eu... eu queria isso. Não o John em si, mas o amor que ele sente por você.* — *Emily puxou o ar, trêmula, e um soluço lhe escapou. Isso me deixou surpresa e me fez perder a fala, e esqueci as coisas que eu estava prestes a dizer a ela. Era a primeira vez que a via chorando assim.* — *Sinto tanta raiva, Frances! Por que todos ao meu redor podem ter uma vida abençoada, pais amorosos e protetores, relacionamentos que mostram o quanto são especiais? Por que só posso ter beleza, estilo e crueldade?*

Apertei meus lábios enquanto tentava digerir aquilo. Não sei o que eu faria se tivesse sido criada por uma mãe como Fiona Sparrow. Mas não estava pronta para perdoar Emily. E, para ser honesta, não entendia por que ela queria que eu a perdoasse.

— *Por que você está aqui?* — *finalmente perguntei.* — *Ainda não ouvi um pedido de desculpas.*

— *Ah, Deus, desculpa!* — *Ela agarrou minha mão e parecia desesperada.* — *Minhas sinceras desculpas, Frances! E as coisas estão prestes a ficar muito ruins para mim, em casa. Você era a única pessoa para quem eu sentia que podia pedir ajuda. Embora eu tenha sido horrível com você, já passamos tantas coisas juntas. E agora existe um bebê inocente no meio disso tudo. Por favor. Você me conhece melhor do que qualquer outra pessoa.*

O silêncio se estendeu, porque o peso de todos os anos que passamos juntas invadiu o quarto como uma terceira pessoa.

— *E quanto ao John?* — *perguntei, sentindo-me horrível.* — *Odeio a ideia, embrulha o meu estômago, mas vocês poderiam se casar. Acho que as pessoas podem se casar com dezessete anos, não podem?*

Respirei fundo. Ainda não queria encarar o fato, mas precisava deixar John para trás. Ainda que Emily nunca mais falasse com ele de novo, mesmo se ele implorasse e enumerasse todas as desculpas possíveis para voltarmos, eu tinha que seguir em frente. Isso não significava que eu não sofreria com a separação, mas eu sabia que precisava dar os primeiros passos terríveis para longe de meu passado com John, na direção de um futuro incerto.

Seu futuro contém...

Meus pensamentos sumiram quando a leitura da sorte começou a ressoar outra vez em minha mente como uma reza.

Um pássaro realmente me traiu. A cartomante estava certa.

— *Não quero nem me casar com John nem ser mãe. Não agora.* — *Algo em sua expressão repentinamente havia se transformado. Ela parecia menos desesperada.*

— *Não sei como posso ajudar, Emi.*

Eu me senti mal de repente, com uma inquietude cada vez maior ao me dar conta de que ela tinha me superado. Emily pensara em tudo, e começava a ficar claro que ela tinha vindo para cá com um plano. Fui ingênua ao supor que a visita fosse apenas para ela se desculpar. As palavras de Ford sobre o xadrez me vieram à mente: Você pode jogar sem ter um plano, mas provavelmente vai perder.

Emily planejava bem, ela sempre foi assim. E comecei a desconfiar de que eu estava prestes a perder.

— *Só preciso encontrar alguém que queira um bebê, por isso, vou me esconder até a criança nascer e depois a darei para adoção.*

E lá estava. Um peso me atingiu quando entendi como era brilhante aquele plano. Era tão perfeito que até dava medo. Ela provavelmente vinha pensando nisso havia semanas.

— *Peter e Tansy* — *eu disse lentamente.*

Eu nem podia argumentar contra aquela solução. Eles viviam para cima e para baixo em Londres visitando agências de adoção, porém os arranjos nunca davam certo. Emily estava aqui quando eles vieram pedir mais dinheiro para os meus pais, porque os custos da adoção estavam ficando cada vez mais elevados. Os dois estavam desesperados por um bebê, e isso era a única coisa que parecia que nunca conseguiriam.

— Posso conversar com eles, mas, Emi, não lhes dê esperanças se você não estiver falando sério. Não quero ver o meu irmão de coração partido se você mudar de ideia de repente.

— Não vou mudar, prometo. Não quero este bebê.

Respirei fundo.

— Então, onde você vai ficar até a criança nascer?

Emily me abraçou repentinamente, e isso me surpreendeu.

— Acho que você também pode me ajudar com isso — ela respondeu. — Até agora, as únicas pessoas que sabem sobre a gravidez são você, Rose e os garotos. Fiz todos jurarem segredo, é claro, apesar de Teddy ser um perigo, porque Rose parece interessada por ele de novo.

— E quanto a Saxon e Ford? — acrescentei.

— Essa é a segunda parte do meu plano — Emily respondeu. — Ford gosta de você. Acho que você pode convencê-lo.

— Você quer dizer que eu posso convencê-lo a lhe dar permissão para se esconder na propriedade dos Gravesdown?

— Exatamente. É perfeito. Há uma porção de quartos lá e não vou atrapalhar ninguém.

— E o que Ford ganha com isso? Por que se colocaria numa situação dessas?

— Acho que podemos persuadi-lo — ela declara. E a expressão em seu rosto era maliciosa. Não gostei disso, então sugeri outra ideia.

— Acho que primeiro temos de trazer Peter e Tansy para o nosso lado. Eles talvez fiquem felizes por hospedá-la.

Emily revirou os olhos.

— Não gosto daquela Tansy, de verdade — ela disse. — E eles moram em uma casinha no meio da cidade. Eu não só enlouqueceria como meus pais me achariam rapidamente. Tenho certeza disso.

COMO DESVENDAR SEU PRÓPRIO ASSASSINATO | 209

Não tínhamos um plano definido, e sim o começo de um. Emily mentiria para seus pais, dizendo que fora aceita em uma escola de secretariado em Londres. É antiquado, mas a mãe de Emily fez um desses cursos durante a guerra e ainda achava que era isso que toda mulher deveria fazer. Fiona também acreditava que, se virasse secretária, Emily se colocaria no caminho de empresários londrinos bem-sucedidos, por isso, não continuaria trabalhando por muito tempo se soubesse jogar suas cartas. Essa mentira seria algo que a mãe de Emily gostaria de ouvir.

E eis a questão com as mentiras: são muito mais críveis quando se trata de uma ideia da qual você gosta.

25

Na manhã seguinte acordo com o som de Archie Foyle podando as cercas-vivas. O sol bate em minha janela, e agradeço pela saia e pela camiseta que encontrei na Oxfam de Castle Knoll na noite anterior, pouco antes de eles fecharem. A saia tem bolsos grandes e é feita de um pesado veludo cotelê, o que não é ideal no calor do verão, mas tem um maravilhoso tom verde-escuro que combina muito com a fantástica camiseta larga que comprei. Parece ser original: está muito gasta e tem uma foto dos Kinks na frente.

Entrei na Oxfam enquanto Rowan Crane esperava por mim em nossa mesa. Cumprindo a sua palavra, deixou-me ler o diário sem me dar muita atenção, concentrando-se em sua própria papelada. A comida do pub era supreendentemente boa, e acho que nem o detetive nem eu nos lembrávamos de que o outro estava presente durante a maior parte da noite. Foi o tempo mais relaxante que passei na presença de um homem em anos.

Walter Gordon apareceu no pub no meio de nosso jantar, mas só acenou com a cabeça para mim e Crane antes de se sentar a uma mesa aos fundos. Estremeceu quando se acomodou, depois tirou um pequeno frasco do bolso e engoliu algumas pílulas. Ficou apenas na água e no café durante a noite toda, sem comer nada. Eu me perguntei o que o sr. Gordon estaria fazendo ali, mas talvez se sentisse solitário e gostasse da atmosfera do lugar.

O único ponto ruim da noite com Crane foi que fiz tantas anotações e passei tanto tempo relendo os registros mais antigos que não cheguei ao fim do diário. No momento de devolvê-lo, implorei para ler mais, mas o detetive não cedeu. Prometeu que devolveria o diário assim que pudesse, mas eu estava ciente do prazo de tia-avó Frances e qualquer tempo perdido começava a me preocupar.

Agora de manhã, quando olho pela janela, noto que o carro do detetive Crane ainda está aqui. Parece que ele não tinha exagerado quando disse que manteria uma presença policial na propriedade.

Sinto que, a cada passo que dou, descubro mais emaranhados nesta floresta esquisita de traição e assassinato da vida de tia-avó Frances.

Há um grande banheiro no fim do corredor, com uma banheira com pés de garra e pilhas de produtos finos. Apesar do tempo para solucionar o crime se esgotando, não consigo deixar de aproveitar um bom banho. Saio de lá no meio do vapor e cheirando a nuvens e lavanda. Deixo meus cabelos soltos e molhados caindo pelas costas, porque, quando o calor do verão os atingir, ganharão uma ondulação meio bagunçada muito estilosa. Aquela foto de Emily Sparrow me lembrou de que isso acontece com meus cabelos, mas tentei não pensar muito sobre nossas semelhanças e resisti a prender minhas mechas no coque de sempre.

Preciso de ar fresco e algo para me distrair de ter que encarar as implicações de como minha própria história está entrelaçada com a de Emily. Saio da casa e pisco os olhos furiosamente diante da claridade. Eu me sinto um morcego forçado a deixar a caverna. Passei metade da noite ao telefone com minha mãe, conversando sobre Reggie Crane, o testamento de tia-avó Frances e, por fim, Emily Sparrow.

Ao estilo típico de mamãe, ela escondeu muito bem suas emoções. Quando soube que Emily Sparrow possivelmente era sua verdadeira mãe, reagiu de um jeito parecido comigo ao me deparar com o arquivo de meu pai. Emily era apenas uma mulher qualquer que ela não conhecia.

Porém, quando contei um pouco da história de Emily e dos mistérios que estavam se desenrolando ao meu redor, percebi as pausas entre suas palavras se arrastando e as emoções em sua voz aumentando. Assim que contei sobre o papel de tia-avó Frances ao ajudar com a adoção, minha mãe me interrompeu e disse que precisava desligar. Acho que ela tem sua própria maneira de lidar com tudo isso.

Passei a enxergar as mulheres de minha família como pilares solitários. Tia-avó Frances arquivando a vida de todos em sua propriedade em Castle Knoll, enquanto mamãe se trancava na casa em Chelsea pintando seu passado. E eu, agora sem rumo entre elas, tentando decidir de quem é a história que estou contando e de quem é a história que estou vivendo.

Pensativa, observo o Rolls-Royce na frente da casa e decido que posso fazer várias coisas importantes ao mesmo tempo. Estive tão envolvida pelo diário e por Emily Sparrow que me esqueci de investigar a mecânica do assassinato de tia-avó Frances. Saxon podia já estar muito adiantado em sua investigação, e, apesar de só dois dias terem se passado, posso sentir o tempo escapando de mim. Preciso descobrir quem poderia ter acesso a injeções com altas doses de ferro. E de que maneira as flores se ligam ao assassinato, porque estou convencida de que se ligam. Além disso, temos Archie Foyle e o que ele fez para ser chantageado. Ando até a área de serviço, esperando encontrá-lo ali.

— Olá? — chamo, olhando para dentro. — Sr. Foyle?

— Ah, oi de novo! — Ele sorri para mim e sai do quartinho.

— Eu estava pensando: o senhor tem experiência com o Rolls-Royce estacionado na frente da casa? Preciso que alguém me leve para a cidade.

Archie olha para o velho carro e, por um minuto, parece quase triste.

— Claro — ele diz. — Faço a manutenção desse carro para Frances. Ou melhor, fazia. — Seu rosto desaba e tento analisar se é uma expressão genuína. Então, imediatamente me sinto horrorizada, porque odeio o fato de observar qualquer pessoa que tenha conhecido Frances tentando descobrir se são um poço de mentiras em vez de seres humanos.

Direciono meus pensamentos para a investigação.

— Tia-avó Frances dirigia esse carro pela cidade? — pergunto.

Archie ri.

— Na verdade, não. Depois que o motorista dela, Bill Leroy, morreu... — Archie olha para cima, distraído. — Bill era casado com Rose, você sabia?

— Não, não sabia.

— Bom, depois que ele morreu, dirigi o carro algumas vezes e cuidava dele, mas era Beth quem servia de motorista para Frances na maioria das vezes.

— Beth dirige esse carro?

Penso em Beth usando vestido vintage e chapéu pillbox, e imagino que ela se pareceria com alguém em um set de filmagens conduzindo tia-avó Frances por aí. Eu me pergunto o que veio primeiro, o senso de moda dos anos 1930 de Beth ou sua capacidade de dirigir um carro dessa mesma década.

Archie ri de novo.

— Ela dirige! Não com aqueles sapatos ridículos dela, mas Beth mostrou um grande interesse pelo carro, assim Frances pediu que eu a ensinasse a dirigir há uns dez anos.

— Então, Beth banca a cozinheira e a motorista, ao mesmo tempo que administra a própria delicatéssen? Parece uma trabalheira sem fim.

— Ela tem funcionários lá, mas trabalha bastante mesmo. E, se Beth aprendeu a dirigir, você também consegue.

Dispenso o comentário.

— Realmente não pretendo dirigir aquele carro, mas obrigada pelo voto de confiança. Tenho algumas perguntas sobre o automóvel, no entanto, se o senhor não se importar.

Ele sorri.

— Pode mandar.

— Quando chegamos para a reunião com tia-avó Frances, o capô estava aberto. Estava trabalhando no motor?

— Não, mas notei que Frances tinha deixado o capô aberto. — Ele reflete por um momento. — Pensando agora, não sei por que ela teria tentado mexer no motor sozinha em vez de me pedir ajuda. Eu estava aqui podando as rosas no começo da manhã.

— Ela não tem outro carro?

— Tinha um Mercedes. Eu provocava Ford por causa do Mercedes. Entendeu? O *Ford...* — Archie olha para mim com expectativa, e deixo que ele conclua a piada sem graça. — Dirigindo uma *Mercedes*? Hein? — Forço uma risada apenas por educação. — Essa foi a reação dele também. Enfim, trabalhei em metade dos carros de Castle Knoll. — Ele ri para si mesmo, perdido em pensamentos por um momento. Estou descobrindo que Archie Foyle é uma dessas pessoas que falam sem parar, mas mudam de assunto se você não as mantiver nos trilhos. — Pergunte para Walt Gordon sobre sua velha perua, antigamente eu até a consertava para ele. Aquele é um carro que já passou por muita coisa! — Archie ri de novo, e tenho que morder o lábio para esconder minha expressão escandalizada, porque me lembro do comentário de tia-avó Frances no diário sobre Rose e Archie no banco de trás do carro de Walt.

— O senhor acha que pode consertar o Rolls-Royce? — pergunto.

— Sim, posso tentar — ele responde. Passa pelo lado do passageiro do carro e diz: — Eu averiguaria a bateria primeiro, mas eu mesmo a reinstalei recentemente, então sei que não é isso. — E bate em uma caixa de madeira sobre um longo pedaço de metal que fica na parte inferior da porta.

— Isso... A bateria está nessa caixa? — indago.

— Não, essa é a caixa onde o carro guarda suas esperanças e seus sonhos — ele responde, mantendo uma expressão completamente séria.

Eu rio.

— Essa foi melhor — respondo.

Archie sorri, claramente achando graça do fato de eu não saber nada sobre carros. Mas, sem dúvida, quero aprender. Porque os problemas que tia-avó Frances teve com o carro no dia em que foi assassinada não são algo insignificante.

— Sente-se no banco do motorista, vou ver se há algo de errado com o motor. Não, pelo outro lado. — Ele me interrompe quando sigo para o lado do motorista. — Você precisa entrar pelo lado do passageiro.

COMO DESVENDAR SEU PRÓPRIO ASSASSINATO | 215

Quero perguntar a razão, mas ele já está na frente do carro, expondo o motor para o ar matutino. Não demora muito para Archie mergulhar nas entranhas do veículo. Ouço ocasionais batidas contra o metal e ele resmunga enquanto investiga.

Ele volta e desliza para o meu lado através da porta do passageiro.

— Vamos dar a partida — diz. Ele me dá instruções para acionar vários botões, e tento memorizar a sequência para o caso de um dia precisar dirigir o carro sozinha.

Quando nada acontece, murcho um pouco.

— Será que fiz algo errado? — pergunto.

— De jeito nenhum — ele responde. — Odeio estar errado, mas vou averiguar a bateria.

Archie dá a volta até a pequena caixa que apontara antes e retorna depois de um minuto.

— Consertado — ele afirma. — A bateria deste carro precisa ser retirada e recarregada, e acho que, quando a instalei de volta, não a conectei direito. — No entanto, ele franze a testa ainda mais e coça o queixo, parecendo confuso. — Acho que estou ficando velho — ele diz, mas seu rosto transmite incerteza.

Archie repassa as instruções e eu dou a partida. Desta vez o motor ganha vida quando eu piso um pouco no acelerador seguindo suas instruções. Deixo escapar uma pequena comemoração. Estar ao volante de um carro como aquele é uma sensação estranhamente satisfatória.

— Então, vamos dar uma volta — Archie fala.

— Ah, espera, o senhor quer que eu vá dirigindo?

— Por que não? Se Beth consegue, você consegue também! — Archie abre um sorriso de incentivo.

— Bom, acho que o senhor tem razão — digo, mas começo a ficar nervosa. Em seguida, dou uma leve sacudida no corpo, porque talvez possa dominar a situação. E gosto da ideia de que eu poderia ser uma boa motorista daquele Rolls-Royce. Minha experiência na zona rural até agora me fez desmaiar uma vez e ter vários ataques de pânico. Assim, cerro os dentes e decido que vou me esforçar para dirigir este maldito carro que mais parece um barco. — Então... tem algo que eu deveria saber? — pergunto, enquanto o motor rosna.

— Bom, trata-se de um carro bem ridículo para essas estradas rurais. É um Rolls-Royce Phantom II que pertenceu ao pai do falecido marido de Frances. Então, não bata o carro. É uma herança muito valiosa.

— Oh, Deus, não me diga isso — resmungo. — Vamos apenas seguir o caminho até a fazenda, ok?

A expressão de Archie se fecha.

— A cidade é melhor — ele diz. — Preciso de algumas coisas de lá.

Luto contra a embreagem e o câmbio por vários minutos, praguejando repetidamente. É bem diferente do automático de Jenny, que é o único outro carro que já dirigi desde que tirei a habilitação. Archie parece achar graça de tudo. Finalmente, consigo entender os princípios da mudança de marchas do Rolls-Royce e lentamente passamos a andar pelo caminho de cascalho. Com a casa diminuindo atrás de nós, é como se um cobertor de segurança fosse puxado de mim, e acabo me sentindo ainda menor atrás do volante. Assim que pego o jeito, porém, sinto-me realizada e logo começo a gostar de dirigir.

— Fiquei sabendo que tia-avó Frances lhe devolveu a fazenda — digo.

— Ah, Frances... Aquilo que ela dá, ela também tira — Archie responde. Ele está olhando para a paisagem rural e sua voz repentinamente ganha um tom diferente.

— Que enigmático — declaro.

Vejo uma curva se aproximando, onde há uma placa com os dizeres "Fazenda Foyle", e tomo uma decisão rápida. Em questão de segundos, giro o volante para nos levar à fazenda.

— Ei! E a cidade? — Archie questiona. Está irritado, mas não bravo.

— Quero muito conhecer sua fazenda! — respondo, mantendo minha voz leve e entusiasmada.

Quero mesmo conhecê-la, mas especialmente porque Archie parece querer evitar o lugar. Também quero conversar com a esposa de Beth, Miyuki, a veterinária de animais de grande porte de Castle Knoll.

Assim que chegamos à casa da fazenda, no entanto, com sua roda d'água pitoresca e seu riacho cheio de patinhos, minha mente repentinamente se esvazia de todas essas coisas. O que me vem à cabeça é um grupo de adolescentes que foram alertados a não ir para lá. Uma discussão, um segredo revelado e uma arma disparada. E mamãe, ainda não nascida, escondida debaixo de um casaco roubado que acabou rasgado por uma amizade que azedou.

— Então, entre. — A voz de Archie interrompe meus pensamentos. Ele parece cansado. — Vou preparar um chá.

Olho para a lateral da casa, onde estufas expõem-se ao sol como lagartas gigantes. Logo atrás da mais próxima há um celeiro, e posso ver uma mulher com botas largas conduzindo um cavalo de um trailer até lá.

— Ótima ideia — digo, ainda observando o celeiro. — Aquela é sua nora? — pergunto. — Adoraria conhecê-la.

Ele confirma, mas seu olhar na direção de Miyuki é desconfiado.

— Pode ir dizer oi, depois venha pela porta na lateral quando quiser tomar chá. Só não entre nas estufas, há um ecossistema frágil lá dentro. — Archie desaparece dentro da casa.

Dou a volta pela primeira das estufas, na direção do celeiro, mas paro de repente quando vejo o que está sendo cultivado entre elas.

Rosas de haste longa explodem em fileiras de arbustos, magníficas sob o sol do verão. Sinto um calafrio sinistro quando olho para as hastes. Aquelas rosas são da mesma variedade das que continham as agulhas, tenho certeza. A despeito de quem as tenha enviado para tia-avó Frances, aquelas rosas vieram daqui.

Ando com cautela entre os arbustos e Miyuki me vê. Ela dá um aceno sutil, e tenho que me empenhar muito para tirar meu olhar aflito do rosto. Forço um sorriso fraco e aceno de volta.

— Você é Annie Adams — ela diz quando me aproximo. Miyuki não me perguntou nada, mas acho que nem precisaria. Considerando a conexão de sua família com a propriedade dos Gravesdown, não é surpresa o fato de ela saber quem eu sou.

— Oi — eu digo. — É um prazer conhecê-la. — Ela não se apresentou, mas gosto de não fingirmos não saber quem somos. — Miyuki, certo?

Ela confirma e passa uma escova pelas costas do cavalo à sua frente.

— É de um cliente seu? — indago.

Não faço ideia de como tocar no assunto das injeções de ferro e isso fica aparente. Estou me esforçando para resistir à tentação de correr para dentro do celeiro e vasculhar tudo. Mas não vejo nada suspeito ali, apenas estábulos, muito feno e selas penduradas nas paredes.

Miyuki ergue uma sobrancelha diante de meu embaraço, porém responde mesmo assim.

— Não, é só meu cavalo. Basicamente, atendo em domicílio, e mantenho uma clínica nos fundos — ela inclina o queixo na direção das portas —, onde posso realizar cirurgias, se necessário. Todos os equipamentos são modernos. — Abro a boca para perguntar se posso conhecer a clínica, mas Miyuki me lança um olhar de quem sabe o que vou dizer. — Sei por que você está aqui — ela diz, parecendo achar graça, o que me deixa surpresa. — Honestamente, estava me perguntando por que estava demorando tanto.

— Perdão?

— O detetive Crane e Saxon estiveram aqui na mesma tarde em que o testamento foi lido. Você está um pouco atrasada, Annie.

Sinto minha expressão mudar e espero parecer confusa em vez de alarmada com essa informação.

— Eles vieram perguntar sobre a injeção de ferro, não é? — Meu tom de voz saiu um pouco sinistro: nunca fui boa em esconder como me sinto.

Miyuki volta a escovar o cavalo, que começou a tocar o nariz nela pedindo atenção.

— Sim, vieram. E diria a você o mesmo que disse para eles. Sofremos uma invasão na semana passada e demorei um pouco para comunicar à polícia, mas agora já prestei queixa.

— Por que você não fez isso quando aconteceu? — indago. Ela parece muito disposta a falar, então não sinto que estou passando dos limites ao insistir na questão.

Ela estremece.

— Para ser honesta, eu saí apressada e não tranquei a porta direito. Então, foi um pouco de negligência de minha parte. Porém, antes que você pergunte, sim, muitos de meus remédios para cavalos foram roubados, incluindo injeções de ferro. Só mantenho essas injeções à disposição para o caso de algum deles se ferir, o que não é uma ocorrência regular. Mas posso ser sincera? Quando a invasão aconteceu, só pensei que o ladrão estivesse atrás de ketamina.

— Você tem alguma ideia de quem tenha sido?

— Se eu tivesse, a polícia já teria prendido o suspeito. Mas esta é uma clínica rural, minha segurança não é exatamente de última geração. Não tenho câmeras, e trancar as portas não é algo que sempre ocorre àqueles de nós que moram tão longe da cidade. Quer dizer, provavelmente não é algo que ocorre às pessoas que moram *na* cidade também.

Sinto meus ombros murcharem. A menos que Miyuki esteja mentindo, encontrar o assassino com base em quem teve acesso aos remédios dos cavalos será um tiro no escuro. Mas o evento me diz uma coisa: parece muito provável que Saxon estivesse certo, e o ferro que matou tia-avó Frances veio desta clínica.

As rosas também vieram daqui. Mas de um jeito que me faz suspeitar menos dos Foyle, afinal, por que escolheriam não apenas uma, mas duas armas que levariam diretamente a eles?

Apesar disso, algo está estranho aqui. Penso na expressão de Archie mais cedo; ele praticamente começou a suar olhando para Miyuki. Então, agradeço e me despeço dela e me dirijo de volta para a casa a fim de encontrar Archie. Sem querer, quase entro em uma estufa, e então percebo uma coisa: a expressão sombria de Archie pode não ter sido direcionada a Miyuki.

Assim, decido ignorar sua recomendação sobre as estufas e entro no "ecossistema frágil".

E o tal ecossistema se revela uma fileira de plantações de maconha de aparência bastante saudável.

Archie se senta e me analisa por quase um minuto inteiro. Seu chá está fumegando à sua frente, mas ele não o tocou. O jardineiro me viu emergir de sua estufa cheia de maconha — eu deveria ter notado que a janela da cozinha tem vista para a lateral da casa; não que isso fosse me impedir.

Ele, no entanto, ficou apenas me olhando pela janela, assoprando uma xícara de chá com expressão neutra no rosto. Nós nos encaramos, e Archie por fim fez um gesto para eu entrar.

— Você parece ser uma boa pessoa, Annie — ele diz, finalmente tomando um gole do chá. — E, já que Saxon e eu temos um acordo, acho que é justo lhe oferecer o mesmo.

Quase solto um gemido, porque é *claro* que Archie está ajudando Saxon. Saxon o conhece há praticamente uma vida inteira. Não consigo enxergá-los como amigos, mas imagino que os dois tenham muita história juntos.

— Certo — digo. — Estou curiosa. Esse é um acordo com relação à fazenda? Imagino que o senhor já saiba dos termos de tia-avó Frances.

Archie parece relaxar quando sente que não fiquei imediatamente indignada ou não chamei a polícia. Na realidade, só me importaria com a sua plantação de maconha se descobrisse que tinha sido isso que o levara a assassinar tia-avó Frances.

— Sim, já sei. E tenho um negócio paralelo aqui, sabe... E Frances, ela não gostava muito disso. Sempre fazia questão de seguir a lei. Mas é um negócio inofensivo, do qual tenho cuidado há anos.

— Interessante — afirmo. E meu cérebro começa a catalogar os fatos. — E tia-avó Frances não gostava disso porque seu negócio paralelo é ilegal?

— Digamos que ele envolve uma cortina de fumaça. — Archie faz uma pausa, depois dá um tapa no joelho. — Fumaça! Essa foi boa!

De todas as manhãs que imaginei que teria, tomar chá com alguém fazendo piadinhas sem graça sobre maconha não estava entre elas.

— Entendo seu ponto de vista — digo. — Tia-avó Frances não tomou nenhuma atitude contra o senhor por causa dessas plantas, tomou?

— Ela gostava bastante de me alertar. Ultimatos, esse tipo de coisa. — Ele acena a mão como se não fosse nada. — Até pediu para a Jessop Fields avaliar o preço da fazenda e me mostrou planos para um complexo de apartamentos que eles construiriam aqui se eu não parasse. Mas tudo isso era apenas intimidação. Conhecia Frances, eram só movimentos em um tabuleiro de xadrez. Ela só queria me forçar a agir, encerrar o meu negócio e tal.

Deve ter sido por causa da avaliação da Jessop Fields que Oliver conseguiu a informação com a qual ameaçara Archie. Fumar maconha era uma coisa, e provavelmente Archie não ficaria preso por muito tempo por causa disso — se é que seria preso. Mas cultivar e vender? Isso era algo muito diferente.

— Então imagino que os negócios vão bem? — Ergo uma sobrancelha interessada para ele.

Quero que Archie pense que sou sua melhor aposta; que, se eu solucionar o assassinato de tia-avó Frances e herdar a propriedade, não iria forçá-lo a parar. Mas, honestamente, não tenho ideia do que eu faria. Vou cruzar essa ponte quando chegar lá.

— Posso lhe dizer, mas quero que jure que não vai chamar a polícia. Você não quer que aquele detetive solucione o assassinato, quer? Não quero encerrar o meu negócio, e todos na cidade já estão nervosos com os planos da Jessop Fields para a região.

— Dou minha palavra de que não vou contar à polícia sobre seu negócio paralelo — falo cuidadosamente. Isso não me impediria de comunicar fatos que possam levar até esse desfecho, mas não estou com pressa de agir assim.

Espero convencer Archie a desistir de suas escolhas ilegais. Estou prestes a questioná-lo sobre Emily Sparrow e sua vida em 1965 quando vejo a ambulância correndo pela estrada na direção da cidade, as sirenes piscando.

Sinto uma estranha premonição. Seria bobagem perseguir uma ambulância; provavelmente foi chamada por alguma idosa que caiu e quebrou a bacia.

Antes que eu pudesse impedir, no entanto, uma pergunta escapa de minha boca.

— Pode me dar uma carona até a cidade, Archie? Só preciso confirmar uma coisa.

26

OS ARQUIVOS DE CASTLE KNOLL, 1º DE OUTUBRO DE 1966

HAVIA OUTRA AMEAÇA EM MEU BOLSO, E ERA AINDA MAIS HOR-
rível que a última.

Eu não queria que Ford a visse — ele foi tão gentil em relação à situação de Emily. Ford era uma pessoa bastante enigmática. Tinha uma esperteza afiada e ácida, que repentinamente sumia sempre que alguém precisava dele. Então, guardei o papel dobrado no bolso, junto com o primeiro.

Era fim de abril quando Ford nos levou à sua casa de Chelsea em seu grande carro. Fomos só nós cinco: ele, Emily, Rose, Saxon e eu. Ou seis, contando o motorista, Bill Leroy. Ford deixou claro que os garotos não seriam mais tolerados na propriedade dos Gravesdown, não depois que Walt golpeara Emily.

Peter e Tansy esperavam na escada e pareciam nervosos, mas animados. Tinham vindo para acomodar Emily, porém voltariam para Castle Knoll à noite. Ajudamos Emily com sua mala e a horrorosa caixa de plástico com estampa xadrez que guardava a máquina de escrever que seus pais lhe deram para as aulas de secretariado que ela não teria.

— Pode deixar que levo isso — Peter disse, pegando a caixa das mãos de Emily.

— Obrigada — ela respondeu. — Quem sabe, talvez eu até melhore minha datilografia aqui.

Rose e eu nos entreolhamos. Emily provavelmente faria de tudo em Londres, mas, como a conhecíamos bem, melhorar a datilografia não estaria entre suas prioridades.

Emily ficaria em Chelsea porque Peter e Tansy queriam que ela passasse por consultas médicas regulares. Emily se recusava a ir ao médico de Castle Knoll e também dissera que dar à luz no hospital local era uma má ideia se quisesse manter a gravidez em segredo. Ao menos duas das mulheres da congregação da igreja eram parteiras, e os pais de Emily sempre frequentavam as missas.

Então, com a recusa de Emily de se consultar com o médico de Castle Knoll, ficar na casa de Ford em Chelsea era uma boa solução.

Foi preciso muita conversa, e convencer Ford não era tarefa fácil. No fim das contas, não era apenas eu argumentando em favor de Emily, mas também Peter e Tansy. Acho que ajudou quando Ford viu como Tansy estava esperançosa e Peter fazia todo o possível para manter o ânimo dela elevado depois de tantas decepções. Então, Ford cedeu, e atribuiu isso a ter sido tocado por minha devoção a Emily. Ele nunca perguntou quem era o pai do bebê.

Ford abriu a porta e entramos.

— Nossa, como é elegante! — Emily sussurrou, e não estava errada.

Um saguão de entrada amplo e estiloso com azulejos em preto e branco estava tão polido que refletia o candelabro pendurado sobre nossas cabeças. O cheiro delicioso de um assado vinha da cozinha, e fiquei encantada ao ver como Ford estava sendo atencioso.

— Você enviou sua governanta na frente para preparar a casa para nós? — perguntei.

Ele deu um sorriso maroto e respondeu:

— Eu não iria simplesmente entregar as chaves e deixar uma adolescente grávida sozinha em uma cidade estranha. A sra. Blanchard vai ficar com Emily enquanto ela estiver aqui. Tenho outros funcionários que podem me ajudar na propriedade, e isso não é para sempre.

— Não — eu disse e sorri de volta. — Não é para sempre.

Emily borboleteava de cômodo em cômodo como se Ford tivesse lhe entregado as chaves da casa de modo permanente. Eu tinha uma sensação ruim, uma inquietude que não conseguia identificar. Parecia que Emily estava ganhando um prêmio por estar grávida. Observei-a no corredor, uma mão sobre a barriga crescente, lançando olhares admirados pelas costas de Ford.

Tudo em que eu conseguia pensar era: Fiona Sparrow ficaria orgulhosa.

Tentei afastar o pensamento imediatamente, mas era como se um espinho tivesse penetrado minha mente. Foi preciso muito esforço para convencer Ford a ajudar, certo? E ele não tinha perguntado quem era o pai do bebê, porque sabia de Emily e John. Saxon teria lhe contado, eu tinha certeza.

Peter e Tansy conversavam com Ford em voz baixa, provavelmente sobre como a sra. Blanchard se certificaria de que Emily tomasse suas vitaminas e não fizesse nada imprudente como beber ou fumar, além de comparecer às consultas médicas.

Mas ouvi algo que provavelmente não deveria ter ouvido, algo que retirou o espinho de Emily de minha mente e me deixou mais calma. Guardei as palavras com cuidado na memória, para acessá-las e sentir o prazer que me davam em momentos secretos quando eu precisasse daquele aconchego.

Peter disse:

— Que generoso de sua parte, Ford, o que está fazendo por nós. E por Emily.

E Ford declarou:

— Fico feliz em ajudar, mas devo ser honesto: não estou fazendo isso por vocês nem por Emily. Estou fazendo isso pela Frances.

Os pneus de minha bicicleta esmagavam levemente o cascalho no caminho até Gravesdown Hall, mas lubrifiquei a correia para que não fizesse nenhum chiado. Não queria que minha mãe me ouvisse saindo; ela achava que eu estava segura debaixo das cobertas da cama, embora fossem apenas nove da noite. Diferentemente de Fiona Sparrow, mamãe não aprovava os

Gravesdown. Dizia que algo estranho pairava sobre eles, e quem se associava à àquela família sofria todo tipo de má sorte.

Tive que me esforçar para manter as palavras de mamãe longe de minha cabeça, porque ela não estava errada. Archie e seu lar despedaçado, seu pai que fugiu com a primeira esposa de Ford, o acidente de carro que matou Lorde Gravesdown pai, junto com seu filho mais velho e a nora... Até o pobre Saxon era desajustado.

Parei na frente da grande porta de Gravesdown Hall e fiquei me perguntando que diabos eu estava fazendo. Por que estava ali? Emily estava escondida em Chelsea, mas o incentivo das palavras de Ford — "Não estou fazendo isso por Emily. Estou fazendo isso pela Frances" — e a calorosa sensação que elas me davam começaram a diminuir quando Ford não me procurou mais. Ele poderia ter ido até a cidade; não seria difícil me encontrar.

Por que ele não mandou alguém atrás de mim?

Foi aquela pequena fagulha de indignação que me fez apertar a campainha. Uma ousadia que não era realmente minha, mas que aprendi com Emily. A parte lógica de minha mente me dizia para esquecer tudo o que tivesse a ver com Ford e Gravesdown Hall, para viver a minha vida e nunca mais voltar àquele lugar.

Mas agora havia uma atração — parecia a gravidade. Algo tão sutil e constante que mora nos ossos e o corpo não consegue fazer nada além de obedecer às suas regras. Ford havia se tornado isso para mim. E disse a mim mesma que, quanto mais tempo eu passasse ali, maior seria a chance de eu conseguir desvendar o mistério. Ele era apenas um homem, não era? Com defeitos e machucado pela vida como qualquer pessoa. Eu descobriria todas essas partes confusas, e o feitiço seria quebrado.

Era muita tolice acreditar que os corações funcionam assim. Naquele momento, ainda não sabia o quanto a atração podia ser forte quando você vê os pedaços confusos que formam uma pessoa e os toma para si.

Uma criada me levou até a biblioteca, onde Ford estava sentado girando uma taça com uma dose de um líquido âmbar. Ele analisava as páginas de um jornal e não ergueu os olhos quando entramos. Seus cabelos não estavam penteados para trás, mas tinham uma leve ondulação que ainda os deixavam bem penteados de um jeito casual. Saxon provavelmente já tinha ido para a cama, pois Ford estava sozinho.

— Você enviou minhas desculpas para os Montgomery? — ele perguntou e baixou a taça, mantendo os olhos no jornal.

— Sim, senhor — a criada respondeu. Ela estava pronta para anunciar uma visitante, mas Ford continuou falando e ela claramente não queria interromper.

— Ótimo. As festas que eles promovem estão ficando muito chatas. Sempre as mesmas pessoas, com as mesmas filhas.

A criada pigarreou, e ele finalmente ergueu os olhos.

Sua expressão permaneceu neutra enquanto me analisava, e ele fez um pequeno gesto dispensando a criada. De repente, eu me senti estúpida, parada ali com minha calça feita à mão ao estilo de Audrey Hepburn e minha blusa preta de gola alta, depois de deixar a bicicleta na frente da casa como uma criança. E, quando vi o maxilar de Ford ficar um pouco tenso, tive a impressão de que fui apenas uma peça em um jogo dele — um jogo que já terminara.

Foi isso que me ancorou no chão, então não me senti mais estúpida, e sim com raiva. Senti que tinha descoberto o coração daquele homem dos meses anteriores: um aristocrata entediado havia usado um grupo de adolescentes locais para se divertir. Jogara uma fagulha em um barril de pólvora só para ver se conseguia prever como explodiria.

Até duvidei de suas palavras naquele dia. Será que ele as tinha dito alto o bastante para Emily ouvir? Será que tinha sido apenas mais um movimento no jogo que estava fazendo com ela?

Cravei as unhas em minhas palmas. Eu podia sentir o feitiço que ele havia me lançado se quebrando, fragmentos surgindo como gelo sob pressão.

— Frances — ele finalmente disse. — A que devo essa adorável visita? — Sua voz veio calma, quase gélida. Notei que ele não tinha me convidado para sentar. Então fiquei de pé ali, confiante, como se fosse minha escolha não me acomodar.

— Como Emily está? — indaguei. Eu podia sentir minhas feições se fechando quando disse o nome dela e não me dei ao trabalho de esconder a irritação em minha voz.

Ele cerrou os olhos, mas não me respondeu imediatamente. Ford dobrou o jornal em dois rápidos movimentos, as páginas fazendo um barulho agudo e depois estalando quando ele as deixou sobre a mesa com um pouco de força demais.

— Por que você não pergunta logo o que deseja, Frances? — Ford rebateu friamente.

Cruzei os braços sobre meu peito e mirei-o com um olhar direto.

— O bebê é seu?

Um canto de sua boca se curvou para cima, como se ele estivesse impressionado por minha ousadia.

— Não sei — respondeu com franqueza. Recostou-se na poltrona e o que restava de sua frieza derreteu. — Sente-se, Frances. Você está aí em pé parecendo Boadiceia prestes a enfrentar o exército romano. — Ford inclinou a cabeça e soltou uma risada sarcástica. Havia um carrinho de bebidas a seu lado. Ele apanhou uma taça vazia e serviu uma dose do líquido âmbar para mim.

Eu nunca tinha bebido uísque, e fiquei um pouco ressentida por Ford não ter me consultado antes de me servir algo que eu provavelmente acharia tão horrível quanto era caro. O cheiro de terra queimada, caramelo e fósforos apagados atingiu minhas narinas, e tossi quando a bebida ateou fogo em minha garganta.

Ele riu pela segunda vez naquela noite, mas essa foi uma risada aberta que ecoou pela sala, e seus olhos faiscavam quando ele me encarou.

Aquela pontada de raiva me atingiu de novo.

— Não me olhe desse jeito — eu disse.

— Que jeito? — ele perguntou, sorvendo outro gole de sua bebida.

— Como se minha educação de cidade pequena e minha inexperiência fossem divertidas. Você, que recusa convites para festas da alta sociedade porque fica entediado, mas procura por adolescentes locais para atazanar.

Ford estremeceu como se tivesse recebido um tapa na cara e passou a mão pelo rosto.

— Acho que eu merecia isso.

Suspirei, sentindo um pouco de satisfação.

— E o que quer dizer com não tem certeza de que o bebê de Emily é seu? — acrescentei.

Ele soltou um longo suspiro e me olhou de soslaio.

— Sabe, Frances, não sei por quê, mas sempre que nos encontramos não consigo evitar o desejo de pedir sua opinião. — Ele se levantou e caminhou casualmente até uma das prateleiras de livros. — Eu não sou assim — Ford disse. E voltou a olhar em minha direção enquanto passava um dedo sobre a madeira polida de uma das prateleiras. — Posso dizer honestamente que, depois que minha esposa me deixou, eu me tornei um devasso da alta sociedade. Saltava de festa em festa na glamorosa Londres a toda velocidade, trocando de mulheres ainda mais rapidamente. Com sua amiga Emily não foi diferente. — Virou-se outra vez para as prateleiras e retirou um livro aleatório, como se quisesse ter algo para fazer com as mãos. — Flagrei Emily, Walt, John e Rose na floresta uma noite e disse a eles a mesma coisa que disse a você quando a vi pela primeira vez. Que poderiam ficar se não causassem problemas. Uma semana depois, à noite, Emily veio até a casa, completamente provocante. Vestida como estava, ela se encaixaria bem em uma festa da alta sociedade, e suas intenções pareciam muito claras. E, sim, você me desmascarou pelo menos em um aspecto: eu estava entediado.

Tomei outro gole da bebida e segurei a tosse desta vez.

Ford guardou o livro e pegou outro.

— Então, deixei que ela me seduzisse. Mas sou cuidadoso. — Ele me encarou. — Usei proteção, não sou idiota. E disse a Emily que seria apenas uma noite. Ela odiou aquilo. Acho que demorou para entender que ela não era mais interessante do que qualquer outra mulher bonita que eu já tivesse conhecido. — Ford parou de me olhar.

— Que opinião ótima você tem sobre as mulheres — eu disse calmamente. Minha voz saiu embargada pelo uísque, mas havia uma camada extra de crítica em meu tom.

Ele suspirou e mirou brevemente o teto.

— Sempre que você cruza meu caminho, Frances, tenho vontade de alertá-la. — Sua voz parecia cansada, com um leve tom de irritação. — Você é decente demais para o mundo imoral que eu habito. — Voltou para a poltrona e finalmente me olhou nos olhos quando se sentou. — Então, talvez essa informação lhe seja útil. Você está certa sobre mim, sou um aristocrata entediado e desesperado por novos jogos.

Eu o observei com cautela por um momento. Aquele homem era apenas alguns anos mais velho que eu, mas se movia e agia como se fosse de uma época totalmente diferente.

— Sua vida inteira foi assim, não é mesmo? Não só depois da herança.

Olhei a biblioteca mais de perto e vi que a prateleira que ele examinava antes estava cheia de livros sobre estratégias de guerra. A prateleira ao lado continha obras sobre teoria industrial e econômica. Quanto mais eu observava, mais notava que a biblioteca estava repleta de artefatos relacionados a vitórias. Troféus de caça, taças de polo, biografias de Churchill e Napoleão.

— A biblioteca — eu disse devagar. — Tudo isso eram as coisas de seu pai. Sua voz sai mais baixa.

— Meu pai era um conquistador. — Ford olha para o conteúdo de sua taça enquanto a gira gentilmente. — Fui educado para ser como ele, mas foi meu irmão quem se destacou. Meu pai e ele fizeram a fortuna dos Gravesdown crescer de um modo extraordinário. Eram muitos bons em tirar dos outros o que quer que desejassem. Depois que morreram, tentei agir de acordo com as mesmas regras. — Ele soltou uma risada amarga e tomou o restante da bebida. — As regras para vencer eram as únicas que eu conhecia. Quando minha esposa me largou, permiti que minha faceta sem coração me dominasse. Tomei a fazenda dos Foyle, fazendo com que os membros da família se espalhassem sei lá para onde.

Eu não sabia o que dizer, então apenas continuei observando.

— Então, por que você consegue me tirar da minha zona de conforto tão facilmente? Você sabia que é a única mulher que já conheci que não entra em meus jogos? Você quebra todas as minhas regras apenas se recusando a jogar, e com isso demonstra que a estrutura de minha vida não tem nada de formidável, afinal de contas. Sou um castelo de cartas. — Ele mordeu levemente o lábio, perdido em pensamentos. — Você veio me derrubar, não é?

As rachaduras no feitiço de Ford sobre mim não exatamente se reverteram, mas de repente pareciam diferentes. Como uma coisa que se torna mais interessante por causa de sua beleza frágil.

Bati à porta de Ford com o frio na barriga de algo se iniciando, uma atração que eu sabia que era má ideia. E saí de lá naquela noite com alguma coisa muito mais convincente. Não um romance, mas uma amizade que era confusa, imperfeita e estranha.

Estava tão perdida em meus pensamentos sobre tudo aquilo e com a mente um pouco leve por causa do uísque que me esqueci de ser silenciosa ao entrar pela porta dos fundos depois da uma e meia da manhã. Mamãe desceu e acendeu as luzes, seu rosto tomado por surpresa, depois raiva, depois preocupação.

— Frances, mas o que você estava fazendo? E não me diga que acabou de se levantar para tomar um copo de leite. Está vestida para sair, posso ver que passou um pouco de maquiagem. Você estava com John?

Mamãe me lançou um olhar — aquele de quando deseja que eu lhe conte as coisas, mas não sabe como perguntar. No entanto, queria guardar aquilo apenas comigo. Ainda não contara que tinha terminado com John; parecia complicado demais conversar sobre todas aquelas emoções. E sou uma péssima mentirosa.

Desse modo, só suspirei e respondi:

— Desculpe, mamãe, não vai se repetir.

Ela parecia desconfiada, mas assentiu.

— Então, nada de sair amanhã. Você vai me ajudar na padaria o dia todo.

— Está bem.

Uma semana depois, mamãe me flagrou voltando para casa às duas da manhã, apesar de eu ter me certificado de entrar o mais silenciosamente possível. Fiquei de castigo a semana inteira.

Meus pais são pessoas razoáveis — não são tão rigorosos quanto os pais de Emily ou desinteressados como os de Rose. São um meio-termo, já que me deixam aproveitar minhas liberdades, mas me punem bastante se eu levar as coisas longe demais. Minha mãe não me flagrou na terceira vez que saí escondida, mas, sim, na quarta, quando cheguei em casa e derrubei uma jarra de água que ela havia espertamente colocado perto da porta dos fundos.

Depois disso, tive fins de semana cheios de punições criativas, sob forte supervisão. Organizei a garagem durante todo o mês de maio e passei junho e julho limpando o jardim dos fundos. Em agosto, já não havia mais ervas daninhas para arrancar, então mamãe me fez trabalhar no jardim da velha senhora Simmons, do outro lado da rua. Assim, graças à minha mãe, não vi Ford por semanas.

Passei a me perguntar de novo por que ele não me procurava.

E comecei a me preocupar, porque eu estava com saudades.

27

A AMBULÂNCIA ESTÁ ESTACIONADA NA FRENTE DO CASTLE HOUSE Hotel. As luzes da sirene ainda piscam, mas o som está desligado. Eu me apresso a entrar pelas pesadas portas duplas, uma inquietude crescente em meu estômago. As palavras de Archie Foyle ecoam em minha mente: *É triste pensar que, das três, apenas Rose restou.*

Em minha mente, aquelas três amigas parecem tão ligadas que quase soa lógico que o assassino de Frances mataria Rose em seguida. Se Frances descobriu quem matou Emily, a primeira pessoa para quem contaria seria Rose. E isso faria de Rose um alvo — mesmo que Frances não tivesse tido a chance de conversar com ela sobre a conclusão a que chegara. Tenho certeza de que o assassino de Frances é alguém que a conhecia bem, o que significa que essa pessoa saberia que Rose também era um risco.

A recepção está vazia e, quando olho ao redor buscando pelos paramédicos, não consigo evitar notar que o espaço é adorável e cheio de luz. Tem um pé-direito alto e um papel de parede amarelo-claro que se parece com seda. Atrás do balcão, posso ver dois conjuntos de janelas altas com vista para jardins bem cuidados. Do mesmo modo, não há ninguém lá, apenas mesas igualmente espaçadas sob guarda-sóis brancos e toalhas imaculadas. Sinto o ar fugindo de meus pulmões assim que noto os tristes arranjos de flores em pedestais — as flores estão murchas, mas com certeza foi Frances quem preparou os arranjos antes de ser morta e Rose é incapaz de se desfazer deles.

Ouço vozes vindo de uma porta que se abre em uma parede forrada com madeira à minha esquerda. Um homem de uniforme do hotel sai da sala, e seguro seu braço quando ele passa apressado por mim.

— Com licença — digo. — Estou procurando por Rose. Ela está aqui?

— Ela não está passando bem no momento — ele responde. — O filho está cuidando dela, mas como posso ajudar?

— Ela está bem? Na verdade, vim para saber como ela está — afirmo. — Eu a conheci alguns dias atrás. Minha tia-avó Frances era a melhor amiga de Rose.

— Sim, só passou por um susto — o homem explica. Ele baixa a voz. — Cá entre nós, acho que toda a situação com Frances a abalou muito. E não a culpo. Ninguém gosta da ideia de que há um assassino à solta em Castle Knoll.

— Se for Laura — uma voz irritada diz na outra sala —, mande-a voltar para Londres!

Fico um pouco surpresa com sua ferocidade. Mas então me lembro de quando Rose me viu pela primeira vez, e apenas minha imagem pareceu suficiente para deixá-la nervosa antes de se recompor. Assim, ocorre-me que, por um momento, ela deve ter pensado que eu fosse mamãe, e imagino que diabos minha mãe teria feito para irritá-la tanto.

— Não é a Laura — digo de volta, com um tom sereno para tentar desarmar a raiva direcionada a mim. — É Annie de novo, a filha de Laura. Nós nos conhecemos alguns dias atrás em Gravesdown Hall, lembra? Vi a ambulância na frente do hotel e fiquei preocupada. Só queria me assegurar de que a senhora está bem.

Tudo fica mais quieto, e finalmente Joe põe a cabeça para fora da sala. Seu uniforme verde está um pouco amassado e seus olhos estão vermelhos. O paramédico parece muito mais desarrumado do que quando o vi antes.

— Oi de novo, Annie — ele diz, com um sorriso fraco. — É muita bondade sua vir até aqui para isso. — Joe se aproxima do balcão da recepção e me puxa para um canto, quase me fazendo bater contra as samambaias ao lado. — Minha mãe espetou o dedo no espinho de um dos arranjos de flores que Frances deu a ela. — Seus olhos recaem sobre as flores murchas na recepção. — Teve um ataque de pânico achando que havia sido envenenada, mas ela está bem. Está abalada por causa de Frances e preocupada com a própria segurança. E então aquela cobra ardilosa do Oliver só piorou as coisas — o paramédico fala quase sussurrando. — Ela vai recebê-la, mas, por favor, se puder ser gentil com ela, agradeço. Frances significava o mundo para minha mãe, e minha mãe significa o mundo para mim. Só não quero vê-la sofrendo de novo.

— Eu entendo — digo.

Estou até mais curiosa sobre o que Rose tem para dizer agora; tenho tantas perguntas para lhe fazer. Não quero, contudo, forçar nada e muito menos bancar a sobrinha cruel que nem conhecia Frances fazendo indagações apenas para ganhar uma herança.

Joe me leva para um salão de paredes revestidas com painéis de carvalho e sofás estilo Chesterfield. Uma garçonete nos segue com chá e um carrinho de três andares repleto com bolinhos e sanduíches, e Joe e eu esperamos um momento enquanto ela arruma tudo. Ele faz um gesto na direção de uma poltrona na frente do sofá onde Rose está sentada. Junta-se a ela e toma sua mão, observando-a como se a mãe fosse uma bomba prestes a explodir.

Rose me encara por um bom tempo. Seu olhar é de reconhecimento, mas parece que tudo de familiar que ela enxerga em mim a enfurece.

— Respire, mãe. Você precisa respirar. — Joe está massageando suas costas, e fico tão chocada que não sei o que fazer. Não posso mencionar o assassinato, não com ela nesse estado.

— É que ela se parece muito com Laura — Rose diz para Joe, soltando um pequeno arroto, que me pega de surpresa. Então me ocorre que ela pode estar um pouco bêbada. Rose se vira para mim. — Laura nunca gostou muito de Frances. Mas, sabe, quando olho para você de perto... — O rosto de Rose suaviza em um sorriso. — Você me lembra mais de Frances que de sua mãe. Acho que isso é um bom sinal. — Interessante, porque Rose sabe que não sou parente de sangue de Frances. Ela sabia que mamãe não era filha biológica de Peter e Tansy. Eu me pergunto de novo o que minha mãe teria feito para irritar Rose, porém suspeito que seja apenas sua personalidade. Mamãe ofende as pessoas de modo inconsciente.

Rose estende o braço e toca minha mão, que segura um de meus cadernos e uma caneta.

— Frances também gostava de escrever em seus caderninhos — Rose diz. Seus olhos enrugam diante da recordação, mas posso sentir que é uma lembrança boa. Então ela sacode a cabeça e olha para o teto, seus olhos se enchendo de lágrimas.

— Gostaria de tê-la conhecido. Parece que teve uma vida fascinante. Saxon e Walt não me contaram muito sobre ela.

A expressão de Rose se altera instantaneamente.

— Saxon? Não dê ouvidos a ele. Sempre foi mentiroso e bisbilhoteiro.

— Certo, mãe, vamos... Annie, podemos mudar de assunto? — A feição de Joe é de súplica, e concordo.

Conforme as lágrimas de Rose caem, vejo sua tristeza contida transbordar, e o soluço que escapa reverbera com sofrimento. Ela aponta para a parede oposta, que está forrada com prateleiras de livros.

— Traga aquele livro de recortes para Annabelle, Joe, por favor. Ela deveria vê-lo. Aquele no canto de cima, à direita.

Joe se levanta, vai até onde ela indicou e retorna com um grande álbum de fotos.

— Tem certeza, mãe? Já conversamos sobre isso. Há muitos álbuns desse tipo, e é melhor você não olhar para tudo isso.

— É por isso que estou dando esse para Annabelle — ela diz. Rose olha para mim de novo e para minhas mãos, que mexem nervosamente no caderno e na caneta. — Joe sempre me apoiou nos altos e baixos de minha amizade com Frances. Mesmo quando era um garotinho. — Ela estende o braço e aperta a mão do filho. — Se Frances cancelava um almoço ou... Ah, houve aquele ano em que ela não apareceu na minha festa de aniversário...

— Ela estava doente, mãe — Joe explica.

— É, acho que sim — Rose afirma, seus olhos baixando um pouco. — Tenho cópias demais dessas fotos. Aquelas dos velhos tempos. É que preciso ter um deles em qualquer lugar em que eu esteja, e é por isso que há um aqui no hotel. Tenho outro em casa. Frances odiava que eu guardasse esses álbuns, ela sempre dizia que precisávamos seguir em frente e olhar para o futuro. — Rose sorri fracamente. — Sempre tão preocupada com seu futuro, a Frances. Mas éramos tão parecidas, entende? Ela passava tanto tempo pensando em nossa juventude quanto eu, talvez ainda mais. Porque nunca superamos de fato a perda de Emily.

— Adoraria ver esse álbum — digo.

Joe olha para mim um pouco preocupado, e fico com a impressão de que Rose é uma daquelas pessoas que brilharam muito na juventude, mas, desde então, parece meio apagada. Ou talvez seja uma mistura de prazer e dor, porque Emily é a ferida que nunca cicatriza.

Rose me entrega o álbum e suas mãos tremem enquanto o segura. É difícil para ela me dar o livro e não sei como eu deveria reagir. Não quero tirar de uma mulher enlutada as lembranças de seu passado, mas ela está agindo como se a entrega das fotos para mim fosse algum tipo de passo positivo em um processo terapêutico.

— Pronto — ela declara quando solta o álbum. — Está feito. Guarde-o bem, ok?

Joe apanha um lenço do bolso e dá a ela.

— Isso está perturbando minha mãe — Joe diz firmemente para mim. — Vou levá-la para casa.

— Não — Rose protesta, recompondo-se de um jeito que só idosas sabem fazer, como sabem fechar uma bolsa de cordão antiga. — Tenho coisas para fazer. — Ela toca o joelho de Joe. — Estar ocupada vai ajudar minha mente a processar tudo. Você pode ficar e tomar chá com bolinho, não vamos desperdiçar comida. — Rose se levanta e Joe começa a segui-la para continuar cuidando dela, mas ela faz um gesto com a mão para o paramédico se sentar de novo. Rose sai da sala rapidamente, no momento em que Magda entra.

— Como foi a chamada? — ele pergunta para Magda, levantando-se para ir embora.

— Oi, Annie. — Ela me dá um pequeno aceno, depois olha para Joe. — Estressante, mas administrável. Um idoso caiu, então o levei até Sandview. Acho que ele vai precisar de um quadril novo. — Magda suspira. — Já que você está aqui, houve outra chamada. Era de uma criança sufocando. Isso foi resolvido, então não o avisei pelo rádio, mas, só com as duas ambulâncias, nossos recursos de emergências estão no limite.

— Você se encrencou com a central de novo? — Joe pergunta.

Magda apenas dá de ombros.

— Eles têm uma equipe inteira em Little Dimber, e não é tão longe assim. Podem enviar pessoal para cá sem problema, só não gostam de meu estilo.

— Vocês têm duas ambulâncias? — indago.

— Sim, mas quase sempre estamos em alguma chamada — Magda responde. — Então, uma ambulância fica em nossa pequena central local em Castle Knoll na maior parte do tempo. Mas isso é conversa chata, você não quer ouvir nada disso. Além do mais, Joe, temos de ir.

— Certo — ele diz. Vira-se para mim como se estivesse prestes a dizer mais alguma coisa, mas pensa melhor e sacode a cabeça quando Magda e ele se retiram.

Fico sozinha com um álbum de fotos que dá vida a tantas passagens do diário de Frances. Uma olhada rápida e as cenas da história de Frances começam a ganhar cores em minha mente.

A foto na capa é particularmente interessante — Rose e Frances, no fim da adolescência ou com vinte e poucos anos, sorrindo, junto a dois homens na frente de um brilhante Rolls-Royce. Reconheço um jovem Ford da foto no escritório de tia-avó Frances, mas nunca vi o outro homem. Seus cabelos encaracolados e o olhar afetuoso para Rose me fazem pensar que é o pai de Joe. Retiro a foto do plástico de proteção e, de fato, está escrito atrás: *Bill Leroy, Rose Forrester, Frances Adams, Rutherford Gravesdown. Junho de 1966.*

Emily ainda estava em Londres àquela altura, e me pergunto quando Rose conheceu o futuro marido. O salão está vazio e o chá ainda se mantém quente. Ninguém tocou os bolinhos, então apanho um deles cuidadosamente e começo a folhear o álbum. Talvez encontre alguma pista do assassinato de Emily escondida em uma das fotos, algo que Frances sabia e que eu ainda não notei.

Paro em uma imagem de Emily, sentada no jardim da casa em Chelsea, sua barriga enorme.

— Mamãe — murmuro ao passar um dedo sobre a foto.

OS ARQUIVOS DE CASTLE KNOLL, 5 DE OUTUBRO DE 1966

— *Não é tão ruim assim, Frances — Rose disse.*

Estávamos sob o sol escaldante de agosto e Rose conversava comigo enquanto eu cumpria meu castigo da semana. Eu podia ver mamãe periodicamente abrir as cortinas do outro lada da rua, para assegurar-se de que eu estava trabalhando e não apenas conversando. Rose tinha permissão para me visitar, desde que não me ajudasse ou me distraísse muito.

— É horrível — falei. — Estou suando, e acho que a velha Simmons cultiva essas ervas daninhas de propósito. Ou então ela é uma bruxa e usa um feitiço para fazer tudo o que eu arranco crescer de volta triplamente.

— Vamos transformar isso em um jogo — Rose declarou, sorrindo. — Puxo algumas e você fica de olho na cortina. Qualquer sinal de sua mãe, você grita um código. Tipo margarida, *ou algo assim. Então corremos e trocamos de lugar.*

— Isso parece muito estúpido, Rose — eu disse. — Mas estou disposta a tentar qualquer coisa que deixe isso mais divertido.

E foi mesmo divertido. Rose é boa nisso, embora às vezes pareça fria e distante. Não é ousada como Emily, mas consegue transformar coisas simples em algo especial.

E, enquanto Emily estava em Londres, passamos mais e mais dias como esse no verão.

Por fim, estava cada vez mais difícil não rirmos alto, então paramos e nos acalmamos antes que minha mãe saísse para gritar com a gente. Se Rose fosse impedida de me visitar, eu teria que encarar o castigo sozinha, o que seria ainda pior.

— Você já viu a bebê? — ela perguntou.

— Não, mas Peter e Tansy estão em Chelsea agora. Ford permitiu que ficassem em sua casa por alguns dias para que a governanta os ajude enquanto se habituam à paternidade. — Parei, não querendo perguntar a Rose sobre Emily. Porém, no fim das contas, não consegui me segurar. — Você não viu Emily por aí, não é? — indaguei. — Agora que ela voltou?

Tão logo Emily sentiu que estava pronta para ir embora de Chelsea, aparentemente seguira direto para casa, ansiosa para retomar sua antiga vida. Saber que Emily estava livre para perambular por Castle Knoll outra vez me deixava inquieta. Dizia a mim mesma que tinha superado John, que qualquer sentimento que eu tivesse por ele evaporara, mas havia resquícios de amargura dos quais eu ainda não tinha conseguido me livrar.

— Ah, você não soube? — Rose perguntou. — Ela voltou para Chelsea no último final de semana. Disse que havia deixado algo na casa e ficaria por lá devido a uma consulta ou algo assim. — A boca de Rose entortou, e eu sabia que ela estava tão amargurada com toda aquela situação quanto eu. — Não fui atrás dela. Archie Foyle me contou.

Apanhei uma pedra e a joguei em uma árvore, achando que isso fosse me fazer sentir melhor. Mas não funcionou.

— Caramba, mal posso esperar para tudo isso acabar! Brincando com você agora, quase parecem os velhos tempos. Como se essa confusão com Emily e John nunca tivesse acontecido.

— Quase — Rose disse. — Mas entendo o que você quer dizer. Quero que as coisas voltem a ser como eram antes. Ou não inteiramente. Pelo menos aprendemos nossa lição ao sair com os garotos errados. E as amigas erradas.

Revirei os olhos e soprei um dente-de-leão. O ar quente parado não deixou que as sementes fossem longe, e elas mal flutuaram um centímetro antes de caírem na grama.

— Ford e Saxon ainda estão visitando internatos? — ela perguntou.

— Sim. Nesses últimos tempos, eles vão quase todos os fins de semana, e sinto saudades de visitar a casa. Mas você tem aparecido por lá, não é? — Havia malícia em meu sorriso, porque o romance de Rose com o motorista de Ford era um segredo compartilhado entre nós.

Rose enrubesceu um pouco enquanto eu fazia perguntas sobre Bill, o motorista, mas, quando conversávamos, havia certa maturidade a respeito de tudo aquilo. Tínhamos superado os garotos adolescentes e imaturos, e parecia que nosso futuro começava a se encaixar.

— Isso me parece um bom auspício — falei. — Nada dos joguinhos bobos e das maluquices de Emily.

Rose sorriu e se preparou para dizer algo, mas sua expressão mudou para choque e raiva quando ela viu alguma coisa atrás de mim.

— Ah, mas você é muito descarado! — Rose gritou para John no momento em que ele saiu do meio das sombras do salgueiro que ficava na lateral da casa da sra. Simmons.

John ergueu as mãos à sua frente, como se pudesse se proteger das palavras de Rose.

— Só preciso conversar com Frances — ele disse. — É importante. Sei que ela vai querer ouvir o que tenho a dizer.

— E eu sei que ela não quer — Rose retrucou. — Frances tem pretendentes muito melhores que tipos iguais a você!

— Por favor, Frances — John pediu.

Uma fúria tomou conta de meus pensamentos diante da visão de John parado ali. Meu sangue ferveu pensando que ele nem se dera ao trabalho de lutar por mim depois que terminei com ele.

— Por que eu deveria dar um segundo de minha atenção a você? — perguntei. — Você simplesmente seguiu com sua vida, mesmo sabendo que havia um bebê a caminho. Com isso, fez com que Emily só pudesse contar

conosco para ajudá-la com tudo isso! Rose e eu tivemos que arrumar a sua confusão, apesar de nosso desejo de cortar Emily de nossas vidas para sempre!

John apenas me encarou com olhos suplicantes.

— Desculpa, Frances. Juro que foi difícil me afastar. Achei que seria melhor respeitar sua vontade. Ouvi de Walt que você estava se encontrando com Ford Gravesdown e eu... imaginei que fosse melhor para você. Sabe, estar com alguém como ele.

Bufei de raiva, sem saber por onde começar.

— Walt ainda fala com você? Você dormiu com a namorada dele. E Walt não perdoa facilmente.

John assentiu e mordeu o lábio.

— Sei que é difícil acreditar, mas Walt e eu acabamos nos entendendo. Expliquei a ele sobre Emily, porque... algo não está certo, Frannie.

— Frances — Rose interrompeu. — Você não tem mais o direito de usar o apelido dela.

Quase sorri com aquilo, porque Rose me defendendo era uma sensação muito satisfatória. Emily nunca seria tão feroz ao proteger uma amiga.

John, no entanto, parecia preocupado, e eu podia sentir que alguma coisa estava errada. Se Walt havia perdoado John... Algo sobre tudo isso parecia estranho.

— Apenas ouça o que tenho para falar — ele disse de modo gentil. — Vamos conversar sozinhos. — Seus olhos rapidamente se viraram para Rose e, em seguida, de volta para mim. — Depois disso você nunca mais precisa me ver de novo se não quiser. — Seus cabelos claros pareciam mais loiros sob o sol e caíam um pouco em cima de um olho. Fechei meu punho ao lado do corpo, tão forte era o impulso de arrumar a mecha sobre sua testa.

— Que seja — declarei. — Mas depois você precisa prometer me deixar em paz.

Ele assentiu e mordeu o lábio novamente. Seguiu de volta para debaixo da árvore, abrindo um pouco de distância entre nós e Rose. Eu me virei para minha amiga e sussurrei:

— Grite nosso código se minha mãe começar a mexer na cortina.

Ela me lançou um olhar sério e concordou.

— Não tenho todo o tempo do mundo, John, então é melhor você ir direito ao assunto — eu disse, aproximando-me dele embaixo da árvore.

— Certo. Obrigado, Frances. Preciso lhe contar isso enquanto ainda tenho uma chance. — Ele respirou fundo e começou a andar de um lado a outro, como se tentasse escolher as palavras com cuidado.

Não facilitei as coisas para John.

— Vamos, fala logo — declarei.

— Certo, é o seguinte. Sei que você está envolvida com Rutherford Gravesdown e também sei que não tenho o direito de lhe dizer isso, mas ainda gosto de você e quero protegê-la. Tem uma coisa sobre aquela vez... Caramba, isso é constrangedor e horrível. — John esfregou o queixo, seu pescoço começando a enrubescer. — Sobre aquela vez que Emily e eu ficamos juntos. — Ele olhou para os pés, mas continuou. — Não sou burro a ponto de ser enganado pelas imitações que ela fazia de você, Frances, apesar de Emily ter realmente tentado naquela noite. Ela estava com a sua bolsa e usava o seu perfume. Até havia começado a dizer algumas das coisas que você diz, pequenas frases que só fui notar depois. Mas acontece que Emily estava determinada a dormir comigo naquela noite. Ela ficava repetindo: Preciso ficar com você. Tem que ser hoje. Eu tinha uma caixa de camisinhas, mas ela repetia que não seriam necessárias. Disse que estava tudo bem e que eu não precisava me preocupar.

Desviei o olhar, pois não queria mostrar a John o quanto aquilo me abalava. Meu estômago, todavia, revirou-se com a ideia dos dois juntos, ainda que meu cérebro tenha me torturado com esses pensamentos por meses. Sempre que eu pensava nesse assunto, era como colocar o dedo na ferida.

— Sei que é horrível ouvir isso, especialmente vindo de mim, mas você precisa saber. Acho que Emily estava tentando engravidar. Acredito que ela tenha ficado com Ford e desejava prendê-lo em uma armadilha. Talvez para chantageá-lo ou obrigá-lo a casar-se com ela. E precisava usar um cara qualquer para tal.

— Se isso é verdade, por que não Walt? Por que tinha que ser você?

— Também tentei entender, e isso explica parcialmente por que Walt e eu acabamos fazendo as pazes. A raiva dele está totalmente direcionada a

COMO DESVENDAR SEU PRÓPRIO ASSASSINATO | 247

Emily, pois... acho que precisava ser eu porque isso fazia parte da obsessão dela. E ela tem uma obsessão, Frances, e não é uma obsessão por Ford. É uma obsessão por você. — John deixou alguns momentos de silêncio passarem enquanto suas palavras flutuavam entre nós. Então, continuou: — Enfim, por qual outro motivo Ford a hospedaria em sua casa em Chelsea, visitando-a todo fim de semana, se não achasse que ela gestava o seu filho?

— Ele não está visitando Emily. Está à procura de internatos para Saxon.

— É isso o que ele lhe disse? Porque vi Saxon com o novo motorista na cidade, e ele me disse que os dois estão hospedados em Chelsea.

Respirei fundo pelo nariz, tentando me acalmar.

— Por que ela tem que arruinar tudo? — cuspi aquelas palavras com a voz trêmula.

— É por isso que vim até aqui. Estou tentando me certificar de que ela não vai mais arruinar a vida de ninguém. Não quero que Emily nos atrapalhe nunca mais. Porque, Frances, se ela queria engravidar para prender Ford em algum tipo de casamento ou arranjo financeiro...

— Peter e Tansy — sussurrei. — Ela não pretende entregar a bebê, não se ela for a sua passagem para algo maior. Mas, então, por que envolvê-los?

— Emily sempre tem um plano — John respondeu. — Eles provavelmente são uma garantia para o caso de Ford rejeitá-la, e ela não acabar sozinha sem dinheiro, sem ajuda e mãe solo aos dezessete anos.

— Peter e Tansy estão em Chelsea agora mesmo. Estão hospedados lá com a criança, e Emily voltou para casa. A não ser que... — Senti meu coração afundar até o estômago. — Rose me contou que Emily voltou para lá no último fim de semana. Ela disse que tinha esquecido algo na casa em Chelsea.

— Acho que ela foi confrontar Peter e Tansy. Vai pedir a bebê de volta. Porque, quando falei com Saxon, ele também insinuou que Ford começava a ceder aos planos de Emily.

Aquela cadela! Uma indignação tomou conta de mim. Não queria pensar nas emoções conflitantes que eu sentia quando se tratava de Ford e Emily ou se acreditava que a bebê realmente era dele. Sufoquei meus sentimentos quanto à chance de Ford ter de fato caído nas garras de Emily, mesmo depois de todas as nossas conversas.

Mas eu não podia pensar naquilo. Porque, no meio de minha raiva explosiva, uma coisa emergia acima de tudo. Algo muito mais importante que aqueles jogos estúpidos.

Peter e Tansy.

— Ela vai destruí-los! — declarei. — Que diabos devo fazer? Não posso deixar isso acontecer!

— Walt está me esperando no carro logo depois da esquina. Está furioso, e eu me preocupo com o que ele vai fazer com Emily. — John hesitou por um momento. — Walt é meu melhor amigo, mas não consegue controlar sua raiva, você sabe. Então vou com ele, para ter certeza de que não vai fazer nada estúpido. E, além disso, não sei realmente de quem é aquela bebê, mas não vou deixar que Emily Sparrow arruíne mais vidas, e isso inclui a da criança. A decisão é sua: quer ir conosco até Chelsea?

— Eu lhe dou cobertura — Rose disse, aparecendo embaixo da árvore. — Entre e diga para sua mãe que vai ao banheiro. Apanhe umas de suas roupas velhas. Não se esqueça de incluir aquele chapéu horrível que ela te obriga a usar, para eu cobrir meu cabelo com ele. Vou ficar aqui a tarde inteira de costas para a casa. Com sorte, sua mãe pensará que você só está tentando evitar se queimar no sol. Pegue um vestido, um xale ou algo assim, para eu me disfarçar bem.

— Obrigada, Rose — falei, abraçando-a com força. — Preciso arrancar as ervas daninhas do jardim até as cinco horas, então você tem que enganar minha mãe apenas por mais dez minutos. Depois pode ir embora. Caramba, mas que confusão!

Tudo aconteceu sob um pânico crescente, mas consegui apanhar do fundo do armário uma pilha de coisas que não vestia mais, sem nem me dar ao trabalho de ver o que era. Encontrei o chapéu, felizmente; essa parte era importante. Em seguida, deixei o monte de vestidos, ponchos e casacos embaixo do salgueiro e Rose se transformou em mim o mais rápido que pôde.

— Nossa, desculpa, metade dessas roupas são de inverno, você vai assar se vestir tudo isso.

— Não tem problema, vou levar o restante comigo e devolvo tudo depois. Você fez o que podia. Agora, vão. Emily precisa ser colocada no devido lugar.

Ainda não tínhamos nem saído da cidade e gritei para Walt e John pararem quando vi o carro de Peter estacionado na frente de sua casa. Walt saiu da estrada principal, mas se recusou a entrar no longo caminho até a entrada. Queria chegar a Chelsea o mais rápido possível e me disse que tive sorte de ele parar.

— É tarde demais — falei, olhando para o carro de Peter. — Eles já estão de volta. Emily causou o seu dano. — Como que para provar o meu ponto, o Rolls-Royce Phantom II de Ford passou correndo por nós, o motorista sem nem olhar em nossa direção. Meu coração queria afundar, uma vez que todos os sentimentos crescentes que eu tinha por Ford se voltaram contra mim. Meu afeto por ele era como vidro quebrado em meu peito agora que eu o testemunhara saindo para se encontrar com Emily.

— Estamos falando de Emily, Frances — Walt rosnou. — Ela está naquela casa em Londres bancando a herdeira. Quero que todos saibam o que ela é: uma puta e uma mentirosa. Ford está indo se encontrar com ela. Você não quer justiça? — Deu um tapa no volante e mirou a estrada com olhos tempestuosos.

Eu queria justiça. Mas, quando olhei para o caminho que levava à casa de Peter e Tansy, percebi que minha decepção adolescente era uma coisa pequena diante do sofrimento que eles teriam se Emily voltasse atrás depois de ter lhes dado tantas esperanças. Afinal, Ford estava claramente correndo até lá para ficar ao lado dela. Era inevitável; Emily sempre consegue aquilo que quer. Fui idiota por acreditar em todas aquelas conversas que tivera com Ford, já que nunca deixei de ser apenas mais uma peça no tabuleiro. Apenas mais uma fonte de entretenimento.

Eu não precisava dele. Sabia onde encontrar minha família. Tinha meu irmão e tinha Rose.

— Preciso ver o Peter — eu disse. — Se vocês querem continuar, vão sem mim.

— Tem certeza, Frances? — John perguntou. — Você pode não ter outra chance, depois que tudo ruir.

— Tenho certeza. E acho que a coisa que mais irritaria Emily seria eu perder o interesse em tudo o que ela faz.

A expressão que John me lançou foi de tanta ternura que senti como se fosse me partir em mil pedaços.

— Você é a melhor de todos nós, Frannie — ele declarou.

— Não façam nada estúpido, ok? Walt? — chamei quando ele acelerou o motor, ansioso para ir embora. — Não perca a cabeça e tente perdoá-la.

— Você é muito tolerante, Frances — Walt falou entredentes. — Isso não é natural. Espero que um dia você aprenda a ser mais combativa. — Em seguida, os pneus do carro cantaram, e Walt seguiu a toda velocidade.

Quando bati à porta e Peter atendeu, eu esperava encontrá-lo devastado, mas ele parecia mais feliz do que nunca. Transbordava orgulho e adoração, com a bebê Laura nos braços.

— Ah, meu Deus, eu estava tão preocupada com a possibilidade de Emily mudar de ideia! — exclamei.

— Ela mudou — Peter disse, e sua expressão se fechou por um momento. — Mas cuidei do assunto. — Ele sorriu e beijou a cabecinha de Laura.

29

O **DETETIVE CRANE ME LIGOU TRÊS VEZES, MAS EU TINHA DEI**xado o celular no modo silencioso enquanto olhava as fotos. Só notei a chamada na quarta tentativa, e sua voz parecia urgente quando atendi.

— Annie, graças a Deus. Fiquei preocupado quando vi que você não estava na casa.

— Preocupado o suficiente para ligar quatro vezes? Estou bem. Só vim à cidade para ver Rose.

— Bom, alguém usou um pé de cabra na gaveta trancada de Frances e causou bastante dano. Além disso, Saxon e Elva não estão em lugar algum.

— E quanto a Oliver?

— Ele está aqui, sentado em um canto parecendo estressado e ocasionalmente atendendo ao celular e ouvindo os gritos do chefe. Conta que passou a maior parte da manhã andando pelos jardins falando ao telefone e tentando administrar seu trabalho de maneira remota.

— Conseguiram abrir a gaveta trancada?

— Não, quem quer que tenha sido, ficou muito irritado com isso. Parece que descontou sua frustração na biblioteca: as janelas foram quebradas, e os livros, jogados para fora das prateleiras.

— Saxon — digo.

— Ou Archie Foyle. Ele estava lá fora podando as plantas mais cedo. Mas, sim, tenho quase certeza de que foi Saxon.

— Archie estava comigo, me ensinando a dirigir o velho carro de tia-avó Frances.

— Ah, você foi com *aquele* carro? — O detetive Crane solta uma risada.

— Você está duvidando de minha capacidade de dirigir?

— Não, é mais a imagem de você sentada ao volante daquela coisa.

— Certo, vamos parar de me insultar e voltar para por que você acha que Saxon atacou a biblioteca. Concordo com você, mas estou curiosa para saber como chegou a essa conclusão.

— O laudo pericial sobre o corpo chegou. Foi confirmado que é Emily Sparrow, e ela foi alvejada com o revólver encontrado no bolso do casaco que estava dentro do baú. Annie, parece que minha teoria sobre Frances estava certa. Acho que ela pode ter matado a amiga dela.

— Quão certo disso você está? — Aquilo não combina com o que Frances escreveu no diário, mas, se ela realmente matou Emily, pode ter omitido outra visita à casa em Chelsea.

— Bom, em primeiro lugar, Frances recebeu o corpo da amiga e o escondeu na área de serviço em vez de chamar a polícia. Saxon confirmou que o casaco no baú era de Frances; reconheceu os cervos nos botões. Quando fez a conexão, ele pareceu… devastado. A pessoa que atacou a biblioteca destruiu especificamente as fotos de Frances. Saxon conheceu Emily quando era jovem, então imagino que tenha ficado bastante perturbado. Até me contou uma história muito interessante sobre o tio dele e um antigo triângulo amoroso.

— Seja lá o que Saxon tenha lhe contado, ele fez isso para confundi-lo. Lembre-se, não é do interesse dele ajudá-lo a desvendar coisa alguma.

— Também não é do seu interesse, mas você tem me trazido fatos interessantes.

— Porque nunca fui boa em me autopreservar. E, falando nisso, lembre-se do diário de Frances. Não acho que minha tia-avó tenha matado Emily. Acho que foi Walt ou John, ou até mesmo Ford. Vou voltar para a casa porque quero dar uma olhada naquelas gavetas trancadas. A senha é um quebra-cabeça em que não consigo parar de pensar, e, seja lá o que houver lá dentro, é de extrema importância, tenho certeza.

— Estou quase chegando à cidade, vou me encontrar com você. Diga para Archie deixar o velho carro estacionado onde estiver. Beth o leva de volta para a casa. Ou, se você encontrar Joe por aí, ele também sabe dirigi-lo. Seu pai ensinou-lhe o básico anos atrás.

— Acabei de ver Joe, mas acho que ele ainda está trabalhando. Fico aliviada que outra pessoa vai cuidar do carro — digo, me sentindo mais tranquila. — Não desejo dirigir aquela coisa tão cedo. Foi uma experiência enriquecedora, mas acredito que meu caráter já esteja completamente formado agora.

Guardo o álbum de fotografias de Rose na mochila e, em questão de minutos, o detetive Crane estaciona na frente do hotel.

Quando voltamos a Gravesdown Hall, posso ver que ele não está errado sobre o estado da biblioteca — o lugar parece ter sido saqueado. Mas é uma violência muito deliberada, já que todos os porta-retratos com Frances foram destruídos e seu rosto foi riscado das fotos. É tão insano que, para mim, parece o comportamento de um assassino.

Minha mente volta para a teoria maluca do detetive sobre Saxon. E se ele tivesse descoberto o desafio no testamento, matado tia-avó Frances e armado tudo isso para culpar outra pessoa para que, assim, pudesse "solucionar" o assassinato? Seria o plano perfeito para se certificar de herdar a fortuna e nada seria deixado para o acaso.

— Acho que... acho que a polícia deveria procurar por Saxon — digo lentamente. — Ele pode estar em qualquer lugar da casa ou da propriedade. Saxon conhece bem este lugar. Sabe onde se esconder.

— Há mais um detalhe sobre a análise do corpo de Emily Sparrow — Crane declara. — Havia dois envelopes com ela, com *Emily* escrito à mão em cada um. Continham grandes quantias de dinheiro. Milhares de libras. Isso faz algum sentido para você?

— Alguém a matou, mas não levou o dinheiro? — pergunto. — Para a bebê — sussurro. Ando até o quadro menor de suspeitos, com Emily no centro. — Aqui. — Aponto para uma linha que leva a uma foto de meu avô, Peter. — Em algum ponto, tia-avó Frances chegou a suspeitar de que o próprio irmão teria matado Emily, porque ele e a esposa adotariam a bebê de Emily. Tia-avó Frances achou que Emily tinha mudado de ideia, porque estava usando a bebê para chantagear Ford Gravesdown. Perto do fim do diário, no entanto, Frances foi até a casa do irmão, que estava com minha mãe recém-nascida nos braços e contou que tinha *cuidado do assunto*.

Olho para o nome de Peter no quadro de suspeitos. Há uma linha preta recente riscando-o no meio. O de Tansy também está riscado.

— Frances descartou os dois — digo. — Deve ter achado o dinheiro quando encontrou o corpo e, desse modo, encaixou as peças.

O detetive Crane acha aquilo estranho e tenta digerir essa nova informação.

— Então, está me dizendo que, quando Frances encontrou o corpo depois que você o enviou naquele baú — estremeço quando ele diz isso —, ela verificou os bolsos do casaco? E colocou o dinheiro de *volta*?

— Sim! E esse ato, mais que qualquer coisa, deve inocentá-la, porque, se tivesse matado Emily em 1966, ela saberia o que havia nos bolsos do casaco, já que o assassino guardou o revólver lá dentro, certo? Assim, depois de todos esses anos, tia-avó Frances finalmente riscou Peter de sua lista de suspeitos. Ela encontrou aqueles envelopes e reconheceu a caligrafia do irmão. Entendeu que, quando ele disse que havia *cuidado do assunto*, não quis dizer que machucara Emily para ficar com a bebê. Apenas deu dinheiro para ela.

O que não digo em voz alta é: por que Emily teria aceitado o dinheiro se soubesse que Ford estava a caminho? Por que aceitar o dinheiro e entregar a bebê, sua única moeda de troca para convencer Ford a ficar com ela? Estou perto de entender isso, posso sentir.

— Preciso me afastar e pensar um pouco — digo.

— Vou acompanhá-la até seu quarto — Crane responde.

— Estou bem, é sério — declaro. Só quero um pouco de espaço, mas ele gruda em mim como um guarda-costas.

— Isso não é um jogo, Annie — ele afirma. — Independentemente das intenções de Frances. — Crane está ficando sério agora; seus braços estão cruzados, e ele usa aquilo que estou começando a considerar sua "voz de detetive". O tom que diz: *Não se esqueça de que estou no comando*. Na verdade, é até atraente, e, por causa disso, eu o ignoro e sigo para meu quartinho.

— Tranque a porta — eu o ouço dizer atrás mim, porém já estou subindo as escadas.

Desta vez, o bilhete ameaçador não está sob o travesseiro — está bem em cima dele.

Minha garganta seca quando nervosamente verifico o pequeno armário, como fiz da última vez. Depois, olho embaixo da cama, para o caso de alguém estar se escondendo ali, pronto para saltar assim que eu fechar a porta. Suspiro ao ver que não há ninguém e, então, tranco a porta do quarto.

É o mesmo papel de antes, amarelado, com uma fonte antiga.

```
Sua cadela estúpida, você está se achando muita coisa?
Você não merece nada além de um buraco no chão. É uma
puta e uma mentirosa, e juro que, se você não parar,
vou quebrar esse seu pescoço magro como um graveto.
```

Embora eu tenha quase certeza de que ninguém está usando esses bilhetes para me amedrontar, as palavras no papel fazem meu sangue gelar. Penso na Frances adolescente lendo isso com mãos trêmulas. E, então, a imagem do pé de cabra nas gavetas trancadas me vem à mente, assim como todo aquele vidro quebrado e espalhado pela biblioteca.

Violência, tendo Frances como alvo. Ou sua memória.

Releio o papel, esforçando-me para colocar minha mente de volta em 1966. *Você é uma puta e uma mentirosa.* Walt. Essas são palavras dele.

No diário de Frances ele disse que queria se certificar de que todos soubessem o que Emily era e a chamou dessas duas coisas.

Apanho meus vários cadernos, minhas mãos tremendo enquanto os empilho sobre a cama. Por fim, retiro o álbum de fotos de Rose.

Começo a folhear as páginas rapidamente, tentando encontrar uma imagem gasta específica que tem que estar ali. O brilho saturado do filme Kodachrome dos anos 1960 se torna uma mancha enquanto verifico cada página. Há tia-avó Frances, com camisas ou blusas justas enfiadas em saias de algodão, seus longos cabelos soltos e sempre brilhando. Rose, de braço enlaçado com seu futuro marido, Bill Leroy. Minhas mãos começam a se firmar à medida que vejo as fotos, e a vaga ideia de que eu encontraria alguma pista ali desaparece. Há apenas uma foto de Walt, e ele está fumando e olhando feio para a câmera, como se odiasse ser fotografado.

Quanto do adolescente violento ainda restava abaixo da superfície daquele dócil advogado sobrecarregado? Por que tia-avó Frances confiava tanto nele, a ponto de nomeá-lo executor de seu testamento, quando a pista nesse bilhete ameaçador é tão óbvia? *Uma puta e uma mentirosa.*

Em razão do horário da morte de Frances, Walt estava mais ou menos inocentado, mas e se ele não estivesse trabalhando sozinho?

Oliver. Ele estava apenas atrasado o bastante para aquela primeira reunião, na manhã em que tia-avó Frances foi assassinada. E, se Walt matou Emily em 1966, Oliver seria o cúmplice perfeito para se certificar de que o segredo nunca fosse revelado. Porque ele teria o benefício de uma grande conquista profissional quando tia-avó Frances deixasse a propriedade para ser vendida.

Com um dedo, toco a foto de tia-avó Frances de pé com um sorvete à beira-mar e sinto uma pontada de tristeza por não a ter conhecido. E a injustiça de como sua vida terminou começa a embrulhar meu estômago, porque tudo o que ela queria era que as pessoas a levassem a sério.

E parece que, depois do desaparecimento de Emily, Frances era a única pessoa que ainda buscava por ela. Frances nunca deixou de procurá-la ao longo daqueles sessenta anos, ainda que Emily tenha transformado alguns anos da adolescência de minha tia-avó em um inferno e a tenha traído sempre que podia. Frances seguiu em frente, realmente olhava para o futuro — e todos apenas achavam que ela fosse maluca. Todos, de Elva Gravesdown à recepcionista na delegacia, tinham uma história sobre algo supersticioso que tia-avó Frances havia feito.

— O futuro — murmuro para mim mesma. — Para que serve todo esse exercício? — eu me pergunto. — É uma tarefa definida por tia-avó Frances e era importante para ela. Ela queria justiça. Queria que acreditassem nela, e a carta em seu testamento foi muito clara quanto a isso...

Abro o caderno com os cogumelos na capa e olho para a lista de pequenas coisas que tenho estranhado, a lista de perguntas sem respostas:

As flores — quem as enviou e por quê?
O cadeado — xx-xx-xx, esquerda e direita, tranca rotativa padrão

Viro as páginas até encontrar aquela na qual copiei a leitura da sorte de tia-avó Frances e risco as mesmas partes riscadas por ela:

~~Seu futuro contém ossos secos. Sua lenta queda começa quando você segura a rainha na palma da mão direita. Cuidado com um pássaro, pois vai traí-la aos quatro ventos.~~ *E, dessa traição, não há volta. Mas as filhas são a chave para mudar a direção da justiça. Encontre a certa e a mantenha por perto. Todos os sinais apontam para seu assassinato.*

Acrescento minhas justificativas para tia-avó Frances ter achado que cada parte havia se tornado realidade.

Ossos secos = o corpo de Emily recém-descoberto; a traição do pássaro = Emily saiu com o namorado de Frances; a rainha = a peça de xadrez de Ford; encontre a filha certa = eu, porque enviei o corpo.

A questão do cadeado começa a me corroer por dentro, e me lembro daqueles velhos cadeados rotativos. Eu tinha um no armário da academia que frequentava, na época em que tinha dinheiro para pagar coisas como mensalidade de academia — e com estranhos impulsos para atividades do tipo me exercitar. Basta virar para a direita, depois para a esquerda, dando uma volta inteira e, em seguida, girar de novo para a direita. Os números só chegam até quarenta, no sentido horário, com zero e quarenta usando o mesmo espaço. Quando Saxon estava tentando as datas de aniversário, fez tudo errado, virando o botão vezes demais.

Se eu não tivesse buscado a página onde copiara a leitura da sorte, nunca teria enxergado o padrão.

A palavra *direita* se destaca para mim, assim como *mudar a direção*. Além dos números *um* e *quatro*.

— Mas não há *esquerda* — murmuro para mim mesma. — E nenhum outro número com exceção do um e do quatro.

Pensamentos batem uns nos outros em minha mente, empurrando-me rumo a uma conclusão. Finalmente, a ficha cai, e me apresso para chegar ao andar de baixo. Olho para trás enquanto ando para me certificar de que ninguém me segue.

Eu me assusto quando noto Oliver bloqueando meu caminho ao descer as escadas. Ele não está ao telefone — está apenas de pé ali, olhando para cima em minha direção. Vou mais devagar para alcançá-lo e a cada passo me dou conta de como ele é mais alto e mais forte que eu. Oliver poderia me dominar em segundos, antes mesmo que eu pudesse gritar. Então, afasto esse pensamento e mantenho minha expressão cuidadosamente neutra.

— Posso... Você pode me dar licença? — pergunto. Tento não parecer desconfiada dele, mas acho que não o estou convencendo.

— Está fazendo progresso? — ele indaga com a voz baixa, sem se mover para o lado, o que é perturbador.

— Eu, hum... — Pigarreio, sem saber o que dizer.

Oliver se aproxima e fala ainda mais baixo:

— Vou lhe dar uma dica de graça — ele diz. — Não se deixe enganar pela conversa mole daquele detetive metido a bonzinho. É perceptível que ele está coletando muito mais informações de você do que deveria.

— Como é que é? — A corrente de medo que fluía por mim dá lugar à indignação. Mas então suas palavras me atingem e o medo volta a correr. Oliver está me vigiando. E de perto, se monitorou minhas conversas com Crane.

— Annie? — o detetive Crane me chama do saguão de entrada, como se pudesse ler meus pensamentos. Oliver, por fim, abre caminho, não sem antes me lançar um olhar presunçoso.

— Você está bem? — Crane pergunta quando passo por ele, mas o dispenso com um aceno da mão e vou direto para os armários de arquivos. Ele me segue, parecendo preocupado. — O que está acontecendo? Encontrou algo importante?

Ignoro o alerta de Oliver e escolho compartilhar meus pensamentos com Crane. Estou abalada e decido que ser imprudente o bastante para me machucar é pior que compartilhar informações com Crane e ele ficar do meu lado.

— Qual era o principal motivo que fazia as pessoas não levarem tia-avó Frances a sério?

Os olhos de Crane se movem até a leitura da sorte escrita na parede. Com a caneta em minha mão, vou sublinhando certas palavras.

— É tão bobo. Lá em cima, estava pensando sobre o cadeado, esquerda e direita, e tudo o mais. Mas tia-avó Frances realmente acreditava nessa sorte. Isso estava no centro de todas as decisões que ela tomava.

Logo sublinhei todos os termos de que precisava.

Seu futuro contém ossos secos. Sua lenta queda começa quando você segura a rainha na palma da mão <u>direita</u>. Cuidado com <u>um</u> pássaro, pois vai traí-la aos <u>quatro</u> ventos. E, dessa traição, não há <u>volta</u>. Mas as filhas são a chave para <u>mudar a direção</u> da justiça. Encontre a certa e a mantenha por perto. Todos os sinais apontam para seu assassinato.

— Eu estava tão irritada por não encontrar mais nenhum número — digo, um pouco sem fôlego. — Mas então vi "quatro" e "volta" e pensei:

e se isso simplesmente significar *quatro para a esquerda*? E "mudar a direção" seria *um para a direita*?

— Zero um, trinta e sete, trinta e oito — o detetive Crane diz em voz alta, girando o botão. Ouvimos um clique quando o mecanismo no velho cadeado é acionado.

Solto um suspiro vitorioso.

— Certo — declaro. — Vamos ver o que tia-avó Frances queria que apenas seus parentes mais espertos e leais descobrissem.

A gaveta está amassada no ponto em que fora atingida com o pé de cabra, então preciso forçar um pouco para abri-la.

Quando finalmente consigo, fico confusa. Esperava encontrar lá dentro as conclusões de Frances sobre quem havia matado Emily e talvez até suas teorias sobre seu próprio assassino potencial. Mas, como a própria tia-avó Frances dissera: se ela soubesse quem a mataria, teria ido à delegacia para fazer a denúncia.

Assim que olho para o conteúdo da gaveta, entendo que foi mesmo Saxon quem tentou abri-la com o pé de cabra. Afinal, há mais das descobertas de tia-avó Frances. Em especial, informações comprometedoras sobre Saxon. Ele provavelmente sabia o que havia lá dentro.

Retiro o arquivo de Saxon, que contém em sua maioria fotos de vigilância, e não apenas dele — são de Saxon e Magda, marcadas com datas e horários que vão desde meses atrás até poucos dias antes da morte de Frances.

— O que é exatamente tudo isso? — pergunto, passando o arquivo para o detetive Crane.

Ele folheia as páginas e fica em silêncio por vários minutos, examinando o material. Enquanto faz isso, olho nos fundos da gaveta para saber se existe mais alguma coisa ali. Há apenas um pequeno quadro de mamãe, da época em que ela se tornara conhecida no mundo da arte, embora não pareça ser uma obra que tenha sido colocada à venda. Provavelmente é algo que minha mãe pintou e deu para Frances. Quase deixo lágrimas escaparem, porque isso mostra que minha tia-avó guardava uma obra de mamãe com segurança e talvez até a valorizasse muito.

Pego uma das fotos das mãos do detetive Crane, e ele não me impede.

— Os remédios da clínica veterinária — ele diz.

— Perdão?

— Estou ciente de que você já deve saber que a clínica da Miyuki foi invadida e alguém roubou uma porção de remédios para cavalo.

— Sim, mas como essas fotos se relacionam com isso? — indago.

— Esta foto mostra Saxon entregando caixas para Magda... — Crane deixa o restante no ar, passando pelas páginas de anotações com a caligrafia de tia-avó Frances. — As anotações de Frances indicam que Saxon vendia remédios ilegais para uso recreativo e usava Magda para transportá-los a vários locais.

Magda. Penso na agenda da dra. Owusu e a consulta de tia-avó Frances naquela manhã.

— Há algo nos arquivos que indique o envolvimento da dra. Owusu? — pergunto.

Crane fica em silêncio por um momento enquanto procuramos por informações nas páginas do arquivo. Algumas foram datilografadas, e soa como se alguém as tivesse repassado.

— Parece que a dra. Owusu estava tentando ajudar Frances a investigar os negócios de Saxon.

— Isso prova que Saxon roubou os remédios para cavalos? — questiono.

— Não há imagens dele na clínica, mas as caixas que Saxon está entregando para Magda contêm opiáceos, o que é incriminador o bastante, embora não seja evidência de que ele matou Frances. Parece que quem tirou as fotos já sabia de toda essa operação, e junto das anotações de Frances... Se as informações dela foram verdadeiras, isso é bem incriminador.

Crane olha para algumas das páginas datilografadas.

— Foram feitas por um investigador local — ele diz. — Reconheço o papel timbrado. Eu o conheço; posso pedir a ele que confirme tudo isso. Ele é confiável, e não fico surpreso por ter sido contratado por Frances.

— Olha. — Entrego uma página a ele. — Ela acrescentou algo nessas anotações do dia em que morreu. Bem aqui. — Aponto para a caligrafia dela, embaixo da data, e meu coração se aperta com o reconhecimento. É semelhante à caligrafia da Frances adolescente e, sempre que vejo isso, sinto como se a conhecesse. Sinto como se ela estivesse presente.

— As anotações de Frances na manhã em que morreu — ele fala, lendo rapidamente. — Ela visitou a dra. Owusu e descobriu que Saxon estava usando Magda para obter os opiáceos controlados de sua clínica. Parece que Magda disse para a dra. Owusu que a central em Little Dimber solicitava que o pedido de suprimentos fosse feito por meio da clínica local, por uma questão de conveniência. Magda até mostrou um e-mail da central e uma folha de inventário oficial para usarem... Veja. — Crane aponta. —Frances fez uma cópia quando visitou a dra. Owusu naquela manhã.

— Por que a dra. Owusu não os denunciou imediatamente? Ou pelo menos Magda?

— Talvez Frances não tenha lhe contado tudo. Ela simplesmente fez as perguntas certas e depois voltou para casa a fim de tomar alguma providência com essa informação ou verificá-la de novo.

Aquela sensação de algo se encaixando voltou ao meu cérebro. É uma satisfação descobrir as coisas, mesmo não podendo enxergar o resultado.

— Saxon estava na balsa mais cedo, certo? — pergunto. — Ele estava em Castle Knoll quando Frances foi morta. Vi Magda na clínica da dra. Owusu. Ela veio quando a dra. Owusu cuidava de meus ferimentos. Mas...

Crane não diz nada. Apenas me lança um olhar questionador que diz: *Continue*. É esse olhar que me faz acordar. Sacudo a cabeça e deixo minha expressão relaxar. Não faz sentido; há peças demais faltando. Penso na minha lista de perguntas sem respostas e, embora eu tenha riscado o cadeado, as flores ainda me incomodam. E o assassino de Emily. Walt é o principal suspeito, mas será que Saxon poderia ter matado Emily quando ele tinha dez anos? Achava que os assassinatos estivessem conectados, mas se Saxon matou Frances porque ela descobriu seu envolvimento com o tráfico de drogas... Talvez Frances tenha sido morta *de fato* pelo hábito de descobrir coisas comprometedoras de todo mundo.

Decido deixar o detetive Crane com as fotos e as anotações — sinto que preciso fazer isso, porque são evidências de que Saxon estava envolvido com algo criminoso.

— Vou levar tudo isso para a delegacia — ele diz. — Annie, vá para o seu quarto e tranque a porta. Voltarei logo, mas pedirei a um policial que fique aqui enquanto eu estiver fora.

— Certo — declaro.

Ele me dá um rápido aceno de cabeça, depois vai embora.

Volto para o quartinho, giro a chave-mestra para abrir a porta e imediatamente a tranco de novo por dentro, levando a chave comigo quando me viro. Mas, ao passar os olhos pelo quarto, meu estômago se revira. Esqueci que era vital carregar minha mochila comigo. Eu a tinha deixado no quarto porque saí correndo para desvendar a senha do cadeado.

O notebook que eu mal usei desde que cheguei está destruído, provavelmente pelo mesmo pé de cabra usado na gaveta do arquivo. Mas o que realmente me dá um aperto no peito é a visão de todos os meus cadernos estraçalhados. Toda minha investigação se foi, arruinada por um único lapso de julgamento.

Deixo a chave na mesinha de cabeceira e me ajoelho entre os pedaços de papel. É estúpido chorar por causa de uma capa de caderno rasgada que tinha desenhos fofos de cogumelos. Fecho os olhos, respiro fundo e tento não me sentir tão desamparada. Todas as anotações estão em minha cabeça, e papel é apenas papel.

Então, a ficha realmente cai. Percebo o quanto me tornei um alvo. Quem quer que tenha assassinado tia-avó Frances não vai hesitar se tiver de matar de novo para proteger seus segredos.

Bem quando minhas emoções começavam a me sobrecarregar, ouço um baque do outro lado do quarto. Eu me apresso a procurar uma arma — um abridor de cartas, um alfinete, qualquer coisa. Por fim, encontro uma caneta-tinteiro e tiro a tampa para deixar a ponta afiada preparada.

COMO DESVENDAR SEU PRÓPRIO ASSASSINATO | 265

Se eu não estivesse com tanto medo, riria do absurdo da situação, mas em vez disso recuo lentamente em direção à porta.

Tento abrir a maçaneta, pronta para correr de volta ao corredor, mas ela não abre. Olho ao redor do quarto e para a mesinha de cabeceira, então solto um palavrão para mim mesma. A pequena chave-mestra que abre a porta está bem ali, ao lado do guarda-roupa, de onde ouço um segundo baque.

Tem alguém comigo no quarto, e acabo de trancar nós dois aqui dentro.

30

Solto um longo grito, apesar de saber que não há ninguém por perto para ouvi-lo. Oliver, talvez, mas será que ele tentaria me ajudar se eu estivesse em perigo?

— Ah, já chega! — Saxon brada quando emerge de dentro do guarda-roupa.

Como não paro de gritar, ele salta sobre mim e tapa a minha boca com a mão. A caneta-tinteiro cai de minha mão com um pequeno tapa e sou dominada em questão de segundos. Ele prende meus braços ao lado de meu corpo, sua outra mão ainda cobrindo minha boca. Uso toda minha força para tentar me soltar, mas ele é surpreendentemente forte para alguém tão esguio.

Saxon me segura calmamente, esperando eu me controlar. Enfim me controlo, porque ele não está tentando me machucar, mas sigo pensando em todos os movimentos de autodefesa que conheço, para o caso de precisar deles. Sinto-me extremamente alarmada pelo fato de que ele estava simplesmente *esperando em meu guarda-roupa, silenciosamente,* e me pergunto quanto tempo vai levar para chegar o policial que o detetive Crane chamou e ele bater à porta. Será que já estarei morta?

— Annabelle — ele diz tranquilamente. — Não vou machucá-la. Desculpe por assustá-la, mas não fiz de propósito, juro. — Ele tira a mão de minha boca, porém continua segurando meus braços. — Se eu te soltar, podemos conversar? Com calma, sem violência?

Concordo com a cabeça. Não há muito o que eu possa dizer, e não confio em minha voz.

— Ótimo — ele declara, e então me solta. Imediatamente me movo e apoio as minhas costas na porta, apesar de ainda estar indefesa sem a chave. — Aliás, não sou o responsável por isso — Saxon afirma, apontando para os cadernos rasgados.

— E quanto à biblioteca? — pergunto, meus olhos se voltando para a janela, de onde ouço o leve som de cascalho sendo pisado. Será o policial? Será Oliver? Considero gritar de novo, mas acabo apenas soluçando. Se Saxon quisesse me machucar, já teria feito isso. — E *por que diabos você está escondido em meu guarda-roupa*?

— Os danos na biblioteca não foram causados por mim — ele responde, com um sorriso um pouco constrangido. — E eu estava no guarda-roupa porque procurava por algo que guardei nele anos atrás. Ouvi-a subindo as escadas e me fechei lá dentro, pensando que você não fosse ficar muito tempo no quarto e eu pudesse ir embora depois.

— O que você estava procurando? — indago. Tento manter o foco, para me distrair do fato de que minha pulsação ainda martela em minha cabeça.

Ele faz um gesto de dispensa com a mão.

— Não importa. Mas, para referência futura, o guarda-roupa tem um fundo falso. Seria um lugar melhor para esconder evidências de assassinatos. — Ele pega um punhado de papel rasgado e vejo as palavras *veneno* e *Saxon* com minha cuidadosa caligrafia antes de ele deixar os fragmentos caírem de volta no chão.

— Então, quem destruiu a biblioteca? — questiono. E estremeço, porque ainda me sinto violada pela aparição sinistra de Saxon. Mas acho que isso faz parte de sua personalidade; lembra-me daquilo que tia-avó Frances escreveu, sobre como ela se virou e o encontrou parado lá, embaixo da árvore, observando-a com John.

— Meu palpite é de que foi alguém da família Gordon.

— Mas quem? Walt ou Oliver?

— Qualquer um deles. Ambos. Não importa muito, porque infelizmente nós dois estamos muito ferrados. E não acho que haja uma saída, a menos que trabalhemos juntos — Saxon responde, mantendo um tom suave na voz.

— Volte um pouco e explique por que estamos ferrados, pois eu estou indo muito bem sozinha — rebato.

— Ora, porque você leu o diário de Frances? É uma boa leitura. Eu mesmo o li quando o encontrei anos atrás, só para ver como ela se lembrava de tudo o que aconteceu. Porque, não se esqueça, eu estava *lá*.

— Estava onde? Na casa em Chelsea? Quando Emily morreu?

— Não. Quando tio Ford e eu chegamos, a casa estava vazia. Não faço ideia de quem tenha matado Emily. E, se eu fosse o assassino, teria dito isso anos atrás. Honestamente, esperava que ela acabasse aparecendo algum dia, depois de ter passado um tempo trabalhando em chalés nos alpes suíços ou algo assim.

Ele está apenas enrolando, sem me dizer nada.

— O que você quer, Saxon? — pergunto. Minha voz agora sai cansada. — Qualquer pessoa em meu lugar o teria acertado com um castiçal só por ter saído do guarda-roupa. — Olho para a mesinha de cabeceira e realmente há um pesado castiçal de bronze ali. Por que não apanhei aquilo quando precisava de uma arma? Não aprendi nada jogando todas aquelas rodadas de Detetive com Jenny?

— Mas você não é qualquer uma — ele diz, abrindo um sorriso cheio de dentes. — É por isso que acho que não vamos nos ferrar tanto se trabalharmos juntos.

— Você matou tia-avó Frances? — indago. Eu o observo de perto, procurando por sinais de que está mentindo. Tudo o que Saxon faz é me observar de volta.

— Não — ele finalmente diz. — Nunca faria uma coisa dessas.

— Mas você roubaria medicamentos controlados de uma clínica veterinária para revendê-los?

Saxon não responde, apenas examina as unhas.

— Onde estão os medicamentos agora, Saxon?

— Você vai trabalhar comigo ou não?

— Você não me deu razão alguma para fazer isso. Que informação poderia ter para me convencer a formar uma aliança com você?

— Tudo aponta para os Gordon. — Ele me observa por um longo tempo, então ergue uma sobrancelha.

— O que você quer dizer com isso? — pergunto.

— Walt tem a palavra final neste jogo. Você não acha isso estranho? Ele também é o executor do testamento de Frances e foi um dos amigos mais próximos dela por todos esses anos, uma das poucas pessoas que lhe dava ouvidos quando ela ficava tagarelando sobre Emily Sparrow, peças de xadrez, ossos secos, toda aquela besteira.

— Não era besteira para ela — digo.

— Frances entrou em sua cabeça! — Saxon exclama, soltando uma risada. — Acho que isso é uma coisa boa. Um de nós precisa descascar as camadas da psique bizarra dela. Walt está por trás de tudo isso, ele está bancando o mestre de cerimônias.

— Como?

— Eu não peguei a balsa das onze horas, mas não podia dizer isso para o Walt. Quando Frances morreu, eu estava no banco. O mesmo banco em Castle Knoll que gerenciava as contas dela. Tenho um fundo fiduciário lá, aberto quando eu era criança, e nunca me dei ao trabalho de tirar o nome de Frances do contrato. Quando pedi um extrato da quantia restante, o funcionário acidentalmente imprimiu informações recentes das contas de Frances também. Seus gastos com advogado contam uma história interessante.

— Você está insinuando que Frances dava muito dinheiro para Walt?

— Muito e mais um pouco. Peguei os extratos sem dizer nada e, quando Elva me ligou avisando sobre a morte de Frances, eu precisava ganhar tempo, então menti e lhe disse que ainda estava em Sandview.

— Por que ela dava tanto dinheiro para ele?

— Não sei, mas acho que ela não sabia que estava lhe pagando tanto. Acho que Walt a estava roubando.

— Mas como ela não notou? — pergunto. — Ela notava tudo...

— Por causa do seu contador. É o mesmo contador do escritório de advocacia, que é administrado por um velho amigo dos dois. Alguém que, assim como Walt, não parece querer se aposentar, mesmo tendo passado da idade. Isso não é curioso? Setenta e cinco anos e ainda na ativa. Sei que as coisas não são fáceis hoje em dia, mas esses aí não gostam de confiar em mais ninguém para ficar com seus clientes.

— Quem é o contador?

— Nosso velho amigo Teddy Crane.

— O avô do detetive?

— Exatamente. E planejo usar essa informação para tirar um certo álbum de fotos da posse do detetive.

— Você acha que Walt matou Frances — digo devagar.

Até que se encaixa na minha teoria, mas não inteiramente. Ainda acredito que Oliver tenha matado minha tia-avó, com a ajuda de Walt, depois que Frances descobriu que Walt havia matado Emily.

Saxon confirma, fechando o rosto.

— Mas como ele conseguiu os medicamentos?

— Essa é a última peça do quebra-cabeça, não é mesmo? Divida a herança comigo e eu conto.

— Por que você precisa de mim? — pergunto. E ele finalmente muda de expressão, parecendo culpado. Saxon olha para a janela, a fim de evitar meus olhos. — Ah — concluo. — Porque vai ser condenado por tráfico de medicamentos controlados.

— Não se você me ajudar — ele declara, os olhos se voltando para mim.

— Não vou acobertá-lo!

— Não preciso que faça isso, porque não estou traficando nada! Magda trabalha sozinha. Mas vou me ferrar por ter prescrito as receitas falsas para ela e por ter roubado a veterinária. Aquelas fotos de nós dois juntos deixam claro que eu fornecia medicamentos de que Magda não precisava, mas posso negar plausivelmente que se trata de tráfico. Vou perder a licença médica e minha carreira, mas não será o fim do mundo.

— E quanto a Oliver? Você acha que ele é cúmplice de Walt no assassinato de tia-avó Frances? — Estou curiosa para saber se Saxon suspeita de Oliver.

— Não. — Seu tom de voz é firme e ele anda de um lado a outro pelo quarto. — Mas isso não quer dizer que eu confie em Oliver. Com exceção de você, há uma questão com todos nós: somos todos culpados de algo.

— No momento, estou apenas interessada em saber qual de vocês é culpado de assassinato.

— Bom, eu já lhe disse. — Saxon dá de ombros.

— Você me disse por que suspeita de Walt, mas ainda preciso saber como acha que ele cometeu o crime — digo.

— Você vai dividir a herança comigo? Seria uma boa jogada, Annie. E meu tio sempre repetia uma máxima referente ao xadrez.

— *Você pode jogar sem ter um plano, mas provavelmente vai perder* — declaro, meio que para mim mesma.

Se Saxon ficou surpreso por me ouvir citar o tio, não deixou transparecer.

— Como está a sua investigação? Ou você tem apenas batido a cabeça, perdida nas aventuras da Frances adolescente?

Observo Saxon por um longo tempo. Este lugar tinha sido a sua casa e ele era próximo de seu tio. Desse ponto de vista, eu ser a herdeira de tudo deve lhe parecer insano. Um lugar onde nunca estive, a herança de uma tia-avó que conheci apenas na morte.

— Frances incluiu de propósito aquela cláusula no testamento sobre uma condenação à prisão — Saxon diz. — Acho que ela queria que eu refletisse sobre minhas transgressões. Eu *poderia* ser preso, com um advogado ruim e um juiz severo. Não vou deixar isso acontecer. Se eu realmente acabar atrás das grades, no entanto, não vai ser por muito tempo.

— Mas você vai perder a herança. A menos que eu concorde em dividi-la com você — afirmo.

— Não sou uma pessoa ruim, Annie — Saxon responde.

Solto um longo suspiro, pensativa.

— Vamos fazer o seguinte, Saxon. Vou considerar a ideia de compartilhar uma parte da herança, mas é necessário que você tenha em mente que eu dou as cartas aqui. Você tentou me fazer pensar que eu estava fracassando como você, mas não estou. Então, me conte o que sabe e me ajude a descobrir a verdade antes de Oliver e do detetive, e você só precisará torcer para que eu seja generosa no fim de tudo.

Saxon fica um pouco contrariado, porém aceita.

— Certo. Walt teria acesso aos medicamentos porque ele é um dos clientes de Magda em Castle Knoll. Na cidade, se alguém quer algo de Magda, basta telefonar e ela aparece com a ambulância para "tratar" da pessoa.

— Nossa, isso é muito errado — digo.

Lanço um olhar irritado para destacar meus sentimentos sobre o papel dele nisso tudo. Mas me lembro de Walt tomando analgésicos para sua dor nas costas quando o detetive Crane e eu o encontramos no Dead Witch ontem.

Pelo menos Saxon tem o bom senso de fingir estar envergonhado.

— Estou apenas enumerando os fatos.

— Mas, seguindo essa lógica, qualquer "cliente" de Magda teria acesso aos medicamentos.

— É verdade, mas, por causa de meu envolvimento, conheço os clientes em Castle Knoll, e nenhum deles teria razão para matar Frances.

— Então, o que podemos fazer para provar isso?

— É aí que nosso jogo em equipe realmente começa. — Saxon volta a sorrir. — Nós dois cooperamos. E então vencemos.

31

DECIDO CAMINHAR PELOS JARDINS PARA DESANUVIAR MINHA mente. Antes de sair, apanho o álbum de fotos que Rose me deu, que felizmente sobreviveu sem um arranhão ao ataque contra meu quarto. Paro diante da grande escrivaninha na biblioteca e pego uma caneta e algumas folhas de papel soltas dentro de uma das gavetas. O policial que Crane enviou está na cozinha conversando com Beth, então recuo e saio pela área de serviço, mesmo estremecendo um pouco enquanto passo por ali. Acho que aquele lugar nunca vai deixar de parecer sinistro para mim.

Jenny atende na segunda chamada.

— Annie, finalmente! — ela diz. — Você sabe que quando não me liga de volta começo a ficar preocupada que algo horrível tenha acontecido com você nessa casa de morte.

— Bom, acontece que cresci em uma casa de morte, então talvez isso explique minha resistência.

— Conte tim-tim por tim-tim. E não deixe nenhum detalhe de fora, porque estou anotando tudo e tentando solucionar também.

— Por quê? Você está de olho em uma grande propriedade em uma cidadezinha *cheia* de gente vigarista?

— Não, só quero jogar também. É tipo quando assisto *Bake Off* e tento fazer o desafio, só que com assassinato. E posso ajudar!

— Jenny, você sempre erra quando tenta fazer os desafios de *Bake Off*. Lembra-se daquelas madeleines?

— Aquilo foi culpa do fogão. E isto é muito mais minha praia, então fala logo.

Encontro um banco de pedra no jardim de rosas murado e dessa vez noto caminhos de cascalho branco que formam padrões ao redor das cercas-vivas quadradas. Uma lagoa de lírios-d'água fica no centro, e uma discreta fonte derrama um pouco de água. Eu não tinha prestado atenção em nada disso da primeira vez que estive aqui, afinal de contas, meu foco era espionar. Enquanto atualizo Jenny, faço anotações nas folhas de papel. Logo preencho várias páginas — acrescentei minha lista de perguntas sem respostas e até redesenhei o quadro de suspeitos de minhas anotações. Só não tirei as fotos do álbum de Rose para pregar no quadro.

— Esse Saxon parece um vendedor trambiqueiro de algum desenho antigo — Jenny diz. — Ele mostrou os extratos que mencionou? Aqueles que provam que Walt está roubando Frances? Porque ele poderia simplesmente ter mentido.

— Não, mas vou tentar fazê-lo mostrar. Também não confio nele. Mas é, *sim*, esquisito que o sr. Gordon ainda esteja trabalhando no escritório de advocacia e seu velho amigo ainda seja contador.

— Odeio dizer isso, porém é um bom argumento — Jenny afirma. — E eles têm algo importante em comum: os dois eram amigos de Emily, Rose e Frances na época em que Emily desapareceu. Além disso, atualmente trabalham para Frances. Desculpe, *trabalhavam*.

— A única coisa que não consigo entender é a razão daquelas flores. O buquê de cicuta — falo. — Por mais que eu pense, não consigo enxergar como isso é relevante.

— Talvez não seja — Jenny diz. — Talvez seja apenas coincidência.

— É, acho que sim — declaro. Meu cérebro está começando a ficar lento, e sinto como se toda essa história agora fosse apenas círculos dentro de círculos. — Acho que Walt é o melhor suspeito dos dois assassinatos, com Oliver de cúmplice na morte de tia-avó Frances. Mas quero saber sua opinião, porque sinto que estou perto demais para enxergar os detalhes com clareza.

— Estou imaginado a situação como uma série policial de TV — Jenny afirma com um tom sério. — A explicação mais simples geralmente é a correta. Quer dizer, por que matar alguém?

— Hum, ganância? — pergunto.

— Essa é uma razão... — Jenny agora fala como uma professora, como se tentasse me ajudar a obter minha própria resposta para um problema matemático difícil.

Reviro os olhos, mesmo sabendo que ela não pode me ver.

— Você pesquisou no Google, não foi? Está em algum site dedicado a assassinos seriais, donas de casa homicidas ou algo assim e está...

— E se eu estiver? É mesmo muito interessante! E assassinos seriais são a exceção; eles matam porque são psicopatas. Não acho que você está lidando com algo do tipo, ou as pessoas estariam sendo mortas a toda hora. Enfim, as razões mais comuns para assassinatos são ganância, vingança, motivo passional e autopreservação, de acordo com este site que... Ah, não. Provavelmente baixei um vírus.

— Bom, então não confio nesse seu site suspeito, mas que seja — digo. — Apenas como exercício mental, estou fazendo quatro colunas. Vamos colocar os suspeitos do assassinato de tia-avó Frances nelas e depois acrescento alguns asteriscos para pessoas com acesso à arma do crime.

É por isso que gosto de conversar com Jenny; ela está sempre disposta a discutir minhas ideias malucas para tramas de livros e nunca hesita em me dizer quando fui longe demais. E geralmente, no fim, olho para tudo de um jeito completamente diferente.

— E nesse caso a arma é... o que mesmo? Tranquilizante para cavalos?

— Não exatamente. É uma injeção contendo ferro, roubada da clínica veterinária junto com outros medicamentos. Certo, então vamos preencher a primeira coluna: ganância. — Gosto da ideia dos motivos e das colunas. Eu deveria ter feito assim desde o começo.

— Ah, isso é divertido, também vou jogar. Espera, vou escrever o nome das pessoas, depois comparamos.

— Você deveria criar jogos de tabuleiro, sabia? — sugiro a ela.

— Pode fazer piada, mas isso daria um *ótimo* jogo! Tipo Detetive, só que o objetivo é solucionar um enigma de uma cartomante antes de seus amigos para ganhar uma herança. Você, no entanto, também é suspeito de um crime secreto e...

— Jenny.

— Certo. Ok, terminei minha coluna da ganância. Quem você colocou?

— Saxon, Elva, Walt e Oliver — digo lentamente, tentando pensar se me esqueci de alguém.

— Eu também, mas acrescentei aquele contador que você mencionou.

— Teddy Crane. Sim, vamos colocá-lo também. Próxima coluna: vingança — declaro.

— Certo. Tecnicamente, poderia ser Castle Knoll inteira se fosse conhecimento comum que Frances estava prestes a vender a propriedade para o maior pagador ou que ela guardava evidências dos segredos de todo mundo. Mas vamos pensar de modo conservador. Afinal, a questão com a coleta de fofocas sobre as pessoas é que a vida delas só seria arruinada se os boatos se espalhassem ou se fossem usados para fazer chantagem. E acho que Frances não era uma chantagista, não é? — Jenny pergunta.

— Na verdade, houve um incidente com a família Crane — respondo. — Conversei com o detetive sobre isso, no entanto. No fim, Frances estava errada, e tudo foi esclarecido.

— Você tem certeza? Por mais que eu não queira suspeitar que o Detetive Sexy seja um assassino... é possível, certo?

— Suspeitei dele por um tempo — digo. — Mas acabei o inocentando. E acho que Reggie Crane, e o interesse de Frances nele, era um ponto fora da curva; provavelmente ela juntou e armazenou segredos dele e ficou quieta sobre o que descobriu. Quer dizer, ela foi racional, e manter informações desse tipo escondidas seria a melhor maneira de impedir que uma pessoa fizesse muitos inimigos.

— Sei... — Jenny declara lentamente, e percebo que está relendo o site. — Então, a coluna da vingança, embora ela seja um prato que se come frio...

— Isso está no site, não é?

Jenny ri e responde:

— Tenho uma camiseta especialmente feita para você que diz PEQUENA SENHORITA SARDÔNICA.

— Perfeito, vou vestir quando jogarmos seu novo jogo de tabuleiro.

— Enfim — ela diz em tom irônico. — Não. Mude. De. Assunto. Acho que qualquer pessoa que matou Frances por vingança faria isso apenas em retaliação por algo que ela tenha feito recentemente.

— John, talvez? Eu o colocaria na coluna motivo passional, mas a história deles é coisa antiga — falo.

— Não necessariamente — Jenny retruca. — Quer dizer, as pessoas reacendem paixões antigas o tempo todo. E ele é vigário agora, certo? E as agulhas nas rosas... Isso está começando a me parecer muito passional. Você disse que ela fazia os arranjos de flores para a igreja, não é?

— Foi isso que Walt me disse no primeiro dia e... Uau, eu não tinha pensado nisso. E acho que deveria, porque um caso amoroso que deu errado é um motivo clássico de assassinato. Na verdade, é o motivo em meu romance mais recente — digo, um pouco tímida. Meu enredo provavelmente era previsível demais.

— Talvez ele tenha tido um acesso de raiva depois que ela o seduziu e seu coração estivesse pesado com o pecado... — Jenny fala. Seu tom de voz me diz que ela está segurando uma risada.

— Talvez John tenha sido rejeitado por Frances de novo, depois de todo esse tempo. Mas então temos o problema da arma do crime.

Nós duas ficamos em silêncio por um tempo, e então Jenny declara:

— Certo, quem está em sua coluna da vingança? Estou pensando em Elva.

— Bem pensado. Elva pode entrar em duas colunas — respondo. — Ela pode ter desejado matar Frances por raiva de Saxon ter sido deserdado.

— Sim, mas Saxon não descobriu isso há bastante tempo? — Jenny pergunta. — Quer dizer, por que matar Frances agora?

— É verdade. Acho que também precisamos considerar Beth e Archie Foyle. Frances recentemente descobriu o cultivo de maconha de Archie e ameaçou expulsá-lo da fazenda se ele não parasse. Archie parece o tipo de pessoa teimosa, e Beth teria acesso fácil aos medicamentos equinos de Miyuki. Ela até saberia quando estariam destrancados. O único problema são as fotos que tia-avó Frances tinha de Saxon e Magda, implicando os dois no roubo dos medicamentos.

— Mas então tudo o que alguém precisaria fazer era comprar os medicamentos com Magda, certo? — Jenny questiona. — Espera, você acha que Magda sabe quem matou Frances?

— Acho que ela também é suspeita, com certeza. Aposto que Crane está investigando isso agora — respondo, gemendo internamente. — Afinal, levou aquele arquivo inteiro com ele. De acordo com Saxon, contudo, Walt também era um cliente regular de Magda. Ele poderia ter roubado as doses de ferro dela quando foi comprar outra coisa.

— Faz sentido — ela diz. — Ou então Magda é a assassina e fez isso para silenciar Frances quando descobriu que ela sabia do tráfico dos medicamentos.

— Acabei de pensar uma coisa — falo. — Quando você mencionou Elva e perguntou *Por que agora?* O momento da chegada do corpo de Emily na propriedade de tia-avó Frances.

— Ah, sim, parabéns por ter enviado aquilo, Annie.

— Eu não fazia ideia de que tinha um corpo lá dentro! Mas é claro que não deixei de enxergar a ironia. Sei que aquele corpo desencadeou alguma coisa e acho que revelou a verdadeira identidade do assassino de Emily para Frances.

— Sim, essa é a conexão — Jenny diz. — E entramos na coluna da autopreservação.

— E de volta a Walter Gordon. Ele é o único conectado com os dois crimes. Digamos que ele tenha matado Emily, e então Frances descobriu e deve ter ficado devastada. Assim, em vez de denunciá-lo imediatamente, tentou falar com ele. Os dois devem ter conversado por um tempo, mas, no dia da reunião, algo passou dos limites para Walt. E se aquela reunião servisse para a grande revelação de Frances? Você sabe, ela queria reunir todos na mesma sala e finalmente provar quem teria matado Emily após todos esses anos. Bem ao estilo Agatha Christie.

— Walt fingiu aquele telefonema mudando a reunião porque sabia que ela já estava morta. E queria se safar disso, então disse que Frances havia lhe telefonado enquanto ele ainda estava em Castle Knoll. Nossa, você desvendou tudo, Annie.

— Não gosto da ideia de que Saxon estava certo — falo, mordendo o lábio. — Concordo que tudo se encaixa, mas ainda acho difícil acreditar que Saxon genuinamente queira trabalhar comigo para solucionar o crime. Tenho certeza de que ele mentiu sobre a destruição da biblioteca de tia-avó Frances; sinto que tem algo errado com ele que ainda não sei o que é. — Suspiro. — E há essa grande questão com Walt agora.

Jenny fica em silêncio por alguns segundos.

— Você precisa provar que ele de fato fez isso — ela finalmente diz.

— Exato. Provar será a parte mais difícil, porque suspeito de outra coisa sobre Walt: que ele tenha aprendido a jogar com um mestre. — Eu me levanto e deixo o banco de pedra para trás, andando para esticar as pernas.

— Que mestre? Ford?

— Frances.

32

— MUITO BEM, SAXON — DIGO. — QUE TIPO DE PLANO você tem em mente?

Estamos em um canto mal iluminado no Dead Witch, onde tomo cerveja e Saxon pediu uma dose do uísque mais caro no cardápio, que, mesmo assim, não é particularmente sofisticado. O Rolls-Royce de tia-avó Frances está estacionado na frente, então imagino que Archie tenha decidido passar o dia no pub assim que me deixou no hotel para ver Rose. Saxon estacionou seu carro esportivo ao lado do Rolls quando chegamos e lançou um olhar desconfiado sobre o velho automóvel. Apenas ofereci meu sorriso mais enigmático.

Archie tentou se juntar a nós assim que entramos, mas Saxon o dispensou como se ele fosse um cachorrinho irritante. Vi quando Archie deu de ombros e foi embora, porém não tive tempo de pedir desculpas.

Penteei o cabelo em duas longas tranças francesas e estou com uma jaqueta de couro preta surrada sobre um vestido floral azul-claro que chega até o tornozelo, novamente graças à loja da Oxfam, na rua principal. Saxon está sentado em minha frente com um tornozelo pousado em cima do joelho oposto e uma meia xadrez visível debaixo de sua calça feita sob medida. Isso dá a ele a aparência amigável de um vovô, o que é surpreendente.

Temos uma aliança inquietante, e ainda estou muito insegura quanto a ele. Embora esteja mais convencida que nunca de que Walt matou tia-avó Frances, Saxon sem dúvida continua sendo um potencial suspeito. Pensar naquele momento em que ele saiu de meu guarda--roupa ainda me deixa arrepiada, mas mantenho isso em mente. Seja qual for o jogo dele, não sou apenas uma peça em seu tabuleiro. Ainda sou sua oponente.

— O que você acha de servir de isca? — ele pergunta, e seu largo sorriso faz a questão parecer um desafio.

— Não posso dizer que gosto muito da ideia — respondo, dando a ele um olhar gélido. — Por que não você como isca? E como isso se relaciona com nosso plano de desmascarar Walt?

— Vou chegar lá, mas os medicamentos são a arma do crime, não se esqueça. E, infelizmente, não posso servir de isca, porque na primeira parte de meu plano vamos tentar atrair Magda.

— Ah, não. De jeito nenhum.

— Precisamos ver se ela ainda tem aqueles medicamentos. E será ainda melhor se um de nós conseguir roubar a caixa dela. É uma caixa de plástico selada, parecida com aquelas em que se guardam sobras de comida. Não deixa o ar escapar e é transparente.

— Não podemos simplesmente arrombar a ambulância ou algo assim? — Ele me dá um olhar morno e deixa o silêncio se estender. Por fim, digo: — Então minha tarefa seria ligar para o número que os clientes dela usam, e, quando Magda aparecer com a ambulância, entro lá para... uma dose ou algo assim? Você entende que sou a *pior* pessoa para fazer isso? Não posso ver sangue, hospitais me dão ataque de pânico e até o cheiro dos desinfetantes hospitalares me deixa enjoada.

— Sendo assim, você vai precisar de um pouco de ketamina para controlar a ansiedade. Magda vai acreditar nisso, especialmente se você tiver dinheiro na mão.

— Que eu não tenho.

— Vou te dar um pouco.

Minha inquietude cresce. Essa caixa de medicamentos não vai nos ajudar a solucionar o assassinato de tia-avó Frances em definitivo, e a lógica de Saxon não se sustenta bem para que seja a chave de tudo isso. Ele provavelmente está tentando me enganar. Estou sendo preparada para cair em uma armadilha e não sei por que Saxon não enxerga o quanto isso é óbvio.

Eu poderia confrontá-lo, mas quero saber mais sobre o que ele pretende. Será que Saxon quer me tirar da equação para que ele ganhe a herança? Será que quer me ver presa para que eu seja desqualificada? Ou será que quer algo pior: uma chance para me interceptar e me impedir de continuar me aprofundando em seu próprio envolvimento no assassinato de tia-avó Frances?

— Então como vou pegar essa caixa de medicamentos se eu estiver fingindo ser uma cliente? — pergunto.

— Uma clássica distração. Magda vai estar em alerta porque não quer ser flagrada com aquilo, e eu farei uma denúncia para a polícia.

Saxon tem que saber o quanto isso é transparente. Decido testá-lo para ver que desculpa ele tem na ponta da língua.

— Ah, ótimo, então, além do fato de que não teremos a evidência de que precisamos, vou acabar parecendo uma usuária de drogas. Ótimo plano, Saxon.

— Você se esqueceu de que existem duas ambulâncias. Magda estará ouvindo o rádio da polícia, mas ela sempre deixa o volume baixo. Desse modo, será vital que você pegue a caixa de medicamentos quando ela for até a cabine da ambulância para aumentar o volume. Quando eu ligar para a polícia, vou usar algumas palavras que Magda saberá que se referem a seu negócio, então, de repente, ela passará a prestar mais atenção na transmissão do rádio. Mas vou dizer que a caixa de medicamentos está na outra ambulância e estarei te esperando no carro quando você fugir com a caixa.

— Certo. — Cruzo as mãos sobre meu colo e observo Saxon cuidadosamente. — *Digamos* que isso funcione e consigamos aquilo que queremos. Como vamos provar que foi Walt quem injetou o medicamento em tia-avó Frances?

Saxon se recosta na cadeira e gira o uísque no copo, um braço casualmente esticado sobre uma lateral da cadeira onde está sentado. Seu rosto está medido, cuidadoso. Mas, quando ele detalha o restante do plano, meu coração começa uma pulsação preocupada que rapidamente se transforma em marteladas.

— Walt é organizado para certas coisas, porém não é bom em cobrir o próprio rastro. Os extratos bancários são um exemplo disso. Posso praticamente te garantir que ele não usa luvas quando manuseia a caixa.

— Então você tem certeza de que as impressões digitais dele na caixa serão suficientes? — *Elas não serão*, penso. — Quer dizer, as impressões de Magda também estarão lá.

E não é como se a seringa usada em questão vai estar lá dentro: ele não teria guardado de volta na caixa depois de injetar em tia-avó Frances. Aquela arma do crime provavelmente já sumiu, foi descartada em algum bueiro ou enterrada em alguma lata de lixo em outra cidade. Faz três dias desde a morte de tia-avó Frances; provavelmente já até chegou ao aterro.

— Mas Magda não tem o motivo para matar Frances que Walt tem — Saxon fala.

— Quero ver os extratos — digo. — Os registros bancários que você mencionou, que mostram que Walt estava tirando dinheiro de tia-avó Frances.

Saxon dá de ombros, mas apanha a pasta de couro que deixou no chão, ao lado da cadeira. Procura entre alguns papéis por um momento, depois me entrega várias folhas A4 que parecem impressões genuínas das contas de tia-avó Frances. O nome Gordon, Owens e Martlock LTDA. aparece várias vezes, descontando quinhentas libras. Curiosamente, os pagamentos começam logo depois que enviei o corpo de Emily naquele baú.

— Quero isso de volta em um minuto — Saxon declara enquanto me observa.

Olho para ele de soslaio, mas então apanho meu celular e tiro várias fotos de cada página.

— Como você sabe que ele estava pegando o dinheiro dela? Advogados são caros, então isso podia ser apenas o gasto normal.

— Não é. Telefonei e conversei com a secretária deles com a desculpa de contratá-los para lidar com a papelada de meu próprio testamento. Ela me enviou uma lista completa dos honorários do escritório quando perguntei, apenas como um potencial cliente, sobre outros trabalhos.

Encaro os papéis novamente. Essa não é uma quantia tão grande considerando a vasta fortuna de tia-avó Frances, mas talvez, com o tempo, pudesse acumular bastante. E, mesmo assim, se Walt estava cobrando a mais, isso ainda é roubo.

— Então quanto eles cobram para fazer o inventário com testamento?

— Trezentas libras pelo pacote completo. Eles têm uma taxa horária de cem libras para outros trabalhos e algumas taxas únicas também, mas descontos diários de quinhentas libras? Esse é um número consistente bem redondo, você não acha?

Ele está certo, no entanto algo ainda parece estranho. Walt e tia-avó Frances eram extremamente próximos, e, se ele precisasse de dinheiro e ela se recusasse a ajudá-lo, será que isso o levaria a roubá-la? Sinto que há mais coisa por trás dessa história, mas não sei o quê.

Aquilo que mais me incomoda é: se tia-avó Frances tivesse descoberto que Walt a estava roubando, será que isso seria suficiente para ele matá-la?

Penso em seu passado violento, como ele atingiu Emily e depois dirigiu até Londres em um ataque de raiva para confrontá-la em Chelsea. Se Walt queria ver tia-avó Frances morta, não era por causa do dinheiro. Teria sido porque ela descobriu que ele matara Emily. E aqueles velhos demônios teriam voltado, coisas de que Walt vinha se escondendo há anos.

Mas o assassinato foi... cuidadosamente planejado, tinha que ser. Olho para Saxon. Ele foi flagrado nas fotos do investigador repassando medicamentos roubados para Magda. Saxon aprendeu a jogar com seu tio, e ele me parece o tipo que planejaria tudo em detalhes.

Ele tem conhecimento médico, motivo e os meios para realizar o crime. E era uma das pessoas que não estavam no escritório de Walt Gordon no momento em que tia-avó Frances morreu.

Por fim, devolvo-lhe os papéis. Não quero que Saxon saiba que estou desconfiada dele, contudo tenho duas opções: posso continuar fingindo e torcer para conseguirmos mais provas juntos ou posso recusar a proposta educadamente, voltar para Gravesdown Hall e tentar encontrar evidências suficientes para atestar que foi ele. A segunda opção é mais segura, mas a primeira me dá mais poder para empurrar Saxon na direção de se entregar sozinho.

Você pode jogar sem um plano, mas provavelmente vai perder. Decido formar um plano só meu e derrotar Saxon em seu próprio jogo.

— Eu só queria... — começo a dizer e então olho nervosamente para a janela como se não conseguisse encontrar as palavras certas. — Deve haver um jeito menos perigoso de expor Walt, certo? Talvez possamos começar com esse rastro deixado nos extratos? Podemos mostrar os papéis para o detetive Crane?

— Isso seria estúpido, Annie. Não podemos deixar o detetive solucionar o caso primeiro! — Saxon me observa como se eu fosse uma criança boba, o que é bom. Preciso que ele me subestime.

— É verdade — declaro lentamente. Tomo o restante da cerveja.

E, como se invocado por meus pensamentos, o detetive Crane entra no Dead Witch. Vejo Saxon ficando tenso, e então ele finge uma expressão abatida para tentar esconder seu alarme.

Saxon já tinha me visto com o detetive na propriedade, ou seja, sabe que estamos comparando nossas investigações. Considerando o hábito de Saxon de espreitar e escutar a conversa dos outros, aposto que ele ouviu muito sobre o que estivemos discutindo. O detetive Crane nos dá um rápido aceno de cabeça, depois segue direto para Archie Foyle.

Olho de novo para o fundo do copo de cerveja vazio. Como posso superar Saxon? Estou pensando nisso quando um grupo de garotas adolescentes passa ao nosso lado no pub. Conversam sobre coisas normais, roupas e maquiagem. Isso não chamaria minha atenção normalmente, mas minha cabeça tem estado tão imersa no verão de 1966 que não posso evitar visualizar Emily, Rose e Frances. Ouço uma das garotas dizer:

— Claire, você tem que devolver meu vestido preto, está com ele há semanas! Preciso dele para o casamento do Andy!

Sacudo a cabeça para sair daquele devaneio momentâneo e tomo uma decisão.

— Certo. — Sorrio para Saxon. — Vamos lá. Você me diz quando e onde, e pegaremos Walt juntos.

33

O SOL ESTÁ MERGULHANDO ATRÁS DA CASA QUANDO VOLTAmos pelo caminho de cascalho, e Saxon me dá um rápido boa-noite antes de se fechar no quarto. Uma faixa de luz dourada brilha debaixo da porta de Oliver, e passo apressada por ela, tentando fazer o mínimo barulho possível.

De volta ao meu quarto, olho para minha lista de perguntas sem respostas e descubro que me esqueci de acrescentar as ameaças datilografadas. Então escrevo:

Ameaças — quem as enviou originalmente (1966) (Walt) e quem as colocou em meu quarto (desconhecido)?

É aqui que meu coração começa a bater mais forte, mas de um jeito do tipo *estou realmente fazendo progresso*. O primeiro bilhete ameaçador aparenta ser direcionado a Frances — *Roubarei tudo o que você sempre quis antes de te destruir*. E parece que *partiu* de Emily, a pessoa que tirou John de Frances e estava prestes a tirar Ford, assim como a bebê que o irmão de Frances queria tanto.

A princípio eu estava convencida (como também estava tia-avó Frances, tenho certeza) de que alguém ameaçava Frances enfiando os papéis em seu bolso quando ela não estava olhando. Mas o que não fazia sentido era o conteúdo dos bilhetes. Era tudo tão específico em termos do que acabou acontecendo com Emily, e também há a questão da linguagem usada. *Puta* e *mentirosa* não eram palavras que descreviam Frances — ela sempre recebia provocações por ser a menos experiente do grupo e a mais honesta.

Então o segundo bilhete ameaçador parece ser destinado *para* Emily. Mas, na verdade, os *dois* eram para Emily, enviados pela mesma pessoa. Não teria me perguntado por que a Frances idosa ainda tinha os bilhetes — podiam ser parte das evidências de sua própria investigação do desaparecimento de Emily. Mas a Frances adolescente os mencionou no diário. Então, como a Frances adolescente os conseguiu?

Quando ouvi as garotas no pub discutindo sobre roupas, minha memória foi acionada. Uma delas pedia para a amiga devolver o vestido que pegara emprestado. E pensei em Emily, sempre vestindo as roupas de Frances, imitando sua amiga de um jeito peculiar.

Sem dúvida, os bilhetes foram direcionados a Emily. Frances apenas teve acesso a eles porque Emily os guardara no bolso. E, nas duas vezes, usava alguma roupa que pertencia a Frances.

Por instinto, coloco as mãos em meus próprios bolsos, embora tenha comprado a jaqueta de couro hoje. Mas o reflexo me lembra: havia coisas que tirei do blazer de Elva naquele primeiro dia. Post-its que ela arrancou do quadro de suspeitos e papéis extras. Meu coração acelera porque isso poderia ser evidência contra Saxon. Aposto que foi Elva quem rasgou minhas anotações e destruiu meu notebook. Os dois procuravam por aquilo que tirei dos bolsos dela, e eu havia esquecido completamente que fiz isso.

Atravesso o quarto correndo até o guarda-roupa. Penso em Saxon se escondendo ali, dizendo que buscava por algo que guardara anos atrás. Os dois vasculharam meu quarto procurando por algo — só espero que Saxon não tenha tido tempo para encontrar.

Vejo minha velha calça jeans amarrotada em um canto do guarda-roupa, parecendo bem suja.

— Por favor — sussurro —, que Saxon tenha ignorado esta calça... — Enfio a mão nos bolsos e meus dedos puxam os papéis dobrados. — Sim!

Eu me sento na cama e olho para aquilo que Elva arrancara. Dois post-its com a caligrafia de Frances e uma folha de papel também escrita por minha tia-avó.

correntinha de prata (pássaro)
talheres de prata — sete peças faltando
edição rara de *A rainha da neve*, de Han Christian Andersen
conjunto de porcelana de ossos chinesa — quatro peças faltando

Sinto meu corpo murchando. Elva não protegia Saxon. Parece que meu primeiro instinto estava certo, e ela estava protegendo a si mesma. Perto do fim da lista, em um rascunho apressado, Frances escreveu *Elva*. Os post-its confirmam isso. Um post-it lista datas e horários ao lado das palavras *Visita de Elva*, e o outro tem os dias de férias de Saxon.

Penso em Saxon outra vez. Sei que, sem sombra de dúvidas, se eu entrar na ambulância de Magda empenhada em roubar algo, vou acabar sendo flagrada pela polícia tentando comprar drogas. E não vou conseguir escapar de uma sentença de prisão — Saxon terá a "evidência" que vai me condenar e me desqualificar da herança. O testamento de tia-avó Frances é bem claro nesse ponto.

Pego o telefone e faço uma pesquisa sobre casos em que médicos foram flagrados redigindo receitas falsas, e nenhum deles foi preso. Perderam a licença, tiveram que pagar multas pesadas e foram incluídos em uma lista de observação, mas não foram para a cadeia. Imagino que dependa das circunstâncias e do advogado, porém é suficiente para me mostrar que a confiança de Saxon não é à toa. Ele sabe que vai se sair bem de tudo isso, desde que não consigam associá-lo ao arrombamento da clínica.

Então só me resta tentar superá-lo, e vou precisar de muita coragem para isso. Tenho que fazer algumas conferências antes de me comprometer de verdade com o plano que está se formando em minha mente, mas já posso sentir o que está por vir. Meu plano provavelmente é perigoso e estúpido, contudo ficar aqui nesta casa como um patinho inocente é muito pior.

Assim, ligo para o detetive Crane porque ele é a primeira pessoa que preciso averiguar. Apesar de ser tarde, ele atende rápido.

— Crane.

— Oi, detetive, é Annie Adams. Desculpe por ligar tão tarde, mas queria saber se posso perguntar uma coisa sobre o dia em que tia-avó Frances morreu.

— É claro. Estou quase chegando na propriedade. Vou substituir o policial Evans no turno da noite. Está tudo bem? Está em segurança? Vi você no pub com Saxon... Tenha cuidado aí.

A preocupação em sua voz é até tocante, então com certeza não vou contar a ele que eu estava no Dead Witch planejando uma armadilha para Saxon.

— Estou bem, obrigada. Saxon apenas queria conversar, nada sério. — Tento manter minha voz casual e leve, mas preciso muito de um coach de teatro. — Só liguei porque fiquei curiosa sobre uma coisa, enquanto tento organizar todas as minhas ideias.

— É sempre um bom plano em minhas investigações — ele diz. — Em que posso ajudá-la?

— Isso vai soar bobo, mas sabe a reunião de tia-avó Frances com todo mundo? Aquela em que ela convidou Saxon, Oliver e eu?

— Sim, eu sei.

— Ela também te convidou? Ou mais alguém da polícia?

— Eu? Não, não convidou. Você acha que ela teria alguma razão para convidar?

Faço uma pausa, escolhendo minhas palavras cuidadosamente.

— Se não te chamou, então ela não precisava de você lá — digo. — É só isso que eu precisava saber, obrigada. Vejo você depois, talvez pela manhã.

— Ok, Annie, boa noite.

Desligo e apanho minhas anotações de novo. Acrescento um grande X ao lado de Walter Gordon.

Se tia-avó Frances tivesse chamado aquela reunião para expô-lo, para fazer a clássica revelação de todos os detalhes de um caso que ela solucionara depois de sessenta anos, teria convidado a polícia. Afinal de contas, isso era um dos pilares de sua personalidade — Frances tinha um senso de justiça muito bem definido e uma devoção à sua leitura da sorte que era praticamente religiosa. Se ela estivesse planejando uma típica cena final de uma história de assassinato misterioso, o detetive Crane teria sido chamado.

Decido esconder minhas anotações debaixo do colchão durante a noite por segurança. Considero fazer o mesmo com o álbum de fotos, mas ele é espesso demais. Eu o deixo na mochila e vou para a cama.

Tento dormir, porém, quando meus olhos encontram o guarda-roupa, não consigo parar de pensar naquilo que Saxon disse assim que saiu de lá de dentro. Salto para fora da cama e acendo o abajur, sentindo-me um pouco boba pela compulsão de conferir o fundo falso do guarda-roupa.

Meus dedos encontram a tábua solta na base facilmente, e ela se ergue em uma pequena mola quando a pressiono.

É um espaço bem grande, provavelmente do tamanho e do formato de uma caixa média da Amazon. Dentro, no entanto, há uma porção de itens envolvidos em várias toalhas. Respiro fundo quando retiro um livro antigo e sete peças de prataria. A única coisa faltando são as xícaras de chá. Procuro por mais alguma coisa no meio das tábuas empoeiradas, e finalmente minha mão se fecha sobre uma bolsa de veludo. Perco o fôlego quando uma correntinha prateada com pingente de pássaro desliza em minha mão.

Saxon devia saber que aquele era o esconderijo de Elva. Ela vinha roubando tia-avó Frances, isso está claro. Possivelmente guardando as coisas aqui para pegar depois, quando a barra estivesse limpa? Mas, então, por que Saxon me contaria sobre o fundo falso?

Talvez ele não se importe. Esses furtos parecem uma coisa menor, e acho que tecnicamente nem são furtos, já que nada saiu da casa. Não consigo pensar por que Elva levaria essas coisas, mas minha principal conclusão é que, embora Elva possa parecer desonesta, isso não é motivo para assassinato.

Devolvo os itens e reposiciono a tábua solta. Finalmente, volto para a cama e desligo o abajur, mas passos no corredor me mantêm acordada. Provavelmente é o detetive Crane apenas se certificando de que estou aqui, já que disse que estava a caminho. Mesmo assim, verifico para ter certeza de que a chave da porta está segura na mesinha de cabeceira.

Caio em um sono ansioso, em que sonho com passos, sussurros e alguém mexendo na maçaneta do quarto.

Quando acordo para usar o banheiro logo após a meia-noite, quase tropeço em um pacotinho que foi colocado na frente da porta. Um pequeno objeto com formato de livro embrulhado em papel. Rasgo o invólucro imediatamente, e o diário verde de tia-avó Frances cai em minhas mãos.

Mergulho de volta em minha cama e devoro o diário até o fim.

OS ARQUIVOS DE CASTLE KNOLL, 7 DE OUTUBRO DE 1966

UM TRISTE FATO SOBRE O DESAPARECIMENTO DE EMILY É QUE isso chocou a cidade, mas não por muito tempo.

Quatro semanas depois, parecia que, em toda parte, ouviam-se fofocas e teorias. Emily fugiu de casa ou se envolveu com o homem errado. A frase que começaram a usar foi: Ela fez por merecer.

Minhas mãos se fechavam em punhos sempre que eu ouvia alguém dizer isso. E, quando andava pela cidade, com esperança de que seu rosto simplesmente fosse emergir no meio das pessoas, passei a gostar mais de Emily, e a gostar menos de Castle Knoll.

Afinal, quanto mais eu ouvia e mais observava, mais eu descobria. E tudo o que descobria era perverso.

Todos tivemos momentos em que odiávamos Emily, no entanto parece que ela era a cola que unia nosso grupinho. E, depois que ela desapareceu, passamos a nos ver cada vez menos. A única exceção a isso éramos Rose e eu.

Eu me recusava a conversar com Ford, mas Rose parecia um cabo elétrico me conectando com a propriedade dos Gravesdown. Bill, o motorista, passava cada vez mais tempo com Rose. E então, depois de todo esse período, Rose se tornou aquela com a personalidade mais positiva. E eu me tornei aquela com nuvens pesadas pairando sobre a cabeça.

Não confiava em ninguém, sobretudo nos homens conectados com a propriedade. John e eu até nos reconciliamos por um tempo, mas não era a mesma coisa. Jamais seria.

Ford não era insistente, porém me enviava pequenas coisas por intermédio de Bill. Um livro sobre o Afeganistão. Um tabuleiro de xadrez. Cada presente me deixava mais determinada a nunca mais falar com ele. Afinal, os eventos do verão me transformaram e abriram meus olhos para a quantidade de segredos que todos tinham. Três meses antes, aqueles presentes teriam o efeito desejado. Eu me sentiria lisonjeada e impressionada. Agora, todavia, eu os enxergava por aquilo que eram: presentes para ele mesmo. Ford não estava pensando em mim, mas em si mesmo, e queria ver sua imagem refletida em meus olhos.

Eu odiava isso.

E tive razão para odiar ainda mais, quando John finalmente se abriu comigo sobre o dia em que ele e Walt me deixaram na casa de meu irmão. O dia em que todos estavam correndo para encontrar Emily em Chelsea; o dia em que ela foi vista pela última vez.

Isso foi na época em que John e eu tentamos reatar. Ele vinha se esforçando muito para me levar a lugares sofisticados, e sempre tomávamos café no terraço do Castle House Hotel. A questão de Emily pairava sobre nós como um fantasma. Por semanas, nem ele nem eu queríamos tocar no assunto, porém não conseguíamos seguir em frente com tanta coisa a dizer.

As tentativas formais e forçadas de John de me cortejar pareciam imitações baratas daquilo que Ford poderia fazer se quisesse sair comigo. Não que Ford teria feito isso; ele sabia que criou problemas para mim dentro de casa. Mamãe deixou claro que ela havia, por fim, descoberto para onde eu ia escondida e achava isso totalmente inapropriado. E não era apenas sua superstição falando mais alto, embora me lembrasse de que a família Gravesdown sempre teve má sorte. Mas minha mãe disse que não importava quanto dinheiro um homem tinha, se ele fosse um cavalheiro, esperaria a mulher completar dezoito anos antes de pedir para sair com ela formalmente.

— Vamos pedir bolinhos? — John perguntou e estendeu o braço sobre a mesa para tomar minha mão.

— Não estou com muita fome — respondi. Dei a ele um fraco sorriso e bebi um gole de café, porque John realmente estava se esforçando.

Ficamos em silêncio por um tempo, até que ele disse:

— Você sabia que Walt está pensando em estudar Direito?

Isso quase me fez cuspir o café.

— Walt? Nosso Walt? Aquele que estava tendo um ataque de raiva por causa da traição de Emily?

— Eu queria conversar com você sobre aquele dia — John disse com a voz baixa, e foi como um martelo caindo. — Foi tudo tão horrível e errado. Eu estava te esperando perguntar a respeito do que aconteceu quando chegamos em Chelsea.

— Estava com medo. Com medo de que você contasse algo que eu não queria ouvir.

— Eu sei. E eu queria te contar toda a verdade, mas, por mais que eu tentasse formar as palavras na cabeça, parecia que eu estava insinuando coisas sobre alguém de quem você gosta muito. No entanto, Frances, você precisa saber que acabamos não chegando em Chelsea.

Pisquei os olhos, surpresa.

— Como assim?

— O velho carro de Walt quebrou na rodovia A303, e precisamos empurrá-lo até o mecânico mais próximo. Pegamos carona para voltar a Castle Knoll, e o carro está no mecânico até hoje. Acho que ficar preso em casa nessas últimas semanas é o que inspirou Walt a fazer algo melhor com a vida, porque você conhece a família dele.

— Sim — falei. — Eles são tão vigaristas quanto o restante desta cidade.

— Mas a questão é que eu não queria que você pensasse que somos as últimas pessoas que viram Emily antes do desaparecimento dela. Porque não somos. Nunca chegamos a vê-la.

— E todos vimos o Rolls-Royce saindo da cidade. — Coloquei as mãos na cabeça, porque sabia das razões de John para não querer me contar isso. As últimas pessoas a verem Emily foram Peter e Tansy ou Ford e Saxon.

— Sempre pareço um cara amargurado quando falo sobre Ford, e isso só piora porque não tenho direito de ficar bravo ao saber com quem você se encontrava, considerando tudo o que fiz. Mas notei que você parou de vê-lo. Acha que agora é pra valer?

— Rose acredita que eu não esteja sendo justa. Acha que eu deveria lhe dar outra chance, mas ela não enxerga os pequenos gestos dele como eu enxergo. E você está certo, John, essa informação... torna tudo pior.

John assentiu.

— Porque, Frances, e se ele a matou? Ford é um homem poderoso, e homens desse tipo fazem o que bem entenderem. E ninguém reage.

— Você acha que, se Ford tiver matado Emily, não haverá justiça?

John aperta os lábios.

— Pensei tanto naquele dia, Frances, porém sabe do que mais lembro? Mais do que a raiva de Walt ou das manipulações de Emily? De sua bondade. Logo depois que saímos com o carro, você mencionou perdão. Suas palavras e sua expressão generosa e calma... Aquele momento de paz ressoou em mim como música por semanas. Estou tentando reencontrar essa sensação desde então. Há uma nova criança no mundo, e não sei se ela está aqui por causa das maquinações de Emily e minha traição ou por causa da luxúria de Ford, mas você colocou de lado qualquer sentimento ruim que sentia por nós e deixou que aquela bebê fosse a dádiva que podia ser para alguém que você amava.

Nunca ouvi John falando dessa maneira. Isso me fazia gostar dele ainda mais, pois quem diria que ele podia ser tão eloquente? Era capaz de visualizá-lo fazendo discursos, talvez concorrendo ao conselho da cidade um dia.

Mas então pensei uma coisa que fez minhas mãos tremerem, porque o amor que John mencionava... foi dado a pessoas que podiam ter aceitado e deturpado esse sentimento. Finalmente, falei em voz alta:

— Ou fiz parte de uma cadeia de eventos que culminou na morte de Emily.

— Se ajudar, confio no bom caráter de seu irmão mais que no de Rutherford Gravesdown. E você fez tudo o que podia, Frances, dadas as circunstâncias. Agiu graciosamente. Posso ver isso. E só queria que você soubesse.

Uma lágrima escapou de meu olho e desceu pelo rosto, e John estendeu o braço e a limpou com o polegar.

— Isso me deixa acordada de noite, sabe — eu disse. — Não... não saber o que aconteceu com ela, mas também é mais que isso. Emily é uma pessoa cheia de defeitos e me trata mal, porém é uma pessoa. E ver a cidade trocando histórias sobre ela, todos falando de coisas que acham que sabem, e tantas obscenidades, tanta fofoca...

— Algumas coisas são verdade — John afirmou, mas pareceu imediatamente envergonhado.

— Mesmo assim, é horrível ouvir a maneira como eles a destrincham com suas palavras. Walt vai poder se tornar advogado se quiser... Walt, que roubava revistas pornográficas da banca e que sempre colava nas provas. Ele bebe e fuma, e solta uns palavrões, porém vai ter uma chance de ser qualquer coisa que quiser. Emily também poderia ter essa chance. A vida dela poderia mudar para melhor. Mas agora é como se ela fosse apenas a personagem de uma história horrenda que as pessoas contam.

— Frances — John disse, e uma preocupação enrugou sua testa —, existe muita bondade dentro de você, mas tome cuidado para não deixar que isso afete sua capacidade de ter fé nas pessoas.

Eu, no entanto, estava perdida em pensamentos.

— Laura nasceu em oito de agosto. Você sabia que Emily escolheu o nome dela? Peter me contou que ela insistiu. A bebê se chama Laura Frances Adams. Laura é o nome da irmã de Emily, então é daí que vem seu nome. Mas também estou nele.

John fez seu gesto de frustração de sempre, passando as mãos entre os cabelos até quase puxar os fios.

— Posso ver que você se sentiu lisonjeada, Frances, e sei que acabei de dizer para não perder a fé nas pessoas, mas a intenção desse nome também pode ter sido cruel. Dar seu nome para a bebê que ela teve dormindo com dois homens que gostavam de você? Não se esqueça de que ela era imprevisível e obsessiva. E o foco dela... estava sempre fixado em sua direção.

— Eu sei, você já disse isso antes. Emily tinha uma obsessão, que não era por Ford nem por dinheiro.

— Era por você.

— Então talvez seja até justo que agora eu só consiga pensar nela.

— É possível que alguém tenha te feito um favor.

— John! Que crueldade!

— Eu sei, desculpe, mas tinha que ser dito! — As mãos de John se fecharam, depois se abriram e então se fecharam novamente. — Por mais que você odeie ouvir isso, Frances, Emily não cresceria como o restante de nós. Continuaria te machucando. Walt tem um futuro na advocacia e eu... Você vai rir, Frances, porém estou considerando a igreja.

— A... — Pisquei algumas vezes, sem saber se tinha ouvido direito.

— Não sei se vai ser uma carreira no ministério, mas a teologia... Eu queria pelo menos estudar esse assunto. É a única coisa em toda minha vida que me faz sentir ancorado. Tenho certeza de que você sentirá algo assim também. E Rose conseguiu um emprego aqui no hotel, apesar de ainda não ter te contado. Finja surpresa quando ela falar, ok?

Meu café tinha esfriado, contudo tomei um gole apenas para ter algo para fazer com as mãos. Eu faria dezoito anos na primavera e também estava à procura de uma âncora. Mas era uma que John não gostaria. Era a âncora do desconhecido, de questões e teorias. Era a âncora dos quebra-cabeças e das previsões. E era a âncora de uma sorte de que eu estava determinada a escapar.

Quando tirei os olhos de minha xícara e os pousei nos olhos de John, seus olhos honestos, límpidos, eu já podia me sentir sendo atraída para a escuridão. E podia ver a esperança dentro dele. John era tão lindo.

Seu futuro contém ossos secos.

O dia em que estive com aquela cartomante foi tão complicado. Será que havia algo naquela leitura da sorte em que eu deveria ter prestado mais atenção? Enrolei o dedo na correntinha com o pingente de pássaro que eu ainda usava, que não conseguia parar de usar.

Será que o destino de Emily era na verdade o meu? Será que o destino matara a pessoa errada?

Beijei John naquele momento, só porque queria beijá-lo uma última vez. Ele é mais velho que eu, com dezenove anos, e vive perdido em Castle Knoll. Talvez a igreja fosse acabar sendo um bom lugar para ele. Ou uma universidade em algum lugar.

Outra lágrima caiu e recuei do beijo, sentindo como se algo estivesse sendo arrancado de meu peito. Era mais do que apenas dizer adeus a John; era saber que eu estava dando as costas para partes minhas que ele achava que fossem as melhores.

Minha escolha era seguir todos os rastros de histórias desagradáveis sobre Emily, mergulhar fundo em Castle Knoll e descobrir tudo sobre todos até eu encontrar a verdade.

Porque eu sabia, mais forte que qualquer coisa em minha vida, que nosso destino estava entrelaçado — o de Emily e o meu. Não conseguia me livrar da crença de que, debaixo de tudo, eu era apenas Emily disfarçada.

Então eu descobriria o que aconteceu com ela, mesmo que isso me matasse. E aceitei que, dada minha sorte, isso provavelmente mataria.

35

A LUZ DA MANHÃ ATINGE MEU ROSTO QUANDO ABRO A CORTINA e deixo o sol entrar. Mal consegui dormir; fiquei ocupada demais lendo o diário. Quando cheguei ao final, voltei ao começo e reli algumas seções, desta vez parando para folhear o álbum de fotos de Rose. Dessa maneira, era quase como se Frances narrasse as imagens, até que um padrão perturbador emergiu. Até que algo nas fotos não se encaixou com suas palavras.

E, finalmente, com a arrepiante lucidez que apenas surge às três da manhã, compreendi o que Frances descobriu quando encontrou o corpo de Emily. Depois disso, as peças não paravam de se encaixar em minha mente, e passei o restante da madrugada ajustando de modo frenético meu próprio plano para solucionar o mistério.

Eu me visto rapidamente e faço um gesto nervoso com a cabeça para meu reflexo no espelho um pouco gasto na parede. Vou fazer isso, realmente vou. Saxon e eu combinamos de nos encontrar hoje à noite, e sei que vai ser difícil controlar meus nervos até lá.

O delicioso cheiro de comida flutua vindo da cozinha, e meu estômago ronca. Desço os degraus acarpetados de dois em dois.

— Beth — digo quando chego à cozinha. O sorriso brilhante que me recebe é genuíno.

— Annie, oi! Acabei de fazer muffins. Você gostaria de um?

— O cheiro está maravilhoso — respondo.

Não sei se meu estômago aflito consegue lidar com o café da manhã, mas estou com tanta fome que decido tentar. Beth me serve café sem eu precisar pedir e coloca leite e açúcar ao lado da xícara fumegante. Ignoro os dois e tomo um longo gole. O café me fortifica um pouco.

— Gostaria de perguntar sobre sua investigação — Beth diz cuidadosamente —, mas não quero parecer muito intrometida.

Tento dar a ela uma expressão tranquilizadora.

— Você está em uma situação delicada, porém não quero que se preocupe. Estou fazendo todo o possível para conseguir justiça para tia-avó Frances e proteger tudo aqui na propriedade.

— Você quer dizer que, se vencer o jogo que Frances criou, vai manter as coisas como estão? Vai nos deixar ficar com a fazenda? — Ela se inclina para a frente e deixa um muffin diante de mim, e olho na direção do conjunto de chá de porcelana chinesa que ela colocou na mesa, provavelmente esperando os outros acordarem e aparecerem para uma bebida quente. Penso naquela lista de itens desaparecidos que encontrei no bolso de Elva, mas deve haver vários conjuntos de chá de porcelana de ossos chinesa na casa. Mesmo assim, noto seis xícaras e pires, o que me parece um conjunto completo.

— Beth — falo quando apanho uma xícara. — Isso pode parecer uma pergunta boba, mas você notou alguma xícara faltando?

Olho para ela com cautela. Seu rosto fica corado e ela não tenta disfarçar sua expressão de culpa.

— Já os devolvi — Beth diz, quase sussurrando.

Nem escondo minha surpresa, porque sua confissão me deixa preocupada que todas as minhas conclusões sobre quem matou tia-avó Frances possam estar erradas. Beth tem as chaves da casa, acesso à clínica de Miyuki... e se minha avaliação a respeito dela estiver totalmente errada? Achava que ela só quisesse ajudar e estivesse preocupada com o estado da fazenda de sua família. E durante todo esse tempo ela foi uma ladra, roubando coisas que significavam muito para tia-avó Frances.

Observo-a com cuidado.

— Na verdade, encontrei uma lista de coisas faltando. Elva tentou escondê-la, provavelmente apenas para bagunçar as anotações de tia--avó Frances.

Beth afunda na cadeira à minha frente.

— Eu estava apenas tentando proteger Frances de si mesma, juro. As coisas que peguei vinham causando estresse, ela as relacionava com sua sorte. Até alguns dos garfos estavam deixando-a nervosa porque o desenho deles começou a parecer *coisa de rainha*, segundo Frances. Ela os usava havia décadas; não sei por que estava ficando tão mais paranoica. Mas, enfim, pensei que, se ela não pudesse vê-los, então não pensaria neles. Nenhum desses itens saiu de dentro da casa. Só os escondi. — Beth faz uma pausa, olhando para mim. — Imagino que você tenha encontrado o restante deles, já que decidiu ficar naquele quarto.

Assinto.

Analiso Beth. Ela parece aberta e honesta, e não acho que teria matado tia-avó Frances. Sinto minhas revelações das três da manhã voltando a se encaixar firmemente, então não vejo problema ao dar minha resposta honesta sobre o que farei com sua fazenda quando eu a herdar.

— Beth, não quero ficar com a fazenda de sua família. E sei exatamente o que seu avô está cultivando lá. — Os olhos de Beth se arregalam um pouco, mas ela não diz nada. — Precisaria que ele parasse, contudo estou disposta a deixá-lo com algum outro empreendimento, desde que seja legal. Eu já planejava deixar a vocês o Rolls-Royce, porque não teria qualquer utilidade para mim.

A expressão de Beth melhora.

— Você deixaria? Isso significaria muito para nós. Amamos aquele carro.

— É claro — falo. — Quer dizer, desde que nenhum de vocês tenha matado tia-avó Frances.

Beth ri, e estou meio brincando. De qualquer maneira, minhas palavras limparam um pouco o clima carregado. Descubro que posso, sim, tomar um pequeno café da manhã e decido apostar em Beth.

— Você pode me fazer uma gentileza? — pergunto, torcendo desesperadamente para que meus instintos sobre ela estejam certos. — Poderia entregar minha mochila ao sr. Gordon, por favor? — Levo a mão debaixo da mesa e apanho a mochila que estava no chão, perto de meus pés. Preciso que todo o meu progresso esteja em posse dele, caso algo dê errado hoje à noite. — São só alguns papéis chatos que tive que assinar porque atrasamos a conta de luz na casa em Chelsea. — É uma explicação ruim, mas há coisas demais em jogo para eu contar toda a verdade para ela.

— É claro — ela responde e apanha a mochila.

Só posso torcer para Beth não apenas entregar a mochila, mas entregá-la logo, e sem olhar o que há dentro dela.

— Obrigada — digo e saio para encontrar um lugar no jardim e fazer alguns telefonemas. É hora de implementar outra fase do plano.

Encontro o número da clínica médica em Castle Knoll em seu website, e o telefone toca duas vezes até a dra. Owusu atender.

— Oi, é Annie Adams — falo.

— Ah, oi, Annie. Como está a vermelhidão? Imagino que tenha sumido alguns dias atrás.

— Sim, sumiu, obrigada. Mas na verdade estou ligando por outra razão. Não sei até onde tia-avó Frances conversou com você sobre suas investigações antes de morrer, mas ela tinha provas de que Magda estava traficando medicamentos restritos. Sei que ela usa sua clínica para pedir suprimentos, porém nos arquivos de tia-avó Frances pude ver que Magda criou algumas razões genuínas para obter certas coisas por intermédio seu. Então não estou ligando para te acusar de estar envolvida.

O outro lado da linha fica em silêncio por um momento, e ouço aquilo que parecem palavrões sussurrados. Quando a dra. Owusu fala de novo, sua voz está cheia de uma raiva controlada.

— Magda me disse que havia mudanças na maneira de fazer os pedidos e na armazenagem — a médica declara. — Ela tinha listas de pedidos e pagamentos, e tudo parecia correto. E não é como se ela solicitasse apenas ocitocina ou morfina líquida. A maioria dos suprimentos era padrão para uma ambulância. Epinefrina e insulina, esse tipo de coisa. — A dra. Owusu faz uma pausa. — Você tem certeza?

— Sim, muita certeza — respondo.

— Então preciso ligar para Rowan. Ele vai precisar lidar com isso.

— Ele já sabe — digo, sentindo um frio no estômago. Eu me pergunto até onde o detetive Crane chegou na investigação do assassinato de tia-avó Frances. Tanta coisa aconteceu em três dias, com apenas quatro restantes para solucionar o crime. Esses dias, no entanto, não vão importar se Crane acabar revolvendo-o hoje. Não consigo nem desejar que ele fosse um detetive ruim ou sabotar sua investigação de alguma maneira. Preciso apenas continuar com o plano e torcer para que isso me faça conseguir respostas mais rapidamente. — Mas queria pedir um favor. E envolve você conversar com Magda sem deixá-la saber que descobriu o que ela anda fazendo. Será que você poderia fazer isso por mim? É por Frances.

— Você não está se colocando em perigo, não é, Annie? Porque não tenho problema nenhum em ligar para Rowan e pedir a ele que coloque um freio em você por estar indo longe demais.

— E deixá-lo solucionar o assassinato antes de mim? Você deixaria a Jessop Fields transformar estas terras em qualquer coisa que dê mais dinheiro a eles, provocando a ira de toda a cidade?

— Acho que você precisa dar mais crédito a Rowan — ela responde. — Ele está se equilibrando sobre uma linha muito tênue, Annie, tentando manter todos em segurança enquanto faz seu trabalho, e ainda dando a você espaço para conduzir a própria investigação. Mas, se você acabar morta, isso não ajudaria ninguém.

Mais uma vez me esforço para acalmar os nervos, porque, quanto mais penso em meu plano, mais tonto ele parece.

— Preciso que você espalhe uma fofoca por mim. Apenas para Magda. Deixe-a saber que solucionei o assassinato de Frances. Você poderia fazer isso?

— Você já descobriu quem é o assassino? Porque acho que Walt Gordon deveria ser a pessoa certa a receber sua ligação, se for esse o caso — ela rebate.

— Acho que solucionei, mas preciso de mais algumas coisas para provar. Então você poderia fazer essa única coisa para mim?

Mais uma longa pausa, depois um suspiro.

— Certo — ela finalmente diz.

— Obrigada.

— Mas farei tudo o que eu puder para te manter segura, e isso inclui contar a Rowan sobre esta conversa.

Estremeço.

— Faça o que você achar que precisa fazer — falo.

— Você também — ela diz e então desliga.

36

Torço as mãos ao ritmo dos sinos da igreja, percebendo o quanto estou nervosa por encontrar John Oxley. O tempo estava passando rápido demais em Gravesdown Hall, e eu não podia simplesmente continuar sem fazer nada. Então chamei um táxi, decidindo que estava na hora de parar de evitar a igreja e minhas próprias conexões de família. A igreja fica sobre uma pequena colina, como um leve resquício das ruínas do castelo na colina maior do outro lado da cidade. Subo devagar, desviando de lápides tortas e grandes árvores.

Uma fila de pessoas está saindo da igreja — mulheres com chapéus em tons de lilás e azul-claro conversam com homens de ternos amassados. Olho atrás de mim, para a base da colina, e vejo o rápido lampejo de um volumoso vestido branco antes que a porta de um elegante carro clássico se feche. Parece o momento errado para me aproximar de John e dizer "Oi, sou Annie, talvez eu seja sua neta", então encontro um banco na lateral da igreja onde posso ficar observando por um tempo. Não demora muito para a multidão diminuir, e noto que a fila de carros anda apenas até a outra ponta da estrada, para o Castle House Hotel.

Vejo John conversando com uma velha senhora, mas ele não está olhando para ela — e sim para mim. Parece igualzinho à foto no site da igreja, com cabelos brancos bem penteados e um corpo esguio que sugere que continua ativo. Não sei dizer por quê, mas ele lembra um jogador de tênis ou alguém que rema. Tento imaginá-lo aos dezoito anos, saindo às escondidas com Emily, vivendo o estereótipo de um adolescente malandro e que vive pulando a cerca. Tento imaginá-lo como um assassino e me sinto satisfeita quando acho isso quase impossível.

A segunda coisa que me chama atenção são as flores: rosas, todas elas, e de um tipo muito particular. A frente da igreja tem dois grandes arranjos em pedestal, e deduzo que o interior também esteja decorado com elas. Todas são, até os botões menores, as rosas que vi na fazenda de Archie Foyle. Archie deve ter continuado a tradição de entregar pessoalmente as rosas para a igreja, porque estas estão frescas.

Finalmente, o vigário termina a conversa e se aproxima de mim. Dobro e desdobro as mãos, imaginando o quanto devo contar a ele sobre meu conhecimento do passado.

— Eu estava me perguntando se poderia te encontrar — ele fala, e seu rosto é amigável. — Ouvi dizer que você estava na cidade, mas tinha certeza de que não acharia uma razão para me visitar. Laura e seus pais nunca colocaram o pé na igreja. Você me permite? — John faz um gesto para o espaço no banco ao meu lado. Ele sorri, e é um sorriso caloroso, porém quase tímido. Mil coisas devem estar lhe passando pela cabeça. O vigário me lança um longo olhar analítico.

— É claro — respondo.

Imagino o que ele vê quando olha para mim. Cabelo loiro, olhos grandes e maçãs do rosto altas — será que vê Emily Sparrow? Ou apenas feições familiares? E agora que eu realmente o encaro, percebo que minhas maçãs do rosto e meus olhos poderiam ter saído diretamente de John. Essa pode ser a razão, quando vi a foto de Emily, de eu não ter conseguido enxergar a semelhança entre mamãe e ela. O cabelo loiro é a única coisa que compartilhamos com Emily, mas nosso rosto favorece John. Um agradável calor me inunda, porque nunca conheci Peter e Tansy ou meu pai. E aqui está este bondoso senhor que me observa com tanto maravilhamento que faz eu me sentir especial, embora eu não esteja fazendo nada além de me sentar aqui. Ele olha para mim como se eu fosse especial apenas por existir.

É uma nova sensação para mim, é como o alegre estalar de lenha recém-acesa ou o cheiro reconfortante de pão assado. Duas coisas que nunca experimentei na vida. É uma sensação diferente de *família*. A vida pouco convencional que mamãe me deu não é diminuída por isso, mas, para mim, uma nova dimensão foi repentinamente acrescentada ao mundo.

Decido ir direto ao assunto.

— Peter e Tansy provavelmente se preocupavam que mamãe fosse descobrir que o senhor é o pai verdadeiro. Quer dizer, o senhor é, não é?

Se ficou chocado com minha franqueza, John não demonstrou. Solta um suspiro que parece ser de alívio.

— Peter e Tansy... — Ele sopra ar para fora da boca, considerando suas palavras. — Eles tinham muito cuidado com Laura. Acho que, como sua filha única, ela representava um equilíbrio muito tênue de felicidade para eles e, pensando agora, os dois fizeram todo o possível para ter certeza de que esse equilíbrio fosse mantido. Nunca mais frequentaram a igreja depois que fui ordenado e ganhei a posição aqui. Pagavam mais do que ganhavam para enviar Laura à escola particular em Little Dimber, então ela tinha poucos amigos em Castle Knoll. Reggie Crane provavelmente era seu único amigo na cidade, mas isso porque ele frequentou brevemente a mesma escola que ela. E, quando Peter e Tansy visitavam Frances, era sempre uma visita curta, agradável e supervisionada.

— Como sabe? Quer dizer, sobre a escola e as visitas à tia-avó Frances? E a verdade sobre o senhor ser o pai de minha mãe? — Ainda não conseguia dizer a palavra *avô*.

— Descobri que eu era o verdadeiro pai de Laura porque Ford pagou um teste de paternidade logo depois que ela nasceu. Era uma ciência relativamente nova, mas ele queria ter o máximo de certeza possível. Foi Frances quem me contou, e fiquei contente por ela ter contado. Frances e eu nos encontrávamos toda semana para tomar café. Na verdade, fizemos isso por anos, e ela me manteve atualizado sobre Laura e você. Nós nos reuníamos no Castle House Hotel, quase como uma tradição. — Ele sorriu com ternura. — Fiquei muito triste com a notícia da morte dela e ainda mais indignado com as circunstâncias. — John pisca várias vezes enquanto os olhos se enchem de lágrimas, porém não desvia o olhar. — Nunca deixei de amá-la.

Não sei realmente o que dizer, então não digo nada. Não vejo aliança na mão dele e sinto um aperto no peito quando penso em John passando anos ainda amando Frances, mas observando a vida dela separada da dele. Ao menos continuaram sendo amigos.

— Fiquei triste por nunca dizer a Laura que eu era seu verdadeiro pai — ele por acaso diz —, contudo fiz uma promessa a Peter e Tansy, e entendia a razão deles para que as coisas fossem assim.

— Tenho certeza de que mamãe adoraria vir até aqui para uma visita e ouvir a verdade do senhor — ofereço. Preciso atualizá-la sobre muitas coisas, mas agora que a abertura da nova exposição dela já passou não tenho mais desculpa para evitar fazer isso.

— Li sobre todo o sucesso dela nos jornais — John declara e sorri com orgulho. — E, quando você nasceu, Frances trouxe fotos para nosso café semanal. — Ele faz uma pausa, e sua voz falha um pouco. — Parece bobagem, porém vou sentir tanta falta daqueles cafés matinais.

— Sei que não posso substituir Frances, mas gostaria de tomar um café comigo? — pergunto com hesitação.

— Você está planejando passar um tempo em Castle Knoll? — ele devolve. Seu rosto inteiro fica mais animado, e a sensação de *família* em meu peito me aperta tanto que sei exatamente onde quero estar.

— Sim — respondo com convicção. — Estou.

37

DE VOLTA À CASA, TELEFONO PARA MAMÃE DA SALA DE ARQUIvos de tia-avó Frances.

— Desculpe por não ter ligado antes — digo. — Como foi a abertura da exposição?

— Ah, foi ótima! — mamãe responde. — Para ser honesta, as críticas estão incríveis, e os quadros estão vendendo muito bem. Tenho dinheiro para começar a alugar meu próprio estúdio, então não vou mais precisar usar o porão. Ah! Isso me lembra de uma coisa, Annie, você poderia dizer ao advogado de tia Frances que ele realmente não precisa continuar me enviando aquela manutenção? Acho que aconteceu algum erro com as contas na semana passada. Outro cheque de duzentas libras caiu, e isso não é necessário.

— Espera, os cheques da manutenção de tia-avó Frances sempre vieram pela Gordon, Owens e Martlock? — pergunto. Penso nos extratos bancários, e uma coisa começa a ficar mais clara.

— Não, sempre vinham diretamente de tia Frances, contudo, uma semana antes de você receber aquela carta sobre a reunião, começaram a vir do escritório do procurador. Eu não questionei; o dinheiro estava curto, e dinheiro é dinheiro, certo? — Mamãe parece muito positiva, quase sem fôlego. — Mas, Annie, você não vai acreditar no preço a que um dos quadros foi vendido. Até foi mencionado no *Times*! Não é só a questão do dinheiro. Minha carreira está decolando de novo. Estava tão preocupada que a exposição fosse ser um fracasso, mas é tão bom ver que as pessoas realmente entendem minha arte, o que eu estava tentando passar com essa exposição.

Sorrio, porque é muito bom ouvir minha mãe se sentindo animada com o trabalho de novo.

— Isso é incrível, mamãe, sabia que seria um sucesso.

— Enfim — ela suspira. — Por que você ainda está em Castle Knoll? Por acaso Saxon está querendo contestar o testamento de tia Frances? Ou a propriedade está sendo dividida?

Não tenho energia para contar a ela sobre minha situação, sobre como estou presa em um jogo perverso com Saxon, tentando superá-lo para podermos ficar com a casa em Chelsea e manter as terras dos Gravesdown longe das mãos da especulação imobiliária. Há um emaranhado de emoções nos últimos desejos de tia-avó Frances agora. Depois de ter descoberto a sina de Emily e todos os altos e baixos do que aconteceu naquele verão quando elas tinham dezessete anos, tenho que ser a vencedora. E preciso de minha cabeça com a maior clareza possível.

— Ainda está sendo discutido. Vou ficar aqui até acabar e farei todo o possível para que a casa continue com a gente — respondo. — Te ligo de novo muito em breve, ok?

Desligo e abro as fotos que tirei dos extratos bancários. Mamãe confirmou aquilo que notei assim que vi os papéis — o primeiro pagamento excessivo pelos honorários veio uma semana antes de eu receber a carta. No dia em que tia-avó Frances recebeu os baús que enviei. No dia em que descobriu o corpo de Emily e que tudo mudou para ela.

Frances provavelmente estava em um estado terrível por ter encontrado Emily depois de tantos anos de busca. Eu a imagino se movendo de modo frenético em sua sala de suspeitos, recitando a leitura da sorte e deixando o horror de tudo aquilo tomar conta dela.

Mudar o testamento foi um ato de desespero, um movimento supersticioso para tentar afastar uma morte que ela achou que fosse iminente. Cortar mamãe quando ela não fez nada errado parece um movimento cruel para qualquer um, exceto para Frances, e posso imaginar Walt tentando convencê-la do contrário enquanto Beth escondia livros com *rainha* no título, xícaras feitas de porcelana de ossos chinesa e até garfos que pareciam estranhos, tudo para proteger minha tia-avó de sua própria paranoia.

E, como Walt não conseguiu convencê-la a não mudar o testamento, decidiu encontrar uma maneira para continuar dando apoio para mamãe. Minha mãe, que nem conhecia Walt tão bem assim. Aqueles últimos pagamentos ajudaram com seus quadros finais e compraram os materiais que possibilitaram montar a exposição. Meus olhos se enchem de lágrimas, e preciso piscar para limpar a vista. Tia-avó Frances estava certa: Emily nunca teve chance de mudar de vida, mas todos os outros que cometeram erros naquela época tiveram. E acho que Walt conseguia enxergar isso. Ajudar mamãe parece a maneira de ele demonstrar que ainda se importava com Emily, que perdoou suas promessas não cumpridas e percebeu o quanto foi tirado dela.

Penso no álbum de fotos de Rose. Há uma foto em particular de tia-avó Frances com um casaco de lã — aquele que ela arrancou de Emily no dia em que todos descobriram sua gravidez. Aquilo, junto com a informação de que John e Walt não chegaram a ir até Chelsea, e com o Rolls-Royce Phantom ii acelerando na frente deles... Só espero que eu não esteja errada. Saxon quer destruir meu progresso e diminuir meu ritmo a fim de me desencorajar para poder me manipular mais facilmente. Mas Walt não matou Emily. Walt nem estava lá.

— Está pronta? — A voz de Saxon flutua atrás de mim, e, quando me viro, ele está me observando, escondido sabe-se lá há quanto tempo. Entra debaixo de uma faixa de luz do entardecer que está abrindo caminho através da pequena porta do escritório de tia-avó Frances.

Saxon não pergunta por que não carrego minha mochila. Não sei se isso deveria me dar a confiança de que estou passando a perna nele ou se ele está apenas esperando o momento certo para mover as próprias peças no tabuleiro. Mas o conteúdo daquela mochila é minha segurança, e planejei com antecedência. Não posso arriscar ter todo o meu trabalho destruído de novo, e minhas anotações são a chave de tudo — desde que cheguem às mãos certas.

Tudo o que tenho é meu celular, com a ativação por voz habilitada, e um celular descartável que comprei na cidade. Adorei sair para comprar um desses; precisei me segurar para não entrar e dizer toda animada: "Um celular descartável, por favor!".

Jenny está esperando dar exatamente oito da noite para ligar para a delegacia de Castle Knoll e contar tudo. Queria dar a eles apenas informações suficientes para me manter segura, mas não a ponto de o detetive Crane preencher as lacunas e vencer a corrida antes de mim. Com sorte, porém, até as oito Walt receberá tudo o que precisa de mim para satisfazer as condições do testamento de tia-avó Frances.

— Sim — respondo. Estou vestindo minha jaqueta de couro do brechó outra vez e posso ver que Saxon odeia sua aparência. Ele tenta deixar seu rosto impassível, mas percebo que está ansioso para me ver longe da casa. Para sempre.

Entramos em seu carro esportivo e dirigimos em silêncio por alguns minutos. Consulto meu telefone descartável para ver as horas — são sete e vinte e cinco. O celular não é exatamente um Nokia comum, porque eu não podia arriscar usar um aparelho que não tivesse muita memória e um bom microfone para gravar de modo adequado. Minha conta bancária gritou quando comprei um iPhone novo, mas eu podia conectá-lo com minha conta da Apple já ativa como um segundo celular e ter tudo funcionando em questão de minutos. Diria que tecnicamente ele não é um celular descartável, mas gosto de usar essa terminologia. E estou contando que vou conseguir trocar os celulares bem debaixo do nariz de Saxon, então preciso que sejam parecidos. Começo a gravação enquanto murmuro mensagens falsas para mim mesma como distração. *Vejo você domingo no almoço, Jenny, beijinhos*, digo quando aperto o botão vermelho da gravação. Saxon está de olho na estrada, com uma expressão firme. Deslizo o descartável para o bolso, apanho meu celular de verdade e mexo na tela, como se nada tivesse mudado.

Agora estou preocupada com meu cronograma. Talvez seja preciso arrastar o tempo um pouco, e espero que o microfone seja capaz de gravar o som através do bolso. Assim que eu estiver em posição, não serei capaz de tirá-lo dali para captar melhor. Também estou entrando em pânico achando que errei tudo e que a noite vai terminar comigo presa por comprar drogas.

Estou tentada a testar Saxon mais um pouco e perguntar a ele *como* exatamente roubar esses medicamentos vai levar ao assassino de Frances. Para ele, no entanto, esse plano nunca teve nada a ver com Frances; era apenas para me tirar da jogada. E, se eu pressioná-lo muito, ele saberá que estou ciente de tudo.

— Abra o porta-luvas — Saxon diz. — Você encontrará o dinheiro aí dentro. Magda vai pedir a quantia primeiro, antes mesmo de te deixar entrar na ambulância.

Um maço de notas cai em minha mão, enrolado e preso com um elástico. Parece sujo e gasto, igual ao tipo de coisa que viciados usam em séries de TV, mas, quando removo o elástico e o rosto da rainha Elizabeth II olha para mim, a sorte de tia-avó Frances se acende em minha mente:

Sua lenta queda começa quando você segura a rainha na palma da mão direita.

Estremeço e afasto qualquer pensamento supersticioso antes que possa tomar conta de mim e alimentar minha ansiedade.

Guardo o dinheiro no bolso da jaqueta, olhando de soslaio para Saxon. Aposto que não há uma única impressão digital dele nestas notas, e ele fez de tudo para ter certeza de que as minhas aparecerão em toda parte. Nada de envelope ou saco plástico aqui.

— Quando você estiver lá dentro, ela vai perguntar o que você quer. Não saia do roteiro e peça algo que não estará dentro da caixa com medicamentos veterinários. Você precisa pedir ketamina.

— Entendi — digo.

COMO DESVENDAR SEU PRÓPRIO ASSASSINATO | 319

Não *pense em agulhas, não pense em seringas... Mantenha o foco, Annie. Para fazer isso, você precisa ser Annie, a protagonista. Annie, a detetive.*

Chegamos à cidade, e ele para em um pequeno estacionamento atrás da loja de bebidas. Parece ser usado apenas por funcionários, e, embora haja alguns carros estacionados ali, Saxon não parece se importar. De fato, a ambulância está escondida em plena vista. Mesmo se alguém viesse buscar seu carro, essa pessoa apenas veria uma ambulância estacionada e não pensaria duas vezes.

Ele dá ré com o carro esportivo em um espaço atrás de uma lixeira, onde podemos ver o estacionamento, mas ficamos escondidos de todos, a menos que alguém esteja realmente procurando.

— Estarei aqui, pronto para nos levar embora assim que você conseguir a caixa. Se a distração do rádio policial não funcionar e ela não tirar os olhos da caixa, apenas guarde a ketamina que ela vender no bolso e finja que é uma venda normal, ok?

Essa é a parte onde ele deve achar que sou mesmo burra.

— Por que eu simplesmente não mudaria de ideia e pediria o dinheiro de volta para ir embora sem levar as drogas?

— Porque Magda desconfiaria. Esta é a questão com atividades ilegais: precisa ser recíproco. Se você está tão envolvida quanto ela, Magda vai saber que você não vai denunciá-la.

Quero rir dessa lógica cheia de falhas, porém ele precisa pensar que confio nele.

— Certo, acho que isso faz sentido. — Concordo e mordo o lábio. Torço para que a dra. Owusu tenha espalhado a notícia sobre eu ter solucionado o assassinato. Tudo depende de essa informação ter chegado até Magda.

— É isso mesmo, pareça um pouco ansiosa — ele diz. — Finja um ataque de pânico, porque Magda vai pensar que você não é do tipo que compra drogas regularmente. Deixe-me ver seu celular. Vou digitar o número para você.

Ele estende a mão para mim, e aqui é onde eu sabia que as coisas poderiam sair um pouco dos trilhos. Saxon é esperto e quer se certificar se eu não estou gravando tudo. Também vai ficar com o celular quando eu sair do carro.

Dou uma expressão dura como cimento para ele e desbloqueio o aparelho. Olho diretamente em seus olhos e entrego o celular para Saxon. Sua máscara cai um pouco, porque ele esperava mais hesitação de minha parte.

Ele digita o número e aciona o viva-voz — quer monitorar a conversa com Magda, mas serei eu falando com ela. Não duvido que Saxon também esteja gravando com seu celular em algum lugar do carro.

O telefone chama algumas vezes, e então a voz de Magda soa preguiçosamente do outro lado da linha.

— Serviço de ferimentos leves da Magda — ela diz, e a leve melodia em suas palavras deixa óbvio que aquele número não tem nada de casual.

— Oi, Magda, aqui é Annie Adams. Ouvi dizer que este é o número que a gente liga para... uma ajuda química?

— Este mesmo — ela responde alegremente. — Você está precisando de algo para agora? Tudo depende do que você quer. Não tenho uma seleção muito grande no momento...

Saxon está assentindo para me incentivar, então tento mostrar um pouco de comprometimento com o papel.

— Estou ficando maluca com toda essa coisa de assassinato, adoraria algo para me acalmar. Você tem K? — O Urban Dictionary me ensina que as pessoas não pedem a ketamina pelo nome, e de repente sinto que a cidadã certinha dentro de mim fica exposta quando digo "K" de um jeito todo atrapalhado.

— Sim, acho que posso ajudar com isso, claro — ela responde. Magda me fala o valor e pergunta se preciso passar no caixa eletrônico. Quando digo que não, tudo começa a acontecer mais rapidamente.

— Um bom lugar para tratar um ferimento leve — ela diz — é em um dos estacionamentos na cidade. Você está na cidade?

— Estou — digo. — Acabei de sair da loja de bebidas. Pode ser perto dessa loja?

— O estacionamento atrás da loja é um ponto perfeito. Encontro você lá em dez minutos.

— Ok, ótimo.

Saxon encerra a ligação e depois guarda meu celular em seu bolso.

— Magda não vai te deixar entrar com um celular — ele afirma. — Tenho certeza de que você entende. Ela só está tentando se manter segura. Mas não se preocupe, vou estar lá vigiando, e o pior que pode acontecer é você acabar comprando um pouco de K. — Saxon parece muito mais suave quando diz "K".

Engulo saliva, minha garganta repentinamente seca.

— Certo — falo.

Tento esconder meu nervosismo porque a atmosfera dentro do carro está tensa agora. Quanto mais nervosa e com medo eu parecer, mais concentrado Saxon vai ficar. Digo a mim mesma que é apenas porque ele pensa que está ganhando, mas ouço alarmes disparando em minha cabeça.

— Você vai se sair muito bem — Saxon diz. — Mas é melhor sair e esperar lá fora, porque não podemos deixar Magda ver que estou estacionado aqui.

Desço do carro como se estivesse prestes a explodir, porém consigo me controlar assim que o ar noturno atinge meu rosto. Ando por cerca de trinta metros dentro do estacionamento, e, quando eu me viro, noto que só consigo enxergar o carro de Saxon do canto mais afastado. Caminho até o outro lado, onde ele não pode me ver, e levo a mão para dentro do bolso interno da jaqueta. A gravação pode não ter pegado as instruções de Saxon através do couro, mas não há outro lugar para guardar o celular descartável, então posso apenas rezar para que funcione. Olho para o relógio na tela: são sete e quarenta e cinco agora. Daqui a quinze minutos Jenny vai implementar a fase dois. Se eu não conseguir o que preciso nesse período, vou acabar revelando minha jogada, o detetive Crane vai aparecer e o caso será dele. Ou pior, vou levar a culpa por algo que não fiz, e Saxon vai ganhar o jogo quando descobrir quem realmente matou Frances. Porque ele vai.

Respiro fundo e me lembro de que, embora Saxon possa pensar que está me prendendo em uma armadilha, eu é que estou prendendo o assassino de tia-avó Frances em uma. Estou levando a todos nós para o lance final do jogo.

Estou contando com o fato de que a fofoca alimenta esta cidade. Também estou contando com o negócio de Magda ser um segredo aberto, sobretudo entre as pessoas com quem ela passa muito tempo. Se superestimei uma dessas coisas, estarei com sérios problemas.

— Cadê você? — murmuro entredentes. Preciso que essa ambulância chegue logo, porque tenho que estar lá dentro antes que meu tempo acabe. Eu provavelmente deveria ter calculado um atraso no plano.

Por fim, a ambulância entra no estacionamento e não consigo evitar — um sorrisinho de satisfação torce meus lábios quando vejo que acertei algumas coisas. Saxon deve estar praguejando em seu pequeno carro esportivo agora, completamente confuso. Rapidamente espio para saber se o gravador ainda está funcionando e guardo o celular de volta no bolso.

— Oi — digo, e Joe Leroy desce do lado do motorista. — Chamei por Magda — acrescento, fingindo estar confusa.

— Ah, eu sei. Mas eu disse que veria se podia te ajudar. Ela mencionou algo sobre uma leve emergência, um ataque de pânico? Você parece estar bem — ele diz, e seu rosto é amigável.

— Eu, hum, fiz alguns exercícios de respiração. — Tento deixar minha voz mais apertada, e isso não é difícil. Olho para as luvas azul-claras em suas mãos e a máscara cuidadosa de sua expressão. Meu plano não parece tão cautelosamente planejado agora. Estou sendo imprudente, mas não consigo pensar em uma saída. *Quinze minutos.* Só preciso mantê-lo falando por quinze minutos e, com sorte, vou conseguir aquilo de que preciso para poder sair daqui. — Ainda estou um pouco zonza. Tem algum lugar onde eu possa me sentar?

Joe vai até a traseira da ambulância e abre a porta. As luzes fluorescentes piscam antes de se fixarem com aquele brilho fraco hospitalar, e meu estômago se revira.

— Claro — ele responde e segura um de meus braços para me ajudar a entrar. Suas luvas cirúrgicas chiam contra o couro de minha jaqueta, e posso sentir o cheiro de desinfetante misturado com sua loção pós-barba.

Joe é a raposa, levando um coelhinho assustado para dentro das mandíbulas de sua toca. Já estou tremendo quando me sento na maca coberta com papel protetor na traseira da ambulância, mas minha mente clareia um pouco assim que noto uma caixa plástica debaixo de uma pilha de suprimentos em minha frente. É exatamente como Saxon descreveu, mas eu sabia que seria.

Ouço as portas se fechando, e a voz de Joe se torna profissional no momento em que ele diz:

— Então, Annie. — Quando meus olhos se voltam em sua direção, percebo que errei todo o cronograma. Afinal, Joe não está perdendo tempo algum. Ele já tem uma seringa na mão: — Infelizmente, você vai ter uma overdose de drogas hoje.

OS ARQUIVOS DE CASTLE KNOLL, 10 DE JANEIRO DE 1967

E**RA O PRIMEIRO NATAL DEPOIS DO DESAPARECIMENTO DE EMILY,** e acho que eu estava me sentindo generosa porque finalmente concordei em acompanhar Rose até Gravesdown Hall. Eu poderia dizer que Ford e ela estavam tramando algo, porque os presentes dele haviam cessado em setembro, e então ele começou a me enviar cartas. Eram cartas eloquentes e interessantes, e Ford demonstrava curiosidade sobre mim e meus planos para o futuro. Cada correspondência me suavizava um pouco mais, e, ao fim de setembro, de modo hesitante, passei a lhe escrever de volta. Nada muito pessoal, a princípio, mas ele tinha um jeito de me tirar do eixo que às vezes parecia meio erótico, embora suas cartas não fossem abertamente assim. Ah, é tão difícil explicar!

Quando fomos até a propriedade para o Natal, senti a força completa da afeição dele, porém de perto. Era como se Ford estivesse me entregando aquela peça de xadrez de novo, dizendo: "Aqui, segure a rainha". Mas entendi que, quando disse isso, ele abria um espaço para mim ao seu lado, em vez de simplesmente citar uma frase de minha sorte. Eu me repreendi ao encontrá-lo pela primeira vez, porque achei que fosse bobo pensar que ele estaria interessado em mim desse jeito. E, depois de saber que ele ficou com Emily, eu visualizava os dois juntos para ajudar a tirá-lo da cabeça.

Durante o mês de outubro, fiquei com medo de que ele tivesse matado Emily. E então me ocorreu que eu poderia pegar a rainha e colocá-la no tabuleiro. Afinal, chegando perto dele eu poderia descobrir o que realmente acontecera com Emily.

Mas eu sabia que era vital manter minha cabeça no lugar durante a coisa toda. Então, sempre que ele se aproximava e tocava meu coração, eu o imaginava com Emily no grande tapete na frente da lareira. Aquele na sala de jantar era o melhor, porque era feito de pele, e sempre imaginei como seria praticar luxúrias com ele naquele tapete. Era meu devaneio mais vergonhoso sobre Ford; desse modo coloquei Emily bem no centro disso para matar essa ideia de vez. Imaginava os dois juntos lá, um emaranhado de braços e pernas, Emily sempre arquitetando algo. Isso mantinha minha frieza com Ford e me deixava concentrada em como Emily podia não ter o controle que achava que tivesse sobre ele.

Porque, se quisesse outra esposa, ele poderia arranjar uma.

E aqui estava Ford me escrevendo sobre solidão. E por meio de palavras tão lindas, sua caligrafia masculina e perfeita, com um claro esforço em todas as linhas. É óbvio, guardei cada carta.

Rose se esforçou muito durante novembro para me impedir de ficar pensando em Emily. Suspeito que John tivesse enviado uma carta para ela da universidade onde estudava, explicando que eu estava falando demais sobre minha leitura da sorte e assassinato.

Então parei de conversar com os dois sobre isso e também me tornei solitária.

Em dezembro, minhas reservas começaram a enfraquecer, e as cartas se tornaram um espaço vazio onde podíamos contar nossos segredos. Ford me assegurou que Saxon e ele não estavam ficando em Chelsea com Emily, como Saxon contara a John no verão passado. Saxon havia mentido; estavam na verdade visitando internatos.

Ele começou a assinar as cartas com "Afetuosamente", endereçando-as a "Minha querida Frances". Dizia que desejava muito me ver, mas estava nervoso, depois de tanto tempo. Depois de tudo o que aconteceu. Eu não o via desde aquele dia em abril quando deixamos Emily na casa em Chelsea.

Com o passar do tempo, ficou cada vez mais difícil estragar minha própria imaginação com os pensamentos dos dois juntos. Quanto mais eu o conhecia, menos plausível parecia que ele a acharia interessante.

Eu me tornei mais convencida de que Ford enxergava por completo as intenções de Emily. Assim como enxergava as minhas. E foi isso que realmente puxou o fio de meu destino e me enlaçou com ele.

— Não fique mexendo com seu cabelo, Frances — mamãe disse quando me viu tentando prendê-lo. — Se ele gosta solto, use solto. — Minha mãe mudou de atitude quando as cartas começaram a chegar; ela achou isso respeitável da parte dele. Era antiquado, mas a lembrava de seu próprio passado. Mamãe falava sobre como ela e papai trocavam cartas durante a guerra, e como os jovens de hoje não apreciavam um bom romance lento. Então a deixei ler uma das cartas (uma das primeiras, na qual ele me perguntou sobre meus passeios preferidos e que tipo de flores eu gostava), e parecia que Ford também a conquistara.

— Estou tentando deixar um pouco mais chique — falei. — É uma festa de Natal, afinal de contas.

Mamãe arrumou a barra de meu vestido verde, irritada por eu tê-lo encurtado, mas se esforçando para não dizer nada.

— Se ele perguntar o que você gosta de beber, peça por um coquetel de champanhe — ela declarou. — Mas não tome mais de um. Provavelmente haverá vinho no jantar, e você não deve ficar muito alta. Quero que o motorista te traga de volta à meia-noite; não importa que você já tem idade. E aquele negócio no verão passado... — Ela franziu ainda mais a testa. — Se você vai manter um romance com um homem com tanto dinheiro assim e um título, precisará ser abertamente.

— Sim, é claro — eu disse, e um calor percorreu meu corpo.

Rose apertou a campainha e logo estava ao meu lado, admirando meu cabelo, meu vestido, a cor de meu batom. Quando mamãe foi pegar meu casaco, entreguei o batom a Rose e ela cuidadosamente aplicou um pouco, retocando os lábios no espelho para não deixar nenhuma mancha passar.

— Beije o Ford com esse batom hoje, Frannie, e, quando eu beijar Bill, vai ser como um eco gêmeo — ela disse.

— Você é tão dramática, Rose! — declarei, mas estava rindo.

— Ele me pediu um casamento, sabia? — Ela manteve a voz baixa, mas seu rosto estava corado.

— Rose! — Sorri para ela, que soltou um gritinho e apertou minha mão.

— E você disse sim, certo?

— Eu disse que sim, mas só quando você e Ford se casarem.

Mantive minha expressão neutra, porque sabia como Rose era. Estava feliz, então queria me puxar para aquela felicidade com ela. Era mesmo encantador. Mas ela não entendia todas as coisas pelas quais eu passava. Naquele momento eu achava que ninguém entendia, porém algo me dizia que isso não era inteiramente verdade.

— Rose, por favor, não deixe sua felicidade depender da minha, ok? Não sei onde me encontro com Ford. As coisas são realmente complicadas.

— Elas vão descomplicar logo, posso sentir — ela disse. — E, enquanto isso, Bill vai te levar até a propriedade sempre que você quiser. Ford deixa que Bill me leve aonde quero, é fantástico! Quase parece que o carro é nosso. E espere só até você ver a árvore de Natal que Ford preparou. Acho que ele passou um pouco dos limites para nós, mas é porque vai te encontrar depois de tanto tempo. Ford está nervoso, Frannie. Ele te ama, de verdade.

— Somos os únicos convidados? Não é estranho ter uma festa de Natal e convidar o motorista?

— Ford não pensou duas vezes. Se você está feliz, ele fica feliz. E sabia que você não iria sem mim.

Assenti.

— Estou contente por você estar lá — eu disse. — E Bill vai ser um bom complemento para nosso grupo.

— Pode não parecer muito convencional, mas Ford realmente está se esforçando, Frances.

Mamãe voltou um pouco afobada, segurando meu casaco mackintosh bege.

— Não consigo encontrar seu casaco de inverno, Frances. Aquele com os botões dourados.

— Ah — falei, tentando não pensar nisso. — Esse perdi faz tempo. Não consigo lembrar onde deixei.

— Então o que você está usando neste inverno? — mamãe perguntou de repente. — Eu podia jurar que te vi usando o casaco.

— Aquele era de Rose, mas o esqueci ontem no hotel quando fui tomar café. Vai ficar tudo bem.

— Bom, acho que seu outro casaco estava ficando mesmo velho — minha mãe disse. — E não tinha um corte muito bom; ficava muito solto. — E entregou o mack. — Você não vai ficar no sereno mais que um minuto, de qualquer maneira. Vou procurar algo que sirva melhor, talvez com um bom cinto.

— Obrigada, mamãe — falei e beijei seu rosto antes de enlaçar o braço com Rose e partir rumo ao interior aquecido do Rolls-Royce, com Bill saindo para nos ajudar a entrar.

Rose estava certa sobre a árvore de Natal dos Gravesdown — era uma torre de luzes elegantes bem no meio da sala de jantar. Era quase tão grande quanto o teto abobadado, e a estrela de cristal no topo beijava a parte inferior do candelabro naquilo que provavelmente foi planejado com muito cuidado.

As lareiras ardiam dos dois lados da sala, mas não estava quente demais. Bill havia desaparecido com o carro, depois foi trocar de roupa.

— Ele insistiu — Rose disse. — Queria ter certeza de que seria visto como um convidado, mesmo com Ford dizendo a ele que não precisava usar o uniforme quando fosse nos apanhar.

Notei novos funcionários entrando e saindo silenciosamente. Um deles pegou meu casaco e outro me ofereceu champanhe em uma bandeja de prata. Rose e eu aceitamos uma taça cada uma e ficamos olhando para a árvore.

— Eu podia me perder olhando para isso — eu disse.

— Fico contente que você gostou. — A voz de Ford veio atrás de mim, gentil o bastante para não me assustar, mas com eletricidade suficiente para acelerar meu coração.

Quando me virei, seus olhos brilhavam e o sorriso era suave. Eu podia ver seu nervosismo, além de sua esperança. Aquilo me desarmou, e, quando *ele beijou meu rosto ao me cumprimentar, não pude deixar de aspirar o aroma de sua loção pós-barba e dar a ele um "oi" sussurrado.*

A noite ficou mais fácil depois de duas taças de champanhe.

Acho que essa é a razão de as pessoas gostarem de champanhe, não é mesmo? Logo as formalidades e a sofisticação de coisas como canapés e caviar pareciam quase naturais. A conversa estava mais animada que o de costume; ela estalava junto com as lareiras gêmeas. A mão de Ford encontrou a parte inferior de minhas costas quando passamos da sala de jantar para a biblioteca depois da ceia, onde café com petit fours nos esperavam em bandejas de prata. Dois sofás foram posicionados ao redor de uma mesa baixa, o que dava impressão de ser uma mudança muito deliberada na mobília. Ford decidira que seria um lugar para entretenimento, em vez de um esconderijo.

Como se pudesse ler meus pensamentos, ele perguntou:

— Você gostou da maneira como mudei a biblioteca, Frances?

Olhei o entorno, notando as flores que ele havia arranjado perto das janelas e a cor das novas cortinas. Fiquei surpresa quando percebi o que realmente mudara. Eu estava refletida naquela sala. Pedaços meus que eu havia revelado naquelas cartas — Ford os tinha espalhado pela casa. Rose sorria alegremente para mim, e deixei as emoções mudarem em meu rosto. Era um pouco estranho me sentir tão vista. E, ao encarar Ford, descobri que ele também fazia eu me sentir desejada.

— É adorável — respondi. — Sempre me senti em casa nesta sala.

Ford se aproximou e me beijou. Foi um gesto rápido, mas encantador e surpreendente. Ouvi o eco de Rose beijando Bill no sofá oposto e me senti estranhamente irritada com aquilo. Aquele era meu momento, não o de Rose. Eu não deveria tê-la deixado usar meu batom.

Quando Ford se afastou, seus ombros por fim relaxaram. Fechou os olhos por um momento, um sorriso satisfeito no rosto. Ele tinha um braço casualmente sobre o encosto do sofá, atrás de mim, porém sem me tocar.

— Tenho um presente para você, Frances — ele disse, reabrindo os olhos. Fez um aceno quase imperceptível na direção da porta da biblioteca, e um dos funcionários apareceu com uma grande caixa retangular. Uma

fita dourada espessa amarrava a tampa da caixa firmemente, e hesitei quando foi colocada sobre meu colo.

— Vá em frente — Rose falou. — Abra. — Ela me deu um sorriso tranquilizador.

Levantei a tampa e, debaixo de camadas de papel tão fino como asas de borboleta, havia um perfeito casaco de lã com forro de pele. Tinha um tom profundamente verde, e só de olhar eu sabia que fora escolhido para combinar com meus olhos.

— É lindo — sussurrei. E realmente era. Eu o tirei da caixa e senti seu peso e seu calor, mas também notei que tinha um corte estiloso e seria elegante de vestir. Não antiquado demais, porém clássico.

Ford sorriu para mim e ergueu a taça em minha direção.

— Para substituir aquele que você perdeu — ele declarou e tomou o restante da bebida em um único gole.

39

— Não se preocupe, Annie, farei algumas poucas tentativas para te ressuscitar — Joe diz. Mas, como uma usuária de drogas inexperiente, você simplesmente usou muitas e rápido demais. Pobrezinha. Se pelo menos tivéssemos te encontrado mais cedo.

Recuo até onde consigo na ambulância. As portas duplas atrás de Joe parecem uma parede, prendendo a nós dois aqui. Subitamente fico ciente do pouco espaço que existe aqui dentro. Entre a maca e as gavetas de suprimentos, as sondas e os tanques de oxigênio, não há lugar algum para eu ficar que não seja ao alcance dele. Minha garganta se fecha quando vejo que minha única escapatória é através das portas da frente. Tento não olhar para a seringa na mão de Joe assim que ele dá outro passo em minha direção, mas preciso ficar de olho nela se quiser evitá-la. Eu não tinha ideia de que ele tentaria isso, no entanto deveria saber. Se você está tentando encurralar um assassino, as chances de ser morta no processo aumentam muito. E uma injeção é exatamente como Joe matou antes.

Foram as flores que finalmente me levaram a ele. Isso junto dos detalhes no diário de Frances sobre ter visto o Rolls-Royce seguindo para Chelsea no dia em que Emily foi vista pela última vez. Essas coisas me mostraram o quanto os dois assassinatos estavam conectados. Tia-avó Frances estava tão emocionalmente envolvida com Ford e se perguntando se Emily iria reconquistá-lo que apenas concluiu que era ele acelerando para estar ao lado de Emily.

Mas tudo que de fato viu foi o motorista de Ford no volante. Bill Leroy.

Foram as palavras de Rose no diário que encaixaram as peças finais em minha mente. *Ford deixa que Bill me leve aonde quero, é fantástico! Quase parece que o carro é nosso.*

O pânico ameaça me consumir, porém tento manter a cabeça limpa. Se eu começar a hiperventilar por causa da agulha, do cheiro da ambulância e da ameaça muito real contra minha vida, vou desmaiar e facilitar ainda mais para Joe.

Penso em tia-avó Frances, e minha raiva daquilo que Joe fez com ela me mantém focada. Eu me apoio nisso, cutuco esse pensamento como se fosse um machucado e uso a sensação para ficar firme.

— Como está Rose? — pergunto. Minha voz saiu apertada e aguda, mas é importante que eu deixe Joe com raiva também. Pessoas com raiva falam. — Como ela está lidando com aquilo que você fez com a melhor amiga dela? Frances era *tudo neste mundo* para ela, certo, Joe? Mais que isso, Frances era a obsessão de Rose. Muito mais que a de Emily.

— Eu *libertei* minha mãe, Annabelle — ele cospe suas palavras como uma cobra venenosa. — Você não faz *ideia* do que os anos vivendo com essa fixação lhe fizeram. Como ela morria um pouco todos os dias vendo Frances obcecada com a maldita Emily Sparrow. Minha mãe fez para Frances o maior favor da vida dela: se certificou de que Emily nunca mais a machucaria. É isso que pessoas fortes fazem! Protegem quem amam! E Frances estava destruindo minha mãe. Agora era minha vez de protegê-la. — Joe avança sobre mim e agarra meu braço, mas a espessa jaqueta de couro permite que eu me solte. Puxo um braço para fora da jaqueta, e, quando me livro dela, tento me afastar dele dentro da cabine da ambulância, procurando pela sirene ou pelo rádio. Ouço o celular caindo do bolso e atingindo o chão.

Uma mão agarra meu braço e me puxa para trás, e acabo com um braço envolvendo meu pescoço e pressionada contra o peito de Joe com uma seringa apontada para minha garganta. Tento engolir saliva e quase engasgo.

— Joe — digo quase sem voz —, eles estão vindo.

— Você está mentindo — ele diz, mas começa a trabalhar mais rápido. Percebe que não vou ficar parada o suficiente para deixá-lo me injetar, então coloca a seringa de lado e abre outra caixa de suprimentos médicos. Mantém um braço firme ao redor de meu pescoço, e, por mais que eu tente, não consigo me soltar. — Pelo menos Frances ficou parada! — Joe rosna. — Não me faça te nocautear!

— Frances achou que tivesse sido envenenada por cicuta! — consigo dizer. Seu braço afrouxa um pouco quando ele tenta pegar algo na caixa. — Você enviou aquele buquê sabendo que ela entraria em pânico e te ligaria! Sabia que ela facilitaria as coisas porque era bastante paranoica sobre ser assassinada! Você usou o maior medo de Frances contra ela. — Finalmente consigo acertar meu cotovelo nas costelas de Joe, mas ele apenas me vira para encará-lo e me empurra na maca. Seu joelho acerta meu peito com tanta força que acho que uma costela foi quebrada.

— Apenas fique parada, Annie. Tudo vai acabar logo. — Sua voz é horrivelmente neutra, e solto um grito muito mais fraco do que esperava. Eu deveria ter gritado antes, porém estava tão concentrada em conseguir a evidência de que Joe assassinou Frances que isso acabou afetando meu juízo.

— Já enviei minhas anotações para a polícia — digo. — Eles estão a caminho. Isso não é mentira.

— Não consigo enxergar como você teria descoberto tudo — Joe rebate. Meus braços estão livres, mas seu joelho pressiona o ar para fora de meus pulmões. Arranho sua perna e tento ferir seu braço quando ele agarra um de meus pulsos. Tento chutar, no entanto acerto apenas o ar; sua outra perna dá a apoio a ele e suporte para pressionar o joelho mais forte contra meu peito. — É apenas um blefe. Você não tem nada! Não acredito que tenha descoberto aquilo que Frances demorou sessenta anos para descobrir e então conectou a morte dela comigo.

— Então me solte — falo, arfando.

Começo a ver pontos brancos e sei que estou prestes a desmaiar. A dor é terrível, também acho que vou vomitar e sinto meus membros ficando pesados enquanto o joelho de Joe continua pressionando. Sua outra mão busca minha garganta, e tento me soltar fracamente. Percebo, com uma horrível certeza, que posso ter menos de um minuto de vida. Meu corpo está inerte como o de uma boneca, minha baixa estatura me dando zero vantagem. Lágrimas rolam por meu rosto e sinto pontadas de raiva por causa da facilidade com que sou dominada. Tudo o que ele precisa fazer é começar a apertar, e será meu fim.

— É tarde demais — Joe diz. — Minha mãe finalmente vai se curar disso tudo. Ela já passou por muita coisa em todos esses anos. Aquela maldita Frances foi um inferno para ela! Sempre com Emily, tudo era sobre Emily. Frances nunca enxergou o quanto minha mãe fez por ela, como a vida das duas poderia ter sido maravilhosa se Frances tivesse desistido de sua estúpida busca por justiça. Minha mãe se lembrava de cada aniversário, cada data importante, cada pequeno evento significativo para Frances, e Frances nunca deu *nada* em troca. Foi minha mãe quem segurou a mão de Frances quando ela ficou de luto pelo marido, mas e quando meu pai morreu? Frances apenas enviou um de seus estúpidos arranjos de flores! *Flores!* Depois de tudo o que passaram juntas! Depois de tudo o que minha mãe sacrificou ao se livrar de Emily e se certificar de que Frances não ficasse obcecada com a imbecil de Laura e seus quadros idiotas! Você sabia que Frances ficava horas olhando para um quadro ridículo de Laura, praticamente enlouquecendo à procura de simbologia que a "filha certa" poderia ter colocado ali?

Meus pensamentos voam para lugares estranhos enquanto luto por ar, mas Joe se distraindo com sua divagação fez sua mão afrouxar o aperto em minha garganta. A memória de tirar o quadro de mamãe da gaveta trancada flutua por minha mente com uma maré de outras imagens. De repente, contudo, cai a ficha de que tia-avó Frances *gostava, sim,* de mamãe. E me ocorre o quanto Rose prejudicou o relacionamento entre minha mãe e Frances.

Fico outra vez com vontade de vomitar quando o aperto de Joe se intensifica de novo.

— E não pense que sou ingênuo o bastante para acreditar que Frances não a teria entregado para a polícia! Ela estava a meros dias de fazer isso... era apenas questão de tempo.

— Como... como você sabe? Que Frances... — Cada palavra agora é dolorida, mas estou rezando para já serem quase oito horas. Só preciso aguentar até o detetive Crane receber aquela ligação.

E Saxon! Se Saxon planejou uma armadilha para me tirar da corrida pela herança me fazendo ser presa por comprar drogas, a polícia pode estar a caminho. Estremeço, todavia, quando meus pulmões são esmagados ainda mais, porque eu poderia estar errada sobre ele. E tudo o que Jenny vai dizer ao detetive Crane é aquilo que descobri e onde me encontrar. Não saberá a gravidade da emergência. E, mesmo se o detetive fosse informado sobre o perigo da situação em que me coloquei, ainda levaria vários minutos para ele chegar aqui. Minutos que provavelmente não tenho.

— Ela contou para minha mãe. Frances realmente foi e contou para minha mãe tudo o que havia descoberto. Era o começo do fim para minha mãe; ela começou a desmoronar. Foi então que eu soube que, enquanto Frances vivesse, minha mãe nunca teria paz. *E ela merece ter paz!* — Joe grita essas palavras em minha cara, e uma fúria emerge em minha garganta por pensar que seu bafo quente e nojento pode ser a última coisa que vou experimentar na vida. — Minha mãe não foi capaz de descansar desde seus dezessete anos, quando percebeu que Frances não ficou agradecida por aquilo que ela fez ao se livrar de Emily. Por minha vida inteira, Frances dominou as preocupações de minha mãe, todos os seus pensamentos. E isso precisava parar. — Sua voz fraqueja e seu rosto se contorce com emoção. — Eu tinha que fazer isso parar — ele diz, e suas palavras saem mais baixas agora, mas o soluço que as aperta parece quase tão perigoso quanto seus gritos.

— Suas digitais, na... bateria — falo, engasgando. E Joe arregala os olhos, e seu joelho alivia um pouco a pressão. — Você é filho de motorista. — Aspiro o ar para meus pulmões rapidamente quando sua mão solta minha garganta. Tento puxar ar de novo para tentar emitir mais algumas palavras. — Você sabia como — ofego. — Eliminou a fuga dela com uma simples desconexão da bateria. Ela já havia tentado usar o carro naquela manhã e ligado para Walt para dizer a ele que nos levasse à a propriedade. Eles vão verificar, e suas digitais estarão lá.

— Não, vai ser impossível. Eu estava de luvas — ele diz. Mas parece preocupado mesmo assim. Começa a se mover mais rápido. Seu joelho pressiona de novo, mais forte, e tento gritar, porém o som é muito fraco.

— Quem... — Só quero saber uma última coisa, a única peça que não consegui descobrir. — Quem você usou para entregar as flores?

O rosto de Joe está a centímetros do meu, seus olhos praticamente me queimando.

— Elva — ele responde.

Não consigo respirar e penso em como fui estúpida. Sinto algo se enrolando em meu braço, como um tubo de borracha cortando minha circulação, e todas aquelas vezes horríveis que precisei tirar sangue inundam minha mente. Minha visão embaça e tento mover o braço para evitar a agulha de Joe, mas meu corpo inteiro parece feito de chumbo. A última coisa que ouço é Joe dizendo:

— Igual a Frances, Annie... você causou isso a si mesma.

Sinto algo rompendo minha pele e, curiosamente, é nesse momento que minha fobia de agulhas por fim alimenta uma faísca de pânico através de meu corpo. O choque disso é rápido, e sinto a tontura ameaçando engolir minha consciência. Então, não hesito. Ajo.

Joe está tão concentrado em meu braço, em mantê-lo parado o suficiente para administrar a overdose, que se inclina sobre mim sem equilíbrio e afrouxa o aperto em meu outro braço. Seu joelho até deslizou para fora de meu peito, e consigo rapidamente passar uma perna debaixo dele para um chute. E, por ele já estar inclinado para se equilibrar sobre mim na maca, isso é suficiente para derrubá-lo para o outro lado.

Sei que ele não vai ficar caído por muito tempo, contudo aquele chute usou toda a minha força e minha mente está mergulhando em um vazio. Eu me pergunto se foi apenas minha imaginação ou se realmente ouvi o ranger das portas se abrindo antes de ser engolida pela escuridão.

40

O ROSTO DE WALT É A PRIMEIRA COISA QUE VEJO, EMBORA pareça que estou olhando através de óculos embaçados. Ainda estou na maca no interior da ambulância, mas Joe está no chão. Ele tenta se levantar, então Walt coloca um braço debaixo de meu ombro, empenhado em me tirar dali. Minha cabeça está voltada para a traseira da ambulância, desse modo Beth o ajuda a passar pelas portas antes que Joe possa se reerguer. Não vejo quem bate as portas da ambulância, fechando-o lá dentro.

Eu estava certa sobre o detetive Crane — só errei os minutos que ele demorou para chegar. Os carros de polícia chegam ao estacionamento quando afundo no chão de asfalto. O alívio de vê-los diminui um pouco meu pânico. Mas há sangue escorrendo por meu braço, e a visão do longo arranhão onde a seringa foi arrastada é o que me faz desmaiar de vez.

Nunca desmaiei duas vezes em tão pouco tempo, e o enjoo que isso me causa é horrível. Ouço o tremor da voz do detetive quando recobro a consciência, porque meu ouvido está pressionado contra seu peito. Ele tem cheiro de roupas limpas e alguma colônia com aroma de terra que já quase sumiu. Alguém está discutindo com ele, e me mexo um pouco.

— Desde que não seja o maldito hospital, por que diabos vocês...? Ah, desculpe, Annie... — Beth parece um pouco constrangida. — Não quis dizer *maldito*. — Ela estremece quando percebe que usou a palavra de novo. — Só estou dizendo a eles para levarem você a um lugar confortável que não vai provocar outro ataque de pânico.

— Está tudo bem — falo, apesar de a minha boca estar seca e, quando mexo a cabeça, sentir bile subindo pela garganta.

Não tenho tempo para sentir a humilhação, porque em questão de segundos o detetive está segurando meu cabelo quando vomito no chão do estacionamento. Ainda estou sentada em seu colo, o que piora toda a situação.

— Pode ficar tranquila porque ninguém injetou nada em você — ele afirma calmamente. — A primeira coisa que fizemos foi encontrar a seringa que Joe estava tentando usar, e ainda estava cheia.

— Por favor, não diga a palavra *seringa* — sussurro quando Beth me oferece um lenço de algodão que tirou da bolsa. Nego com a cabeça, porque seria nojento demais para um lenço tão elegante. Mexer a cabeça acabou sendo uma má ideia, e acabo experimentando o segundo round do detetive Crane me embalando como um animal ferido quando vomito outra vez.

O estacionamento inteiro está iluminado com os lampejos azuis das sirenes policiais, e sei que eles vão examinar a ambulância por horas. É mais que a cena da tentativa de assassinato de Annie Adams, e vejo Magda no banco de trás de um carro de polícia e Joe em outro.

— O que vai acontecer com Rose? — pergunto baixinho para o detetive Crane.

— Vamos conversar sobre tudo isso quando você estiver se sentindo melhor — ele responde.

Beth agora está andando de um lado a outro falando ao telefone e me olha no meio da ligação.

— A dra. Owusu concordou em te examinar onde você se sentir mais confortável — ela diz.

— Posso voltar para a casa de tia-avó Frances então? — peço.

— É claro — Crane declara.

Jogo um braço em cima do ombro dele com o objetivo de usá-lo como muleta até o carro de alguém, mas ele é mais forte do que parece e começa a me carregar. Fico um pouco irritada pelo papel de donzela em perigo, no entanto não há muito o que eu possa fazer. O detetive gentilmente me deposita no banco do passageiro do carro de Beth, e ela me leva de volta a Gravesdown Hall, com Walt e Crane seguindo atrás. Faço questão de mancar um pouco ao entramos na casa e me recuso a me apoiar em alguém quando nos acomodamos na biblioteca.

Só então noto que não há sinal algum de Saxon. Assim que Joe e Magda fossem presos, eu esperava que ele fosse tentar uma jogada por sua metade da herança, citando o acordo muito superficial que fizemos quando ofereceu aquela tênue parceria. Imagino se ele agora está em algum carro de polícia, graças ao detetive Crane e à evidência fotográfica de seu envolvimento com a venda de drogas de Magda.

Enquanto isso, Beth parece ter empilhado todos os travesseiros da casa no sofá da biblioteca, onde recebo ordens para me deitar. Walt se senta atrás da grande escrivaninha, sua pasta aberta e minha mochila ao lado. Tenho que aguentar a dra. Owusu me examinando, pedindo uma radiografia do peito e insistindo que eu não fique sem atendimento médico só porque não gosto dessas coisas.

Até Archie Foyle está aqui, com um Oliver Gordon cheio de emoções conflitantes ao seu lado.

— Annie — Walt diz —, penso que Frances nunca teve intenção de colocar ninguém em perigo tentando solucionar seu assassinato. Talvez ela tenha visualizado tudo isso acontecendo do jeito clássico: ao final da semana nos reuniríamos e o assassino seria revelado. Ou o detetive colocaria um fim em tudo depois de solucionar o caso sozinho antes de vocês. — Walt dá um sorriso convencido para Crane, porque, no fim, foi seu próprio raciocínio rápido que salvou minha vida. Tudo o que fiz foi pedir a Beth que entregasse minha mochila a ele. — Mas eu conhecia Frances muito bem para saber até onde sua paranoia chegava e deveria ter percebido nos dias antes de sua morte, quando ela correu para mudar o testamento para te incluir, que Frances havia se convencido de que você seria a salvadora invencível de toda essa situação. A *filha certa* que traria justiça. Sinto muito por isso ter quase custado sua vida, e se eu pudesse voltar atrás e mudar as coisas, voltaria.

— A culpa não é sua — falo. — E também não culpo tia-avó Frances. Eu me afundei por inteiro nisso simplesmente sendo eu mesma. E tia-avó Frances não suspeitava que Joe fosse matá-la até ser tarde demais. Acho que ela pensou que ele não sabia de Emily, não sabia o que Rose havia feito. Eu não tinha qualquer prova concreta de que realmente fora Joe quem matou Frances, então precisei confrontá-lo. Não podia só acusá-lo na frente de todos vocês; ele teria negado tudo.

— Você pode voltar um pouco a fita, Annie? — o detetive Crane pede. — Como você sabia que foi Rose?

— Especialmente por causa do diário, mas também por causa do carro e do álbum de fotos.

— Você pode explicar melhor? Porque, com exceção talvez de Walt, acho que ninguém consegue enxergar de verdade dentro da mente de Frances.

— A pergunta mais importante não era quem matou Emily Sparrow, embora isso também fosse relevante. A chave foi saber por que tia-avó Frances conseguiu descobrir isso tão de repente — digo. Bebo um gole do copo d'água que o detetive Crane me entrega. — Uma coisa que notei era o quanto Frances mencionava suas roupas no diário. Rose sempre falava sobre como Emily roubava as coisas de Frances, imitando-a. E no diário o foco nas roupas começou a revelar que as três amigas tinham uma proximidade meio tóxica. Emily roubou, sim, o casaco de Frances e, sendo Emily, também roubou um revólver. Supostamente, isso foi porque ela estava entediada, porém acho que, por trás de tudo, ela queria se proteger, porque estava recebendo ameaças de uma pessoa anônima havia meses.

— Ameaças de Rose?

— Já vou chegar lá, mas sim. Enfim, o que me fez encaixar todas as peças foi o casaco: Emily foi morta com a arma deixada no bolso do casaco de lã de Frances. Então, quando Rose me deu o álbum de fotos, finalmente a ficha caiu. Era *Rose* quem vestia todas as coisas de Frances. Em especial, uma pilha de roupas de inverno que Frances entregara para Rose no dia em que estava tentando sair escondida para Chelsea em vez de arrancar as ervas daninhas do jardim da vizinha. A mãe de Frances estava de olho nela enquanto trabalhava, porque o castigo da filha era consequência por ter ido escondida até a propriedade dos Gravesdown se encontrar com Ford.

— Então Rose tinha o casaco, mas como ela chegou em Chelsea? — Beth pergunta.

— Quando li o diário pela primeira vez, pensei que, no momento em que o carro de Ford foi visto passando pela casa de Peter e Tansy na estrada, automaticamente quem fosse estar no banco de trás seriam Ford e Saxon. Mas Frances mencionou que era Bill no volante, algo que não era fora do comum, até eu ler que Bill tinha permissão para usar o carro e levar Rose aonde ela quisesse. Ele levou *Rose* para Chelsea naquele dia.

— Você acha que Bill foi cúmplice no assassinato? — Crane pergunta.

Mordo o lábio enquanto penso sobre isso, porém Walt interrompe:

— Duvido que Bill soubesse o que Rose pretendia fazer. Imagino que, se ela lhe pedisse para esperar no carro, ele obedeceria, considerando o que sei sobre o relacionamento deles — ele responde.

— Então Bill levou Rose até a casa em Chelsea, onde ela matou Emily e escondeu o corpo naquele baú no porão, junto com o casaco e a arma do crime — digo. — A única variável que eu não conseguia entender era Ford e Saxon, porque Saxon me disse que, quando eles chegaram em Chelsea, não havia ninguém lá. Mas lembrei, por fim: Ford nunca dirigia o Phantom; ele preferia sua Mercedes, que era mais moderna. Saxon estava fazendo tudo o que podia para me despistar no que dizia respeito a Emily Sparrow. — Olho para o detetive, que me dá um leve aceno de cabeça. — E então entendi por que Saxon se esforçava tanto para me enganar sobre Emily. Por um tempo, pensei que fosse porque ele estava protegendo a memória de seu tio ou talvez a si mesmo, mas, na verdade, apenas queria me confundir.

— Além disso, entretanto, Emily disse a John que esquecera algo na casa em Chelsea, o que desencadeou toda essa situação — Walt diz. — Em suas anotações, isso ainda estava sem resposta. Você descobriu por que Emily voltou lá?

— John acreditava que Emily tinha querido dizer que retornaria para tomar Laura de Peter e Tansy, mas era muito mais simples que isso. Ela esqueceu sua máquina de escrever, aquela que os pais haviam lhe dado para levar a Londres. E sei que essa máquina de escrever nunca voltou para Castle Knoll porque a encontrei anos atrás e a levei até meu quarto. As descrições no diário de tia-avó Frances combinam com a máquina que encontrei; tinha capa plástica com estampa xadrez. Acho que a mãe de Emily perguntara pela máquina quando ela voltou para Castle Knoll, e, assim que Emily correu de volta para Chelsea, a governanta estava terminando de arrumar as malas e se preparando para trancar a casa. Rose tinha a desculpa perfeita, porque Bill estava esperando no carro, e isso significava que a sra. Blanchard podia pegar uma carona para Castle Knoll em vez de tomar o trem. Rose a teria enviado para esperar com ele no carro enquanto conversava com Emily, prometendo que trancaria a casa.

— Mas por que nenhum deles questionou o motivo de Emily não estar com Rose quando ela trancou a casa? — Oliver pergunta. Fico surpresa com seu interesse, porém ele me observa com uma expressão quase de admiração, como se eu estivesse fazendo um truque de mágica. Eu me pergunto se, na verdade, seu coração está mesmo em Castle Knoll afinal de contas, e se ele esteve se escondendo atrás de uma fachada de desdém apenas para conseguir lidar com a terrível situação em que tia-avó Frances o colocou. Então faço uma pausa e o encaro. — O estacionamento daquela casa — ele diz lentamente.

— Agora você está pensando como um desenvolvedor imobiliário — afirmo e sorrio.

— O estacionamento é restrito e provavelmente também era naquela época. Bill Leroy não poderia ficar parado na frente daquela casa por mais de um minuto, se é que parou. Ele teria que estacionar longe, no fim da rua.

— Exatamente — declaro e gosto de ver Oliver se endireitar um pouco na cadeira, satisfeito consigo mesmo. — Isso deu a Rose tempo para trancar a casa e voltar para o carro, sozinha, com uma história sobre como Emily decidira sair e fazer o que sempre fazia. Ir ao teatro, fazer compras, tomar o trem mais tarde, qualquer coisa.

— Mas como ela se livrou do corpo tão rapidamente, e como limpou a sujeira que o assassinato deve ter provocado? — Crane pergunta. Sinto um pouco de meu entusiasmo murchar enquanto ele me observa. O detetive não está tentando me atrapalhar; sua expressão é de simples interesse, no entanto esqueço que não estou no comando.

Então Walt interrompe:

— É só um palpite, e Crane vai precisar examinar o porão da casa em Chelsea para ter o quadro completo, mas imagino que Rose tenha matado Emily no porão. Apenas Rose sabe o que elas faziam ali, se for esse o caso mesmo, contudo é o cenário mais provável.

— Tem um ralo no chão do porão — eu me lembro de repente. — É uma das razões para mamãe pintar naquele cômodo. Se havia sangue quando Rose matou Emily, alguns baldes de água poderiam dar conta rapidamente.

De repente, todos ficam em silêncio, porque não tenho mais nada a dizer. Estou esgotada, mas contente por alguma justiça ter chegado para tia-avó Frances e Emily Sparrow. E orgulhosa por ser a razão de isso acontecer.

Então olho pela janela para o gramado na frente da casa e sinto uma pontada de culpa por Archie Foyle e sua família.

— Desculpe — digo para Beth. — Dei meu melhor, mas precisei envolver a polícia no fim. Acho que isso arruinou tudo para todos. A Jessop Fields vai chegar e transformar toda a propriedade em um campo de golfe.

— Como assim? — Oliver indaga, antes que Beth pudesse reagir.

Walt pigarreia, e todos nós o observamos cuidadosamente enquanto ele mexe em papéis dentro de sua pasta.

— Acho que você se esqueceu, Annie, de que Frances deu a mim a palavra final em relação a quem oficialmente solucionasse o assassinato dela primeiro. Acredito que nem precise dizer, mas sem dúvida foi você.

Beth solta uma exclamação de felicidade, porém tudo o que consigo fazer é piscar enquanto tento digerir a ideia de que uma herança desse tamanho realmente é minha.

A primeira coisa que sinto é uma onda de alívio por mamãe poder ficar com a casa que tanto adora. E descubro que também desejo preservar a casa — passei a infância lá desenterrando coisas estranhas atrás de armários, como velhas latinhas de cera de cabelo e abotoaduras, e foi então que comecei a inventar histórias sobre os fantasmas das pessoas que deixaram aqueles itens para trás. Agora, com pistas da história verdadeira, eu me sinto ainda mais compelida a preservá-la.

Talvez seja apenas necessário fechar o porão de vez, e mamãe pode alugar um estúdio profissional em outro lugar.

Em contrapartida, fico surpresa por me sentir também um pouco triste por ganhar a herança, porque é como se agora tia-avó Frances realmente tivesse partido. Quando seu assassinato precisava ser desvendado, ela era minha companhia constante. Olhei para tudo nesta casa como pistas de sua vida, assim como de sua morte. Eu não sabia no momento, mas não acho que de fato foi o mistério de Emily Sparrow que me atraiu tanto ou a tarefa de descobrir o que aconteceu com Frances.

Fui atraída pelo mistério da própria tia-avó Frances — sua vida, seus amores e suas muitas obsessões. Ela conversava comigo com seu temperamento reservado e suas observações aguçadas. Nela, enxerguei alguém que era tão ciente de si mesma a ponto de isso se tornar catastrófico, uma tendência que compartilho. E, por um breve momento, quase herdei seu destino além de sua fortuna.

Solto o ar lentamente quando percebo que sou, de fato, a filha certa. Trouxe justiça para tia-avó Frances. E para Emily, minha avó de verdade. Isso me dá uma satisfação pacífica, mesmo agora também herdando a tristeza da perda de Emily Sparrow com a indignação de como sua vida foi interrompida tão cedo.

Todos na biblioteca me parabenizam, embora eu possa sentir o detetive Crane me observando com cautela. Fico confortada com o fato de que ao menos uma pessoa no ambiente nota que estou tomando um momento para lamentar que tudo tenha terminado. Afinal, apenas conheci tia-avó Frances depois de já tê-la perdido.

Atravesso o cômodo até as prateleiras atrás da escrivaninha, onde está o tabuleiro de xadrez. Apanho a rainha e vou até onde Walt me olha atrás da mesa. Coloco a rainha exatamente no centro, respiro fundo e seguro as lágrimas quando tento encontrar as palavras certas.

— A primeira coisa a fazer será uma despedida adequada — digo. — E quero a cidade inteira aqui. Quero que todos saibam, sem sombra de dúvidas, o quanto estavam errados sobre Frances. E o quanto ela era especial.

41

— Nossa, esse lugar me dava arrepios — mamãe diz ao meu lado no gramado na frente de Gravesdown Hall. Faz duas semanas desde que solucionei o assassinato de tia-avó Frances, e o sol decidiu continuar assando todos no começo de setembro. Não vejo a hora de o friozinho do outono chegar e me sinto revigorada por saber que estarei em Castle Knoll para passar os dias assim. Imagino o gramado cheio de folhas amarelas, depois coberto de gelo no inverno. — Estive aqui poucas vezes — minha mãe continua —, mas tem uma aparência melhor agora. — Ela torce um dos grandes colares que usa ao redor do pescoço e os pingentes tilintam um pouco, como se fossem seus próprios sinos de vento. — Acho que ajuda o fato de eu não ter mais sete anos, convencida de que Archie Foyle vai usar sua tesoura de jardinagem para cortar meus dedos fora se eu não me comportar. — Estremece. — Saxon me contava todo tipo de mentira quando eu ficava aqui. Era um adolescente muito estranho.

— Que coisa horrível de dizer para uma criança — respondo.

— Bom, considerando aquilo que tia Frances escreveu, Saxon nunca pôde ser uma criança normal, então sinto um pouco menos de raiva dele agora. — Ela esfrega os braços como se fizesse frio, embora esteja tão quente que eu gostaria de correr na direção dos irrigadores, igual a uma criança.

Uma das primeiras coisas que fiz depois de atualizar mamãe sobre tudo o que aconteceu foi dar a ela o diário para que pudesse lê-lo. Ela se demorou na leitura e, quando terminou, não quis conversar a respeito comigo. Ultimamente, no entanto, tem começado a revelar a própria história nisso tudo. Acho que ajuda o fato de ela ter sua arte para trabalhar durante o processo. Minha mãe não gosta de falar de suas emoções; ela as visualiza e as compartilha desse modo.

— Mas a tentativa dele de incriminá-la comprando drogas foi algo puramente malévolo — ela acrescenta.

Elva foi inocentada de qualquer envolvimento na morte de tia-avó Frances, mas apenas porque podia negar plausivelmente. Elva afirmou que Joe entregara as flores de passagem, dizendo que haviam sido entregues erradamente no hotel e que eram para Frances, de um remetente anônimo. Isso foi esperto da parte dele: Elva estava sempre em Gravesdown Hall, então Frances teria pensado que o buquê vinha dela. Imagino que Elva tratava Frances com reverência, bajulando a mulher que poderia dar a seu marido a herança adequada, e não teria corrigido a suposição de Frances. É por isso que Elva também não ligou para a polícia quando encontramos tia-avó Frances: ela temeu ser implicada quando percebeu o que tinha acontecido.

Eu esperava que Saxon fosse evitar tanto a casa quanto a mim, mas não fez isso. Depois de ser preso por seus crimes relacionados ao tráfico de drogas, pagou a fiança e está aguardando o julgamento. Fez questão de me visitar várias vezes, e estou de olho nele porque acho que ele ainda não terminou de jogar seus joguinhos comigo.

Cumpri minha palavra e entreguei o Rolls-Royce para os Foyle. Archie limpou suas estufas, e eu decidi que não faria muitas perguntas sobre o que ele tinha feito com toda aquela maconha. Ele escolheu se aposentar da jardinagem — disse que apenas continuava trabalhando porque as flores significavam muito para tia-avó Frances. Archie vai converter um dos outros celeiros em uma garagem para seu hobby: restaurar carros antigos. Fiquei feliz em investir em seu novo negócio; acho que tudo o que ele realmente queria era alguém para apoiar um empreendimento seu. Só escolheu o errado para convencer tia-avó Frances.

— Não se preocupe com Saxon — digo. Mamãe não sabe de todos os detalhes de como meu plano para superar Saxon quase havia me matado; não queria deixá-la preocupada. Além disso, apesar de ela ter seu lado imprudente, suas aventuras incluíam entrar de graça no teatro no meio do intervalo ou me desafiar a usar um sotaque francês para flertar com o garçom. Nada envolvendo perigo de morte. Minha mãe não entenderia o quanto eu estava decidida a encontrar o assassino de tia-avó Frances. — O detetive Crane o está observando de perto agora.

— E falando nele... — ela declara. O carro do detetive entra no caminho de cascalho e noto que Walt está no banco do passageiro.

— Tem certeza de que você não quer ir junto? — pergunto.

O detetive Crane vai me levar para o lugar onde Rose está morando depois de ser declarada incapaz de ser submetida a julgamento. Eu não sabia se deveria ir, mas acho que isso pode me ajudar a sentir que toda essa história teve o fim correto. Acho que seria aquilo que as pessoas chamariam de pôr um ponto-final, porém Crane teve o cuidado de me alertar que isso pode não acontecer quando eu finalmente encontrá-la.

Entendo o que ele quis dizer. Não há nada satisfatório em uma mulher cuja vida desmoronou como a de Rose. Ela matou uma amiga, e então seu filho assassinou sua melhor amiga. Não sei o que estou esperando da conversa com Rose, mas ainda sinto que devo vê-la.

— Tenho certeza — ela responde. — Prefiro ir me encontrar com John. Parece o melhor caminho para eu seguir em frente.

— Entendo — eu digo. — Ah, quase esqueci — acrescento, e procuro na sacola pendurada em meu ombro. Dentro dela, tenho algumas canetas e cadernos, para o caso de eu sentir necessidade de anotar meus pensamentos sobre o encontro com Rose. Comecei a registrar minhas experiências, como tia-avó Frances fazia, e isso me ajudou a ver que minha própria história é uma coisa viva. Desdobra-se e retorna, e dobra sobre si mesma de novo. Quando se anota tudo, é possível voltar e encontrar significados não percebidos antes.

Entrego para minha mãe um arquivo espesso com o nome de papai na frente.

— Aqui está — falo. — Você pediu que eu pegasse e folheei um pouco, mas acho que não estou muito curiosa com isso no momento.

Ela olha para a pasta e um triste sorriso aparece por uma fração de segundo em seu rosto.

— Certo. Vou guardar até você mudar de ideia. Sabe por quê, Annie?

— Por quê?

— Ele está por aí, seu pai. Não é um bom homem, e agora que nós duas aparecemos no noticiário, imagino que ele possa ressurgir.

Eu tinha pensado nisso, mas não respondo nada. Mamãe voltando à cena das artes plásticas já seria barulho suficiente, porém minha história também ganhou manchetes pelo mundo todo. Eu ter solucionado dois assassinatos e me tornado uma herdeira seria notícia por si só, mas e o assassinato de uma avó que eu nem conhecia? As manchetes praticamente se escrevem sozinhas: ANNIE ADAMS: COMO A NETA SECRETA DE UMA ADOLESCENTE VÍTIMA DE ASSASSINATO VIROU UMA CIDADE DE CABEÇA PARA BAIXO.

— Você virá para casa depois para jantar? — pergunto para mamãe. Ela suspira.

— Estou ansiosa para voltar ao meu novo estúdio — ela responde. — Então acho que vou embora, se você não se importa. Mas estarei aqui em outubro, para o funeral. Prometo.

Walt se aproxima de nós cuidadosamente e assume um olhar melancólico quando vê mamãe. Acho que não posso culpá-lo. Minha mãe representa a filha que ele nunca teve ou um eco da mulher que ele amou e perdeu. Quando se vira para mim, seus olhos se arregalam um pouco diante de minha camiseta de brechó. Estou usando as roupas que encontrei na primeira ida à Oxfam de Castle Knoll — a camisa de veludo cotelê com a camiseta gasta de show de rock por baixo. É possível ler as palavras *The Kinks: ao vivo no Kelvin Hall, Glasgow, 1967*.

— Achei que eu tivesse me livrado dessa camiseta — ele meio que resmunga. Seu rosto até fica um pouco corado.

— Eu a comprei na loja da Oxfam — digo, com orgulho na voz. — Sempre gostei daquela música, sabe, "You really got me".

Walt ri e concorda.

— Então fico contente que a camiseta tenha acabado em suas mãos.

— Se você tiver mais algumas, adoraria ficar com elas — ofereço, sorrindo.

— Devo ter uma camiseta do Pink Floyd em algum lugar — ele fala. — Oliver não dava o devido valor. Vou ver se consigo achar. Seria bom dar vida nova a ela.

Quero agradecê-lo por enviar dinheiro para cuidar de mamãe e de mim, ainda que por apenas alguns dias. Ele fez isso sem avisar tia-avó Frances, porque não concordava com as escolhas dela. Acho que apenas queria ajudar a família de Emily de algum jeito. Mas decido que é melhor que Walt ache que não sei que foi ele.

Há um momento de silêncio constrangedor, até que o detetive Crane olha diretamente para mim.

— É melhor irmos, Annie, se quisermos chegar na hora. Eles marcaram uma visita especial para nós, não podemos nos atrasar.

— Certo — digo.

Rose se senta encurvada e timidamente atrás da pequena mesa na frente do detetive Crane e de mim. Encara mais o detetive, um olhar que estranhamente passa confiança. Parece que ela decidiu que gosta dele. Sempre que me observa, suas feições se contorcem, mas nenhuma expressão se firma por muito tempo. É como se não conseguisse reconhecer a pessoa para a qual está olhando, qual das mulheres que lhe haviam feito mal eu realmente era.

Um terapeuta está sentado ao seu lado, um homem com seus quarenta anos que imagino estar ali tanto para defender os direitos de Rose quanto para mantê-la calma.

Não sei como começar. Diria: *Obrigada por nos receber*, porém ela não teve escolha. Ou: *É muito bom revê-la*, mas não é. Felizmente, Crane sente isso e toma as rédeas. Só estou aqui porque ele me deixou vir junto, afinal de contas. E ele só foi autorizado a ver Rose porque é o detetive responsável por fechar os dois casos de assassinato.

— Oi, Rose — ele diz. — Achamos que seria útil termos uma conversa juntos. Apenas para confirmar e esclarecer as coisas. Ninguém vai lhe pedir para compartilhar informações que você não queira dar. Agora que confessou e que não haverá julgamento, talvez isso possa curar algumas mágoas. O que você acha?

Os olhos de Rose se voltam para mim e sua postura muda, murchando.

— Queria gostar de você — ela declara. — Tentei, mas você tornou isso bem difícil. — Não sei se ela está falando com Emily, com mamãe ou comigo.

Achei que fosse sentir raiva de Rose, mas meus sentimentos são tão diversos que considero complicado definir. Ela tinha dezessete anos quando matou Emily. Acho que só quero saber se ela está arrependida.

— Gostei muito de olhar as fotos no álbum que você me deu — falo. Pelo menos isso é verdade. Guardo aquele álbum com muito carinho, embora também me deixe um pouco triste. Mandei colocar a foto de Emily, grávida de mamãe, em um porta-retratos e o deixei na biblioteca com algumas das outras lembranças que tia-avó Frances guardava ali.

Rose observa o vazio, mas então seu olhar dispara de volta para mim e seus olhos sombrios penetram os meus.

— Você quer um pedido de desculpas — ela diz repentinamente. — Mas não haverá um. Emily precisava ser detida.

Isso, pelo menos, elimina algumas de minhas emoções conflitantes. Depois disso, não hesito em dizer a ela o que penso.

— Rose — declaro, mantendo a voz calma. — Você entende que, se não tivesse matado Emily, Frances poderia ter esquecido aquela leitura da sorte? Li o diário dela. A crença em seu destino começou porque ela encontrou nos bolsos da saia bilhetes com as ameaças que *você escreveu*. E então, quando Emily desapareceu, isso apenas alimentou o medo dela. Ela se perguntava se alguém pretendia lhe fazer mal, mas acabou encontrando Emily. Você achou que estava protegendo Frances de uma vida arruinada por Emily, mas ela acabou vivendo com um medo que *você ajudou a cultivar.*

Rose se assusta quando minhas palavras a atingem e pisca. Mas não há lágrimas e, à medida que observo as expressões mudando em seu rosto, posso ver que ela está rearranjando minhas palavras em uma história que julgue melhor.

O detetive Crane gentilmente segura meu cotovelo debaixo da mesa, onde ninguém pode ver. As faíscas de minha raiva diminuem, e fico apenas com as brasas de uma animosidade contra Rose que posso sentir que vai arder por anos.

Acho, contudo, que isso é o que acontece quando se soluciona um assassinato. A indignação do crime em si não some apenas porque você juntou todas as peças. Esse é um triste fato que aprendi e que me fez olhar de maneira diferente para a vida e meus escritos.

— Acho que já chega por hoje — o terapeuta diz.

Olho para Rose uma última vez antes de ela ser conduzida de volta para o seu quarto, mas ela não se dá ao trabalho de fazer o mesmo. Suspeito que meu rosto esteja marcado em sua memória, misturado ao de Emily agora.

42

ESCOLHI OUTUBRO PARA O FUNERAL PORQUE O TESTAMENTO de Frances especificava o outono. E posso entender a razão — a propriedade fica gloriosa sob a luz dourada, com a faixa de árvores que cerca as terras oferecendo um show de tons alaranjados e vermelhos.

Observo as pessoas depois que os discursos acabaram tomando o bom champanhe da adega dos Gravesdown e me sinto bem por não ser o centro das atenções por um momento. John Oxley fez todos chorarem, mas de um jeito comovente, e estou contente ao ver os presentes se servindo da comida que Beth preparou.

O velório acontece nos extensos gramados na frente da propriedade, o que foi uma boa escolha, porque toda a cidade apareceu. A casa é o pano de fundo perfeito para dizer adeus à tia-avó Frances. A recriação de seu pequeno escritório no centro do gramado é admirada por todos. Jenny criou o cenário inteiro, e é uma obra de arte muito adequada. Um tablado com tapetes orientais sustenta a coisa toda, com o abajur de chão da Tiffany e a poltrona de tia-avó Frances no centro. Queria me certificar de que, no meio daquele furacão — com as notícias nos jornais e a fofoca voando pela cidade —, todos se lembrassem de que havia uma mulher que deixará saudades.

Uma seleção de seus livros — todos sobre assassinatos misteriosos — está equilibrada em pilhas assimétricas, e Jenny arranjou flores em todos os vãos e espaços da poltrona, bem como no topo da máquina de escrever de Emily (que pedi para mamãe trazer de Chelsea). A máquina está em um pedestal separado com uma fotografia de sua dona em um porta-retratos de prata. Queria ter certeza também de que nos despedíssemos de Emily, porque sinto que Frances gostaria disso.

A irmã de Emily, Laura, veio de Brighton e está serenamente afastada de todos. Ela me procurou antes dos discursos, abraçou-me e sussurrou "Obrigada" antes de desaparecer na multidão. Sempre que olho para mamãe, contudo, ela está conversando com sua xará, e isso aquece meu coração.

Saxon e Elva estão aqui, andando no meio das pessoas, elogiando a comida de Beth e bebendo champanhe um pouco além da conta. Miyuki ajuda Beth a distribuir bandeja atrás de bandeja da cozinha até as longas mesas que posicionamos em um grande quadrado ao redor do cenário preparado por Jenny no centro do gramado.

Noto Oliver perto de Jenny, tentando começar uma conversa com ela. Jenny parece meio interessada nele, então me aproximo com a intenção de resgatar minha amiga de si mesma. Jenny tem uma coisa em comum com minha mãe: se esbarra com um homem obviamente problemático, é atraída por ele como um ímã. Felizmente Jenny pode contar comigo para intervir e repelir o magnetismo, como um verdadeiro polo oposto.

— Está tudo maravilhoso, Annie — Jenny diz quando me vê.

— Obrigada — falo. — Mas você sabe que devo muito a você — acrescento, alisando o meu casaco. Sinto minha testa franzindo quando olho ao redor.

— Por que você parece tão preocupada? — Oliver pergunta.

— É só que... não gosto de pontas soltas. E vendo todos no mesmo lugar, pensando em todos os eventos que nos trouxeram até aqui... — Suspiro. — Nunca descobri quem deixou aqueles bilhetes ameaçadores para mim.

— Ah. — Oliver coça a parte de trás do pescoço, parecendo um pouco taciturno. — Fui eu.

— Você... *você*? Por quê? E onde os encontrou? Espera, você destruiu meu notebook e rasgou meus cadernos?

— Não! Eu não destruí nada. Aquilo foi obra do Saxon. Se ele disse que não foi, mentiu. Mas entendo que deixar aqueles bilhetes em seu quarto do nada foi uma jogada estranha. Eu sentia, contudo, que precisava fazer algo em vez de ficar parado vendo tudo acontecendo ao redor. Eu não conseguia decidir se deveria agir para intimidá-la ou ajudá-la. E, quando encontrei aqueles bilhetes no escritório de Frances, achei que eles... bem, fizessem as duas coisas? E realmente fizeram, não é mesmo?

O rosto de Oliver parece tão franco e despretensioso por um momento que quase não respondo nada. Mas não consigo me segurar.

— Oliver, senti que estava sendo vigiada... Foi muito horrível!

Ele parece murchar um pouco, então concorda.

— Desculpe, Annie. Só não consegui enxergar outra maneira para fazer as coisas... Para ser honesto, sempre odiei meu trabalho. Apenas não tinha coragem para buscar uma saída. Mas sabia que, se você solucionasse o assassinato, eu não precisaria tomar nenhuma decisão difícil. Tomariam essas decisões por mim. E isso... — ele faz uma pausa e depois suspira. — Sei que é algo extremamente covarde, todavia era tudo em que eu conseguia pensar enquanto meu chefe não parava de me atazanar.

Concordo, porque, pensando agora, posso ver como Oliver estava constantemente estressado falando ao telefone durante todos aqueles dias de agosto.

— Bom, você acabou ajudando — digo lentamente. — Mas, sem dúvida, acho que deveria pedir demissão.

— Oh. — Ele ri, mas com um toque de cinismo. — Fui despedido. Era o que eu queria mesmo, então acho que, no fim, deu tudo certo.

Ouço alguém tossindo educadamente atrás de mim e me viro para ver o detetive Crane, paciente, esperando para conversar comigo. Jenny ergue uma sobrancelha para mim, então devolvo com uma expressão dizendo: *Pare de ser tão óbvia e ridícula.* Ela e Oliver pedem licença e se juntam a um grupo de pessoas que admiram a comida que Beth acabou de servir.

— Annie — o detetive Crane fala, colocando as duas mãos no bolso e se inclinando um pouco sobre os calcanhares.

Ele está mais bem-vestido do que o normal e usa calça chino clara e uma gravata levemente torta para um lado, como se estivesse mexendo no colarinho o dia inteiro. Sua barba escura está um pouco mais curta e o cabelo parece bem aparado. Suspeito que ele tenha passado na bar-bearia só para se arrumar para estar aqui.

Porém, ao observar o detetive Crane, que tão cuidadosamente tenta encontrar um jeito de me contar algo, percebo de repente estou sendo um pouco covarde por não fazer minha parte. Então miro em seus olhos escuros e respiro fundo.

— Preciso apresentar as evidências no julgamento de Joe, não é mesmo? — Minha voz sai gélida, porque não gosto de voltar a pensar naquela experiência na ambulância.

Os ombros do detetive Crane relaxam, porque ele é o tipo de pessoa que gosta de ir direto ao assunto, e ficar enrolando sobre algo importante seria para ele quase como mentir. Sorrio para mim mesma, afinal estou começando a entender o quanto essa espécie de honestidade é rara.

— A promotora ligou hoje de manhã — Crane diz. — Ela acha que a defesa vai atacá-la por tentar atrair Joe para uma armadilha e fazê-lo confessar. Mas nosso caso é tão sólido que não vejo muita chance de essa ação dar certo. Ainda assim, ela quer você pronta para enfrentar isso no julgamento.

Concordo.

— Obrigada pelo aviso.

Sinto que a maior parte de minhas emoções conflitantes sobre o assassinato de tia-avó Frances foi resolvida com Rose. Mas Joe fica em minha mente como um autêntico vilão, alguém que achou que podia controlar a situação com violência. Não sinto conflito algum sobre man-dá-lo para a cadeia, então, quando chegar a hora, é isso o que vou fazer.

O detetive Crane estende o braço como se fosse tomar minha mão, porém o momento é tão rápido que posso ter apenas imaginado. Sua mão vai até meu ombro, que ele aperta uma vez em um breve pulso, depois deixa o braço cair ao lado do corpo.

O sol de outubro é forte, mas o frio no ar é suficiente para me fazer usar camadas de roupa. Meu novo casaco é um elegante mack marrom, escolhido por Jenny. Encontrei o casaco verde-escuro de lã que Frances ganhou de Ford pendurado em seu guarda-roupa ao lado do vestido de veludo verde que ela usou naquele Natal. Fiquei tentada a vesti-lo, porém, como roupas emprestadas tiveram um papel crucial em minhas investigações, achei que não fosse correto. Além disso, meu primeiro instinto ao ver o casaco foi conferir os bolsos para saber se havia alguma arma ou ameaça.

O fato de tia-avó Frances ter guardado cada peça de roupa que possuía desde 1966 também me faz pensar. Existem vários outros diários com capa de couro repletos de seus escritos; eu os encontrei em um lugar diferente da casa. Acho que, por não falarem de Emily Sparrow ou de assassinato, tia-avó Frances os guardou separadamente. Mas, olhando em seu guarda-roupa, tentando pensar no que vestir, decidi não arriscar escolher algo que pudesse fazer parte de outro crime investigado por ela. Porque isso seria bem a seu estilo, envolver-se em outro assassinato enquanto tentava impedir o próprio.

Deparei-me, entretanto, com algo que me fez sentir como se tia-avó Frances estivesse à minha espera, depois de todo esse tempo. No baú de cedro em seu quarto, onde encontrei os outros diários que ela preenchera, havia vários cadernos com capa de couro, todos vazios e esperando alguém aparecer e acrescentar novas palavras a eles.

Pouco antes de sair no gramado para o funeral, abri o primeiro. Levando a caneta ao papel em branco, comecei a escrever.

AGRADECIMENTOS

MUITAS PESSOAS EXCELENTES DEDICARAM UMA QUANTIDADE inacreditável de trabalho árduo para trazer a voz de Annie e Frances para o mundo. Quando penso em como este livro teve início — e, se você continuar lendo meus agradecimentos, logo saberá o que quero dizer —, sinto uma convicção muito grande ao declarar de todo o coração que isso foi um esforço coletivo.

Tenho que começar agradecendo à minha agente maravilhosa, Zoë Plant, porque ela realmente foi a pessoa responsável por dar uma forma decente a este livro. Em 2021, no meio da pandemia, eu dava aulas em casa para duas crianças, e meu cérebro de escritora decidiu se fragmentar em pedacinhos, então passei a enviar para Zoë os rascunhos de cada ideia maluca minha. Com paciência, ela analisou tudo, desde livros infantis até comédias adolescentes sobre vampiros, e, embora a maioria de meus escritos (todos) na pandemia fosse objetivamente terrível, Zoë nunca parou de me incentivar a continuar tendo ideias. Por acaso, enviei um grande pedaço de um romance juvenil no qual uma nova-iorquina esperta chamada Annie embarcava em uma viagem pela Inglaterra para solucionar um assassinato por causa de algo que uma cartomante uma vez dissera a um parente longínquo. Zoë aguentou três diferentes versões deste livro e a qualquer momento poderia ter dito: "Nossa, acho que já chega", mas não disse. E lhe sou mais que grata por isso.

Um enorme obrigada para Jenny Bent e para a equipe incrível da Bent Agency, que ajudou a levar esta obra para os Estados Unidos e para tantos outros territórios. Jenny é uma defensora fantástica de meu trabalho e me sinto em ótimas mãos. Também quero agradecer a Emma Lagarde, Victoria Cappello e Nissa Cullen pelo apoio, assim como Gemma Cooper e todos na equipe da TBA que leram as primeiras versões deste manuscrito e se juntaram ao coro de "acho que temos algo bom aqui".

E obrigada à minha fantástica agente cinematográfica, Emily Hayward Whitlock, e à sua equipe na Artist's Partnership, que fez um trabalho maravilhoso certificando-se de que Annie e Frances caíssem nas mãos cinematográficas certas.

Tive muita sorte com minhas editoras, duas pessoas talentosas cujo entusiasmo por este livro me sobrecarregou da melhor maneira possível. Sempre que me sentia derrapando no trabalho, apenas pensava em toda energia e animação que ambas tinham por minha obra, e me sentia pronta para dominar o mundo. Florence Hare, da Quercus, no Reino Unido, e Cassidy Sachs, da Dutton, nos Estados Unidos, sinto que encontrei a equipe editorial dos sonhos em vocês duas.

À equipe inglesa da Quercus: Stefanie Bierwerth, Katy Blott, Ella Patel e Lipton Tang e seu trabalho duro promovendo meu livro e sendo tão incrivelmente criativos, muito obrigada. Um enorme agradecimento também para os revisores, os capistas e qualquer pessoa que se empenhou para criar os lindos materiais promocionais do livro; vocês todos fizeram um trabalho maravilhoso.

À equipe americana da Dutton: Emily Canders, Isabel DaSilva, Erika Semprun, John Parsley, Christine Ball, Ryan Richardson, Susan Schwartz, LeeAnn Pemberton, Ashley Tucker e Tiffany Estreicher — e aos capistas, aos revisores e aos membros desse time que eu ainda não tive o prazer de conhecer: amei tudo o que fizeram nesta obra; superou em muito minhas expectativas.

Tenho algumas amigas escritoras maravilhosas que me ajudaram a moldar este livro e sou muito grata pelo apoio, pelos olhos aguçados e pelos conselhos inestimáveis de minhas Texas ladies: Lisa Gant, Tyffany Neiheiser e Mary Osteen. Um enorme agradecimento também para você, Ashley Chalmers, minha colega meio americana, meio londrina. Sua amizade, conversas inteligentes e feedbacks certeiros me impulsionaram por várias obras agora.

Tive uma ajuda imensurável com alguns detalhes desta história e gostaria de agradecer a Roger Sweet por me ensinar sobre carros antigos — ainda que o Rolls-Royce Phantom II não seja seu carro favorito, ele tinha ótimas informações sobre como seria dirigir um e como ele funciona, e foi muito bom conversar com ele em geral. Quaisquer erros com fatos relacionados ao Rolls-Royce são apenas meus.

A Hannah Roberts, minha parceira de críticas de longa data e amiga, que segurou minha mão por muitos altos e baixos na carreira (e na vida!), serei sempre grata a você. É tão raro neste mundo encontrar uma amiga genuína que celebra suas vitórias, escuta suas reclamações, discute livros com você e lê todos os rascunhos aleatórios que são realmente um lixo, e ainda faz com que você acredite em si mesma. Muito amor e gratidão a você.

A meu marido incrível, Tom. Sua paciência, amor e apoio tornaram possível minha carreira como escritora. Você sabe o quanto significa para mim, não preciso colocar aqui, mas vou dizer que agradeço além das palavras o quanto você trabalha duro e me sinto muito grata por ter alguém que me entende de um jeito tão perfeito. A nossos filhos maravilhosos, Eloise e Quentin; é claro que se passarão muitos anos até que leiam isto, se é que lerão (não vou ficar triste se não lerem), porém vou deixar nesta página que eu não poderia ter pedido por duas crianças melhores. Vocês dois me deixam maravilhada e inspirada diariamente.

Gostaria de agradecer aos livreiros que mostraram um enorme entusiasmo por minhas obras e trabalharam duro para levá-las fisicamente até as mãos das pessoas. Vejo seu trabalho, sei como é especial e fico admirada por seu conhecimento e sua paixão pelos livros sempre que entro em uma livraria. Igualmente, aos tradutores, que fazem um trabalho tão complexo e cheio de nuanças transpondo minhas palavras para diferentes línguas — fico eternamente maravilhada com seu talento.

E, por último, por vocês serem tão importantes e merecerem a menção final (assim como os melhores prêmios são entregues ao fim do show), meus agradecimentos para todos os leitores que escolheram meu livro. Vocês são a razão para eu fazer o que faço, e sou muito agradecida por tê-los comigo.